III

春衫冷 著

一身孤注掷温柔

图书在版编目（CIP）数据

一身孤注掷温柔. Ⅲ/春衫冷著. —北京：人民文学出版社，2020
ISBN 978-7-02-016275-8

Ⅰ.①一… Ⅱ.①春… Ⅲ.①长篇小说—中国—当代 Ⅳ.①I247.5

中国版本图书馆 CIP 数据核字（2020）第 079402 号

责任编辑　付如初　欧阳婧怡

出版发行　人民文学出版社
社　　址　北京市朝内大街 166 号
邮政编码　100705
网　　址　http://www.rw-cn.com

印　　刷　三河市金泰源印务有限公司
经　　销　全国新华书店等

字　　数　270 千字
开　　本　880 毫米×1230 毫米　1/32
印　　张　11　插页 2
版　　次　2020 年 8 月北京第 1 版
印　　次　2020 年 8 月第 1 次印刷

书　　号　978-7-02-016275-8
定　　价　37.00 元

如有印装质量问题,请与本社图书销售中心调换。电话:010-65233595

目录

壹　良人
她那样轻，搁在他臂上却如悬千钧 / 001

贰　解语
他们叫我作"风信子的女郎" / 039

叁　合卺
画堂日日是春风 / 081

肆　不疑
一生欢爱，愿毕此期 / 115

伍　上签
她就是他的一枕幽梦 / 145

陆	**春宵** 他这一生的桃花，都在这一刻开尽了 / 179
柒	**荼蘼** 春深似海尽成灰 / 207
捌	**赠佩** 他一路走来，千回百转都是徒劳 / 243
玖	**毒鸩** 她是埋在他心里的一颗种子 / 277
拾	**新欢** 你们和别人并没有什么不同 / 313

壹

良人

她那样轻,搁在他臂上却如悬千钧

霍仲祺的车子没多久就出现在了薛贞生的阵地前沿，哨兵见一辆身份不明的车子飞驰而来，立刻向上报告。于是，他的车还没开近，便被兵士拦了下来。霍仲祺推开车门将证件摔给一个士官，嘶声喊道："我是十五师的作战参谋霍仲祺，你们的医官在哪儿？"

那士官验了他的证件后连忙整装行礼："报告长官，医官在营部，您再往前开四百米，左转。"

霍仲祺一路按着喇叭过来，他的车子还没停下，周围的人已经都被惊动了，这里的营长向宝光出了帐篷，见一个军容不整的年轻军官抱着个女人从车上下来，不由皱了眉，刚要出声质问，霍仲祺已经抱着顾婉凝朝他这边过来，大声喊道："医官呢？去叫你们的医官！"霍仲祺这一喊，一个中尉医官便迎了上去，一边查看顾婉凝的伤势，一边引着他往帐篷里走。

向宝光这才发现那女子身上搭的军服翻落下来，竟然有大片血迹，从肩头一直蔓延到腰际，也不知道是哪里受了伤。他瞧了瞧几个扯着脖子互相打听着看热闹的兵士，拧着眉头骂道："都他娘的看戏呢！"他这一喝，四周瞬间便静了下来。

向宝光耷拉着脸跟进帐篷，只见医官一面用剪刀去剪那女子伤处的衣服，一面同那年轻人交代："这边没办法做手术，我只能先清创止血，防止感染。如果需要取子弹的话，得送她去医院。"

向宝光皱了皱眉把目光移向别处，刚要开口询问，却见那年轻军官神情焦灼地回头看了他一眼："我是炮兵团的作战参谋霍仲祺，让你们长官给薛贞生打电话，告诉他顾小姐受伤了。"

向宝光一愣，他一个少校参谋，居然对薛师长直呼其名。

什么叫"顾小姐受伤了"？就是这女人吗？这几天前线什么动静都没有，怎么一个女人却忽然挨了枪？告诉薛师长？难道是薛师长的家眷？他这么一想也紧张起来，顾不上计较霍仲祺的莫名其妙，快步赶了出去。

医官用生理盐水反复冲洗了顾婉凝的伤处，扩开伤口清创，她昏沉中除了偶尔抽动一下肩膀之外，几乎没有什么反应；反倒是一旁的霍仲祺看在眼里，心中绞痛，攥在床边的手不住震颤。医官抬头看了他一眼，见他紧紧抿着嘴唇，几乎要哭出来一般，斟酌着说道："她暂时没什么危险，不过，子弹贴着动脉，要尽早取出来。"

薛贞生接到电话却是一身冷汗，虞浩霆就在他身边等顾婉凝的消息。按原先的计划，他安排了人在广宁城北接应霍仲祺，没想到约定的时间还没到，竟然来了这么一出。不等他再问，虞浩霆已经要过电话："我是虞浩霆，她伤势怎么样？"

本来向宝光把电话接到薛贞生这里就已经十分忐忑了，没想到刚说了两句，那边居然换了参谋总长亲自问话，一惊之下，话都说不利索了："报……报告总长，那个小姐中了枪，医官说要送到……送到战地医院手术，取子弹。"

薛贞生在边上听得一清二楚，卫朔和叶铮一看他的脸色就知道事情不好，果然，虞浩霆撂了电话冷着脸就往外走。

那边向宝光又小心翼翼地"喂"了几声才确定电话是挂了,心里"咚咚"打鼓:乖乖,怕不是自己听错了吧,刚才说话的真是总长?

所谓战地医院不过是挨在一处临时搭起的几顶帐篷,虞浩霆到的时候,顾婉凝也刚送过来。

他一从车里出来便看见等在外头的霍仲祺,也顾不上周围一片行礼之声,匆匆走到霍仲祺跟前,刚要开口,只见霍仲祺嘴唇抖动了几下,话还没说,却是两行眼泪先滚了出来。

虞浩霆一路上都极力镇定,只不肯往坏处去想,此时一见这个情形,赫然想起当初他从沈州赶回江宁,小霍也是这样在医院楼下等着他——可那一次,小霍也没有哭。

他悬着的一颗心瞬间就跌到了谷底,竟再不敢问。

旁边团长以下的几个军官都是霍仲祺来了之后才惊动的,也不知道究竟出了什么事,只知道他送来一个受了枪伤的女子。眼看着虞浩霆面色惨白,疑惧的目光朝他们身上扫过来,却都低了头无话可说。

虞浩霆骤然间便觉得指尖一片冰凉,寒浸浸的凉意直直蹿了上来,人像被钉死在地上一般,一动不动。

正在这时,一个护士忽然急急忙忙地从里面出来,卫朔一把抓住她问道:"里面怎么样?"外头灯光昏黄,那护士也来不及细看他们,用力甩了一下没有甩开,急道:"让开!血浆不够,我要去拿血包。"

卫朔连忙松开她退到一边,虞浩霆听了她这一句,心中竟不知是惊惧还是宽慰——他一掀门帘就要进去,却又站住了,他这样进去没来由地叫医生紧张,反而误事,转身对霍仲祺道:"小霍?"

霍仲祺见他这样,才醒悟过来虞浩霆是被自己吓住了,连忙抹了脸上的泪痕:"四哥,婉凝伤在锁骨下头,医官说子弹贴着动脉,要尽快取出来。"

虞浩霆想着他的话，身子一松，下意识地点了点头。旁人还未觉得怎样，倒是叶铮猛然吐了口气，周围的一班人都愕然转头看他，指望着他说点什么。

叶铮只好权当没有看见，暗自觑了觑虞浩霆的脸色，又去看霍仲祺，心说好歹霍公子您也是在前线混过些日子的，居然这么不经事！这不是平白吓唬人吗？就算是顾小姐真有什么好歹，也轮不到您哭啊？四少就是再伤心还能把您怎么样？

虞浩霆不说话，旁人也都不敢作声，见了这个情形再要猜不出来那就真是猪了，只薛贞生却是有事非问不可。原先的安排是等他的人接应了霍仲祺回来，就准备从东郊动手，预定的时间是凌晨两点，零点之前就要从师部一级开始下达战备命令。眼下虽然事情有了变故，但霍仲祺已然带着顾婉凝回来了，那原来的部署做不做调整，还要问问虞浩霆，正踌躇着话要怎么问，虞浩霆忽然回头叫他："贞生，该怎么样就怎么样，你去吧。"略停了停，又道，"告诉下头，李敬尧我活要见人死要见尸，交来尸体的赏一千，抓住活的加倍，我再升他两级。"他说得平淡，边上的一班人却都来了精神，薛贞生军容抖擞地行了礼转身而去，虞浩霆一摆手，这些人立刻就散了。

"叶铮——"他盯着帐篷里透出的亮光低低叫了一声，叶铮赶忙上前两步去听他吩咐，"明天记得让旧京的人去给婉凝请假，就说顾小姐病了。"停了一下，虞浩霆又补道，"不要让我们的人去学校，叫他们去找梁曼琳。请梁小姐去，替我谢谢她。"

营帐的门帘一动，几个人都屏了呼吸，一个军装外头罩着白色医生服的医官从里面出来，解着胸前的扣子正要找霍仲祺，看见这个架势不由一怔，夜色中只见虞浩霆领章上金星闪烁，来不及多想便赶忙立正行礼："钧座！"

"她怎么样？"这位年轻将官问得并不急迫，但语气中的深冷沉肃却让他压力骤升："呃……子弹已经取出来了，只要没有感染，一周左右就能缝合伤口。"

点二五的勃朗宁，合金被甲弹头——这样的枪伤在军中并不算什么，只不过子弹离锁骨下动脉太近，须得小心取出来罢了。虞浩霆面无表情地点了点头，一打帘子走了进去，那医官也连忙跟在后面。

叶铮看看默然肃立的卫朔，又看了看眼圈儿发红的霍仲祺，还是觉得后者更像个可以聊天的人，便凑到他身边低声道："怎么让顾小姐挨了一枪啊？"而霍仲祺仿佛并没有听见他的话，只眸中的泪光莹然可见。叶铮皱了皱眉，回头冲卫朔撇着嘴递了个眼色，却见卫朔亦是若有所思地望着霍仲祺，神情十分凝重。

病床周围临时隔了白色的围帘，虞浩霆静静看着床上的人。

她临走的那天晚上，他也这样在床边看着她，她闭着眼睛装睡，还装着很镇定很大方的样子跟他说"你要是累了，就躺一躺"，却不知道她脸颊上晕起的绯红刹那间就融掉了他的心，可现在——他忍不住去触她失了血色的唇，心里隐隐有一丝期冀，只盼着她忽然一口咬在他手上，颊边梨涡促狭："吓到你了吧？"

然而，她只是无声无息地躺在那里，不给他一点反应。

曾经的空冷钝痛直蹿上来，如果说上一次是他疏忽，那么，这一次呢？

他明知道这不是个万无一失的安排，他怎么能？锦西也好，李敬尧也罢，又算得了什么？他以为不管怎样，这个时候也没人敢动她分毫，怎么会？他到底是存了侥幸，荒谬！若是这一枪再偏一偏怎么办，他已经几乎失去她一次了，竟然还不够叫他警醒的吗？他忽然想起那一日在沈州小霍问他的话：

"四哥，你这一辈子最想要的是什么？"

一旁的医官又打量了他几眼，觉得这年轻将官很有些眼熟，脑海里瞬间便浮出一个名字来，却不敢造次，看他伸手去碰顾婉凝，遂提醒道："钧座，等麻醉过了，病人才有知觉。"

虞浩霆的手指微微一顿，轻声喃喃了一句："会疼吗？"

医官皱了皱眉，不知道该如何回话，麻醉过后，病人当然会有痛感，要是不觉得疼那才是真的糟糕，这样的常识也需要问吗？但是长官问话却不能不答，只好勉强应道："会吧。"

虞浩霆的目光失神地从他脸上一晃而过，又落回顾婉凝身上。

"总长。"卫朔忽然在门口叫了一声，"是不是先送顾小姐去行辕？"

虞浩霆一听便明白他的意思，这里是离前线最近的战地医院，晚一点战事一起，要不了多久就会有伤兵送过来，他在这儿守着婉凝却是很大的麻烦，便向医官问道："她现在能不能移动？"

医官连忙答道："可以，但是伤口还没有缝合，要小心一点。"

虞浩霆点了点头，吩咐卫朔："让他们把车开过来。"

他叫护士拿了毯子过来，仔细地覆在她身上，小心翼翼地将手臂探到她身下。她那样轻，搁在他臂上却如悬千钧，心尖尽是密密麻麻的刺痛，他把她捧在怀里的那一刻蓦然惊醒，这世上，再没有什么是比她更珍重的。

再没有了。

只有她，只是她，唯有她。

回到临时设在涪津的行辕，汪石卿听叶铮长吁短叹讲演了一番，心中五味杂陈。

叶铮觑着他的脸色，还以为他是担心顾婉凝："听医官的意思，应该是没事。四少这一时半会儿怕顾不上别的，还有的你忙，顾小姐的事你就别想了。"

汪石卿敷衍着苦笑了一下，想起一件事来："小霍呢？"

叶铮经他一问，这才想起，他们一路回来，心思皆在顾婉凝身上，竟都没留意霍仲祺，此时回头想了想，霍仲祺似乎并没有跟他们一道回来，便犹疑着摇了摇头："他好像没跟我们一起回来，八成还在薛贞生那儿。"

汪石卿眉心一跳，这个时候，小霍该是十分着急顾婉凝才对，怎么会不跟着过来？他正想着，叶铮小声嘀咕道："霍公子也是的，一见着我们，什么话也没说就知道掉眼泪，吓得我还以为……四少一下子脸色就变了。"

汪石卿听着，心头掠过一抹阴云，这女孩子也真是命大，先前特勤处的人处心积虑没能得手，此番落在李敬尧手里，竟也能脱险，这样的机会以后怕是难有了。

两个人站在廊下一时无言，卫朔忽然推门出来："总长问霍参谋在不在？"

叶铮连忙答道："他没过来，我这就去找。"

汪石卿随口说道："小霍多半是回炮兵团去了，四少这会儿找他有急事吗？"

卫朔和他对视了一眼，木着脸没有一丝表情："不知道。"

虞浩霆这个时候突然要找霍仲祺自然是因为顾婉凝的缘故，但是不知道为什么，他不想说，尤其是不愿意告诉汪石卿……

麻药的效力渐渐散去，顾婉凝却还是昏沉无识，并没有真正醒过来，只是微微蹙起的眉头和低弱的呻吟让人知道她已然有了知觉。被铜黄灯罩滤过的微光映在她脸上，给那苍白的颜色晕出一点暖意，虞浩霆坐在床边的椅子上，怕她睡梦中牵动伤口，轻轻握着她的手，一动不动。

顾婉凝忽然双唇嗫嚅，像在喃喃说着什么，虞浩霆俯下身子听了片刻，回头对卫朔道："去叫小霍。"

顾婉凝的话几近呻吟，他并不能全听明白，然而她蹙紧的眉心和"仲祺"两个字却是清楚的。小霍带去的人虽然不多，但身手都是顶尖的，瞿星南更不必说，他不知道究竟是出了什么样的状况，才会叫她受了这样的伤，让她在昏沉之中仍然这样紧张。

"总长，您休息一会儿吧，顾小姐醒了我叫您。"叶铮很灵醒地叫了骆颖珊过来，虞浩霆也只是默然不应。前线的战报递进来，他看一眼就搁下了，意料之中的事情此时愈发显得索然无味。一直到早上霍仲祺赶过来，虞浩霆才终于将目光从顾婉凝身上移开："仲祺，昨天是怎么回事？"

小霍身上带着浓烈的硝烟味道，垂着眼睛不敢看他："四哥，都怪我……我……我带婉凝走的时候，只顾着留意李敬尧的人，没想到……会有别的枪手。"

"别的枪手？"

"事发突然，李敬尧的人似乎也没有防备。而且——"小霍话音一颤，抿了抿唇，"那枪手的目标未必是婉凝。"

虞浩霆眉峰一挑，霍仲祺道："当时我们都没有留意，是婉凝先发觉……"他眼里一热，连忙咬牙忍住，后面的话几乎说不下去，"都怪我，四哥，应该是我，我……"

顾婉凝的呻吟打断了他的话，两人一齐向床上看去，她羽翼般的睫毛颤巍巍地扇动着，眼睛还没有睁开，肩上的痛感渐渐清晰起来，她本能地伸手去碰，却被人握住了："婉凝，别动。"

她听着那声音，梦中的惶惑惊惧都散去了，眼前的人影渐渐清晰，他手上温热的触感安抚着她，而他自己的神色却是按捺不住的急

_009

切："你怎么样？"

顾婉凝重又闭上了眼睛，唇角吃力地浮出一个笑容来："这次，四少欠……欠我一个人情。"

虞浩霆一怔，随即俯下身来，脸颊轻轻贴在她额上，新长出的胡茬儿轻轻刺着她："嗯，是我欠你的，你要我怎么还都成。只要你没事。"

霍仲祺站在床尾，怔怔地听着她的话"这次四少欠我一个人情"。

不是的，不是四哥欠她一个人情，是他欠她的，是他！

他心中似愧疚又似委屈，潮水般一波一波地涌上来，终于再也忍不住，转身走了出去。天气晴好得没有一丝云彩，明晃晃的阳光直射下来，打得人眼前一片盲白，他强撑着走过回廊的转弯，一拳砸在壁上。

尽管医官检查之后再三保证顾婉凝伤势无碍，虞浩霆却仍是不肯放心，广宁前线战事事无巨细一律交到汪石卿和唐骧处，直到傍晚时分林芝维进来跟他耳语了几句，他才跟骆颖珊和叶铮叮嘱一番走了出来。

"总长！"等在办公室里的人一见他进来，立刻挺身行礼，"星南有负总长所托，顾小姐……"

虞浩霆面上原有几分倦意，此刻看见他却难得地露出一点笑影来："坐吧。这件事不怪你，小霍说那枪手不像是李敬尧的人，你看呢？"

"是，这件事对李敬尧百害而无一利。"瞿星南点头道，"昨晚熙泰饭店安保严密，混进去行刺的不止一个人，事前必然筹谋得十分小心。伤了顾小姐的枪手我本来留了活口，但是回去的时候，下头的人说他抢枪逃跑,被击毙了。我查了尸体,还没有头绪。"

虞浩霆眼中冷光一闪:"不是我们的人,也不是李敬尧的人,那就只能是戴季晟的人。"

"或者是李敬尧的仇家。"瞿星南道,"顾小姐的身份在广宁只有李敬尧的几个亲信知道,所以属下猜测那枪手的目标应该是霍公子。倘若霍公子在广宁出了事,广宁绝无保全的可能。"

虞浩霆却摇头道:"如果是李敬尧的仇家,直接杀了他更简单,何必绕这个弯子?"

瞿星南沉吟了一下,面上忽然有些赧然:"总长,昨晚的枪手似乎是顾小姐先看见的,等顾小姐好一些,或许总长可以问问看,有没有什么蛛丝马迹。"

虞浩霆默然片刻,缓缓道:"你把郭茂兰带来了?"

"是。"瞿星南道,"昨晚送霍公子和顾小姐出城的通行证其实是他的。"

虞浩霆听罢,拍了拍他的肩:"你也不用急着回江宁了,我放你一个月的假,先回家看看,再去跟娄玉璞报到。"

瞿星南一走,虞浩霆在办公室里静静坐了片刻,对卫朔道:"叫郭茂兰来见我。"

卫朔带了郭茂兰过来,虞浩霆打量了他们一眼,便吩咐卫朔:"你去看看婉凝那边怎么样了。"卫朔犹豫了一下,还是带上门退了出去,虞浩霆不动声色地看着郭茂兰,说话的声气也平静无波:"你有什么要跟我说的?"

郭茂兰身上虽然没穿军装,但仍绷着军姿,直挺挺地站着,只是胸膛起伏:"属下无话可说,但凭总长发落。只是——除了顾小姐这件事之外,茂兰绝没有做过半点对不起四少的事。"

虞浩霆霍然站起身来,逼视着他咬牙一笑,一字一顿地挤出一句:"你——真——对得起我!"

"四少!"

郭茂兰含泪一呼,"咚"的一声跪了下来,强压住哽咽之声:"茂兰唯请一死。"

虞浩霆面上愠色更重:"男儿膝下有黄金,你给我起来!"

他平了平心绪,待郭茂兰低着头站起身来,才慢慢开口:"婉凝早上醒过来的时候跟我说,叫我不要杀你。"虞浩霆说到这里,唇角轻轻一扬,神情讥诮中又带着些痛意,转过脸看着窗外,"我答应了她,不为难你。你可以走了。"

郭茂兰胸中酸热,几番起伏才开口:"若四少成全,茂兰想留在锦西军中。"

虞浩霆回头看了他一眼:"你是想找李敬尧报仇吗?"

郭茂兰道:"是,但也不全是——茂兰辜负了四少,唯有效力阵前,马革裹尸以报。"

虞浩霆仍然背对着他:"你想死?"

"茂兰愧对四少,愧对虞军的袍泽兄弟。"郭茂兰的声音低了下去,"死不足惜。"

"好,那你就留下吧。"虞浩霆说着便往门外走。

郭茂兰连忙立正答道:"是!"见虞浩霆并无后话,急急追问了一句,"属下去向薛师长报到?"

虞浩霆也不回头,闲闲抛下一句:"去换衣服,来替叶铮的班。"

郭茂兰一愣:"四少?"

虞浩霆这才回头扫了他一眼:"叶铮这些天很'挂念'你,你留神了。"

顾婉凝前一回醒，不过说了几句话便又昏沉睡去，直到第二天下午，才真正清醒过来。她一醒来就察觉搁在身侧的右手被人虚笼着，伤口的痛楚还在，心中却是异样的安定。

就像小时候那一次生病，浑身都没了力气，又被裹在被子里发汗，一阵冷一阵热的，极不舒服，可是每次迷迷糊糊醒来都看见父亲坐在床边，便觉得安心，整个人越发犯懒，到后来她明明已经醒了，却仍是不肯睁开眼。她听见母亲抱了弟弟过来和父亲说话，不知道为什么忍不住笑了出来，父亲却装作没有看见，等母亲哄着弟弟走开了，才轻轻点了点她的鼻子："你打算装到什么时候？"

她嘟着嘴说："我醒了你就走了。"

她小时候那样淘气，这样想着，颊边小小的梨涡就浮了出来，虞浩霆发觉她苍白的面孔上忽然有了笑意，心口却是一阵轻微的刺痛："婉凝，你是不是醒了？"

他声音极轻，仿佛她是暮春时节碰巧落在他手上的一簇蒲公英，轻轻呵上一口气便会盈盈飘远。她听着他那样小心翼翼的声气，反而敛起了面上的笑容，只嘴角仍是翘着："我没有。"

骆颖珊忍不住"扑哧"一声笑了出来，急急用手去掩，顾婉凝却已听见了，连忙睁开眼睛，瞥见她和卫朔都在，立时不好意思起来。骆颖珊连忙给卫朔递了个眼色，两个人识趣地退了出去。

顾婉凝一抬眼，正对上虞浩霆凝望着她的一双眸子，他满眼的疼惜欣慰，眼底泛起了几条细小的血丝。她恍然想起方才半梦半醒之间脑海里闪过的画面，立刻便垂了眼睛，避开他的目光："我没事了，你去休息一会儿吧。"

虞浩霆听她的话音沙沙软软，又见她神色消沉，只以为她是伤后疲倦，蜻蜓点水般在她额上吻了一吻："我就在这儿，哪儿也不去。"

他温热的气息扑在她脸上,眼中唯有她的影子,映在那固执的温柔里,她本来就没有什么力气,被他这样望着愈发虚软起来。

虞浩霆抚着她的头发,轻声问道:"要不要吃点儿东西?"见她点了点头,便吩咐人把温好的粥端进来,慢慢喂她吃了。

婉凝撑着精神吃了一些,忽然想起一件事来:"我有事要跟你说,他们……要伤的人可能是小霍,那天……"

虞浩霆搁了勺子,微微一笑:"我知道。这些事不要紧,以后再说。"

"不是的,可能是要紧的事。"

顾婉凝声音虽弱,语气却颇为急切,虞浩霆还要劝她,郭茂兰忽然在外头敲门道:"总长,霍参谋来了。"

顾婉凝听见郭茂兰的声音,有些诧异地望了虞浩霆一眼,虞浩霆安抚地拍了拍她,一面替她理着枕头一面扬声道:"你们进来吧。"说罢,笑谓婉凝,"小霍这一次可是吓坏了。"

顾婉凝听了垂着眼睛低低道:"没有吓着四少吗?"

"我……"虞浩霆欲言又止,蹙眉望着她轻轻一叹,"小东西。"说话间,霍仲祺已经走了进来,他神色憔悴,只一双眼睛异样的水亮,压低了声音跟虞浩霆打招呼:"四哥,婉凝怎么样了?"

虞浩霆没有答他的话,却是温言对顾婉凝道:"你怎么样了?"

婉凝抬眼看着小霍懒懒一笑:"我没事。"

霍仲祺的肩膀不自觉地向下一沉,脱口道:"你以后再不要这样了。"

顾婉凝微微抿了下唇:"算啦,你是为了救我才去广宁的,我们算是扯平了。"说着,笑意闪烁地望向虞浩霆,"不过,总长大人可欠我一个人情。要是霍公子有什么闪失,你回去就不好交代了。"

虞浩霆握着她的手苦笑道:"小霍说得对,无论如何,你千万不要再做这种事了。"

婉凝到底有些不服气,却没力气争辩,抿了抿唇,倒想起刚才没有说完的事情,便转过脸对霍仲祺道:"你在广宁见过的那个白小姐,和枪手是一起的。"

霍仲祺闻言一惊:"你是说白玉蝶?"

顾婉凝点头道:"那天出事之前,我看见他们用摩尔斯电码传递消息。"

"是什么人?"

霍仲祺低声道:"是广宁的一个红牌倌人。"

虞浩霆拍了拍顾婉凝的手:"那你怎么不告诉小霍?"

"我听李敬尧的人说小霍和她见过面,还以为她是你们的人。"

虞浩霆和霍仲祺对视了一眼,又问婉凝:"你怎么知道他们用摩尔斯电码传递消息?"

她说了这么久的话,却是倦了,闭了眼睛在他手心里轻轻点了几下:"我父亲教我的,我小时候就会了。"

霍仲祺带婉凝离开广宁当晚,虞军便破城而入,第二天中午,李敬尧的残部向西溃退,第九军军长唐骧安排追击清剿,而广宁战后的接收事宜却是虞浩霆亲令交给了就地休整的薛贞生。

听了婉凝和瞿星南的话,虞浩霆和汪石卿都揣测当日在熙泰饭店行刺只能是戴季晟的筹谋,若是小霍在广宁出了事,虞军和李敬尧固然绝无言和的可能,且虞浩霆此番纵是夺了锦西,回到江宁也难向霍家交代。

然而这一来,汪石卿却越发觉得顾婉凝匪夷所思了,一则,若她真的和戴季晟有关系,那何必要去替小霍挡枪?二则,这么一个女孩子会用电码原本是件十分可疑的事情,但她父亲既是外交官,教过她也说得过去，她自己如此坦然地说出来，倒让旁人无从疑起。

这女孩子究竟是真的清白，还是太聪明？

他一念至此，细细想来，越发觉得顾婉凝平日的行事有些小心得过分：之前在燕平镇行辕里，虞浩霆的办公室她一步不进；此番在涪津养伤，虞浩霆时时陪在她身边，前次他把江宁方面的战况通报送去给虞浩霆过目，虞浩霆一接过来，她便从他肩上挪开了，倒让虞浩霆赶忙搁了战报，小心翼翼地把她放在靠枕上。

这个年纪的女孩子，若是一派天真，心思无邪，却不该这样有意撇清。

那天他刚刚转身要走，便听见顾婉凝清软的声音："等我好了，你教我用枪吧。"汪石卿听到这一句，心里"咯噔"一绊，不由站住了。

"你怎么想起来这个？"虞浩霆握着她的手，温言笑问。

"防身。"顾婉凝却是一脸小女孩的正经，"要是下次你再叫人去救我，也方便点。"

虞浩霆神色一黯，柔声道："这种事绝对不会再有了。"

汪石卿心下警醒，面上却是笑容和煦："要是顾小姐真想防身，身边最好还是不要带枪。总长，您说呢？"

虞浩霆自然明白汪石卿的意思，点头道："要是真出了这样的事，你身边还是没有枪的好。"

"为什么？"

"你一个小丫头，别人不会防备你，你才安全。要是你身上有枪，反而容易出事，明不明白？"

虞浩霆眼波温存地看着她："不过也无所谓，反正这种事不会再有了。你想玩儿，回头我教你。"他一说，顾婉凝也明白其中关窍，只是嘴上不肯服气："你就是小看我。我在广宁的时候，用砚台都砸晕过人。"

虞浩霆闻言眉心一蹙:"你砸了谁?"

"我也不知道,好像是李敬尧的一个什么连长。"她说着,便望向郭茂兰。

郭茂兰连忙解释:"是李敬尧的警卫连长曹汐川。"他说到这里,苦笑了一下,"曹汐川的姐姐就是李敬尧的原配夫人,这小子有点纨绔……"

不等他说完,虞浩霆便问顾婉凝:"你怎么砸的他?"

顾婉凝自觉这件事情颇有几分勇气,便欣然道:"我刚到广宁那天,听见他和茂兰在外面争执,就躲在门后,他们不知道我已经醒了,那人一进来,我就砸了他……"

汪石卿在一边听着,就知道这个曹汐川是必死无疑了。果然,虞浩霆当着顾婉凝的面还是和颜悦色,当笑话一般听了,晚间郭茂兰就给唐骧和薛贞生挂了电话,说李敬尧的警卫连长曹汐川,如果抓到就地枪决。

另一桩叫汪石卿担心的事却是霍仲祺。

这些日子,小霍整日魂不守舍,好在别人也都忙着公事不曾留意。按理说,他这样七情上面,心思缜密如虞浩霆早就该有所察觉,只是他自己待这女孩子百般地珍而重之,身边的人如何紧张慎重,他都不觉为过,小霍和他兄弟情深,顾婉凝又多少是因他受的伤,这样的态度他只觉得是理所当然,再不做深想。所谓"当局者迷"莫过于此!

顾婉凝在行辕里养伤,不必虞浩霆开口吩咐,医生护士也都十分尽心。一周之后,医官来为她缝合伤口,虞浩霆担心她害怕,揽了她在怀里,不让她去看医官的动作。不想医官做了麻醉刚要动手,顾婉凝突然回过头来，欲言又止地叫了一声："大夫……"

那医官以为这女孩子是娇气怕痛，连忙安慰道："小姐不用怕，两个小时以后麻醉才会失效，痛感不会太强。"

却见顾婉凝垂着眼睛声音压得极低："大夫，麻烦你帮我缝得好看一点。"话未说完，脸已红了。

医官闻言一怔，军中外伤极多，他处理过的伤患有粗口骂娘的，有抱怨医生婆妈的，连油嘴滑舌调戏护士的都有，顾婉凝这样的要求却是头一回碰上，不由好笑："小姐放心，这个伤口将来也就比樱桃大些。"

顾婉凝听了，不再言语，轻轻点了点头，把脸埋在虞浩霆怀里。虞浩霆见她神情索然，想了想，笑道："你喜欢穿旗袍，这里看不到的。"

却听顾婉凝幽幽道："穿礼服裙子就看到了。"

虞浩霆低低一笑，他从前只觉得她在衣衫修饰上头都不怎么上心，想不到对一点伤痕也这样介怀；可那笑容未尽，心头便蓦地一酸：她本来就是个妙年韶龄的女孩子，又这样美，当然爱惜容貌，他该把她捧在手心里呵护疼爱的，却叫她出了这样的事，他还好意思笑？

医官缝合得很快，只是伤口怎么缝都不会"好看"，当着医官的面，顾婉凝还没什么，等他一走，婉凝对着镜子看了看，眉心就曲了起来："也不知道医官吃的樱桃有多大。"她往日总喜欢摆出一副事事了然冷淡的态度，唯此次到了锦西，常常露出小女儿的娇态，这次受伤之后尤是。虞浩霆看在眼里，又是心爱又觉心疼，把镜子从婉凝手里抽开，替她扣了襟边的纽扣，娓娓笑道："你这里留一处疤也未必是坏事，中国人有句话叫'天妒红颜'，你知不知道？"顾婉凝摇了摇头，等着他往下说。

"是说一个女孩子如果太完美,连上天也要妒忌,必然命运多舛,你这里伤了这么一下,以后一定一生平安,事事顺遂了。"虞浩霆说着,在她额上轻轻一吻。婉凝知道他是刻意哄自己开心,撇了嘴角笑道:"你连这个也信?"

　　两个人正说着话,忽然听到叶铮在外头敲门,声气里分明带着笑意:"总长,孙熙平有事要见顾小姐。"顾婉凝闻言有些讶然,虞浩霆却笑道:"肯定是朗逸让他来的。进来!"

　　房门一开,先跑进来一只黑白毛色的小狗,顾婉凝见了,十分惊喜,立刻便笑着伸手:"Syne!"虞浩霆怕她牵扯到伤口,连忙起身将Syne抱了过来,婉凝一边抚弄一边奇道:"它居然肯给你抱。"

　　"还是总长有面子,我这一路上,好几次都差点被咬了!"孙熙平走进来笑眯眯说了一句,便正容给虞浩霆行礼,"总长!邵司令知道顾小姐在这边养伤,让我把Syne带来给小姐解闷儿。"

　　虞浩霆点了点头:"辛苦你了。"

　　一句话听得孙熙平受宠若惊,不由后悔上一次把顾婉凝推给叶铮就走了。他这回把顾婉凝的狗带过来,虞浩霆都这样和颜悦色,何况上一回是把人送来呢?心里想着,脸上还是一本正经,又拿出一方印着英文的小纸盒:"这个也是邵司令让我交给小姐的。"

　　顾婉凝接过来看了,赧然一笑。

　　"是什么?"

　　她见虞浩霆问,便递了过去,虞浩霆拿在手里看时,也是微微一笑,原来是一盒去疤痕的药膏。婉凝把药膏搁在边柜上,对孙熙平道:"麻烦你回去替我谢谢邵公子。"

　　孙熙平连忙笑道:"小姐客气了。邵司令说,之前得罪小姐,实在是事出有因,情非得已,还请小姐不要见怪。"

半月之后，唐骥所部在丹孜截击了李敬尧的残兵，锦西大势已定。消息传回江宁，众人私下议论，这一回，恐怕参谋总长前头的这个"代"字要去掉了。

江宁政府北抚西剿，风生水起，沣南却始终不动声色，一片风平浪静。虞军扫平锦西是戴季晟意料之中的事，论实力，论心智，李敬尧都绝无胜算，他感兴趣的不过是虞浩霆的用兵。

这次虞军在锦西的主力是新编第九军，这支部队和新编第七军不仅是虞家的嫡系，更是虞浩霆回国之后着力经营的重装劲旅，"新编"两个字加上去，就在按集团军扩编。虞军还没打到崇州，戴季晟就看出他们这一次是意在练兵，这就比康瀚民聪明了。

康瀚民手下越是装备精良的嫡系越是心疼不肯动用，然而军人不是藏锋于鞘的宝刀，只要呵护得好，随时拔出来都能削金断玉，雄兵悍将都是磨砺出来的。且眼下兵种渐增，没有实战配合，真的事到临头，恐怕自己人先给自己人当了炮灰。

但是对付江宁，靠打，太难，硬拼的话，赢面不大；但虞军也有一样不发作则已，发作起来就要命的短处：江宁一系不像沣南这样铁板一块，虞军如今有近三分之一的兵力实际上是在邵朗逸手里，虽说邵城和虞靖远当年是生死兄弟，但亲兄弟尚且能人为利死，更何况是两姓？之前邵朗逸的二哥邵朗清就是个例子。

此外，虞浩霆面上还得奉江宁政府的政令，他眼下事事如意，也得益于虞霍两家相交甚笃，一荣俱荣，一损俱损罢了。

于是，锦西那边一传来消息说霍仲祺人在广宁，他立刻便授意行刺，若事情成了，不管战事如何，虞浩霆回到江宁，都得喝上一壶。即便不成，他们也没什么损失。因此，广宁的事情没有得手，他也不大在意。

不料，事后又有回报说，这次的事情似乎是伤了虞浩霆的一个女朋友。

虞浩霆的女朋友怎么会在广宁？

虞浩霆的女朋友……

戴季晟先是眉头一锁，旋即又释然，如今锦西局势混乱，广宁的消息未必确切，就算真的是虞浩霆的女朋友，也不会是清词。

清词两年前就去了燕平，他也叫人查过，知道清词念了大学就没有再和虞浩霆有来往。之前他知道清词在江宁出了车祸，第一个反应就是虞军的人知道了她的身世，但若真是如此，虞浩霆却该是把她攥在手里当个筹码，而不会放她走。他虽然犹疑，却也不敢多加查问，免得引人注意，反而坏事。

直到清词去了燕平，他心底的一根弦也骤然一松，当初俞世存的话他虽然不肯点头，但也不是没有思量过，只是他当年辜负了疏影，若再拿清词做棋子，却过不了自己这一关。

沣南暑热尤重，空气中总渗着湿漉漉的潮意，俞世存陪着戴季晟弈棋，落子间笑容轻淡："司令，我们这次由着这位虞四少拿下锦西，他这个'参谋总长'怕是要名正言顺了。"

戴季晟手中轻摇着一柄水磨竹骨折扇，素白的扇面上无一字一痕，唯有庭院中浓绿的芭蕉阔叶在扇面上浸染出一层碧意："昔年百二秦关皆属楚的时候，谁会想到来日霸王卸甲，十面埋伏？"

俞世存一面察看案上的棋局，一面笑道："司令是以虞浩霆比项王吗？"

戴季晟摇了摇头："时移世易，无谓一概而论。不过，这位虞四少太年轻，他只想着吃了康瀚民的北地四省，日后和我们两军对垒的时候，身后少一重掣肘，却不去想康瀚民今日的'两难'——未必就不是他来日的'两难'。"

"他年纪轻轻就重权在握,难免心高气傲,要逞一时快意。若苏俄觊觎北地,有康瀚民在前头扛着,无论是和是争,江宁这个'国民政府'都有转圜的余地。如今他自己占了北地四省,康瀚民前番的骂名窘迫就得他自己担着了。"

戴季晟淡淡一笑,眼里却尽是冷意:"觊觎北地的又岂止是俄国人?这几年,扶桑国内,军部势力坐大。前两个月,扶桑内阁的'东方会议'通过了一份《对华政策纲领》,言明北地四省在扶桑国防和国民生存上有'重大的利害关系'。"

俞世存沉吟了片刻,犹疑道:"扶桑人若有此意,岂不与苏俄冲突?"

"俄国人当年输得一塌糊涂,已是避其锋芒图谋外蒙,扶桑人的野心恐怕更大。"戴季晟说着,轻轻叩下一子,"到时候,咱们再看看这位虞四少的斤两吧。"

"唐骧把李敬尧押回广宁了,这人我没什么用,你去处置吧。或许——"虞浩霆顿了顿,"能问一问你妹妹的事。"

郭茂兰神色一黯,答了声"是",刚转身要走,却又停住了:"总长,有件事情还请您提醒一下顾小姐。"他说着,面上的神色有些尴尬,"顾小姐防人之心太少。之前在江宁,她曾经见过我的女朋友,我请她不要跟您提起,想必她就没有告诉您。"

郭茂兰是锦西人,少年离家到燕平读书,后来又考了军校,父母早亡,只有一个幼妹寄养在崇州叔父家中,他原打算一从定新毕业,就把妹妹接到旧京来,却不料阿柔已然落在了李敬尧手里。他不能再有这样的软肋被别人知道,因此,他收留月白的事一直都安排得十分隐秘。侍从室的人在虞浩霆这里是没有私隐的,倘若当初虞浩霆知道他隐瞒了月白的事,必然会疑心他,顾婉凝终究还是太天真。

郭茂兰此时说起，虞浩霆转念一想便问："你突然想起这个，是不是她又有事情瞒着我？"

郭茂兰点头道："顾小姐听说我们的人截了李敬尧的几个家眷，托我打听里头有没有一个叫沈菁的。"

"是什么人？"

"是个画西洋画儿的，有些名气，前几年被李敬尧强娶了做小，顾小姐本来就颇为这件事不平，在广宁的时候又见过她一面，倒是有几分投契。"

前面几句话虞浩霆听着都没什么，唯独最后一句忽然就让他有些不舒服，她和李敬尧强娶的一个小妾"有几分投契"？他想起她说过的那句："你和冯广澜有什么分别？"也许当初，他在她心里跟李敬尧也没什么分别。

西澜江和绥江不同，后者江岸平缓，沙洲苇影，水面辽阔；而西澜江夹在崇山峻岭之间，依山势而下，江水清澈，草木深幽。

"这算不算就是苏东坡写的'山高月小，水落石出'？"婉凝倚在虞浩霆怀中凭岩而望，嶙峋礁岩割开的江面映不出中秋的一轮满月，却是珠飞玉散，莹光激荡。

"嗯。"身后拥着她的人只低低应了一声，婉凝回过头看了看他："你今天怎么都不说话？"

"我在想你呢。"

婉凝莞尔一笑："骗人。"说着，在他手上轻轻握了握，"你这样还用想我？"

虞浩霆在她额边轻轻一吻："真的。我在想，幸好你来了，幸好你没事，幸好我们……"他说着，心里忽然一涩。今宵剩把银釭照，犹恐相逢是梦中。这些天，他常常在她身边，心里泛起的狂喜和惊惧却如劫后余生一般，"婉凝，我遇见你，才知道什么是害怕。"

顾婉凝颊边发烫，嘴上却是娇嗔："原来我这么吓人。"

虞浩霆扳过她的脸，在唇上啄了一下："你再矫情一点给我看看？"

她的脸在烧，晶莹剔透的面孔却如同汲取日光的花朵，仰视着他的面庞，温柔又倔强。他说，遇见她才知道什么是害怕。而她却是因为他，才不害怕。

她来见他那天，他什么都不说，只是小心翼翼地问："你是不是碰到什么为难的事了？你告诉我，我去办。"她被郭茂兰带到广宁，已做了最坏的打算，小霍却对她说："你放心，不管怎么样，四哥都不会让你有事的。"她隔了几天想起开学的事，刚一提起，叶铮就笑道："小姐放心，您回来那天总长就已吩咐了，我们请梁小姐到学校去请的假。"

"小姐怎么想我都无所谓，可是您应该信四少。""虽然节目单上写了一个结局，可万一到了最后一幕，演员忽然偏想演另一版呢？"

她为什么不能信他呢？她以为不可能的事，就一定不可能吗？

虞浩霆见她凝眸望着自己，眼波中的眷恋一直缠进他心里："你这么看着我，又在想什么？"

顾婉凝长长的睫毛遮了下来，柔柔的声音是晨风里的花蕊："你啊。"

"想我？你想我什么？"

婉凝唇边漾着恬静的笑意，默默拉过他的手，在他掌心一笔一画写起字来。

纤细的指尖不疾不徐地划在他手心，迤逦出缕缕不绝的缠绵，她第三个字还未写完，虞浩霆忽然牵起她的手深深一吻，笑容里夹了几分暧昧："如此良夜何？"

顾婉凝摇摇头，澄澈的眸子嫣然简静，只一声不响地重又在他掌心写过，她静静写完放开他的手，虞浩霆却已怔住了——

如此良人何。

"绸缪束薪，三星在天。今夕何夕，见此良人？子兮子兮，如此良人何？"

一字一句在他心里怦然迸开了漫天花火，这一刻的璀璨喜悦竟是他从来不曾体味过的。他痴痴地看了婉凝片刻，突然抬手就将她抱起来旋了几圈。

叶铮在远处遥遥看着，啧啧了一番，跟卫朔闲话："你说顾小姐使了什么法子，能让四少这么高兴？"

卫朔脸上也露出了极少见的笑影："我要是从你身上拆了根要紧的骨头出来，再给你装回去，你高不高兴？"

叶铮本来没指望卫朔搭理他，听了他的话却是一头雾水："你这是什么怪比方？"

"《圣经》里说，上帝造人的时候，是从男子身上拆出一根肋骨造了女子。"卫朔声音沉厚，讲起话来没来由地就让人多了几分信服。

叶铮讶然地瞧了瞧他："你怎么知道？"

卫朔的面孔笼在幽幽的树影里，没再答他的话。

他怎么知道？顾婉凝在悦庐别墅的时候，欧阳怡常常来陪她，两个人都是读熟《圣经》的，只是顾婉凝并不信教，欧阳怡却笃信基督，颈间总戴着一个小巧的十字架坠子。有时候她们两个人说起《圣经》里的句子，他不懂，但他却喜欢看欧阳怡念到那些句子的神情："我们引以为荣的，就是我们处世为人，是本着神的圣洁和真诚，不

_025

是靠着人的聪明,而是靠着神的恩典。"

她的声音,她的眼神,她轻轻抚在胸口的手指……会叫他想起熹微的晨光,窗台的白鸽,天际的云朵。

他去看《圣经》,却觉得纸上的那些句子,远不如她念出的美。

欧阳怡走后,他去过一次教堂,金发的神父太严整,雕花的玻璃窗子太斑斓,穹顶的壁画太富丽……只有唱诗班的风琴声叫他想起她坦然干净的笑容。

叶铮见卫朔又默然不语,没话找话地打趣道:"不过,肋骨少个一根两根也不怎么要紧。我觉着顾小姐这样的,起码得是四少的眼珠子。"他说着,又想起另一件事来,"哎,要说顾小姐也挺有意思的,我听孙熙平说,她在旧京的时候,一直住在梁曼琳那儿。她这么大方,倒是四少的福气,就算四少真的要娶霍小姐,我看也不会出什么乱子。"

卫朔神色一凛:"你不要在顾小姐面前提这些事。"

叶铮闻言满不在乎地道:"反正四少也不娶霍小姐了。"

"谁跟你说的?"

"茂兰说的啊!他说顾小姐多半就是将来的总长夫人。我是觉得吧,既然顾小姐这么大方,未必就不肯委屈,四少还不如先娶了霍小姐,既不失礼霍家,而且——"叶铮越说越觉得自己有道理,暧昧地笑了笑,低声道,"我听说霍家大小姐也是个美人儿,齐人之福,皆大欢喜,多好!"

卫朔却知道虽然如郭茂兰所说,虞浩霆确是有了别娶的打算,但自始至终,虞夫人属意的都是霍庭萱;再加上虞霍两家和江宁政局的牵扯,虞浩霆想要别娶,恐怕得费一番功夫。他和顾婉凝又心结太多,这样的事他是绝不肯告诉她的。眼看霍庭萱年底就要回国,还不知道四少要怎么安排。眼下这金风玉露一相逢的佳期，绝不能被叶铮给搅了。

"顾小姐不知道以前的事，你一提，她要是想得多了，跟四少闹起来，城门失火，你就是池鱼。"

卫朔一向寡言少语，此时说出这么一番话来，叶铮自然听得小心，末了嘟哝了一句："女人就是麻烦。"

中秋的夜色宁和清亮，连山峦中的江流也叫澹澹月华淡去了白昼的喧腾，车行山间，清风虫鸣中的水声哗哗，欢悦轻快，映出人心里那一份不可言说的喜不自胜。这个时候，虞浩霆不大愿意提起别的人别的事，但郭茂兰今天说的这件事于婉凝而言，却是十分要紧的。他想要她无忧无虑，可她和他在一起，终究是不能："你要找人怎么不告诉我？"

"是郭茂兰告诉你的？"倚在他肩上的人儿抬起头，迟疑着说，"我想着，要是跟你说了，劳烦总长大人兴师动众去找一个败军之将的家眷，别人知道了，倒有些怪。"

虞浩霆莞尔一笑，抬手在她脸庞轻轻刮了一下："那个沈菁，你找她做什么？"

"她是个很有才华的画家，是被李敬尧强逼着去做姨太太的。我在广宁的时候和她见过一次，很端华清高的一个人。"顾婉凝说到这里，微微咬了下嘴唇，"乱军之中，流离颠沛，她那样一个身份，要是被人抓了，我怕她被人欺负……"

虞浩霆眉峰一挑，失笑道："唐骧的军纪还没有坏到那个地步。"见她垂了眼睛不再说话，便揽了她在怀里，调弄小猫一样安抚着，"婉凝，以后有什么事你都不许瞒着我，越是别人不让你告诉我的事，就越要让我知道，嗯？"

婉凝伏在他身前，看着两人纠缠在一起的手指，心不在焉地问："为什么？"

虞浩霆心里微微叹了口气："茂兰的女朋友你是不是见过？当时你要是跟我说了，就不会有后来他把你带到广宁的事。"

"因为他不该有事隐瞒你，是吗？"

"嗯。"

"可他是你身边的人，而且，我觉得他是好人。"

虞浩霆淡然一笑："这世上没有绝对的好人，只有对你好的人。我身边的人我可以信，你不能信。"

顾婉凝转头瞟了他一眼："因为我蠢？"

"因为你不能保护你自己。"虞浩霆轻笑着摇头，"你不蠢，但是你聪明在不该聪明的地方。在广宁你发觉那个白玉蝶不寻常，就该告诉小霍。"他说罢，却许久不见顾婉凝答话，"我说这些让你害怕了？"

"没有。多谢四少提醒。和你们这些人打交道，本来就应该处处小心的。"

"我们？"虞浩霆皱了皱眉，"什么叫我们这些人？"

顾婉凝抬起头秋波一横："你，你的人，邵朗逸。"

虞浩霆听她单单提起邵朗逸，不由好笑："他礼也赔了，还想得这么周到，你还记恨他？"接着声音低了低，贴在她耳边说，"况且，他也是为了咱们好。他要是不哄你这一回，你怎么'见此良人'呢？"

郭茂兰在广宁只耽搁了一天。

虽然他去之前，一班人就猜度他妹妹必然是不在了，否则李敬尧也不会寻个假的来充数，但终究还是存了点希冀，等到隔天回来，一看他的脸色，众人就都心知肚明不再多问了。只叶铮看见他一脸讪讪，又不知道说什么好。

郭茂兰回来那天，刚一照面就被他一拳顶在下颌上，他再动手，郭茂兰不说不动只是挺着硬挨，被他一脚就扫倒在地上，几个侍从赶上来拉开，郭茂兰却撑起身子沉沉说了一句："你们都让开。"

其他人犹豫着松了手，郭茂兰抹着嘴角的血渍，对叶铮道："你要是不解气，就接着来。"

叶铮揪住他的衣领子，刀子一样的眼神恨不得在他脸上戳出两个洞来，"你，你，你……"了半天，愣是不知道说什么，恨恨骂了一句："王八蛋！"推开他掉头走了。转天听虞浩霆说起郭茂兰的事，再想起昨天那个情形，心里只觉得他可怜，这会儿更不敢开口问他妹妹的事，想了想，殷殷勤勤地凑上去递了支烟："李敬尧那老小子，你怎么处置了？"

"埋了。"

李敬尧在丹孜被俘，原以为唐骥把他送回广宁是去见虞浩霆，他琢磨着德昭、盐来一带地势险峻，易守难攻，如今还在他的把兄弟马成田手里，虞浩霆多半要让他去劝降。没想到他在广宁关了三天，来见他的却是郭茂兰。

他眯着眼睛上下看了看郭茂兰，晃着脑袋笑道："啧啧，小郭，你还真敢回去跟姓虞的，他眼下不杀你，无非是想叫别人看看他御下宽厚，你以为他还真把你当亲信？算了，你的事我也管不了。说吧，他想让我干什么？"

郭茂兰却并不搭他的腔，眼光冷冽地扫了他一眼，吩咐卫兵："绑了，带出去。"

看管他的守卫立时就有两个人上来绑他，李敬尧张口要骂，转念一想好汉不吃眼前亏，斜眼看着郭茂兰"嘿嘿"冷笑了两声。

李敬尧在广宁这两天,唐骧倒也没为难他,就把他拘押在督军府里,只是着守卫严加看管,想到屋外遛弯儿也不能;此时虽然被绑了出来不大好受,但眼前秋阳一亮,还是忍不住惬意地吸了口园子里清润的空气,心里猜度着郭茂兰要玩什么花样,定神一望,却是倒抽了一口冷气:几个持锹的军士就在他眼前规规矩矩挖了个一米多深的方坑!分明就是个埋人的架势。换了常人兴许腿就软了,可他李敬尧不是吃素的,没有虞浩霆点头,郭茂兰绝不敢就这么黑了他,无非是唬他罢了!当下从容一笑:"小郭,我也不是吓大的,你犯不着跟老子来这套!虞浩霆让你带什么话给我,你就直说吧。"

"四少跟你没话说。"郭茂兰语气里听不出一丝情绪,偏了脸轻轻一抬下颌,边上的守卫便会了意,伸手一推,李敬尧脚下不稳,向前一扑,就栽了进去。他挣了两下,奈何双手都被反剪着绑在身后,却是站不起来,李敬尧胸中火起,刚要破口大骂,不防一锹黄泥径直摁在了他胸前,不等他反应,接着又是一锹,几个人一板一眼地"干活",郭茂兰竟一点儿出声拦阻的意思也没有。

李敬尧脑子里闪过数个念头,脱口道:"郭茂兰,你是要拿你的救命恩人跟姓虞的表忠心哪?"

郭茂兰负手望着天际的云影,并不看他:"就算我欠你一条命,那阿柔呢?"

李敬尧闻言一惊,避开兜头撒下的泥土,向前挣了两下,大声道:"阿柔不是我杀的!这几年我真是把她当女儿一样照顾的……茂兰,你听我说!我不是存心骗你,我真不知道阿柔有病……都是小十那个贱货不好,养什么狮子狗给阿柔玩儿……大夫来的时候,已经晚了。茂兰你想想,就算是为了辖制你,我也不会——呸——"李敬尧吐了两口溅在嘴里的土,抢道,"那件事真是意外!"

"意外?"郭茂兰眼里莹光一闪,一边唇角斜斜勾起,"阿柔有哮症,她从小就不近这些东西。"

李敬尧迟疑了片刻,也顾不得再躲撒在身上的黄泥,目光闪烁地觑着郭茂兰:"小十那会儿刚嫁过来,非要个抱狗的丫头……你也知道阿柔的身份不能让外人知道,我这也是为你着想……茂兰,你让他们停下。"

郭茂兰却无动于衷:"阿柔葬在哪儿了?"

李敬尧忙道:"你先让他们停下,我们再说话。"

"说——你说了我给你个痛快。"

身畔的泥土已经没过了他歪在地上的肩膀,李敬尧一咬牙,狞笑道:"我就不相信你小子敢这么黑了我!"

郭茂兰忽然走到坑边,蹲下身子捻了把土往他身上一扬:"四少说,你这个人他没什么用。"说着,摘了手套往坑里一丢,转身就走,那手套转眼便被泥土盖住了。他刚走出两步,便听李敬尧在他身后叫道:"郭茂兰,你站住!你告诉虞浩霆,我去替他劝马老三。"

郭茂兰却充耳不闻,李敬尧被骤然袭来的惶恐淹没:"阿柔葬在西郊……西郊的……"

郭茂兰转过身来直直盯住他,李敬尧避开他的目光,面上掠过一点迟疑:"应该是西郊。"

"应该是?"

李敬尧惊觉自己说错了话,却已来不及改口,他半边身子都陷进土里动弹不得,慌忙道:"阿柔的后事,是曹管家料理的,应该是西郊,没错!是西郊,是西郊……茂兰!你叫他们停下,茂兰……"然而郭茂兰只是漠然地看着他,不说,不动,仿佛只是一尊雕像。

李敬尧双眼充血,恐惧尽头又激出了一阵暴怒:"郭茂兰!你这个忘恩负义的东西,半边人脸,半边狗脸!我倒要看看,你跟着姓虞的能跟出什么好来……"

_031

他开口一骂，郭茂兰转身便走，他步子并不快，一步一步却都踩在了李敬尧心底："小郭，小郭！你回来……你回来……"

等他的背影消失在回廊深处的时候，李敬尧也叫不出来了。

顾婉凝要找人，找的又是有名有姓有来历的，碰上了自然就不会错过。

广宁城破的时候，沈菁就没有走，凌晨时分，督军府里一片兵荒马乱，少爷小姐姨太太们收拾细软安排车子，她只避在一边，冷眼看着这一片高楼将倾繁华事散，只想着等这府里的人走得七七八八，她正好趁乱了结了这场噩梦。

沈菁没打算立刻离开督军府，这个时候在乱兵之中瞎撞，死在什么人手里都不知道；而李敬尧的督军府不是等闲所在，虞军进城之前这里有锦西的卫兵看守，若是虞军进了城，也一定先有人接收这里，反而安全。她只要换过衣裳，充作李府的下人，应该不会有人为难——那时候，她就再也不用待在这个不见天日的鬼地方了。

"沈先生，广宁李敬尧保不住的，你早做打算。"她之前遇见的那个女孩子也不知道是什么人。她被娶进督军府的时候，李敬尧怕她跑，让她住了府里最深幽的一处院落，前些日子叫她搬了出来，她也无所谓，只是感叹不知道什么人竟和她的运气一样差。

过了几天她想到这边的花园来写生，却让卫兵拦住了，园子里一个素衣黑裙的女孩子听见响动回头一望，两人打了个照面，沈菁心道，怪不得锦西都快打烂了李敬尧还有这个心情，这样美的一个女孩子，十七八岁鲜花初绽的年纪，却落到这样一个境地。

沈菁正暗自嗟叹，却见那女孩子打量了她一下，忽然眸光一亮，赶了两步过来："请问，您是不是沈先生？"

沈菁一愣，这称呼许久没有人在她面前提过了，再看她身后除了丫头还不远不近地跟着两个守卫，更是诧异，一个楚楚倩倩的女孩子也用得着这么如临大敌地看着？

只是看她面上却并没有凄然伤心的神色，沈菁一时也理不出头绪，只礼貌地点头致意："我是沈菁。"

那女孩子先是惊喜，转眼却又蹙了眉："沈先生，我在江宁看过你的画展，你不该回锦西的。"说罢，似是觉得失言，抿了抿唇，歉然望着她。

沈菁寂然牵了牵唇角："不知道这位小姐怎么称呼？"

"我叫顾婉凝，是燕平女大西语系的学生。"

沈菁听了更觉得惋惜："那你怎么会到广宁来？"

"我……"顾婉凝欲言又止，看了看近处的守卫，走近了一点，低声道，"沈先生，广宁李敬尧保不住的，你早做打算。"

这样一句话着实让沈菁诧异，更猜不透这女孩子的来历。今天这一晚都没有看见她，也不知道是怎样了。

先闯进督军府的是虞军的一个营长，正侧偏后几扇门都围了，又把府里剩下没来得及跑的二十几口人都拢到了一处。这些人不是老得跑不动的，就是人伢子卖进来年纪小没处去的，还有几个出了门看见外头过兵又唬回来的，都吓得战战兢兢。

好在虞军的人也没有为难他们，一个军官过来登记了他们的身份，中午还敷衍了事地管了他们一顿饭，沈菁冒了自己贴身丫头的名字，边上有认识她的也没揭穿。大概是虞军的人觉得里头没什么要紧的人，也就懒得搭理他们，只顾着造册登记府里的东西，看管也松了些，后来又许他们自己到厨下做饭。

一直到第三天下午，薛贞生才到督军府来，先查过了物资清点的记录，李敬尧走得急，留下的东西倒还不少，大致翻了翻交给军需的人核对。又把拘押的这一班人带过来扫了一遍，径直点出了沈菁：

_033

"你，出来。"

沈菁心下暗惊，却也只能硬着头皮出来。

"你叫什么？在督军府是干什么的？"

"我叫水仙，是伺候十七太太的。"沈菁小心答了，暗忖自己这个说法应该没有纰漏，李敬尧的十几个姨太太，别说虞军的人，就是广宁的近卫能认全的也不多，何况她前两年一直都被看得很严，极少出门，更少有人认识。

不料她话音刚落，薛贞生便吩咐卫兵："把这女人单独看起来。"

沈菁急道："这位长官，我不过是个下人……"

薛贞生面庞端方，眉色极浓，从她脸上扫过的眼神里带着嘲讽："下人？我听人说你们李督军是'玩不尽的格，丧不尽的德'，没想到——督军府的丫头也烫头发的。"

他此言一出，沈菁刹那间就面如土色，她竟没想到这个。薛贞生见她说不出话来，心里默送了这女人一个"蠢"字："想必您就是十七太太吧？算起来该是李督军这两年的新宠。怎么？他走的时候没带着你？"说罢，也懒得再理她，李敬尧的家眷怎么处置，虞浩霆没有交代，先搁在这儿看着，回头再说吧。

沈菁就这么被拘在督军府里听天由命，后来又陆陆续续被关进来了七八个"督军太太"，有吓得半死的，也有满不在乎的，十四太太小云仙最是泼辣，涂好的艳红色蔻丹放在唇边轻轻一吹："怕什么？要杀你早就杀了，给谁当小老婆不是当？我听说那个虞四少——很苏气哪。"

直到郭茂兰奉命来处置了李敬尧，才向薛贞生问起有没有一个叫沈菁的，薛贞生倒也不问他为什么要找李敬尧的姨太太，只说："人都在那儿，至于里头有没有这么一个，我就不知道了，你去问吧！"

到了这个份儿上,沈菁避无可避,其他几个女人都不会替她瞒着,只得一路忐忑跟着郭茂兰去了涪津。

到了虞军行辕,沈菁留意各处卫兵军官跟郭茂兰打招呼的声气态度,即便不懂虞军的军衔标志,也看得出他大约是个有身份的,却不知道他带自己到这儿来是何用意,满腹心思地穿堂入室进到内院,郭茂兰才停了步子问门口的侍卫:"顾小姐在吗?"还没等沈菁细想,便听那侍卫答道:"顾小姐在,总长也在。"

顾小姐?总长?

沈菁心神一乱,他们说的难道是虞军的参谋总长,这回打烂了锦西的虞浩霆?他们把她带到这儿来做什么?李敬尧的事情她什么都不知道。却见郭茂兰点了下头径直往正房走,她也只好跟上。

刚一走近,就听见一个女孩子的声音隔着窗纱透了出来:"等我回去,还不知道要补多少功课呢。我的戏也只学了一折半……"这声音清婉里带着一点娇甜,像是在哪里听过,接着是一个笑意温存的男声:"功课我找人来替你做,倒是你说学戏,怎么没跟我提过,学的什么?和谁学的?"

沈菁听在耳中不由一阵恍惚,这一言一问里尽是闺阁情致,和锦西数日来的战火狼烟不啻天壤。转眼两个人走到厅前,郭茂兰示意她稍等,自己迈步进去打了报告:"总长,顾小姐要找的人带来了。"

说话间,内室的湘妃帘朝外一扬,一个穿着浅杏色绣花旗袍的女孩子款款走了出来,眉目盈盈,容色玉曜,正是之前在督军府里被严加看管的那一个。身后给她打着帘子的,是个身姿挺拔的戎装军人,沈菁只依稀看见他一肩侧影,便觉得这人身上的意气飞扬,如骄阳雪峰一般叫人只得仰望。

只是那女孩子一出来,跟着便挤出一只黑白相间的牧羊犬,那人只好让了一让,叫这狗先出去,沈菁纵然心事重重,看在眼里也不由好笑。

"沈先生,还好你没事。我听说丹孜那边打得很乱,担心你的安全……"顾婉凝带着些歉意微微一笑,"婉凝冒昧了。"

沈菁原本就不善言辞,此时见到她备觉惊讶,迟疑着说:"我没有离开广宁,一直就在督军府里。"她一句话未完,就见跟着顾婉凝出来的那个年轻人俯在她耳边悄声低语了一句,抬头时面无表情地打量了自己一眼,便绕过了她,刚才带她过来的军官亦十分恭谨地跟了出去。

顾婉凝见沈菁一脸惶惑,忙道:"沈先生,您请坐。"一面说一面倒了茶递到她面前,"请喝茶。我这个朋友不大喜欢和人应酬,还请您不要见怪。"

沈菁疑惑中想了想方才的一番来龙去脉,恍然道:"顾小姐,你的这位朋友……是姓虞吗?"

顾婉凝微一点头,沈菁见她面露赧色,了然之余更是诧异:"那你之前怎么会在广宁?"

"这件事解释起来有些复杂。"顾婉凝低头一笑,"李敬尧把我扣在广宁,想跟他谈和。"

沈菁摇了摇头,冷清的笑容中带着嘲色:"他这个如意算盘是落空了。"

初秋的轻风徐徐穿堂而过,吹动了两人的衣角,顾婉凝斟酌着问道:"沈先生,你如今……是打算离开锦西吗?"

沈菁风轻云淡地摇了摇头:"我家在崇州,当初为了学画,在外面待了很长时间,如今人长大了,反而恋家。我回来原是准备到艺专去教书的,现在不知道这场仗要打到什么时候。不过——"她垂了眼眸,自嘲地一笑,"没有这场仗,我也出不了督军府。所以,自私一点儿说，倒要谢谢你这位朋友。"

婉凝默默听着，想着她这一番际遇，不免黯然："沈先生，眼下从这里到崇州，沿途都是军管，如果你要回去，我可以请人送你。"

"那就多谢你了。"沈菁眼中浮出了一点感激的暖色，静了静，还是忍不住问，"我们素不相识，顾小姐何以这么关心我的事？"

"我以前和同学一起看过你的画展，后来你回了锦西，我们在报纸上看到你的事情，都觉得很……"她想起那时候和欧阳写了小文投去报馆，一路回来还愤愤不平的情景，"匪夷所思。"

她声音一高，Syne立刻警觉地站了起来，婉凝俯身将它抱在膝上，在头顶拍抚了两下，"那天我看见你带着画板出来，就猜你会不会是沈菁。广宁城破那晚我也出了点状况，没有来得及找你。"

沈菁见她举止娴雅，又有些小女儿的娇憨，想到方才自己在门外听见的那一言一问，心下揣度她多半是大家千金，和那虞四少又是少年爱侣，当然对这样的事情"匪夷所思"。其实，自己当初又何尝不是"匪夷所思"呢？

贰

解语

他们叫我作"风信子的女郎"

"人送走了？"

"是，顾小姐吩咐，送她回崇州了。"叶铮嘴里答得不动声色，心里却暗自纳闷，怎么沈菁的事情让虞浩霆这么上心？还打发自己一个大男人去听墙根儿？要是个翩翩才子还勉强说得过去，一个女人跟顾小姐说说话有什么要紧的？

"她们两个人……刚才说什么？"虞浩霆脸上没什么表情，声气里却仿佛有一丝烦躁。

哈，还真问？可听墙根儿也是军令啊！叶铮只好一本正经地答道："也没说什么。就是顾小姐问那个姓沈的以后什么打算，她说要回崇州家里。顾小姐说以前看过她的画展，还对她的什么事情匪夷所思，后来还说了些学校、教书的事，那女人是个画画儿的。"

他一路说着，睃了睃虞浩霆的脸色，却见总长大人神情肃然："她们没说到我吗？"叶铮一愣，仔细想了想，说："反正我听的时候没说到您。"

匪夷所思？沈菁的事让她觉得匪夷所思，那他呢？

"这样无耻的话,军长也能说得如此坦然。"

"除了仗势欺人,你还会什么?"

"你和冯广澜有什么分别?"

他暗自叹了口气,想起她在他手心一笔一画写的那句"如此良人何",那现在,总归是不一样了吧?

顾婉凝的行李都丢在了广宁,她身上这件浅杏色的旗袍,是骆颖珊在附近寻的,袖子和腰身略有些空,襟前到腰际辗转出杏林春燕的纹样,透着几分旧时女子小家碧玉的清丽讨喜。和军装严整的骆颖珊在一起,一个英气飒爽,一个娇柔婉转,两个人灯下凭窗,剥着橘子嘀嘀咕咕有说有笑,一看见虞浩霆进来,骆颖珊立刻便敛了笑容行礼告辞。

婉凝伤后初愈,脸色仍有些苍白,一双眸子却格外清澈,小扇子一样的睫毛向上一扬,看得虞浩霆心里更多了两分忐忑:"你们刚才聊什么,说得这么开心?"

"颖珊给我讲她家里的事,她家里有四个哥哥呢!"顾婉凝且言且笑,把手里刚剥好的橘子递给他,莹亮的眼波悠悠凝在他脸上,"你该多笑一笑的。颖珊很怕你,她说,叶铮他们也很怕你。"

虞浩霆接过橘子,还没吃,心里就是一股清甜,眼中的笑意愈发温软:"叶铮可不怕我。"说着,心思一跳,探询地望着她,"那你怕不怕我?"

婉凝笑着摇了摇头:"以前怕,现在不了。"

虞浩霆靠着桌案挨在她身边,听到这一句,这半日的忐忑都放下了,随手剥了瓣橘子往嘴里送:"为什么?"

"我以前怕你去抓我家里人,还怕你不让我去学校。我现在知道,就算我不想和你在一起了,你也不会怎么样的。"她一五一十说得认真，虞浩霆在旁边听着，嘴里的橘子却越来越苦——原来是这么一个不怕他了。

什么叫"就算我不想和你在一起了，你也不会怎么样的"。他也不会怎么样？是，他还能怎么样？他不想让她怕他，可她这么说出来，怎么都让他觉得不舒服。

"婉凝，是不是……"

"什么？"

"是不是如果朗逸没有骗你到锦西来，你就再也不会见我了？"虞浩霆盯着手里的橘子一动不动，语速极快，声音也很轻。

婉凝一怔，恍然醒悟大约是今天他见了沈菁，又勾起了之前的旧事。倘若没有邵朗逸那一番动作，她是不会来见他，可是，她一定要躲着他却是一个她无论如何也不能说的缘故。

她许久不肯答话。有些话，不说，就是说了。

"我明白。"虞浩霆涩涩一笑，把婉凝拉进怀里，手指轻轻绕着她的辫梢，"这两年，我总在想，要是当初我少混账一点，你就算是伤心，也不会就那么走了。我知道是我不好，你要是还气我，打我、骂我怎么样都成，就是别再说'不想和我在一起了'，行吗？"

他俯下身子，轻轻抵着她的额头："宝贝，行不行？"

他一番软语温存，如同Macaron香甜绵软的内核，一尝就黏在了心尖上，顾婉凝飞红了面孔不肯看他，心思一转，却是低着头"扑哧"一笑。虞浩霆被她笑得颊边一热，手臂箍了箍她的腰："好笑吗？"

婉凝两手撑在他胸口，眉眼弯弯地抬头望着他："我不是笑你，是你这些话倒跟我学的戏有点像。"

虞浩霆听她这样一说，倒来了兴致："对了，你还没跟我说你怎么学起戏来了，和谁学的？"

"仲祺有个哥哥叫韩玿,我跟他学昆腔。要不是耽搁在这边,我那折《佳期》也差不多学好了。"她说着,却见虞浩霆面上掠过一丝意味不明的笑意:"你跟韩玿学戏啊?"

"你也认识他?"

虞浩霆点点头:"他唱得不错。"眼风一飘,笑得就有些坏了,在婉凝手背上低头一吻,"他教你学《佳期》?里头那支《十二红》你学了没有,你唱唱看?"

顾婉凝被他看得有些心慌,连忙摇头:"我还没学好,我先学的是《思凡》。"

《佳期》?《思凡》?韩玿还真是个妙人,专拣着风月撩人的戏码教他的宝贝,要是别人,他弄死他的心都有了。不过,韩玿嘛……学就学吧!

"似露滴牡丹开,香恣游蜂采。"他想一想就觉得浑身发燥,耳鬓厮磨地俯在她耳边,"《思凡》?《思凡》也好,你唱给我听听。"孤枕独眠,好不凄凉人也——她懂了吗?她要是懂,那她想他吗?别的心思都丢开了,他托起她的脸庞就亲了上去,另一只手已扣住了婉凝的腰。

这一下变故突然,顾婉凝脑子里"嗡"的一声,怎么上一秒还在说她学戏的事情,下一秒他就压开了她的唇?她还在犹豫要不要唱一段给他瞧瞧,他就这样……那她还怎么唱?这个人真的是没有逻辑,她的舌头都麻了他才放过她,手指在她颈子后头沿着脊柱虚虚划了下去,在她身上激出一道电流:"宝贝,你可真甜。"

甜?她刚刚吃了橘子,当然是甜的。她夹在他和桌案之间,他迫着她,她就忍不住后退,眼看就要硌在桌沿上,却被他一把捞了起来,捧在怀里就往卧室走,笑微微地把她放在床边,一面探身去亲她,一面解了自己领口的衣扣。

他们两个人什么都有过，她不是不谙人事的小孩子，他这个样子，她当然知道他要做什么。她觉得自己的脸像要烧着了一样，期期艾艾地挤出一句：

　　"我……我给你唱那支《风吹荷叶煞》吧。"

　　虞浩霆解了外套撂在一边，揽了她靠着自己胸口，在她眉间发上柔柔吻着："好，你唱，我给你打拍子。"说着，两根手指在她腰间轻轻点了两下，另一只手也不肯闲着，径自去解她旗袍的纽子。她犹犹豫豫地去按他的手："你干吗？"却被他捉住了送到唇边，灿若星光的眼眸里闪出一串串火花，嘴里言不由衷地哄着："宝贝，乖，我看看你的伤。"

　　婉凝虽然被他调戏得有些头昏，可脑子还是清楚的，当即扁了嘴："你才不是要看我的伤，你是想要……"

　　"我想要什么？"虞浩霆嬉笑着凑过来，"嗯？我想要什么？你说，我听听你说得对不对——"

　　旗袍的盘扣并不好解，她自己平时也要认真摆弄，在他手里却一颗接一颗缴了械。他还真是先去"看"了她的伤处，缝合的印记还在，新愈的粉红色伤痕叫人心疼，他的舌尖熨在上头，像安抚又像是撩拨，沿着她的锁骨蜿蜒而上，噙着她颈后幼细的带子轻轻一扯，他倒是很久没有见过女孩子穿这个了。是了，她的衣裳行李都丢在广宁，这是骆颖珊给她出的主意吗？

　　衣襟里露出一角樱桃红的缎子，粉白嫩绿花叶葳蕤绣的是桃花吗？衬着她的莹白剔透，让人看一眼就血脉贲张。他的手从散开的衣襟里探进去摸索她背后的绳结，手掌下的柔软滑腻瞬间战栗起来，她蹙着眉头呜咽着扭了扭身子，似乎是不太满意，原本攀在他肩上的手都依稀是在推他了，他只好低声诱哄："乖，不怕，和以前一样的。别推我了，让我好好亲亲你。"

以前？一样？

顾婉凝原本昏昏沉沉的情绪突然被他这句话点醒了。和以前一样？她想她能记得起来"以前"，他说的"一样"是什么意思？他记得的是一样的吗？她想让他停下，话到嘴边却又不敢，不管怎么样，有件事却是"一样"的，她怎么样他都不会停下的，她撒娇也好，装死也好，什么都没用。她唯一反抗他的那一次却是个不寒而栗的教训，"发情期"的人是没有道理可讲的，她这样想着，虽然已经决定"慷慨就义"了，可还是忍不住觉得委屈。

虞浩霆却不知道自己随口一说，竟然叫她转了这么多念头，他只觉得她推在自己胸前的手更倔强了，拉过她的手十个指尖挨个亲了一遍："不许再推我了。"顺势握着她两只幼白纤细的腕子往枕上一掀，整个人都覆了上去，在她颈间耳畔轻轻哈着气，"宝贝，你再不要我，就出人命了。"

却发觉怀里的香软的身体骤然一僵，他抬头去看她，却见顾婉凝竟像是有些要哭的意思："我不推你了，你别绑我。"话里犹带着一丝惊惧。

虞浩霆一愣，慌忙松了笼着她腕子的手："我怎么会……"转念间便想起，他们之前那一次，她推得他烦了，他扣了她的腕子随手用衬衫缠了上去。可他不是存心要绑她，连结都没打，她挣一下就散了，大约她是被吓住了，根本就没敢动。

他撑起身子侧到一边，探手把她揽起来，在她背脊上来回摩挲着抚慰："我怎么会绑你呢？都是闹着玩儿的，我以后再不这样了，好不好？宝贝，你别怕。"

顾婉凝一放松下来，积存了许久的委屈无声无息地渗了出来，抿了抿唇，很认真地摇了摇头："你不是闹着玩儿的，你说和以前一样。"

"我说的不是那个,除了那一次……"当真是自作孽,不可活!炽烈的欲念拱得人难受,她软软地偎在他身上,让他的按捺越来越勉强,"以前我们多好啊,是不是?你喜欢怎么样就怎么样,宝贝,你说……"

不料顾婉凝仍是摇头:"你很重,力气还很大,你还咬我,不让我睡觉……"她语无伦次地说着这件从来不敢跟任何人说起的事情,终于如释重负,"你很吓人的,你知道吗?"

虞浩霆听她说着,脸色越来越难看,他们分开这些日子,他反省过许多事,却从来没有想过这个。他一直自认这方面还是很不错的,尤其是对她,从来都是百般娇宠,着意的温存体贴,她明明就是很喜欢,只是害羞不肯说罢了,没想到,她竟是这样一番"观感"。他却不知道,他越是一点一滴留意她的反应,就越叫她觉得难堪;那些叫她羞愤欲死的"喜欢",一旦缠绵过后,就全被她算在"很吓人"的范畴之内了。

他从来没有这样挫败过,疏解不开的欲望仿佛也成了一种嘲讽,他把脸埋在她颈窝里,深切地呼吸着她的清甜,却再不敢碰她。

突如其来的静默暧昧又诡异,婉凝点了点他的肩,小心翼翼地问:"你要睡了吗?"

"嗯。"虞浩霆含混地应了一声,片刻之后,便听见她犹犹豫豫的声音:"那我也要睡了。"

她这是叫他走吗?他怎么走得了?他仍是不置可否地"嗯"了一声,声气十分冷淡。他是生气了吗?婉凝试探着在他肩头揉了揉:"其实你也没有很坏……"

也没有"很坏",呵,她是给他台阶下吗?他不知道是该叹还是该笑,却不防她竟朝他身上偎了偎,"别动!"他声气急促,顾婉凝一惊,一动也不敢再动了。

良久，才听虞浩霆问："你在旧京的时候，会想我吗？"

这一次，他的声音很静，叫她想起夜雪初霁的远山，傲岸又寂寞。

你会想我吗？

她每次想起他，都会觉得那么不可理喻，可悲，可笑，她不知道该怎么说，那些让她惶然的闪念算是想念吗？她并没有想要和他在一起，她不过是想知道他好不好。她说想，那一定是在骗他，可是说不想，也不是真的，她咬着唇，仿佛自言自语："我会尽量不去想。"

虞浩霆窝在她颈间无声一笑，若叫解语应倾国啊！她就不肯哄他一句吗？可若是真的不想，又哪儿还用得着"尽量"呢？真真的任是无情也动人，呵……

细雨霏微的庭院寂然无声，院子里植着两株香樟，阔大的树冠晕开浓绿的荫，湿蒙蒙映出一窗碧色，偶尔有飞鸟归巢离树，振羽的声响异常清晰。

顾婉凝早饭吃得兴味索然，此时和骆颖珊下棋也心不在焉，她本来就棋力有限，又敷衍着落子，未到中盘，已溃不成军。骆颖珊也觉得无趣，抬手把盘中的棋子"哗啦"一抹："你想什么呢？"

"嗯？"顾婉凝也不在意，托着腮下意识地便朝窗外望去，"没什么啊。"

骆颖珊见状，一本正经地抬腕看了看表："人家说，一日不见，如隔三秋。那三个钟头不见，算是多久呢？"

顾婉凝手里握着方才没来得及落下的一颗棋子，掌中一点沁凉如檐前落雨滴进手心，懒懒答了一句："四个半月吧。"

骆颖珊"扑哧"一笑："假正经！"说着，眯起眼睛狐疑中带着暧昧，"总长前些日子更忙，我怎么没见你这么挂念他？"

婉凝起身俯在窗口，看着外面的细雨如丝："我没有。"

她没有挂念他，她只是在想，他是生气了吗？她昨晚说罢那句"我会尽量不去想"，他抚着她的头发低低说了一声"睡吧"，就再也没有开口。等她醒来，他的人已经不在了，她却不知道他是什么时候走的。是昨晚，还是早上？他陪着她的时候，她总是睡得很沉。他是生气了吗？是因为她说他"吓人"，还是因为她说她不肯去想他？

骆颖珊见她薄愁淡淡若有所思，心里也生出一股惆怅来，依她的样子支颐靠在窗台上："要是你这样的还愁眉不展，我这样的可怎么办呢？"她平日里总是英气爽朗，此时这样柔声一叹，倒叫顾婉凝有几分意外，想了一想，蹙眉问道："他比你大了快二十岁，你跟他话都没说过几次，你喜欢他什么呢？"

骆颖珊嘟着嘴招呼给她一个"你不懂"的眼神："我第一次见他，就想起一句话——'矫矫庄王，渊渟岳峙'，出处我都不记得了，只这一句记得清楚。那样的男人，就算跟着他去讨饭，都让人觉得安心。"她前一句忆得古雅，后一句却说得俗白，顾婉凝听了不禁莞尔："你想要跟他去讨饭可难了。"

骆颖珊鼓了鼓腮，整个人瞬间就变作了"气馁"的象形字："人家有妻有子，相敬如宾，我也就说说罢了。"

顾婉凝刚想安慰她几句，忽然外面卫兵行礼的声音一响，她的心跳立时就漏了一拍，瞥见回廊里人影晃动，连忙从窗边避开了。

雨滴顺着屋檐落在阶前的秋海棠上，在暗红的叶脉上激起一下下的心跳怦然。

虞浩霆隔着淡赭色的帘影望见顾婉凝，心上没来由地轻轻一抽，她静静立在窗边，听见他进来也没有抬头，淡薄的天光落在她身上，明明暗暗，仿佛烟雨空蒙中的柔枝委婉，有撑不住雨湿花重的委屈。

骆颖珊还没来得及跟他行礼，虞浩霆已经走到顾婉凝身边，牵起她的手："怎么了？"

顾婉凝摇了摇头，却仍是垂着眼睫不看他，她忽然一阵委屈。《诗经》里说，"既见君子，云胡不喜"。可在心里默默念过，无端就叫人觉得怅惘。既见君子，便是花月佳期，之前的荒凉宛转风雨如晦自然都不必再提，那些曲折的女心转眼便成了三春好处无人见，十二亭台是枉然。

虞浩霆见她抿着唇默然不应，面上划开一抹带了苦意的笑容，将她拉在怀里，轻柔耳语："你还在气我呢？"

她仍是摇头，他还要问，却突然发觉她的手臂圈在了他身上，轻微又执拗地用力，若有若无之间那不可言说的依赖，让他骤然一僵。

"那天在广宁，枪响的时候我一点儿也不害怕，只是后来我看见仲祺脸色那么坏，我才想，不会我真的就这么死了吧？"她娓娓地说，话里还牵着几分跳脱的笑影，他的怀抱却愈发束紧了。

"那时候，我只后悔一件事。"她抬起头，颊边似晕上了帘外的棠红，"之前在竹云路，我知道我说那些话，你一定会伤心……其实，我没有那么想，我只是想气你走，我应该告诉你的，可是我不想再提了。"

她轻轻吁了口气，脸颊贴到他胸口，既见君子，云何其忧？那一晚，她躲在暗夜中，从窗帘的缝隙里看他，漫天冷白，岑寂无声，他孤寞如岩的身影却是她最深的委屈。

她的话一句一句落在他心上，柔柔抚过那些无人窥见的伤口，仿佛一束暖亮的柔光照进幽寒的深潭。那感触太过深切，竟让他无法言喻，只能拥紧了她，闭目一笑，柔声道："是我不好。我那天就该带你回去,女孩子从来都是口是心非的。"

怀里的人却幽幽如叹:"那我会恨你的。"

虞浩霆低头在她发间落下一吻,眉目间的笑容一丝阴霾也无:"我不怕你恨我,只要你不为难你自己。"说着,拿过衣架上的披肩裹在她肩上,"走,我们去趟广宁。"

战事将歇,广宁城内还是一片萧条,街面上行人不多,仍在开门做生意的店铺不过十之三四。婉凝本来以为虞浩霆过来有公事,没想到车子却停在了一处酒楼门前:"我们到这儿来干吗?"

"吃饭。"

虞浩霆牵着她径直上到二楼,郭茂兰已等在那里,见他们上来,便推开了包间的门。顾婉凝四下打量了一眼,包间里头的陈设修饰都寻常,壁上的条幅字画乏善可陈,窗外也不见别致风景,唯有绿荫掩映,不由奇道:"为什么到这儿吃饭?"

虞浩霆只含笑望着她:"不为什么。"

片刻工夫,已经有勤务兵过来上菜,几样蜜碗、到堂点还罢了,等凉粉鲫鱼、开水白菜几道菜上来,顾婉凝一尝便笑了:"这里做菜的师傅是李敬尧家的。"

"我原想请他去江宁的,可他却说故土难离,我只好出本钱给人家开店了。"虞浩霆悠然笑道,眼波如杯中浅碧的酒,"不过,我跟老板说好了,要是虞夫人喜欢,就得麻烦他歇业两天,到江宁来烧几样菜。好不好?"

顾婉凝一边跟碟子里的鱼肉纠缠,一边若无其事地微微一笑:"我记得——虞夫人喜欢淮扬菜。"

虞浩霆敛了笑意,把她面前的碟子端了过来,用筷子拨着鱼刺,娓娓说道:"之前我跟家里说,要替父亲守孝三年,不谈嫁娶的。我们这次回江宁先订婚，明年再行婚礼，你说呢？"说着，把剔好的鱼肉递给她。

顾婉凝颊边飞红，用筷子点了点碟子里的鱼肉："吃鱼的时候别说话，有刺。"

虞浩霆含笑点了点头："好。"

婉凝慢吞吞吃了碟子里的鱼，见他犹自笑吟吟地看着自己，只好搁下筷子，闷闷说道："明年我还不到二十岁。"

虞浩霆笑道："你是一定要等到满了二十岁才嫁人吗？"

婉凝轻轻咬了下筷尖，犹犹豫豫带着一点撒娇的意味："不是，我不想结婚。欧阳的姐姐就不结婚的，我们都佩服她。"

虞浩霆又替她拆了片鱼肉，幽深如海的眼睛在她脸上迂回了一遍，像探寻又像是安抚，既而柔声道："就算是我们结婚，你想要做什么，你尽管去，我又不会拦着你。"他话音一落，就听见顾婉凝小声嘟哝了一句："你见过有总长夫人每天去上课的？"

虞浩霆手中的酒杯停在了唇边，抬眼望着她凝眸一笑："你说什么？"

顾婉凝见他神色暧昧，心中一省，讪讪红了脸："没什么。其实——结婚这种事也没什么意思，八十年前就有个女作家写过：婚姻迟早会被废除的。"

虞浩霆沉吟一想："你喜欢George Sand？"

顾婉凝闻言倒有了兴趣："你也看她的书吗？"却见虞浩霆不置可否地皱了眉："法国人到现在也没有废除婚姻。那结婚——就没有一点好处吗？"

婉凝默默吃着东西，觑了觑他的脸色："也不是，有一个好处的。"

"什么？"

_051

顾婉凝眸光闪亮："女孩子结了婚，就可以在床上吃早饭。"

"就这个？"虞浩霆哑然失笑，随即爱怜地看着她："你放心，你不愿意做的事，我一定不会逼你。不过，等我们结了婚，我保证——你想在哪儿吃早饭都可以，你想在床上吃什么都可以。"

顾婉凝一笑低头，心里暗暗吁了口气。

锦西大局已定，虞浩霆却迟迟不回江宁，好容易动身，却是先去了龙黔，又转道燕平，侍从室的人瞒不住，只好向虞夫人交代了顾婉凝的事。已到深秋，栖霞官邸的草坪仍是幽绿如茵，邵朗逸陪着虞夫人闲闲散步，康雅婕和几个丫头在不远处哄着乐蓁玩耍。

"那女孩子是你送到锦西去的？"虞夫人面上一派闲适，话里却带着责意。

邵朗逸淡然笑道："浩霆这些日子可是辛苦得很，我这个做哥哥的瞧着都心疼，难道姨母不心疼吗？"

虞夫人轻轻叹了口气："庭萱下个月就回来了，他把这么一个女孩子放在身边，像什么话？"邵朗逸闻言，垂眸浅笑："您这不是说浩霆，是在说我不懂事了。"语气中竟有些撒娇的意味。

虞夫人蹙眉瞥了他一眼，十分无奈："算起来，你在我身边的日子比浩霆还多，外人看着他年轻沉稳，说到底——他还没有你一半的老成，你该多提点着他。"

"姨母这还是在教训我。"邵朗逸故意板了面孔，"我原想着，送浩霆一份大礼叫他开心的，谁知道反而伤了他的心肝宝贝，还不知道他回来要怎么埋怨我，这边又惹了您生气。也罢，等庭萱回来，您只说这事儿是我挑唆的，我坏人做到底就是了。"

"你啊！"虞夫人皱眉看着他，唇边一抹苦笑，"那个姓顾的女孩子，浩霆到底是怎么个打算？"

邵朗逸神情散淡，目光远远落在乐蓁身上："这个我可不知道了。兴许庭萱一回来，顾小姐那边，他就没兴致了呢？"

虞夫人冷笑了一声："你别在这儿糊弄我。当初他为了那女孩子魔怔了一样，好不容易撂开了手，如今又……"

"姨母——"邵朗逸轻轻一笑，眉目清润，"我那时候也有要好的女朋友，还不是浩霆一句话，我就娶了康雅婕吗？"

虞夫人闻言认真打量了他一眼，叹道："我原先也以为他是个有分寸的，谁知道如今一头扎进去，什么都忘了。你这会儿帮着他糊弄我也没什么，我和你霍伯母商量过了，过些日子庭萱一回来，就安排他们订婚。"

邵朗逸仍是一派风轻云淡："这件事您不用跟我商量，您只跟浩霆商量就是了。"

虞浩霆耽在锦西，又要到旧京视察昌怀的空军基地，汪石卿便提前回了江宁。锦西战事未定的时候，他就动用了所有在沣南的公私人脉去查当年的旧事，原本只是为了查实顾婉凝的身份，却没想到事情比他预料的还复杂。

各种一鳞半爪的线索拼在一起，不过是场再寻常不过的鸳鸯蝴蝶梦，然而她母亲多年前死在沣南，其中的缘故却无人知晓：一说是陶盛泉逼戴季晟下的手；也有人说是戴夫人因妒生恨杀了戴季晟的这个秘密情人；更离奇的是说戴季晟迷上了一个要行刺他的女子，那女刺客却是死在戴季晟的卫士手里……这些演绎过的桥段，汪石卿都不相信，不过，无论她母亲是怎么死的，都和戴季晟脱不了干系。

那这女孩子待在虞浩霆身边是想要干什么？

报复？不管有没有她，将来他们和戴季晟都少不了兵戎相见，她不必多此一举。

意外？这三年的阴差阳错峰回路转，要说巧未免太巧，要说有人刻意安排，线又未免太长。邵三公子那么疏懒散淡的一个人，虞霍两家的事情，他是清楚的，那他为的是什么？或者，他是有别的打算？这件事戴季晟应该早就知道了，那他又打的是什么主意？四少的女朋友是戴季晟的私生女，这样的事情揭出来，谁的面子都不好看。

如果这件事告诉虞浩霆……汪石卿不自觉地摇了摇头，这女孩子几番失而复得，就算她这个身份虞浩霆娶不了，一时半会儿也决计放不下。况且，四少太自负，越是棘手的事情，他越是甘之如饴，若是他觉得这女孩子身世可怜，别有"情趣"，反而更糟。一旦顾婉凝的身世被人知道，江宁上下必是哗然，难道戴季晟打的是这个主意？他真以为这女孩子能做虞家少夫人？

汪石卿心中冷笑，要是他们把这件事揭出来，笑话还不一定是谁的，这么一个女孩子捏在他手里，未必就没有用处。

汪石卿这边琢磨着顾婉凝，转念间便想起霍仲祺来。

到了这个地步，汪石卿已笃定霍仲祺之前莫名其妙在旧京待了半年就是为她。小霍此番回到江宁，日日来参谋部跟他报到，不管什么事情交到他手里，都只有一句"好"，比张绍钧这些人还勤快，只是寡言少语，沉默得让人不安。旁人都觉得霍公子到前线几番磨炼，收了从前的荒唐脾性，汪石卿却知道是顾婉凝在锦西挨的那一枪着实惊吓了霍仲祺，他这心事说不出藏不住，唯有逼着自己一刻不闲，才能不去想罢了。

这么一想，这女人就有点儿红颜祸水的意思了。

不去想？他怎么能不去想？他连梦里都避不开那一刻的惊撼心

痛！谢致轩听说了事情的原委，唏嘘良久，半真半假地跟霍仲祺感慨："你以后千万离浩霆这个心肝宝贝远点儿，你跟那小丫头八字犯冲吧？"

八字犯冲？从他遇见她的那天开始，他就只想让她好，哪怕她不和他在一起，哪怕她全然不明白他的心意，只要能让她快活，什么事他都愿意做。可事到如今，每一件事却都和他的心意背道而驰。

杯中的酒一饮而尽，小霍闷闷地问道："我让你帮我找的东西怎么样了？"

谢致轩闻言精神一振："我还没问你，你那东西从哪儿来的，有些年头了吧？我找了几个都配不上，我们家里也没找出好的。这样的东西可遇不可求，你耐心等等吧。"

霍仲祺薄薄一笑，如秋叶离梢："那算了。我过些日子就送人了。"

"哎，我听姑姑说，庭萱年底就回来了，浩霆的事——你先跟你姐姐打个招呼？"

谢致轩说得犹疑，霍仲祺听得纠结，一时五味杂陈噎在那里，闷了头又要喝酒，却听外面由远及近一阵轻快的脚步声。两人回头一望，只见谢家小妹谢致娆笑靥如花地闪了进来，自己拉了椅子在他们边上坐下，却不理她哥哥，只嘟了嘴对霍仲祺道："你说没空去学校看我们演话剧，怎么有空在这儿跟谢致轩喝酒？"

霍仲祺无所谓地笑了笑："我来找你哥哥是有正经事，这会儿说完我也该走了。"

谢致娆撇了下嘴："你现在事情怎么这么多？"

"你哥哥如今不也整天忙东忙西的？"霍仲祺说着，起身冲谢致轩打了个招呼，"我先走了。"

谢致娆也跟着站了起来："你要去哪儿？"

霍仲祺不动声色:"参谋部。"

谢致娆只好站住不动:"那你什么时候有空,陪我去云岭骑马?"

霍仲祺微微一笑,一边往外走一边说:"你叫韩玿陪你去,他回来这些日子,闲得很。"他一走,谢致娆便没精打采地坐了下来,谢致轩见了,不由好笑:"女孩子,还是矜持一点的好。"

谢致娆白了他一眼:"小霍说,他才不喜欢那些装腔作势的女人。"

谢致轩低低笑道:"你跟仲祺,要是玩玩儿呢,我没话说;要是当真的,还是算了。"

谢致娆脸上一红,她喜欢小霍的事谢致轩一直都知道,但说得这样直白,还是第一次,当下便吞吞吐吐起来:"为什么?他现在也不应酬什么女朋友了。"

谢致轩听了,一句"那他也不应酬你啊"到嘴边,却不忍心说,只道:"他如今跟着浩霆去了两回前线,心思不在这些事情上,等回头那边的事情他玩儿腻了,准保还是老样子。"

"我不管,反正我不要他跟那个谭昕薇在一起。"

谢致轩一怔,苦笑道:"你是为了跟谭家那丫头赌气?"

谢致娆垂着眼睛"哼"了一声,不再答她哥哥的话。她才不要跟谢致轩这个只会挖苦她的家伙说心事,她才不会告诉他,她是一早就打定了主意要嫁给小霍的。

母亲怎么说她没大没小,她也只肯叫他"小霍",她才不要叫他"哥哥",他不是哥哥,他是她喜欢的人。她不是跟谁赌气,她喜欢他的时候,谭昕薇还不认识他呢!

她八岁那年,给大哥哥的婚礼做花童,提了缀着蕾丝花边的小提篮一本正经地走在新郎新娘前面撒花瓣,又骄傲又漂亮,谁知道被地毯的褶皱一绊，整个人都趴在了地上。她不知所措地抬头，周围人都在笑，虽然一点也不疼，可她只想哭，她排练了好几遍，还总教导另外一个做花童的小妹妹，可是那个头发少少脸蛋扁扁的丑小妹妹都没事，偏她出了洋相。

忽然有人伸手把她拉了起来，她就呆呆地看着那个笑容明亮的男孩子从边上那小妹妹的花篮里捧了些花瓣，大大方方地放在她篮子里，又蹲下身子展了展她蓬蓬的纱裙裙摆，轻声说："走吧。"

她十二岁那年，和姐姐到云岭骑马，她害怕那庞然大物，马不动，她也不敢动，姐姐不耐烦教她，连那马都不耐烦她，慢慢腾腾地就要回栏里去。他白衣白马从她身边掠过，又转了回来，仿佛有用不完的耐心，待她终于坐稳小跑着遛了几圈，被他从马上抱下来的时候，她的脸已经比马身上的胭脂点子还要红了。

晚上回到家，她一闭上眼睛，就是他春日艳阳般的笑容，许多从前她在书上念到过的句子，都在那一晚才突然有了意义——

"春日游，杏花吹满头。陌上谁家少年，足风流。"

"姨母说，下个月庭萱回来就安排订婚的事——怎么办，你想好了。"邵朗逸的声音总带着一点倦意，电话那边依稀有轻微的音乐声响，"你这次要带婉凝回来吗？"

"我当然带她回去。"虞浩霆俯看着窗外幽深的夜色，低低答道，"霍小姐要是在国外待久了，不耐烦应酬我，母亲也没办法。"

"庭萱可不是康雅婕。"

"嗯，所以庭萱比较讲道理。"

邵朗逸在电话那头轻轻一笑："既然你都想好了，那就不用我多说了。"

虞浩霆搁下电话，转到对面的卧室只看了一眼，便蹙了眉，床周的纱幔没有放下，顾婉凝侧身蜷在被子里，像是睡熟了，壁灯的暗光下只看见长发透迤——身边还趴着Syne，这狗真是长大了，也不知道有没有压到她的头发。

他们去龙黔那几天，Syne养出个坏习惯，动不动就蹭在顾婉凝床上睡。他原想着是入冬之后天气渐凉的缘故，可这会儿饭店套房里的水汀暖意十足，这小玩意儿居然还这么大大咧咧地赖在床上，虽然不碍着他什么事，但是怎么看都觉得碍眼。

手织的羊毛地毯踩上去几乎没有声响，可他刚一走到床边，Syne立刻就抬起脑袋，扭身看了他一眼，又若无其事地继续卧倒了。虞浩霆拍了拍它，指着地面轻声道："下去。"那狗却伏着身子一动不动，虞浩霆抬手就把它拎了起来，正要往床脚的软榻上丢，Syne突然挣扎着叫了一声，声音不算大，却惊动了顾婉凝。

婉凝半睡半醒之间茫然看了看床边的人："……怎么了？"

虞浩霆把Syne随手抛到沙发里，在婉凝身边坐下，探身在她额前一吻："没事，我想你了，过来看看你。"

婉凝闭上眼睛柔柔一笑，挪了挪身子，枕在他腿上："你吵到Syne睡觉了吧？"

说话间，Syne已经从沙发上溜了下来，小心翼翼地蹭到床边，完全无视虞浩霆警告的眼神，纵身一跳，伏在了床尾。

虞浩霆盯了它一眼，若无其事地说道："你以后别让它到床上睡了，这家伙掉毛的。"

"嗯……"婉凝轻轻应了一声，"它不进你房间的。"

虞浩霆柔声道："那等我们回栖霞呢？"

却听顾婉凝喃喃了一句："我不想去栖霞。"

他默然了片刻，抚着怀里的人："好。"

第二天一早，婉凝要回学校，虞浩霆自然不方便陪着，倒是Syne一直磨磨蹭蹭地跟到燕陵饭店门口，等到顾婉凝上了车，才百般不情愿地被勤务兵牵了回去。

顾婉凝在锦西一番曲折，耽搁了大半个学期，连期中考试也误了，眼看学期将尽，老师建议她来年重修，婉凝也只好整理了课本作业回去补课，董倩一班人忙着应付期末考试，连笔记也不能借给她用。

"你生什么病，这么久才好？"董倩一见了她，满眼都是诧异，"我本来想去看你的，可你姐姐说你回湄东去了，也没有给我地址，我连信都写不成。"

顾婉凝一时之间不知该怎么解释，见她关切之情溢于言表，又不想骗她，只好笑道："我这不是好了？不过，功课落得太多，这个学期我是念不成了。"

董倩想了想，忽然眼珠溜溜一转："哎，那个陈焕飞问了你好几次呢！你要不要去跟他打个招呼？"

"不用了。"顾婉凝笑微微地垂了眼，"他以后应该不会来找我了。"说完，忽然抿了抿唇，嫣然一笑，凑到董倩耳边压低了声音，"我有男朋友了，是他的同僚。"

"啊？"董倩叫了一声，"那和克勤也认识吗？"

顾婉凝眼角眉梢的笑意未退，可听她这样一问，又有些懊悔自己浮躁，颊边一红，讪讪道："我以后再跟你说。"

董倩眯着眼睛打量了她一遍，啧啧点了点头："看你这个样子，我倒是相信了。"说着，拉了拉顾婉凝的手臂，"哎，你也不用跟我说什么了，你把他带来给我见见就成了。"

顾婉凝面色更红，转念之间又隐约有些怅然，沉吟着说："要是以后我跟他——像你和克勤一样好，我就带他来给你看看。"

婉凝从学校出来，又去了梁宅，在梁曼琳家里吃过午饭，一直到下午才回到燕陵饭店。她原想着他们昨天才到燕平，虞浩霆今天一定有公事，不会回来太早，没想到她刚一上楼，便看见郭茂兰从套房里出来。

"四少回来了？"

"顾小姐。"郭茂兰一见是她，恭谨中又有些笑意闪烁，"总长今天没有出去，一直在等小姐。"

顾婉凝一路走过来觉得什么地方有些怪，却又想不出，只见虞浩霆一身便装站在餐室的窗边喝茶，桌上搁着果盘细点，很是悠闲，不由奇道："你今天怎么会这么闲？"

虞浩霆搁了茶杯，笑容懒懒地把她拉进怀里："你就不许我放假吗？"

"不是啊，要是我知道你今天没事，就早一点回来。"

"乖。"虞浩霆眸光晶亮，在她唇上轻轻一啄，"一会儿换件衣服，晚上我们出去吃饭。"

"去哪儿？"

"听说有个叫卡蒙斯的葡国菜馆子不错，我们去尝尝？"

婉凝闻言点了点头："葡国菜我不太懂，不过他们的蛋挞很好吃。"

"你去过了？"

顾婉凝端了茶笑道："仲祺请我去的。我在旧京的朋友，只有他最阔，开一支酒就抵我两年的学费书费了。"

虞浩霆看着她梨涡浅笑，一派明媚，心里却忍不住酸了一下，她走了这么久，他居然真就忍心负气不闻不问，"开一支酒就抵我两年的学费书费了"，这种事也值得她去想？

顾婉凝和他说着话，忽然想到是哪里不对头了，她四下望了望，疑道:"Syne呢?"Syne的脾气很是黏人,往常不管在哪儿,只要她一回家,这狗必定扑过来撒欢儿,怎么今天好一会儿了也没看见。

虞浩霆随口答道:"在你房里吧。"

"Syne?"婉凝轻声唤着过去查看,Syne果然在,只是既没窝在沙发里也没趴在床上,十分拘谨地蹲在沙发边上,见她进来,怯怯地哼了两声,却一动不动。

顾婉凝极是诧异,蹲身抚着它问:"你怎么了?这么没精神。"Syne蹭着她的手,喉咙里低声呜咽了一阵,雪白的鬣毛拂在她手上。顾婉凝猛然想起昨晚蒙眬中虞浩霆跟她说的话,心念一动,牵了Syne出来,歪头看着虞浩霆:"你怎么它了?"

"教育了一下。"虞浩霆打量了Syne一眼,神色十分坦然,"乖了吧?"

顾婉凝狐疑地蹙了眉:"你'教育'它什么?它本来就很乖的。"

"不够乖。"虞浩霆说着,蹲下来撩了撩Syne的鼻子,那狗站得越发端正了。

婉凝蓦地想起一件旧事,隔开虞浩霆的手,仔细在Syne身上翻看过一遍,却没见有什么伤处。

虞浩霆见状,不由好笑:"我没你想的那么坏。"

"那你怎么'教育'它的?"

虞浩霆轻笑着凑了过来:"你以后不许它到床上睡,我就告诉你。"

"它又不上你的床。"

顾婉凝疼惜地抚弄着身边的Syne,抬眼间却见虞浩霆神色暧昧地盯着自己,脸上顿时烧了起来,丢了手里的袋子,起身就走:"我去换衣服了。"

Syne刚要跟过去，虞浩霆沉沉唤了一声："Syne！"

那狗犹疑着朝顾婉凝的背影望了一眼，又巴巴地抬头看了看虞浩霆，终于气馁地伏在了地上。

婉凝换过衣裳出来，却见虞浩霆已然换了戎装常服等在外头："你怎么像是有公事？"

"我还叫了昌怀基地的人，有些你大概也认识。"虞浩霆望着她一身粉绿的曳地长裙，行动间轻波微漾，从一室的深檀浅金中翩然而过，直如清泉出重峦，将这世间的风尘都涤荡尽了。

顾婉凝直直地看了他一眼，眼波一转："是陈焕飞吗？"

虞浩霆从她手里接了大衣，淡笑着答道："还有其他人，我让他们携眷的。"

顾婉凝刚挽着他走出来，却突然停了步子："有个叫汤克勤的少校也会来吗？"

虞浩霆见她眉尖微蹙，像是有心事的样子，不由十分莫名，他只听霍仲祺说起过陈焕飞的事，怎么她仿佛还在意别人多一些？

汤克勤？虞浩霆想了一想，印象里是有这么一个人，应该是陈焕飞手下的中队长："这我就不知道了。你要是找他有事，我就叫他过来。"

顾婉凝连忙摇头，踌躇着说："他的未婚妻是我的同学，和我住一间宿舍的。"

虞浩霆闻言偏着脸默然了两秒，忽然低头苦笑："我就这么给你丢脸吗？"

顾婉凝的表情也有点苦："不是的，我早上才去学校见过她——你不明白的。"

虞浩霆把她的手牵到身前，眼中映出光亮的灯影："那我们就不去了。你现在虽然不能在床上吃早饭，但晚饭还是可以的。"说着，便牵了她往回走,"你要不要吃蛋挞?我叫人送过来。"

"算了,其实也没什么。"婉凝想了想,嫣然一笑,"你既然安排了要请人吃饭,总不好临时爽约。"

卡蒙斯楼上的餐厅布置成了冷餐会的样式,还空出了一角临时舞池,虞浩霆到的时候,已经有人在跳舞了。他挽着顾婉凝过来,门边几个端着酒聊天的军官,连忙挺身行礼,餐厅里立刻便静了下来。角落里的乐队也临时奏出渐弱的尾声,正在跳舞的陈焕飞带着舞伴转到场边,转身之际,有一瞬间的诧然,旋即唇边已是洒然自若的笑容,快步走到虞浩霆面前:"总长!"接着,声音微微一低,"顾小姐。"

"陈先生,你好。"顾婉凝端然浅笑,这一声"陈先生",却让陈焕飞和虞浩霆都有些好笑。

"听说你们基地这班人,经常去人家女子学校'出勤',有这么闲吗?"虞浩霆脸上神情肃然,语气中却尽是调侃。

陈焕飞低头一笑,又看了看顾婉凝,正色道:"总长宵衣旰食,一日万机,我们这些人一定是比不了的。不过,昌怀基地自焕飞以下,也是恪尽职守,刺促不休,绝不敢有半分懈怠。"随即话锋一转,莞尔笑道,"至于有时候'出勤'出得远了一点,也是人之常情。要是整天都圈在基地里,您今日让他们'携眷',那是一个也带不出来了。"

"你这个长官倒是懂得体贴下属。"

"都是总长教导得好。"

他二人说话间,顾婉凝已瞥见了和汤克勤窃窃私语的董倩,却也不好撇开虞浩霆径自过去找她,好容易等这两个人装模作样寒暄完了,陈焕飞又一本正经地把今天来的十多个人一一引见给虞浩霆,里头带着女伴的不过半数,别人都还罢了,只汤克勤有几分尴尬。

董倩一时偷眼打量虞浩霆,一时又拼命给顾婉凝递眼色,兼之憋了一肚子的话,脸上的表情十分丰富。好容易等到众人散了,她却又眼巴巴地看着顾婉凝被虞浩霆牵走跳舞,正想着怎么找个机会去和她说话,冷不防一曲终了,虞浩霆径直朝她走了过来:"董小姐,能请你跳支舞吗?"

董倩没想到这人突然就来请自己跳舞,慌乱之中,本能地去看汤克勤,虞浩霆见状,也瞧着汤克勤,汤克勤面庞泛红,连忙点了下头。虞浩霆翩然抬手,董倩下意识地就把手放了过去。

"我听婉凝说,她和董小姐在学校里是住一间宿舍的?"

"嗯,是。"董倩茫然地跟着虞浩霆的步子,却不大敢抬头看他。

"你们这个学期功课忙吗?"

"还可以,也不太忙。"

"那你功课一定很好了,婉凝的作业总做不完。"

"不会啊!她的功课比我好。"董倩困惑地抬头,一触到虞浩霆的目光,又像是受了惊吓似的缩了回来,想了想,说:"可能是她这个学期生病了,一直没有来上课。"

"那你们没课的时候,都喜欢到哪儿去玩儿呢?"

董倩一边侧着脸四下寻觅顾婉凝,一边小心翼翼地答他的话:"她很少跟我们出来的,她要教人弹琴。"

"哦,那她平时喜欢做什么?"

"她——"董倩好容易看见顾婉凝在和陈焕飞说话,还来不及做什么表情,却又被虞浩霆挡住了,只好边想边答,"她喜欢写字,每天早上起来都练一会儿。嗯,她前阵子在跟人学昆腔。"

"还有吗?"

"也没什么了……还有就是……对了,她有时候晚上去跳舞。"

"去跳舞?你们学校常常有舞会吗?"

"呃——不是不是!不是这个,她去舞蹈教室练芭蕾。"董倩说着,猛然住了口,差点踩错了步子,终于皱着脸孔抬眼看向虞浩霆,"她不让我跟别人说。"

虞浩霆不动声色地安慰她:"没关系,我不是别人。"

虽然这句话严格来说就是一句废话,但从他嘴里说出来,却让董倩觉得很是信服,她想了一想,忽然鼓起勇气,犹犹豫豫地问道:"你……呃,那个……虞总长,你就是婉凝的新男朋友吗?"

"她跟你说的?"

"她今天早上跟我说,她有男朋友了。"

这个说法让虞浩霆比较满意,可是"新男朋友"?虽然他也知道她这样的女孩子不可能没人追求,但是听了这四个字,心里还是有些气闷,唇边反而浮出了一点轻快的笑容:"那你觉得——跟她原先的男朋友比,我怎么样?"

他微微一笑,董倩顿时如释重负,觉得自己作为顾婉凝的好朋友,还是很有资格做下评判的。她想了想陈焕飞,又想了想霍仲祺,连带着把她知道的那些写信送花的人都认真地咂摸了一遍。

虞浩霆见她若有所思想了这么久,越发气闷起来,这件事有那么难比吗?却听董倩终于理好思路开了口:"有的我觉得也还可以,不过你是总长嘛,而且你——"

她想赞一句说他倜傥英俊,话到嘴边又不好意思,抬头看时却惊觉虞浩霆的脸色有些难看。董倩吓了一跳,想了想自己的话,连忙磕磕巴巴地解释道,"我不是说因为你是总长,她才和你在一起的。我是说……嗯……她跟你在一起肯定是因为,因为你人还不错……"

虞浩霆此时想的却是她那句"有的也还可以"。有的也还可以?

有的?他目光一冷,董倩越发紧张起来,语无伦次地找补,"你看其实陈焕飞也不错,她就没有和陈焕飞在一起。"

"那她和谁在一起了?"

"没有,她都不喜欢的。所以我们才想帮她介绍……呃,不是不是……"董倩只觉得手心微微冒汗,低着头不敢看他,怯怯地小声说,"我们有个同学的哥哥写了半年的情书给她,她都不看的。所以,她一定是觉得你很不错了。"

虞浩霆听着她的话,一边松了口气,一边暗自蹙眉,这女孩子脑子有问题吧?心中腹诽,面上却依旧是春风和煦,舞曲一停,虞浩霆便把董倩送到了汤克勤身边,微一颔首:"回头你们结婚,记得送份喜帖给我。"

汤克勤飞快地答了声"是",待虞浩霆走开,他才拉了董倩低声问道:"你没跟总长说什么吧?"

董倩呆呆想了想,突然用手捂住了脸,汤克勤见状急道:"你说什么了?"

只听董倩声音里竟带着一丝哭腔:"我什么都说了。"

初冬的月色清亮如银,从窸窣摇晃的树梢间落下来,无声无息地凝在路面上。

顾婉凝从卡蒙斯出来,迎面而来的凉意激得人一省,她轻轻吸了口气:"我们走走好不好?"

"好。"虞浩霆牵着她走下台阶,却又犹豫了一下,"你冷不冷?"

婉凝笑着摇了摇头:"这算什么?再过两个月旧京才冷呢!去年我和董倩去雁芦潭,能从冰面上走过去,还看到个一把白胡子的爷爷在溜冰,漂亮得不得了。他还留辫子的。"

"冰嬉是逊清的国俗，你们是碰上八旗遗老了。"虞浩霆说着，淡淡一笑，"看来董倩不老实，她可是跟我说，你不怎么和她们出去玩儿的。"

"她都哭了。"顾婉凝抬头嗔了他一眼，"我和汤克勤哄了她好久。"

虞浩霆漫不经心地耸了耸肩："我倒是替汤克勤担心，那女孩子好像脑子有点问题。"

"是你吓着她了。"

"我有那么吓人吗？"

"总长大人不怒自威。"婉凝眉目间浮着点点笑意，"之前她和汤克勤想要给我介绍男朋友，就拖了陈焕飞出来，早上我去学校的时候也没告诉她……"

一阵风过，她紧了紧衣领，虞浩霆忽然停了脚步，拉开大衣把她拥进怀里，低低唤了一声："婉凝……"

"嗯？"

"我们——不要再分开了。"

他的声音很轻，语气平静如月光，冬夜的月光，是冰霜，是糖霜，温柔又凄凉。

她偎在他胸前，什么也说不出来，只是攥住他的衣角，攥紧，又放开，放开，又攥紧。她的心事是被风吹乱的月影，像冰霜，像糖霜，清甜又凄惶。

她仰起头看他，他眼里有微微的笑影，和一点冰凉的疼。

同心而离居，忧伤以终老。

那疼顺着他的目光蜇在她心上，让她的鼻尖忽然有些发酸，她还来不及抿紧嘴唇，他已经缓缓吻了下来。

他的唇那样烫，化了冰霜，化了糖霜，化了她心上的凄凉与凄惶。

此时此地，此生此心，不过一场，地老天荒。

因为顾婉凝不喜欢住在栖霞，虞浩霆一到江宁便先陪她去了曈山。山外朔风微寒，而半山的温泉缭绕之中，却犹带着一点春意。虞浩霆在书房里打过几个电话，处理了公事出来，还未进酌雪小筑的庭院，就听见一串银铃般的笑声飘了过来。

"你很喜欢这里？"

"嗯。"

"为什么？"

顾婉凝轻笑着抬头看他："你这个园子，谁住在这里都喜欢的吧？"

"那栖霞不好吗？"

"也不是。"顾婉凝沉吟着摇了摇头，"栖霞人太多了，总要和人打招呼。没有你这里自在，也没有你这里好玩儿。"

虞浩霆点头一笑："我知道了。"

魏南芸听戏一向是喜欢《风筝误》《花田错》之类，偏这几日，两派名角在江宁对台演《四进士》，连虞夫人也一时兴起，前几天刚在春熙楼看过一回，今日又到了庆春园。戏看得无趣，魏南芸就有一搭没一搭地陪着虞夫人说话，虞浩霆回到江宁这些天一直待在曈山，倒让虞夫人松了口气："还算他有一点分寸。"

魏南芸盈盈笑道："庭萱过几天就回来了，四少心里有数。"

台上的宋士杰唱得悲戚，虞夫人眼中却微微带了笑意："这件事也没什么为难的。等他们结了婚，迟些日子把那女孩子收在房里就是了，庭萱也不会容不下她。"

"不过，那丫头纠缠浩霆这么久，恐怕心里也有算计，万一她跟四少闹……"魏南芸还没说完，虞夫人冷嘲的语气便打断了她："她既然能自己送到锦西去，还闹什么？虞家委屈她吗？总比她现在没名没分的像个样子。"

魏南芸赔着笑说："夫人要不要先问问四少的意思？"

"你以为他不知道吗？"虞夫人慢慢呷了口茶，"我这里告诉了朗逸，浩霆转头就得知道。"说着，轻轻叹了口气，"等庭萱嫁过来，他们的事我也就不用管了。"

华亭的冬天总有些阴恻恻的潮冷，黏滞的空气有了重量一般贴在人身上，等在码头上的人都不大愿意开口，灰蓝的海水瑟瑟抖着单调的拍子，只有洪亮悠长的汽笛偶尔激起一片浪花般的骚动。

邮轮沉缓入港，抛锚停稳，舷梯上刚有人影闪出，岸上立时就热闹了起来，男人的帽子、女人的手绢、套在各色手套里的手都挥了起来。霍仲祺静静立在人群边缘，目光一瞬不移地盯着舷梯，当年他在这里送姐姐上船的情形，现在想来仍历历在目，却又恍如隔世。曾几何时，他难得有了一星半点心事便要说给姐姐听的，可事到如今，连姐姐也成了他的心事。

舷梯上人影绰绰，他的心也如细浪难定，直到——一抹晨曦般的暖色映入眼帘。

霍庭萱身上淡橘色的大衣是暗淡天光和冷素人潮中唯一的一点亮色，霍仲祺遥遥一望，脸上不自觉地便浮了笑意。霍庭萱也已看见了目光殷切的弟弟，但她走得并不快，只是朝小霍凝眸一笑，一边走一边侧了脸和身旁的一个金发男子低声交谈两句。待她走近，霍仲祺才迎了上去："姐姐。"

霍庭萱笑容殷殷地抬头看他，眸光晶莹："果然是大人了。"话音落时仿佛有悠悠叹息飘落。身旁替她拎着行李的金发男子,是个研究东亚史的美国人,和霍庭萱几天前刚在船上认识。霍仲祺同那人客气寒暄了两句,便接过姐姐的行李递给身后的随从。

"我上船之前接了父亲一封信,说你如今'似有清峙持重之迹'。"霍庭萱浅笑着挽了弟弟的手臂往车边走,"这几年,我还是第一次见父亲这样夸你。"

"也是父亲第一次夸我吧。"霍仲祺无所谓地低头一笑,替姐姐开了车门,"姐,你回来就好了,我在家里,就只会惹父亲母亲生气。"

霍庭萱闻言不由莞尔,待上车坐定,才端详着弟弟笑道:"他们哪里是生气?只是担心你。之前你一声不响去了绥江,不要说父亲母亲,连我都……"她说着,眉尖微微一曲旋又展开,似笑还嗔,"你也不肯写信给我。"

"姐,你又不是不知道,我从小就怕写文章。"霍仲祺笑吟吟说着,犹带着撒娇的口吻,霍庭萱却觉得弟弟的笑容里依稀透着一点意味不明的苦涩。姐弟俩闲闲聊了一阵,霍庭萱随口吩咐司机:"欧伯,听一听广播吧。"

"是,大小姐。"那司机一面答应着,一面旋开车里的收音机。眼下华亭的电台都是外国商人所办,除做推销商品之用,也播送些时政新闻和音乐曲艺,这会儿两条新闻念过,已换了时下的流行新曲,甜脆的女声极尽轻媚:"我听得人家说,桃花江是美人窝,桃花千万朵也比不上美人多。我每天都到那桃花林里头坐……"

霍庭萱忽然凝眸看着弟弟,笑微微地说道:"我听说,你如今跟致娆很要好?"

前头的司机听见霍庭萱开口,便调小了广播的音量,霍仲祺无所谓地摇了摇头:"哪有?"他这个态度,霍庭萱倒是意料之中,淡笑

着提了一句:

"母亲倒还喜欢她。"

"可惜母亲没有再多一个儿子。"

"母亲也不着急让你定下来,不过——"霍庭萱轻轻拍了拍弟弟的手臂,明眸含笑,"这几年,就没有一个女孩子你中意的?"

"姐,你觉得致娆这样的千金小姐,为什么非要跟我耗着?"霍仲祺说着,眼中竟带着一点嘲色。霍庭萱见了,不觉有些诧异,继而促狭地睇了他一眼:"霍公子倜傥多情,自然是要惹尽芳心了。"

霍仲祺唇角一牵:"这些千金小姐又不蠢,打的无非是霍家的主意。况且,我这个轻浮浪荡的败家子虽然儇薄无行,可霍家不许纳妾,也就这一样遂了她们心意。"他言语间的索然和眼中的淡漠,让霍庭萱愈发诧异,这样的弟弟只教她觉得陌生,霍庭萱垂眸静思了片刻,抬眼浅笑:"你这话未免刻薄了。哪个女孩子不是盼着君心我心,一生一代一双人呢?"她说着,笑容一展,"别说女孩子,就是你,以后遇见了喜欢的人,也不会愿意她心里再有别人。"

不愿意她心里再有别人?

他连苦笑的力气都没有了,他连她心里有没有他都已经不在意了。他只想,要她快活。只要她快活。那姐姐呢?霍仲祺犹疑地望向霍庭萱,四哥和婉凝……姐姐还不知道吧?

"浩霆的事——你先跟你姐姐打个招呼。"这个"招呼"他怎么打?"哪个女孩子不是盼着君心我心,一生一代一双人呢?"姐姐对四哥也是这样吗?

霍庭萱衣领上的珍珠别针流光润泽,她笑意端然的面庞也如珠光般柔白细腻,柔润的橘色唇膏勾勒出优美的唇形。她宽边帽下斜于耳际的发髻十分优雅,她颈间隐见银白暗纹的灰色开司米围巾十分优雅,她衣袖中探出的豆沙色小羊皮手套十分优雅……姐姐,从来都是这样恰到好处。倘若她知道了婉凝的事，她还会是这样的恰到好处吗？她会难过吗？他不要她难过，可她怎么样才能不难过呢？

霍仲祺脸上忽然浮出一个顽皮的笑容："姐，我听说中国女孩子在国外很受人'仰慕'的。这几年，你身边的追求者总有一个排了吧？"他且言且笑，心中却暗自惊异：是从什么时候开始，他居然也能在最亲近的人面前，全然平静得言不由衷了呢？

霍庭萱眼波悠悠地自他面上漾过，调侃道："你这么小看你姐姐？"

霍仲祺莞尔一笑："那——里头有没有一个半个，让姐姐觉着，还算过得去的？"

霍庭萱眼角眉梢蕴了盈盈浅溪般的笑意："是谁叫你来探我的话的？"

一句话正触到霍仲祺心底的隐忧，他连忙笑道："我这个做弟弟的就不该关心姐姐吗？"

霍庭萱回到江宁，霍夫人得见爱女，几欲落泪，一双儿女同在堂前，便是一向端肃的霍万林亦感慨良多。第二天上午霍家早饭方毕，虞家就差人送了鲜花果篮过来，问霍小姐安好；到了中午，虞浩霆又亲自打来电话，叫人转告霍庭萱，明日会亲到府上探望。

此前虽有虞夫人力保，但顾婉凝此番又跟着虞浩霆回到江宁，霍夫人心中仍不免介怀，正不知道如何同女儿提起，此时见虞浩霆这样殷勤，倒放了一半的心。

霍家上下皆是欣然，唯霍仲祺听说虞浩霆要来，心内忐忑不已。四哥这样快来见姐姐，那婉凝呢？她知道姐姐的事吗？她要怎么办呢？

"夫人，小姐，虞四少到了，在葆光阁等小姐。"穿着窄袖薄袄的丫头轻声回禀过,便退到了门边。霍庭萱和母亲相视一笑,款款起身,霍夫人一时迟疑有些事情是不是该提醒女儿一句,转念间又觉得,于庭萱而言,这样的提醒未免多余。

初冬的午后,暖红的日光沿着回廊的雕栏在墨光乌亮的地砖上印出一枚枚虚幻的亮格,霍家宅院深沉,霍庭萱一路行来,只觉光阴如静流,从身畔无声滑过。她的心亦像潜在水底的蚌,在荡漾离合的波光中,一隙微开,幽幽摇出一串接一串的细小气泡,向上升腾。虞浩霆一身戎装的背影,隔着玻璃窗格落在她眼里,那些细小的气泡无声旋舞,在她心上撞出明灭的光晕。

霍庭萱走到门前,有一瞬间的犹疑,虞浩霆已经闻声转过身来,朝她颔首道:"庭萱。"

那骄阳雪峰般的清华峻烈,刹那间点亮了这庭院深深,亦点亮了岁月荏苒,重重回忆纷至沓来,霍庭萱眼底隐隐一热,笑容却清和温婉:"我记得你喜欢大红袍——今年的茶怎么样?还合你的口味吗?"

虞浩霆扫过一眼案几上搁着的茶船杯盏,点了点头:"很好。"

片刻的静默之后,霍庭萱垂眸笑道:"许久不见,你还是和从前一样,不爱说话。"

虞浩霆闻言,看了看霍庭萱,淡然道:"许久不见,霍小姐还是和从前一样,风姿卓然。"

霍庭萱微微一笑,在几边坐下,不等她吩咐,便有丫头上来动作熟练地烧水冲茶。两个人一时都不开口,直到那丫头沏好茶搁下,霍庭萱才吩咐道:"你下去吧。"那丫头屏息退了出去,霍庭萱端起茶来品了一品,唇角凝着一丝浅笑看向虞浩霆:

"你是不是有事要跟我说?"

对面的人薄唇一抿:"我想——请你帮我一个忙。"霍庭萱面上的笑容不动声色，心底却绕出一缕微细的苦涩："是顾小姐的事吗？"虞浩霆眼中闪出一点自嘲的笑意："是霍伯母跟你说的？"

"当初四少冲冠一怒为红颜，跟冯家二公子翻脸的时候，就有人告诉我了。"霍庭萱搁了茶盏，婉转笑言，"这位顾小姐，想必是位难得的佳人。"

"她……"虞浩霆欲言又止，唇边却不自觉地浮出一抹笑容——他今天出门的时候，婉凝正在庭院里轻轻晃着打秋千，长发逶迤，散落如瀑，鹅黄的丝绒长裙起伏摇曳，莹白的柔荑握在黛青的秋千索上，有一种深静的美，Syne却在一边心急火燎地上蹿下跳。他抬眼一望，原来屋顶的青檐上蹲了一只灰扑扑的松鼠，小爪子点来点去，也不知道是害怕还是得意……

"等我带她回栖霞你就见到了。她是个贪玩儿的，嫌栖霞拘束，这些日子一直住在罐山。"他的笑容清暖明亮，却晕开了她心上的那一点涩意。重重叠叠的记忆里，她竟找不到一个能与之相媲的片段。她一直以为，骄傲凛冽如他，并不会有这样的缠绵温柔。

原来，他不是不会，只是不曾让她窥见。

那么，他想让她"帮"他什么呢？让她允诺会和一个素不相识的女子安然分享爱人吗？从她愿意爱他的那一刻起，她就预料到了或许会有这样一种可能。她也早就从那些笔调各异的信笺里，读到过他身边来来去去的佳人红颜。可是，事到眼前，为什么她竟还会觉得疼？霍庭萱摩挲着手里小巧的细瓷茶盏，语调愈发温和："……那你想让我怎么帮你呢？"

虞浩霆呷了口茶，缓缓说道："我们虽然没有正式订婚，不过——"他说到这里，含笑摊了下手，"要是我现在忽然要和别的女孩子结婚，你会不会觉得有点不舒服？"

霍庭萱闻言，有一瞬的恍惚，她还未来得及反应，虞浩霆已接着说道:"我知道,你不是那种计较面子的女人,这件事知道的人也不多,但我还是想问问你的意思。"

"我的意思……"霍庭萱垂了眼帘,低低重复了一句。这些年,从来都是别人话到一半,她就明白应该如何应对,可这一次,她竟不知道她应该给他什么样的反应。

虞浩霆一边在两人杯中添茶,一边语带调侃地解释:"不管是做负心薄幸的那个,还是做'纵被无情弃'的那个,我都无所谓,但凭霍小姐吩咐。"

原来,他要她"帮"的是这样一个忙。

原来,她错得这样厉害。

她以为她已经想好了最坏的打算,却不知道,自己竟错得这样厉害。

隔着袅袅升腾的茶烟,他和她近在咫尺,却仿若依然隔着万水千山,她看不清他,也看不清自己。有什么东西在她心底一点一点灼烧,可她说出口的话,却连语气都像他:"那我可要好好考虑一下了。"

"好。霍伯伯那里,回头我去谈。"虞浩霆听了,也淡淡一笑,"你刚回来,应酬一定不会少,我就不耽搁你了。"说着,便起身准备告辞。

"浩霆,你等一下。"霍庭萱亦站起身来,"我也有事要跟你说。"

"什么事?"

"眼下国内的电台都由外商自办,不过是做广告之用,但有收音机的人家只会越来越多,传递消息公告,电台要比报纸快……"霍庭萱娓娓道来,虞浩霆便明白她话中所指,认真地点了点头:"我叫人去安排,多谢。"

_075

杯中的茶已冷掉多时，堂中只剩下霍庭萱一个人，她象牙色的修长双手搁在群青的衣裙上，每一个褶皱都在淡红的落晖下反射着凝紫的暗光，如雕塑般端然完美。

"姐姐。"霍仲祺迟疑地迈过门槛，低低唤了一声，霍庭萱转眸看他，他的人却在逆光里看不清神色。

霍仲祺缓缓走到她身边坐下，小心翼翼地问道："姐，你和四哥……"他实在不知道如何措辞，只好勉强笑了笑，"我听母亲说，快的话，圣诞节之前就安排你跟四哥订婚了。"

霍庭萱望着他，了然一笑："那位顾小姐，你见过了吧？"

霍仲祺一怔，脱口道："婉凝的事，四哥告诉你了？"

婉凝？仲祺也知道了吗？她轻轻点了点头，霍仲祺顾不得去体味自己心头的百味杂陈，忙道，"婉凝她……她不知道你跟四哥的事，她起初也不愿意和四哥在一起。姐，将来……我知道你跟致娆还有韩小七那些人不一样。你别为难她，她不是……"

"你误会了。"霍庭萱打断了弟弟的语无伦次，"浩霆是来跟我说，他打算同这位顾小姐结婚。"霍庭萱语气平静，霍仲祺却愣在了那里："那……你们？"

"他不想因为这件事伤了我的面子，所以，来问问我的意思。"霍庭萱唇边的笑容如落花离枝，眼波一片空静。

霍仲祺诧异地看了看姐姐，如释重负地一声苦笑，十指相合，抵在眉心。四哥这样快就来见姐姐，他心下焦灼，却又隐隐藏着一丝期待。他总以为四哥事事都胜过他，可唯有一样，虞浩霆给不了她的，他却可以，没想到……是他错了。

霍庭萱见了弟弟的反应，越发诧异："这位顾小姐，你和她很熟吗？"

一句话问得霍仲祺没了声音,他默然良久,才温言道:"姐,有件事父亲母亲也不知道。我们这次在锦西,李敬尧的人抓了她要挟四哥罢兵,我去广宁跟他们谈,结果碰上戴季晟的刺客。"他话到此处,目光一黯,"婉凝——她替我挡了一枪。"

霍庭萱眉尖微蹙,下意识地问了一句:"她怎么会在军中?"

霍仲祺言语中夹着无奈:"之前她跟四哥闹别扭分开了,朗逸骗她说四哥在前线受了伤,把她哄到锦西去的。"

连邵朗逸都如此煞费苦心,他一定是很在意她吧?弟弟不过寥寥数语,她却忽然发觉,原来自己离开的日子竟是这样漫长。

冬夜的月光清冷高旷,满目繁华都覆了霜,手里的书页缓缓翻过,每一行都像一道伤:

四月是最残忍的一个月,
荒地上长着丁香,
把回忆和欲望参合在一起,
又让春雨催促那些迟钝的根芽。

霍庭萱的额头轻轻抵在窗边的一格玻璃上,迷离灯光中反射出的影子也虚幻如梦。她诧异自己怎么没有哭?诧异自己怎么还能够语笑嫣然地坐在餐桌边上,听母亲打趣她和他的少年往事?她纤长的手指在冷硬剔透的玻璃上,描着自己的影子——

那时候,他们都还是孩子。他们在花园里逗着猫说话,一眼没看见,仲祺就从核桃树上跌了下来,他抢上去抱他,两个人都摔在地上,仲祺磕破了腿,抽抽噎噎地被他背了回来。

她偷偷找来药水纱布,酒精棉球涂上去,弟弟的眼泪啪嗒啪嗒不停地往下掉,他站在边上皱眉看着,忽然开口道:"小霍,你要不要学骑马?"

霍仲祺一听,泪眼婆娑中连忙点头。

"我上回去云岭,看见他们新弄来几匹小马驹,有一匹雪白的,身上还带着胭脂点子;另外一匹乌红的,额头上一痕白,四只蹄子也是白的,就是脾气不太好……"他这边说着,霍仲祺听得认真,已然顾不得疼了,不等他说完,便道:"我要那匹白的,四哥,你给我留着吧,我明年就能学了。"

等她给仲祺包好伤口,送他出去的时候,才发觉他肩上的衬衫划了个三寸多长的口子,一道参差的划痕洇了血迹,她刚要开口,他却突然回头叮嘱她:"要是霍伯母问起,你就说是我非要拉着小霍去摘核桃的。"

仲祺永远都像个孩子,他却从来都不是个孩子。

后来他们去云岭,却根本没有他许给小霍的那匹"浑身雪白,还带着胭脂点子"的小马,弟弟撇着嘴抱怨:"四哥,你干吗骗我?"

她在边上微微一笑,对霍仲祺道:"你这就是'好了疮疤忘了疼'。"

虞浩霆此时已翻身上马:"小霍,你姐姐可比你聪明多了。"

她一直以为,他和她,有无须多言的默契。这世界当真好笑,当她视若瑰宝的珍藏被别人拿去的这一刻,她才知道原来早已错过——又或者,是她根本就不曾拥有?

一年前你先给我的是风信子;
他们叫我作风信子的女郎"
——可是等我们回来,晚了,从风信子的园里来,
你的臂膊抱满,你的头发湿漉,

我说不出话,眼睛看不见,
我既不是活的,也未曾死,我什么都不知道,
望着光亮的中心看时,是一片寂静。
荒凉而空虚是那大海。

叁

合卺

画堂日日是春风

Syne在山路上撒欢，婉凝漫不经心地跟在后面，转了转指间的戒指，有点重。

　　一枚嵌红宝的钻戒，中间那粒椭圆的"鸽血红"恐怕有二十克拉，周围一圈小钻众星拱月，粲然华美。她套在指上，尺寸刚好，只是虞浩霆放了这样一件东西在她枕边，却叫她觉得奇怪，这样的东西他从来不会当礼物送给她。况且，今天是她的生辰。

　　是他这几日事情太多，临时寻了件东西给她吗？

　　他们回到江宁这些日子，虞浩霆一直陪着她住在龘山，然而虞军初定锦西，又临近年末，虞浩霆虽然不提，但顾婉凝也察觉他公务繁冗，他们住在龘山却不若在栖霞近便。她蹲下身子，摸了摸Syne的耳朵："回头咱们换个地方住，你说怎么样？栖霞虽然没这里好玩儿，但也不算太坏。"

　　到了中午，虞浩霆又照例挂了电话回来，却是问她功课补了多少，有没有做不出的，又说韩玿如今也在江宁，问她要不要接着去学戏……直到婉凝忍不住问他为什么忽然搁下一枚戒指？

　　电话那头静了一静，继而轻轻一笑："不为什么。"

这个学期的文学史，教授从古希腊讲起，一路下来刚讲到古典主义，若是选论文题目，于顾婉凝而言，最容易上手的是莎士比亚，但她这回却不愿意偷懒，偏选了古希腊诗歌。四页草稿写下来，窗外的醉芙蓉已尽染深红，夕阳正落，霞光落在繁复如绢绡的花瓣上，愈添秾艳。她忽然想起今晚虞浩霆多半会约她出去吃饭，这个钟点，差不多就该有人来接她了。

她的衣裳大多颜色鲜浅，能和指间这粒红宝相得益彰的倒不多，可既然是他今日放下的，她总要戴给他看一看。婉凝细细扫过两架衣柜，抽了一件榴红的晚装出来，直身的样式十分简单，只领口和袖缘裙摆用香槟色的钉珠亮片绣出细巧的花叶图案，典丽幽艳。她换过衣裳，抬手在胸前比了比，还算满意，便拆了发辫，寻思着怎样盘发，忽然听见身后有人说话：

"你这是要出门吗？"

她一回头，虞浩霆正闲闲地靠在内室的门边含笑望着她，暮色温柔，斜光过牖，在他颀长挺拔的轮廓上镶出一道金红的芒。

婉凝颊边倏然发烫，眉睫一低："你什么时候回来的？"暗暗瞟了一眼蹲在他腿边一动不动站军姿似的Syne，这狗越来越形同虚设了。

"你放心，我刚到。"虞浩霆走到她身前，撩开她肩上的发丝，"你晚上约了人？"

顾婉凝听他这样问，微微蹙了眉尖，面上的神情有些尴尬："没有。我以为……我们晚上要出去。"说着，抬起手递到他面前，晶莹纤白的指间华彩凝红，耀人眼目。

虞浩霆牵过她的手，轻轻一吻："原来——是女为悦己者容。"

"我去换衣服了。"顾婉凝颊边飞红，匆忙想要将手抽回来，却被虞浩霆握住了:"这样很好。"她蓁首低垂,赧然道:"在家里穿这个……有点怪。"

虞浩霆展颜一笑,子夜般的眸子里晴光破云:"你当这里是'家'了吗?"不等她挣开,便牵了她出门,"跟我来。"

曜山园中,海棠春坞花事最胜,唯此时垂丝、西府,并杜鹃、山茶种种都不在花期;然两人一路行来,却见回廊内外遍置牡丹,鲜艳锦绣的硕大花朵在暮色四合中恍如一梦,槛外花间的袅袅泉雾被藏在曲池壁上的灯光映出轻紫流红,仿佛要将绛灯赤霞般的花朵一瓣一瓣润染开去。

"这里什么时候……我怎么不知道?"顾婉凝忍不住停了脚步,抬手去抚近旁的一朵嫣红,身后的人却不答话,径自折下一朵未开的花苞,插在她松落的发髻上:

"你只要知道一件事就好。"

"什么?"

虞浩霆不说话,只拉过她的手,在自己胸口轻轻一按。

海棠春坞的水榭南厅四面皆是落地明窗,平日里赏花听曲两样皆宜,此时却摆了西餐的杯碟烛盏,灯光烛焰之中银光闪烁,矮矮的玻璃花瓶里养着一捧初开的"青山贯雪"。虞浩霆替婉凝拉开椅子,见她目光在餐桌上微微一滞,"怎么了?"

"没什么。"婉凝笑着摇了摇头,"只不过,你在这儿吃西菜,是故意给人找麻烦。"

虞浩霆闻言一笑,扫了一眼台面,拣出柄小小的餐刀搁在边上:"所以,就得麻烦顾小姐有空的时候,好好教一教。"

两人吃到一半,一道souffle刚端进来,便听见窗外一阵脚步声由远及近,停在门口,虞浩霆抬眼一望,扬声问道:"什么事?"却是郭茂兰快步进来，冲顾婉凝打过招呼，便走到虞浩霆身边，低声说了几句。虞浩霆微一沉吟，对婉凝歉然道："对不住，我有点事情，一会儿就回来。"

婉凝点了点头，再看面前的甜品，那一蓬金黄已经凹了下去。

"叫贞生就待在锦西，新编第九军那两个整编师也给他。"虞浩霆一边说，一边搁了手里的公文。

汪石卿却有些踌躇："李敬尧的残部我们收编了不少，不如把第九军都调回邺南。要是让贞生整顿锦西军政，再多给他几个调整师的编制也就够了。"

虞浩霆神色一凝，缓缓道："有些事情我还没有想好……我想让他在锦西多待些日子。"

汪石卿闻言不由心下感然，"没有想好"这种犹疑不定的话在虞浩霆说来甚为罕见，薛贞生又是他极赏识的，搁在锦西善后不免有些大材小用。他犹豫着正要开口，却见虞浩霆忽然放松了神情，"这件事就先这么办吧，其他的……回头再说。今天婉凝生辰，我这是逃了席出来的。"说着，便起身要走。

汪石卿亦微微一笑："我也正想问问，我们什么时候能跟总长讨杯喜酒喝？"

虞浩霆闲闲地叹了口气："有时候，女孩子书念多了也是个麻烦。"他刚推开门，忽然又转过身来，对汪石卿道，"欧阳甫臣那个女儿，三十岁了还没嫁人，你找找有没有合适的……想法子娶了她！没的教坏别人。"

等在门外的郭茂兰听着，只是低头忍笑，汪石卿的眼神却冷了下去。

_085

初月正清，晚庭静谧，泉雾润过的夜风来去徐徐，水榭里明光依旧，照见栏外繁花艳流，却不见伊人倩影——他叫人安排的东西恐怕已经给她看见了吧？

虞浩霆踱到海棠春坞，正看见顾婉凝叫个丫头架着一只灰纹白腹的水鸟，自己动手去解那鸟腿上的绳结，回头一见是他，笑盈盈问道："你哪儿弄了这么大一只鸭子？我放到水里去行吗？"

虞浩霆一愣，随即摆了摆手叫那丫头下去，蹙着眉走到她身边："这不是鸭子，是雁。"

顾婉凝闻言忍不住"啊"了一声，诧异地打量了一遍伏在竹篮里的鸟，抿着唇想了想，说："放了吧，别吃它了。要是一只死了，另一只也会死的，元好问就写过……"

虞浩霆看着她一本正经的样子，失笑道："我不是要吃它——它还有别的用处。"

顾婉凝听他这样说，疑道："……送信吗？"

"中国人的婚仪有六礼，纳采问名，请期纳吉都是用雁的，你一点儿也不知道吗？"

顾婉凝细心听了，先是赧然，旋即心头一跳："你想说什么？"

"我想——将来我们结婚，多半是行西式的婚礼，中式的婚仪你没有见过，或许会觉得有意思。"他拉着顾婉凝绕过围屏，推开厅后虚掩的雕花门，只见烛影明昧，一堂幽红，绯红縠纱曳风轻荡，榴红描金的帘幕低垂深稳，连案上的镂空珐琅灯罩上亦绘了深红牡丹。

"这个我知道，欧洲的新娘穿白礼服是给上帝看的，中国人爱热闹，什么都要红彤彤的。不过你说的那些……我就不知道了。"顾婉凝说着，又去查看摆在案上装饰精美的数碟干果，"这是怕新娘一个人待在房里会饿吗？"

"你怎么就惦记吃的？这些是用来'撒帐'的——"虞浩霆随手抓起两颗桂圆掷在床帐上，"喏，求个好意头。"他叫人寻了这些东西来，原是因为他们在广宁的时候，顾婉凝说起结婚这件事没什么意思，唯一的好处不过是能在床上吃早饭，笑靥里尽是跳脱的孩子气。他愿意看她撒娇耍赖，只是她要学欧阳忱，他绝不能答应。可真要让他说结婚对她有什么好处，他竟也想不出来，他从来都觉得女孩子天经地义就是想要嫁人的，只不过是费尽心思要嫁得称心如意风光体面罢了。

想想也是，婉凝自幼没了母亲，如今相熟的人里，她眼见着结婚的也只有苏宝笙和邵朗逸，她能觉得结婚有什么好处？他琢磨了几次，既然没好处，就只能让她觉得这件事"有意思"，哪怕就是让她为了好玩儿呢！

如今即便是旧家娶妇，严循六礼纳采用雁的也极少，他特意找来一只，既为了"好玩儿"，也为了"天南地北双飞客"的那一点情意缠绵。然而她一句"你哪儿弄了这么大一只鸭子"就叫他打好的腹稿全都荒废了。虞浩霆想想亦觉得好笑，自己如今怎么也会这样幼稚？

顾婉凝却不知道他这些念头，倒觉得这些东西稀奇古怪："全都是？"

"嗯。"

婉凝闻言一乐，也拣了把莲子丢过去："……桂圆是'富贵团圆'，莲子是苦的，也会有好意头吗？"

"洞房花烛要什么'富贵团圆'？这些东西凑在一起，说是'早生贵子'。"虞浩霆话才出口，便神色一滞，连忙一笑掩过了，"中国人就这样，事事喜欢讨口彩，'福'字都要倒过来贴。"说到这儿，他倒想起另一件事来，对她而言大约十分新鲜，"这些还是寻常的。我小时候家里刚搬到栖霞，我到处转着玩儿，不小心划坏了一口箱子。那时候我祖母还在，老人家好一场惋惜。我就奇怪，那箱子也不见得贵重，我又没坏了里头的东西。后来才知道，是我祖母的嫁妆。"

他平日很少说起自己幼时的事情，此刻，言语之间清和安宁，在一室的烛影摇红中，叫顾婉凝只觉得流光温软，忍不住把手覆在他手上。

"我祖母家里的旧俗，若有人家生了女儿，就在庭院里种一棵香樟。等到女儿及笄，樟树也长大了，别人望见院子里有这样一棵树，就知道这家有待嫁的女儿，可以上门提亲。到了归嫁之期，家人就会把树砍了，做两口箱子，里头搁上丝绸作嫁妆——取个'两厢厮守'的意思。"他说完，轻轻一笑，反手握住了顾婉凝的柔荑，却见她眼波幽幽，浅笑如愁，许久都不答话。

"怎么了？"

"我在想，要对人世有多笃定的心意，才会做这样的事。"婉凝倚在他肩上，言语婉转如叹息，"不要说离散分别，就是连家都不要搬的。"

虞浩霆知道她是起了身世之感，揽着她低声道："《诗经》里说'之子于归'，女孩子在自己家里不过是暂住，如今你和我在一起，才算是回家了。以后，再也不必'搬'了。"

顾婉凝娇娇嗔了他一眼，身子一侧，从他怀里脱了出来："我就知道你没打什么好主意。"

虞浩霆也不辩驳，拎起案上一尊赤金錾花的酒壶，倒了一杯端到婉凝面前："你尝尝这个。"

婉凝看时，只见那酒杯的形制颇为古怪，竟是两杯一体，细看之下，原来是一方羊脂白玉雕琢而成，此时两杯之中皆盛了酒，她接在手里小心抿了一口，那酒却是甜的，不由笑靥一闪："好甜！"

"这是文嫂自己做的糯米酒,没什么劲道的,你尽管喝。"

顾婉凝依言去喝杯里的酒,不想杯身一倾,里头的酒却多了,原来这两只杯子不仅一体雕成,底部也彼此相通。婉凝喝罢搁了酒杯,盈盈一笑:"这杯子是哄人多喝酒的,明明就是两杯。"

"杯子别致,自然有别致的喝法。"虞浩霆一面说,一面又往杯子里倒了酒,"这酒是要两个人喝的。"说着,自己尝过一口,又把杯子递到顾婉凝面前。

她的唇才刚触到杯沿,不防虞浩霆忽然也低头去喝杯里的酒,婉凝微微一惊,连忙垂了眼眸不去看他。虞浩霆不过浅浅一呷,见婉凝仍是低头嚅着杯沿,忍不住好笑:"有这么好喝吗?"

顾婉凝颊边一热,在帘幕灯影中越发显得面色娇娆,虞浩霆搁了酒杯,执住她的手:"这杯子叫合卺杯,专为新婚之时行合卺礼用的。"婉凝端起那酒杯仔细打量,只见杯身细雕着龙凤呈祥,杯侧还镌了两行小字:帘幕深围烛影红,画堂日日是春风。

"不过,古人合卺不是用酒杯,而是把匏瓜一分为二,用来盛酒,匏瓜味苦,酒也会沾染苦味,寓意夫妇结缡要同甘共苦……"他娓娓而言,说到此处语意一凝,直视着顾婉凝,"可我要你和我在一起,只有甜,没有苦。"说完,在她发间深深一吻。婉凝想要说些什么,却欲言又止。虞浩霆看了看她,唇边斜斜挑出一抹笑意,若有若无地从她颊边擦过,"不管你嫁也好,不嫁也好,反正——你就是我的人。"

婉凝只觉得耳畔气息骤热,人已被他带进了怀里,眼前微微一旋,本能地攀住他,刚刚仰起脸,他的唇便落在了她眉睫上。她被他迫得闭起了眼睛,柔暖的亲吻渐渐灼热起来,一簇簇野火,燃着她的唇,她的心。

她觉得自己脸颊火烫,仿佛再多一秒,就会真的烧起来,细不可闻的一声吟哦激得虞浩霆身子一震，蓬勃凛冽的欲望让他几乎不能克制，也不想克制。

月洞门的架子床被榴红帐幔遮出一方天地，烛光灯影映在幽红的帘幕上如波光般荡漾迷离。他放下她去摘腕上的表，片刻的疏离让顾婉凝有了一丝清醒，她目光虚软地看着他越来越近的面庞："……我好像……好像酒喝得多了……有点晕，好热……"

虞浩霆刚想安抚她说"就那么一点，不会的"，转念一想，却笑吟吟地伏下身子：

"宝贝，你是觉得头晕吗？"

"嗯。"顾婉凝贴在他肩上呢喃。

"还有点热？"

"嗯……"他轻轻咬着她小巧的耳垂，"你不是喝醉了，是我在酒里放了点东西。"

"嗯？"顾婉凝蹙着眉，薄薄蒙上一层水雾的眸子疑惑地看着他，极力整理思绪去分辨他话里的意味，隐约猜到什么，却不敢再想下去，"……什么？什么东西？"

"好东西。"虞浩霆沿着她的颈子吻下来，"让你不怕我。宝贝，什么都别想……"

说完便含住了她的唇，执拗激烈的纠缠也让她不能再想，甚至察觉不到他的手绕过她的身子，拉开了她裙子背后细细的拉链。缎子衣裳细微的窸窣声中，酒红色的礼服裙子褪了下来，发间那朵嫣红花苞落在枕上，满目的锦绣浓红托出她的晶莹皎洁，宛如揉开层层花瓣之后深藏其中的娇嫩花蕊。

他想念那些缠绵迷乱中她柔艳入骨的温存，天真的热情，不自知的妩媚，不设防的依赖……甚至是将醒未醒时她带着细细委屈的嗔恼娇怨。他一点一点地诱哄和试探，怕他自以为的克制还是不够小心，然而她给他的反应太好，手臂紧紧攀在他肩上，任由他打开她的身体，浓红如酒，春深似海，压抑不住的战栗和呻吟击碎了他所有的忍耐："婉凝，别怕我，好不好？"

他终于迫进她的身体，喉间无法抑制地逸出一声低吟，安抚着亲吻她紧蹙的眉心，却触到她颊边湿凉，竟是泪痕，他弄疼她了吗？可是他几乎不能停下："……宝贝……宝贝，怎么了？我弄疼你了？"

婉凝微微摇头，颤巍巍的指尖划过他的眉眼，娇软的声音带着一点呜咽："我……我想你了。"

她话音犹在，一双红唇已被他以吻封缄。

叶铮搁了公文包，唧唧歪歪地跟郭茂兰念叨："要说也不算什么要紧的事儿，干吗还要我送过来？下着雨呢！等四少去参谋部再看也不耽误。"

"四少今天应该不会去参谋部了。"郭茂兰端着茶，慢条斯理地跟他解释，"昨天是顾小姐的生辰。现在——人还在海棠春坞。"

叶铮一听，面上的神情立刻雀跃起来："是吗？那我给四少送过去。"

郭茂兰低眉一笑："我劝你还是别去。"

叶铮奇道："怎么了？"

郭茂兰却笑而不答只是喝茶，这种事叶铮悟性极高，眼珠转了转，笑嘻嘻地说道："你这儿有个新来的小子是吧？叫什么来着？"

郭茂兰知道他没好主意，却也被他引得起了玩儿心："叫周鸣珂。"

叶铮点了点头，从包里拿出一个封好的文件袋来，走到门口冲着隔壁叫了一声："周鸣珂！"

里头一个眉眼极嫩的年轻上尉连忙整装出来："叶参谋！"叶铮略打量了他一眼，正色道："这是参谋部刚送来的要件，你马上给总长送过去。要是总长还没起，你就叫一叫。"

那个叫周鸣珂的上尉接过文件袋，精神抖擞地答了声"是"，立刻转身去了。叶铮回头冲着郭茂兰就是一乐："小子还挺利落！"

一定是昨晚那酒的缘故，她连梦里都是风月无边的抵死缠绵。暖热的体温有种莫名的安全感，她偎在他怀里不肯醒，听着似近还远的雨声连绵不绝，密密匝匝的睫毛微微扇动："下雨了？"

"嗯。"

"你真暖和。"依稀带着满足的一声呢喃，也不知道算不算是赞赏，虞浩霆闭着眼睛悠悠一笑，把她包裹得更紧："那我每天都陪着你睡，好不好？"

顾婉凝的脸颊在他怀里蹭了蹭，娇娇嘟哝了一句："冬天好。"

那就是夏天不好咯？她会这么说话，就是醒了，他怕她睡得不够，忍了一个早上不敢再撩拨她，既然她醒了，那……

"这你就没得选了。"虞浩霆在她唇上重重啄了一下，翻过身子覆在她身上。

"……我要睡觉，你让我睡觉。"她声音哑哑地嘟着嘴躲他，软软扭着身子只让他更加不耐："宝贝，你睡你的。"他也知道自己言不由衷，可是他得让她习惯他，万一这小丫头翻了脸又不认账，这种事情一曝十寒非出人命不可。

顾婉凝被他抚弄得没了睡意，想起昨晚的事，一阵委屈羞赧，轻轻推了他两下，怯怯地问："你昨天……酒里放了什么？"

虞浩霆防着她发作，先把她箍在怀里，才笑意缱绻地在她脸上流连了一遍："我什么也没放。"

婉凝一怔："你不是说……"

"我逗你的。"

他说得轻快，熨着她身子的动作却一点也不放松，灿若星辰的眼眸牢牢盯在她脸上，不肯放过她最细微的表情。

身下的小人儿真没让他失望，脸上的表情十分生动，片刻之间，诧异、迷茫、赧然……颤抖着嘴唇说了好几个"你"，才悲愤地挤出一句："你这个流氓！"

"我什么都没放，也是流氓？"虞浩霆也打点出一副委屈的神气，在她唇上轻轻一咬，"你再找不出我这么君子的！"

婉凝还想骂他，可是眼下这样的情形，她怎么也板不起面孔，虞浩霆满意地品尝着她的娇柔敏感，"好了，宝贝，是我不对。那昨天的不算，我们……"

两人正纠缠之间，外头忽然有人轻声敲门，婉凝身子一僵，眼波蒙眬，红唇嗫嚅，不知道想说些什么。虞浩霆在她唇上比了个噤声的手势，摩挲安抚着俯在她耳边悄声道："乖，没事，我们不理他！"心里却奇怪，什么人这么不晓事？

好在那人敲了几下见无人应答，便也没了声音。

虞浩霆促狭一笑，手已顺着她的腰际滑了下去。婉凝拗不过他，羞恼之下张口咬在他肩上，却终究不肯真的用力，倒磕得他格外兴致盎然。

正在这个时候，近旁的窗棂上一阵轻稳的"笃笃"声，婉凝呆呆看了虞浩霆一秒，恍过神来抬手就要推他，虞浩霆连忙拉开她的手环在自己身上，刚要想法子哄她，却听外头一个男声犹疑生涩："总长？"

顾婉凝这一惊非同小可，再不肯跟他胡闹，只是她本来就没什么力气,这样挣扎起来反而更叫虞浩霆进退不得。婉凝抿紧了唇不敢开口说话,一阵委屈害怕,忽然就滚了一颗眼泪出来。

虞浩霆不想她居然哭了:"宝贝,你别哭,我不动了好不好?你别哭……"一面压制自己的欲望,一面压制着怀里闹别扭的娇嫩柔滑,谁知窗外的人还不死心,又敲了几下,提高了声音叫道:"总长,总长?参谋部——"

虞浩霆胸中火起,脱口喝了一声:"滚!"

"叶参谋……总长……"几乎是从海棠春坞落荒而逃的周鸣珂,支支吾吾把手里文件袋交给叶铮,"没空。"他刚进侍从室还不到三个月,这位总长虽然年轻,却冷静自持,从来没有当着他们的面闹过脾气,今天这一声前所未有的"滚"着实把他吓得不轻。

叶铮一看他唬得脸色青白、失魂落魄的样子,心里窃笑,面上却十分肃然:"那总长说什么时候有空了吗?"

"呃……"周鸣珂欲言又止,不知道该怎么回话。

叶铮瞟了郭茂兰一眼,不耐烦地问道:"怎么了?总长说什么?"

"总长说……"周鸣珂低了头不敢看这两个长官,蚊子一样的声音挤出一句,"总长说——滚。"

叶铮绷了半天的脸孔忍不住"扑哧"一笑,也顾不上再理他,挥了挥手:"行了,没你事了。"

等这个狼狈不堪的年轻上尉如蒙大赦地退出去,叶铮轻轻一跳,斜坐在郭茂兰桌上,笑嘻嘻地戳了戳他:"哎,你说四少火气这么大,到底得没得手啊?"

郭茂兰转着手里的钢笔,温文一笑:"我觉得吧,你最好回去收拾行李了。"

"嗯?"叶铮愣了愣,"你什么意思?"

郭茂兰站起身来拍了拍他:"多带衣服。陇北现在冷。"

果然,等虞浩霆吃了"早饭"从海棠春坞出来,一见站在门外的叶铮,便面无表情地吩咐道:"你去一趟陇北,宋稷林在那儿剿匪剿得一塌糊涂……"话一出口,叶铮的脸就塌了下来,心说还真是好的不灵坏的灵,郭茂兰这个乌鸦嘴!可怜巴巴地跟在虞浩霆身后:"四少,早上的事儿我不是故意的,我是……"

虞浩霆闻言打量了他一眼,缓缓点了点头:

"是你啊。那你办完事情就待在那儿吧!什么时候我叫你,你再回来。"

"啊?"叶铮讶然看着虞浩霆,追悔不迭,"总长?不是……您……"

到了中午,叶铮一口饭没送进嘴里已经叹了三回气,愁眉苦脸地看着郭茂兰:"你怎么知道总长要让我去陇北的?"

郭茂兰若无其事地夹了箸菜:"总长昨天跟我说了。"

叶铮的筷子"啪"的一声搁了下来:"你?"声音低了低,咬牙切齿道,"你存心黑我是不是?兄弟一场,你给我下套?"

郭茂兰倒是面不改色:"我是给你提个醒。再说,难道我看着你黑我的人?"说罢,也皱了皱眉,"去趟陇北有那么难为你吗?"

叶铮摇了摇头,挤出个笑脸给郭茂兰:"我不是不愿意去陇北,我是哪儿都不想去!"

车子缓缓开进栖霞官邸的大门,灰白色的大厦越来越近,顾婉凝看在眼里,只觉恍如隔世。她下意识地吁了口气,那些犹疑的不安忽然变成一种认命的乏力。如果真的有命运这回事,她和他,是注定要纠缠在一起的吗?

虞浩霆见她神色惘然,握了握她的手:"你要是觉得栖霞不好,我们待两天还回龘山去。"

婉凝浅浅一笑,仰头看着他:"这样的住处要还说不好,那真的没地方可住了。"虞浩霆在她发间亲了亲:"我知道你说要回栖霞是为了我。"

婉凝嗔笑着瞟了他一眼:"自作多情。"

等两个人上楼进了房间,顾婉凝不由一怔,房间里不但格局如旧,连家具摆设甚至内室妆台上的香水瓶子也和她当初用的一样——只是重换了新的,桌上一本《白话本国史》,露在外面的书签还是她夹进去的那一枚,随手打开衣柜,她原先穿的衣裳也原样挂在里头。

虞浩霆见她诧异地望着自己,又看了看那衣柜,恍然一想,有些尴尬地笑道:"我真是蠢了!女孩子的衣裳换了季都要重新做过的,我只想着……我叫他们拿出去。"

"其实,你都没有住在这儿了,是不是?"婉凝转过头背对着他,不知道是什么神色,虞浩霆慢慢走过来,从背后抱住她:"嗯,我住在参谋部多一点。"

"你要是看见这些东西生气,叫人拿走就是了。"

"不是——"虞浩霆厮磨着她的脸颊柔声低语,"我总想着,说不定你有什么东西落下了,知道我不在,你才会回来拿,或许……就能让我看你一眼。"

婉凝头垂得更低,紧紧攥着他的衣袖:"你无聊……"

虞浩霆禁不住笑了起来:"我不是无聊,我是无赖。"扳起她的面孔就要亲下去,待在客厅里的Syne忽然从容不迫地"啊呜"了两声。

"谁?"

"总长,属下有东西要交给顾小姐。"郭茂兰原本等在门外,并没打算惊动虞浩霆,却让Syne发觉了。

婉凝听了好奇:"什么东西?"

虞浩霆也摇了摇头:"我也不知道。"

待他二人出来,郭茂兰连忙把手里的一个信封递给虞浩霆,虞浩霆打开略看了一眼,便笑着递给了婉凝。

顾婉凝拆开那信封,里头是一本存款折,开户页上的名字正是她的:"这是什么?"

"这是到上个月为止,四少的支薪。四少说过,薪水都交给小姐,后来您去了燕平,我们一时没有地址,不方便交寄,就先替您存在银行了。"

郭茂兰说着,又从衣袋里拿出一枚小巧的印章:"这是取款用的印鉴。"他一番话说得冠冕堂皇,虞浩霆和顾婉凝却都明白,两人分开之后,这件事情他们不敢在虞浩霆面前提起,又不好处置这笔钱,就想了这么个主意。顾婉凝两颊飞红,一时无言,亦不肯去接那小印,虞浩霆只好自己接了过来:"算你们有心。"

等郭茂兰一走,婉凝便将手里的存折搁在了茶几上:"你的薪水你自己留着吧。"

虞浩霆也不劝她,蹲下身子打开了立在茶几边上的小皮箱——是她这次从旧京回来收拾的行李,把那张存折连同小印都塞进了箱子的夹层:"你上次走的时候,什么都没带——可再赌气,离家出走也得带够了钱。"说着,起身把她搂在沙发上,忽然蹦出一句撒娇般的怨念,"你的东西我都收着,我的东西你一样都不带走。"

婉凝伏在他胸前,静静地看着他:"我带了一样东西走的,你不知道而已。"说着撑起身子在方才他打开的小皮箱里翻了几下,抽出一页写了字的徽宣。

虞浩霆接在手里看时,竟是当初他写来逗她的那半首《长干

_097

行》:"……十四为君妇,羞颜未尝开。低头向暗壁,千唤不一回。十五始展眉,愿同尘与灰。"

原来如此。

她明明就是在意他的,他居然不知道,他怎么能不知道?

原来如此。

她就那么轻而易举地骗过了他,他怎么会那么蠢?他就那么让她走了,她该有多伤心!

他怔怔地看了许久,终于抬起头望着她,唇边分明有笑容,可那笑容里却浸了许多疼:"你就是个……"他说不下去,一把将她拉进怀里,含住她的唇瓣深深浅浅地吮了一阵,抱起她就进了卧室。

然而顾婉凝却马上警觉起来,他刚一搁下她去解自己的外套,她立刻就缩到了床角,羞惧又戒备地看着他,期期艾艾地说:"你怎么……你是不是有发情期的?"

虞浩霆喉头动了动,一脸的不可思议:"你说什么?"

他没听错吧?

发情期?这么窘迫的字眼他当着她的面都不好意思开口,可是她这么娇娇怯怯地说出来,倒让他觉得有种莫名的诱惑,"宝贝,你刚才说什么?"

顾婉凝拉过一个枕头抱在胸前,似乎这样会多一点安全感,一本正经地"教育"他:"人是没有发情期的,你有,你就是个怪物!"

虞浩霆啼笑皆非地凑近她,手指绕着她的头发,饶有兴味地问道:"你怎么知道我有?"

顾婉凝见他不再调戏自己,稍稍放松了精神,下巴抵在膝盖上不敢看他:"你要么很久都不……不……要么就……就总欺负我。"她皱着眉,耳廓都红了。

虞浩霆想了想,他们也确实是这样,可是,他这样还不是因为她？她居然说他是"怪物"？但现在并不是讲道理的时候："宝贝，你丢下我一个人走了那么久，我总得收点儿'利息'回来吧？"一边说，一边就去扯她怀里的枕头，她却死死抱紧了不给他，翘着眼尾瞟了他一眼："我不思君，岂无他人？虞四少要想收'利息'，自然有人褰裳涉溱。"

虞浩霆听了不由一愣，看她的神气，却不像随口说说，她这是什么意思？她怎么能这么想他？连人带枕头都圈进怀里，抚着她的头发温言道："这你可冤枉我了。你问问茂兰他们，除了你，我还有没有想过别人？"

"没有吗？"

"当然没有了！"

"那何小姐呢？"

"哪有什么何……"虞浩霆说到一半，猛地省悟她说的是何思思。他不过是在旧京见过那女人一次，她不提，他自己都要忘了，下意识地就是一句："你怎么知道？"转念间他自己也绕过弯儿来，婉凝一直住在梁曼琳家里，自然会认得何思思。

此时顾婉凝一双深邃的大眼睛只是忽忽闪闪地看着他，分辨不出什么情绪，他想说是叶铮见他难过，撺掇着给他解闷儿的，却又觉得没什么好说，他不想做的事，别人还能逼他？这两年，他千回百转，念兹在兹的只是她，可偏偏有这么一档子事，还偏偏就让她知道了，他不知道该怎么跟她解释："我就见过她一次。"

她听了轻轻一笑，伏在膝盖上不再看他："以为别人不知道就一口咬定说没有，被人抓住了又改口说只有一次。"

"我没有骗你，真的只有那么一次。"他忽然很想把叶铮找来暴打一顿，可这个罪魁祸首还被他打发到陇北去了，"不信你问卫朔。"

"他是你的人，当然你说什么就是什么。反正——"婉凝的眼波漫不经心地在他面上一转，"也不关我的事。"

怎么会不关她的事呢？

她应该气他怨他骂他恼他打他狠狠一口咬在他身上，半个月都退不下去才对；可他总不能问她：我和别人在一起，你就不伤心吗？那也太无耻了。他们从前在一起的时候，他总想看她吃醋，他想看到她在意他；可如今，他只觉得不值得，那样的人和事根本就不值得她在意。

他从来没有这么尴尬过，不声不响地圈着她靠在床头，半晌，才轻轻在她腰侧点了点，婉凝怕痒，侧身一躲按住了他的手："干吗？"

虞浩霆抱紧了她，贴在她耳边蹭了蹭："宝贝，以后你管着我吧。"

"我干吗要管别人的事？我没空。"她背对着他，声音又娇又静，喷得他心里酥酥麻麻说不出是喜悦还是难过，虞浩霆扳过她的身子对着自己：

"你自己的男人你当然要管，懂不懂？"

他冷不丁说出这么一句，两个人都怔了一下，目光和呼吸彼此纠缠。虞浩霆看见她两颊飞红，自己也觉得脸上微微有些发热，干脆眉眼一弯，抵着她的额头，懒洋洋地耍赖："就算我求你了还不成吗？宝贝，以后你管着我吧……"

却见婉凝长长的睫毛盖住了眼眸，手指在他胸口轻轻划着："那是不是我说什么你都会听？"

"嗯。"虞浩霆忙不迭地点头。

"那我今天要一个人睡。"

小东西，在这儿等着他呢？可他刚点了头总不能这就反悔，只好哄她:"我保证不逗你了,让你好好睡还不行吗?"

"不行。"

"行嘛!"

"不行。"

"行嘛!"

"不……"

顾婉凝并不知道,就在她生日那天,栖霞官邸有过一场不太愉快的谈话。

这些日子虞浩霆在江宁的举动让虞夫人颇为满意,尤其是他把那女孩子搁在麓山没带回官邸,也算得体。不料,她刚一提起虞霍两家订婚的安排,虞浩霆竟然一口否决了:"这件事我已经和庭萱谈过了,我们不会结婚的。"

饶是虞夫人一向雍容端凝,也不禁有些愕然,虞浩霆却若无其事地放松了神情,眼中仿佛还带着点笑意,"其实我也不是不想结婚,只不过,婉凝不肯。"

"我看你是鬼迷心窍了。"虞夫人望着儿子,眼中闪过一丝不可思议,"你应该明白,这件事不是你喜欢怎么样就可以怎么样的。"

虞浩霆平静地看着母亲:"那您也应该明白,不管我娶谁,对霍家而言,跟虞家合作都是上选。我想,霍伯伯也明白。"

"你能想到的事,难道我和你父亲不明白?"虞夫人摇了摇头,似笑非笑地打量着儿子,"这桩婚事就是要给霍家一个保证。只有虞霍两家的合作牢不可破,霍家上下才会在任何时候都站在你这边。"

虞浩霆讥诮地一笑:"母亲,我想不出还有什么东西比利益更牢不可破。如果霍伯伯有比虞家更好的选择,他未必就想要我这个女婿。"

虞夫人静默了片刻，轻轻叹了口气："好，那就撇开我们和霍家的事情不说。论人才性情，庭萱也比那女孩子更配得起虞家少夫人的身份。你扪心自问，母亲有没有说错？"虞夫人说着，语气柔和起来，"就算将来你多偏疼那丫头一些，庭萱也不会容不下她。"

虞浩霆眼中的嘲色更重："就像您一样吗？"

虞夫人面色一黯，冷然道："你这是和母亲说话的态度？"

虞浩霆看着母亲眼中那一瞬间的黯然，忽然有些不忍，站起身来摆出一副漫不经心的态度："您只想着霍小姐大方宽厚，可我倒怕婉凝容不下别人。"说罢，又正色道，"母亲，我想这件事没什么好谈的了。"

他转身离开，不必看也知道母亲落在他身上的目光是何等的愤怒失望。

她该是他在这世上最亲的人，但他们之间却像是从来没有真正地亲近过。从他记事起，母亲对他的态度似乎就只有两种：赞许，或者失望。他本能地希望她高兴，不管母亲让他学什么做什么，他都做到最好，只为了母亲点头赞他一句：这才是我儿子。直到有一次，他看见小霍靠不可理喻的哭闹就让霍伯母百般疼爱娇哄的时候，他只觉得惊诧。

他回去就撕了做好的功课，第二天故意跟老师闹别扭，把教他读《左传》的老先生气得胡子都在抖，只等着母亲来罚他。谁知道百密一疏，母亲一戒尺打在他身上，他居然哭不出来，他正琢磨着小霍是怎么做到的，母亲已经淡然抛下一句"补不齐功课，你就不要吃饭了"，就再不看他一眼。

他闹不起来，可他不信母亲不疼他。然而等他当真拗到第二天晚上还不肯吃饭，母亲也没来看他。最后文嫂无可奈何的一句话差点让他昏过去:"夫人一早去了华亭做旗袍,说下个星期才回来。"

也就是那一年,父亲突然之间把全部的期望都放在了他身上,他渐渐明白母亲为什么总是对他严苛得不近情理——她是要让父亲知道,只有他,才是真正能让虞家引以为傲的儿子。从那以后,父亲戎马倥偬常常把他带在身边,动辄经月不见母亲,他的世界开始变得无限大,大到已经看不见那些孩子气的心事。

那年春天,他跟着父亲回到江宁,正好赶上朗逸的生辰,母亲亲手做了蛋糕。他明白,姨母病故,母亲自然要好好照顾朗逸,还有什么会比没有母亲的孩子更可怜呢?只是那一天,他忽然发觉,已经有好几年没有人提过他的生辰了,他想问,又觉得计较这种事情未免太幼稚。

他从来都应有尽有,又何必在意这个?

后来母亲带他们去教堂,他和朗逸百无聊赖捉弄了个胖修女,他是打定了主意准备挨罚的,没想到朗逸倚着母亲撒了两句娇,母亲不怒反笑,数落了他们几句也就算了。

正因为他是母亲的儿子,所以母亲才对他格外严厉,这道理他明白。可他隐隐觉得害怕——原来他已经不会像朗逸那样和母亲说话了,他连小时候赌气不肯吃饭的劲头都没有了。

他再没有什么要和母亲说的心事,仿佛也没有人在意。

他以为他会难过,可是没有,都不重要了。

他拥有的东西已经太多,都不重要了。

魏南芸也没想到,虞浩霆居然当面就驳了虞夫人的意思。栖霞的总管温乐贤回禀说,四少打电话回来吩咐他们准备顾小姐喜欢的菜式。虞夫人既不肯顺着儿子认可顾婉凝,也不想在这个时候跟儿子闹僵,脸色一变,当即就去了淳溪。

这小丫头倒是不简单。昨天那两个人回来，她在楼上隔着窗子看了一眼，虞浩霆拉着她从车上下来，那个如胶似漆的架势她都不好意思看。

这么多年，手腕高明的女人她也见过不少，应付男人，恩爱不衰的不是没有，但弃妇翻身的就罕见了。这女孩子居然能哄得虞家四少这样死心塌地，还要明媒正娶？

今年江宁的冬天格外冷，她拉了拉身上的雕花丝绒披肩，扶着丫头巧卉的手慢慢往回走，远远瞧见一辆车子开到官邸门前，下来的是个戎装军人，身形很有些眼熟。

"刚才来的是什么人？"进了大厅，她随口一问，边上的丫头立刻回话，"是霍公子。"

魏南芸一听，不觉站住了："霍公子来有什么事？"

"霍公子说，要找顾小姐。"

小霍来找顾婉凝？魏南芸凉凉一笑，她怎么把这茬儿给忘了？

丫鬟引着霍仲祺到了餐厅，正碰上婉凝逗着Syne出来，一见是他，眉眼间的盈盈笑意又添了几分："仲祺？"她清甜的一声招呼，霍仲祺心上就是一颤，匆忙点头，细细打量着她，半是感慨半是释然："你气色好多了。"

之前他走的时候她还在锦西养伤，婉凝知道他是挂念自己的伤势，忙道："你放心，我早就没事了。"见小霍眼中仍带着忧色，想了想，嫣然笑道，"我原来也觉得这件事有点了不起，还写了五页信纸给欧阳，吓了她一跳。现在想起来，都像是别人的事了。"

霍仲祺回到江宁这些日子，总觉得心里飘摇空冷，无着无凭；唯此时看着她言笑之间的娇柔明媚，才觉得一颗心带着暖意填回了胸腔。婉凝却只以为他到栖霞来是有公干："我带Syne出去遛一会儿，你要是有事，我就不耽搁你了。"

"我没事，我今天来是有件东西送给你。"霍仲祺说着，从衣袋拿出一方织金云锦盒，"前天是你生辰，我补件礼物给你。"

婉凝柔柔一笑，接在手中："想不到我生日都已经过了，还有礼物收！"

拨开盒子上的牙扣打开一看，原来是只浓翠莹润的翡翠镯子。

翡翠她不大懂，但是见多了好的，一看之下也知道名贵。只是小霍送她这样一只镯子做生日礼物，倒比虞浩霆送她一枚红宝钻戒还要奇怪。

这样的东西虽然贵重，却没什么心思。况且，她这个年纪，并不怎么戴这样古朴浓郁的翡翠。大约也是他一时想起她的生辰，就选了件顶贵的。婉凝是洋派的习惯，拿起来就套在了腕上，通透明艳的翠色在她白皙柔嫩的肌肤上盈盈欲流，十分动人。她自己看着，也觉得欢喜："多谢你了！"

霍仲祺看在眼里也忍不住赞道："你戴起来很好看。"见她左右端详了一阵就要摘下来，忙问，"怎么不戴着呢？"

婉凝赧然一笑："我不是个小心的人，这样贵重的东西，我怕要碰坏的。"

霍仲祺闻言在她手上虚拦了一下："这有什么？你戴着玩儿吧。"又陪着她在草坪上带着Syne遛了一阵，说到韩珆如今也在江宁，约好隔天婉凝还去跟他学戏这才告辞。

到了晚上虞浩霆从参谋部回来，婉凝便给他看腕上的镯子，虞浩霆见了也觉得奇怪："是不像小霍的做派。不过，东西倒是好东西。"

"我也觉得这镯子恐怕有些贵。"

虞浩霆坐下来揪了揪Syne的耳朵："这有什么？你戴着玩

_105

儿吧。"

婉凝听了不由莞尔："你这话怎么跟仲祺说的一样？"

虞浩霆微微一笑，把她揽在膝上："宝贝，这世上的东西只有你喜不喜欢，没有贵不贵重。就是你要砸着玩儿，也没什么，只要你高兴。"

顾婉凝歪着头看了看他，长长叹了口气："还好我小时候没有碰见你。要不然，一定学坏的。"

虞浩霆在她唇上用力啄了一下："现在碰见也来得及。你想怎么坏？我教你。"

隔天婉凝去跟韩玿学戏，带了Syne一道，他们度曲的所在是谢家的一处宅子。这样的事情，谢少爷免不了要来凑个热闹，谢家小妹致娆知道霍仲祺要来，自然也不肯落下。

谢致轩最欣喜的倒是见了Syne，没想到这狗根本就不和他亲近。边牧原本是最活泼不过的性情，现在却端正得像只德国牧羊犬，谢致轩跟它"交流"了好一会儿，Syne也不肯理他："你这狗怎么都快养成黑背了？"

顾婉凝看他一脸的莫名其妙，也不知道怎么解释："我也不知道，可能是我不在的时候，虞浩霆吓唬过它，它就这样了。"

"啊？"谢致轩听了，又上下前后打量了一遍Syne，边牧是极聪明的，"吓唬"一下绝不至于这样，也不知道虞家四少是怎么折腾的，不由有些心疼，"这狗很聪明的，性子就是比别的狗活泼一点，你跟浩霆说，别当成黑背养。"

婉凝之前也疑心虞浩霆"收拾"过Syne，只是没见到Syne身上有伤，此时听他这样说，也心疼起来："你放心，我现在总带着它的。"

晚上一班人约在三雅阁吃饭，虞浩霆来得迟，他一进来，Syne立刻就精神抖擞地端足了"架子"。平时这小家伙也是这样，婉凝已经习惯了，然而今天有谢致轩的话在，她怎么看都觉得Syne一定是怕他，只是说不出来。她存了心思，饭也吃得心不在焉，抽个空出了包间，悄悄跟卫朔打了个招呼："我有件事想问你。"

卫朔虽然纳闷，但也只能听着，又见她认认真真的神气，直觉不像是好事，片刻间脑子里转过几个念头，最坏的莫过于她听说了虞浩霆和霍家的事，那他要怎么说？

然而顾婉凝问他的，却是个完全莫名其妙的问题："四少以前是不是养过一只猫？那猫后来怎么样了？"

卫朔被她问得毫无头绪，但这件事据实回答应该没什么大碍："总长没有养过猫。"

"没有吗？"婉凝将信将疑地看着他，"他说养过，还说有一次那猫跑了，是你抓回来的。"

卫朔原本是极笃定的，但顾婉凝一句"他说养过"就叫他迟疑了，虽然不是什么大事，但他和四少的话对不上就是麻烦。可他要是改口说养过，"那猫后来怎么样了"他却编不出来，左右为难之际，忽然灵光一闪："小姐是不是记错了？四少没有养过猫，但是养过一只云豹。"

"云豹？你是说……豹子？"

"对。不过云豹个头小，样子又长得像虎……"卫朔话到一半，突然闭了嘴，笔直地一挺身，"总长。"

"怎么了？"

虞浩霆方才席间就觉得婉凝看他的眼神不对，此时见她单单出来跟卫朔说话，心里也有点打鼓。

婉凝理了理头绪，白了他一眼："你总骗我。"

虞浩霆听她语气不是真的恼了,忖度卫朔也不会跟她说什么要紧的事,闲闲地一笑:"我骗你什么了?"

"你根本就没养过猫。你还说什么猫跑了,你不高兴……"

虞浩霆听得好笑,想起那些阴差阳错歪打正着的旧事,一丝丝甜意从心底浮了出来:"我没有骗你。卫朔说我没养过猫,那他有没有说,我养过别的?"

"他说你养过一只小豹子。"

虞浩霆点了点头:"卫朔,那只云豹叫什么?"

"叫小猫。"

卫朔答得一本正经,顾婉凝却是"扑哧"一笑,怎么也想不出这样两个人怎么会给一只豹子取名叫"小猫"。

虞浩霆在她鼻尖上轻轻一刮:"豹子我都养过,何况一只狗?"揽了她正要回去,转身之际,正碰上侍应引着两个衣饰摩登的女子上楼。

走在前面的女子身材高挑,淡妆净雅,墨蓝色的长旗袍上缀了细巧的水晶,乍一望宛若午夜星辰,近看才发觉,原来那水晶排出的是几痕雀翎的纹样,她领口腰际散落的图案亦是两支沉红凝紫渐变渐深的雀羽。

她的容貌或许并不比同行的女子美太多,她的态度也远不像身边的女子那样张扬,然而旁人的目光落下来,却一定先落在她身上。美丽的女子总是容易让人想起嫩蕊娇花,但她却不,那款款行来的风姿叫人只想起凤尾森森,篁竹细细。风摇青玉枝。无地不相宜。

顾婉凝看见那女子,心底暗赞了一声,但和这女子挽臂而来的女孩子却是她不大乐意见到的——边上穿着红灰格纹洋装,笑容可掬的人正是韩家七小姐韩佳宜。

现在还没有到寒假,她怎么会在这儿?大约韩佳宜也不愿意看见她吧？反正在学校里两个人就形同陌路，在这儿就更不用打招呼了。

她正想着，忽然发觉虞浩霆轻轻扣住了她的手，十指交缠的亲密让她颊边一热，本能地挣了一下，却被他用力握住了，抬眼看时，正对上他笑意温存的一双眼。婉凝娇柔一笑，刚要说话，却听见一个温醇的女声："浩霆。"

她从没听过旁人这样亲和平然地称呼他，更何况是个陌生的女子，顾婉凝讶然回头，只见那个身材高挑、穿着墨蓝旗袍的女子正朝这边微笑示意。

虞浩霆面上却毫无异色，牵了她上前两步："我介绍一下，这是霍万林霍院长的女公子，霍庭萱——"

婉凝闻言，眸光一亮，探寻地看着他，虞浩霆点头一笑，"嗯，是仲祺的姐姐，刚从国外回来。"说罢，又对霍庭萱道，"这位是顾婉凝顾小姐，我的女朋友。"

墨蓝的旗袍衬出霍庭萱凝脂般的肤色，单颗圆钻的耳钉简洁华美，清和的笑容让人如沐春风："顾小姐，你好。"

顾婉凝方才一见霍庭萱便觉得她温润端雅，气质出尘，知道她是小霍的姐姐，更觉得亲切："霍小姐你好！我听仲祺说过，他有个很端庄敏慧的姐姐，看来——他是太谦虚了。"

"仲祺也跟我说过，他欠了顾小姐一个很大的人情，我也要谢谢你。"霍庭萱娓娓笑言，她没想到会在这里突然撞见顾婉凝，而这女孩子骤然遇到自己竟也是毫无芥蒂的明媚坦然，难道真如仲祺所说，他们的事，她一无所知？

"这是你'师傅'的妹妹，韩家的七小姐……"虞浩霆还没说完，韩佳宜便笑道："不劳四少介绍了，我和婉凝在旧京见过的，我们是同学。"她说着，娇甜一笑，眼波在虞浩霆脸上流连而过。

虞浩霆却并没有看她，只是低头问顾婉凝："是吗？你的同学在江宁的多吗？回头约她们到家里来玩儿。"他自忖霍庭萱那里已经打了招呼，韩佳宜就更没什么好在意的，倒十分坦然。

婉凝见韩佳宜如此做作，心下好笑，在这里遇见他们，难为这位千金小姐还要勉为其难地客气一番，她却不想当真同韩佳宜应酬，不置可否地笑了笑："等假期的时候再说吧。"

韩佳宜却不在意顾婉凝态度冷淡，颊边的酒窝愈发深了："相请不如偶遇，今天既然这么巧，我们就扰四少一席了。庭萱姐姐，你说呢？"

虞浩霆闻言，不着痕迹地扫了她一眼："也好。不过，今天不是我做东，小霍和韩珆他们都在，正好我和婉凝要先走一步。"说着，对霍庭萱微一点头，牵着顾婉凝径自下楼去了。他身后的侍从连忙推开包厢的门让霍庭萱和韩佳宜进去，叫勤务兵牵了Syne出来，只说虞浩霆有事先走。

他突然说走就走，顾婉凝也不由诧异："你有公事？"

虞浩霆从侍从手里接过大衣替她穿好："我没事，就是懒得跟别人应酬。再说，那么多人有什么意思？我一天都没见你了，咱们自己找乐子去，好不好？"

婉凝点了点头，婉转一笑："就是有点失礼，倒像避着人家似的。我和霍小姐今天第一次见。"

"庭萱不会在意这些。你要见她，以后有的是机会。"虞浩霆说着，忽然觉得婉凝的手指在他手心轻轻划了两下："我要见你，以后不也有的是机会？"

笑容娇俏的面孔隐在雪白丰厚的狐皮衣领里，活像只偷了蜜的小狐狸，他忍不住就想捏她，只是三雅阁门前灯火通明又当着许多人，着实不好动手，只好牵了她出来，赶紧塞进车里。

三雅阁里的一班人见了这个情形，心里各有猜度，席间看似谈笑风生，十分热络，散场却极早。

霍仲祺从后视镜里看了看神情端静的姐姐，思量再三，还是开口道："姐，韩小七……你还是远着她一点好。"

"她和燕宜的事，早就有人告诉我了。"霍庭萱微微一笑，"今天多半是她问了韩珆，知道你们都在，才非要拉我来的。不过，她想看戏，也要有人肯演。"

"不单是这个。她在燕平的时候，装作什么都不知道，和婉凝同一间宿舍住了一个多学期。"霍仲祺说着，面露嘲色，"姐，要不然你以为四哥怎么会看得上她？我怕她以后还要存心生事。"

韩家姐妹争风吃醋的事情，霍庭萱早有耳闻，却从来没放在心上，没想到内里还有这样的曲折，淡然笑道："你放心，小七这点把戏，在浩霆面前演不起来。除非，她是一点面子也不要了。"

霍仲祺听了，也不好再说什么，他和韩佳宜在旧京闹得极僵，个中缘由他却不敢全都告诉姐姐。

霍庭萱没有察觉弟弟异样的沉默，她只是在想——原来，他倾心的是这样的女子。

果然很美。如初雪，如新月，盈盈一笑如春水映着春阳，清到极处反而生出叫人心惊的艳意来，顾盼之间那一点点还未长成的妩媚叫人仿佛听见花苞拆裂的微响。

果然，很美。

美得出人意料，却又理所当然。

可是，让她心上微微刺痛的并不是她的美，而是他珍而重之的目光，是他们十指紧扣的亲密，是他漫不经心的一句"回头约她们到家里来玩儿"……仿佛周遭的一切都同他们隔着一道看不见的屏障，包括她。

_111

她第一次觉得，对一件事这样的无能为力。

她认识他太久，久到他早已经成了她生命的一部分。她以为没有人比她更了解他，他的志气，他的傲气，他的沉着，他的沉默……她从来没想过，会有另一个女子能比她和他更亲密——仅仅是因为那惊人的美丽吗？

她并不轻视以色事人的女子，爱美之心人皆有之，能悦人悦己，美丽，本身就是一种道德；但她不屑于此。

她也不能相信，只是因为这样的倾城颜色，就叫他轻易毁去了他们之间多年的默契。难道他也同旁人一样，最看重的偏偏就是她最不屑为之的东西吗？她不能相信，也不愿意相信。

可即便如此，她难道不是一个很美丽的女子吗？

是呵，她认识他这么久，他总是赞她聪明，却从没有赞过她美丽。她忽然觉得讽刺，此时此刻，她竟这样想要知道：难道在他眼里，她不是一个很美丽的女子吗？

韩珩一见韩佳宜挽着霍庭萱进来，心里就只有苦笑，小七平日也是个聪明的，怎么会这样执迷不悟？他有意拖着妹妹落在后面想劝她两句，不料刚出了三雅阁，一个戎装军人便迎了过来："韩公子，如果不介意的话，能不能请七小姐借一步说话？"正是虞浩霆的侍从官郭茂兰。

不等韩珩回话，韩佳宜已娇娇一笑，脚步轻盈地下了台阶："你家四少让你带什么话给我？"

郭茂兰暗自摇头，这位七小姐怎么说也是名门闺秀，跟虞浩霆连露水姻缘都谈不上，也不知道她在这儿添的什么乱："韩小姐，总长的事情和您没什么关系，还请您自重。"

"既然和我没什么关系，他干吗叫你在这儿等我？"韩佳宜下巴一扬,"一个是我表姐,一个是我的好朋友,谁吃了亏我都难受。你家四少把人当傻子吗?"

郭茂兰不接她的话,微微一笑:"您怎么想是您自己的事。总长的意思,韩小姐就不用和顾小姐太亲近了。"

韩佳宜轻笑着瞟了他一眼:"怎么?虞四少是怕我们之前的事情让婉凝吃醋吗?"

郭茂兰仍是和颜悦色地看着她,语气却有些冷:"韩小姐,总长和您——没什么事。话我带到了,失陪。"说罢,和韩珺打了招呼,便转身上了车。

"佳宜,浩霆不是小霍,你不要再胡闹了。"韩珺踱到她身边,看着郭茂兰的车影,面上掠过一丝忧色。

韩佳宜咬牙笑道:"我就不相信,她做得了总长夫人。"

壁炉里的火烧得正旺,金红的火焰在黝黑的木炭上跳跃舞蹈,偶尔爆出一声细微的火花"噼啪"。

"你那只小豹子后来怎么样了……跑掉了吗?"虞浩霆揉了揉蹭在他怀里头发像海藻一般的小脑袋。眼睛都睁不开了,怎么还惦记着这个?听不见他答话,婉凝摇了摇他的手臂:"是不是你对它不好,它才跑的?"

虞浩霆轻叹了一声,捏捏她的脸:"我对它很好的。"

"它现在在哪儿呢?"

"跟女朋友私奔了。"

"……"婉凝眯着眼睛,牙齿在他手上轻轻一磕,喃喃了一句,"骗人。"

"真的,它才有发情期呢。"

他不骗她,能跟她说什么?说他好不容易找了只母豹子来,被小

_113

猫给咬死了？这世上有许多事，你愿意相信的就是真的。

今晚的事倒给他提了个醒。虽然他没想到韩佳宜和婉凝会是同学，但韩小七那一番做作他并不在意，只是他不能总陪着她，跟仲祺、韩珆这些人在一处，亲眷一多，难保不会叫人有心无意地在她面前搬弄是非。虞浩霆想了想，小心把她从身上挪开，出去要了广宁的电话："作战处有个秘书叫骆颖珊……让她到江宁来……对，马上，直接到栖霞官邸报到。"

这一次，骆颖珊也有了经验，不用问，千里迢迢单把她叫过来，总长大人自然是有"特别要务"。小时候，她跟着父亲进过一次栖霞官邸，印象最深的是楼前开阔的草坪，要不是父亲督着，她几乎想要在上面滚一滚，彼时在她看来，那简直就是"草原"了。

顾婉凝见了骆颖珊，很有些不好意思，因了自己的缘故，两次三番地折腾她。骆颖珊豁达一笑，指了指自己肩章上新换的少校衔："这样的差事别人求之不得呢！升得这么快的秘书，恐怕也只有我一个了。"

一个军装严整、年轻貌英的女少校整日陪着顾婉凝，确实少了许多麻烦，也给江宁的社交场添了一份谈资——这样的用心和排场，恐怕要不了多久，顾小姐就要变成总长夫人了。

肆

不疑

一生欢爱，愿毕此期

今晚照例是江宁政府的新年酒会,康雅婕看着早就备好的几套礼服首饰,却有些心不在焉。刚满周岁的乐蓁倒是很兴奋,乌溜溜的大眼睛盯着妈妈妆台上光彩粲然的珠宝,指指这个,点点那个:"妈妈,亮亮。"

邵朗逸从保姆手里接过女儿:"有这么难选吗?来,蓁蓁帮妈妈挑——"

乐蓁"咯咯"笑着,拉起一件淡金色的无袖长裙,两肩和背后都饰了十分精致的水晶金链,邵朗逸点头赞道:"嗯,蓁蓁挑得不错,就这件吧。"说话间,康雅婕的贴身丫头宝纹低着头进来,跟她悄声说了两句,康雅婕听罢眉尖一蹙:"他们怎么会不知道?"

宝纹怯怯答道:"益新百货的人说,霍小姐那件银灰的礼服是三天前刚取走的,所以知道。顾小姐刚回江宁的时候,一次订过六套礼服,后来又订了三件,前后一共取过七件,有两件拿回来还在改。取走的那五件里头一件鹅黄的,一件浅紫的,一件樱桃红的,还有一深一浅两件绿的,所以他们也不知道顾小姐今天晚上穿什么。"

邵朗逸听了，淡然一笑："不如你美的人，就算是跟你撞了衫，也是她吃亏。要真是比你美的人，你穿什么也没用。"

康雅婕剜了他一眼，娇嗔道："要你管？"

邵朗逸把蓁蓁交给保姆，翻了翻那几件礼服，拣出一件水晶绿的衣裳："我猜婉凝穿红的，你穿这件怎么样？"

康雅婕奇道："你怎么知道？"

"你们刚才说她取走了五件衣裳。我记得圣诞节她在国际饭店穿过一件紫的，之前在美华剧院穿过一件浅绿的，鹅黄的颜色跟政务院礼堂的灯光不配。"邵朗逸不紧不慢地说着，闲闲一笑，"浩霆晚上一定是穿常礼服，她就不会穿深绿的，那就只剩一件红的了。"

康雅婕将信将疑地将那件水晶绿的晚装拿在手里端详了一遍，却搁下了，轻轻"哼"了一声："人家是红花，我就得做绿叶吗？"说着，挽过那件淡金色的礼服进了衣帽间。

到了晚间，康雅婕一进政务院礼堂，隔着人群先就看见了挽着父亲同人谈笑风生的霍庭萱。

霍庭萱归国不久，并不怎么在寻常的社交场合出入，看来今晚是霍万林正式介绍女儿和一班军政要员相识。一件银灰色一字领的缎面蕾丝礼服，一串凝光蕴彩的珍珠长链，虽然都是最简单不过的样式，却被霍家大小姐穿得仪态万方，饶是康雅婕嘴上不肯服人，心里却也生出几分赞叹。

她和邵朗逸一到，刚从锦西回来升了参谋部次长的唐骧便偕夫人来同他们打招呼。唐骧是虞军中有名的儒将，早年从教会大学毕业修的是哲学，却不顾家人师长的反对投笔从戎，在军中既无背景又无资历，全凭一己之身二十年间从尉官升到军长，颇得虞浩霆倚重。如今

_117

锦西既定，龚揆则又一直称病，他便接了参谋次长的位子。

而唐骧和夫人的姻缘，亦是一段佳话。

唐骧儒雅温厚，唐夫人于之兰却是十分直爽的性子，她原是唐骧父亲一位至交的掌珠，于小姐还未出世时，两家便指腹为婚。后来于家举家迁往华亭，谁知等于小姐念完中学，却不肯承认父母定下的婚约，只身离家，改了名字到一家报馆做记者。一次到军中采访，偶遇了同样改名换姓在军中打拼的唐骧，竟是一见倾心。

当时唐骧不过是个中尉，随着部队转战南北，两人鱼雁传书了两年，唐骧升到上尉的时候驻军陇北，于小姐担心军中生活艰苦，变卖了从家里带出的随身首饰，买了奶粉朱古力和冬衣寄给唐骧。

不想于家循着首饰找到了女儿，一定要她回去同唐家完婚。唐骧接了于小姐的电报，连忙告假赶到华亭，带了于小姐私奔回家，跪求父母成全。一番询问之下才弄清了事情的原委，两家人又是哭笑不得，又是啧啧称奇。二人既有婚约前定，又是一见钟情，识于微时，结缡十数载始终伉俪情深，人皆称羡。

邵朗逸正和唐骧谈起锦西善后的趣事，唐夫人忽然笑道："顾小姐倒比在锦西的时候更漂亮了。"

康雅婕回头一望，顾婉凝正挽着虞浩霆进到大厅。她身上穿的果然是件樱桃红的晚装，内里不过是条最寻常的抹胸长裙，只用两寸宽的缎带在腰际叠出一个双层的蝴蝶结；上身却多了一层轻薄的缎边立领纱衣，样式极像男装衬衫，一头长发也编紧了发辫斜斜压在耳后，如同烫过波纹的齐耳短发一般。蓬起的长灯笼袖笼在莹白的肩臂上，绰约妩媚，又透着点男孩气的俏皮，叫人耳目一新，看罢一遍，犹觉不足，忍不住又要再看一遍。

康雅婕见了，刚想跟邵朗逸说"你猜得倒没错"，忽然心思一转，低哼了一句："平日里我穿什么你都未必在意，怎么她穿过什么，你记得这么清楚？"

邵朗逸闻言，不动声色地凑到她耳边："你不穿什么的时候，我记得比较清楚。"康雅婕刹那间脸上一烫，连看他一眼都不敢，张了张口，到嘴边的话全都咽了回去。

虞浩霆一路跟人寒暄着进来，直走到霍万林面前，两人仿佛也相谈甚洽。不知内情的人自然不觉得什么，财政总长谢维伦这样深知内情的面上也只作若无其事，唯独康雅婕这样有心看戏的不免有些失望——一时舞会开场，她还没来得及去看虞浩霆要带谁去跳第一支舞，却见陪着他叔父过来的谢致轩竟抢先去请了霍小姐。

康雅婕抬手在邵朗逸肩上轻轻一搭，低声笑道："你们男人这么懂得互相帮衬，是天生的，还是商量好的？"

邵朗逸遥遥往谢致轩那边看了一眼："那你们女人总喜欢互相为难，是天生的，还是商量好的？"

"哎，虞四少这是什么意思？他真不打算娶霍小姐了？"

邵朗逸揽着她往自己身上一贴，闲闲笑道："你整天这么关心浩霆的事，就不怕我吃醋吗？"

康雅婕秋波潋滟，仰望着他："邵三公子会吃醋，非上了明天的报纸头条不可。"她隔着鬓影衣香，看看霍庭萱，又看了看顾婉凝，沉吟道，"你姨母一定不乐意，不过，我倒是愿意他娶那个姓顾的女孩子。"

"为什么？"

"不为什么。"康雅婕随口一答，却见邵朗逸眼中尽是了然的淡笑。

一曲终了，婉凝刚跟着虞浩霆走到场边，忽然听见一个娇脆的声音叫她："婉凝！"

她循声看去，笑容一亮："安琪。"

陈安琪穿着一件淡紫色的V领蛋糕裙，烫了波纹的过肩长发上侧夹着一枚叶形的碎钻发卡，几乎是雀跃地"跳"了过来，拉住她的手，嘟着嘴抱怨："你回来怎么也不……"话还没说完，忽然觉得落在自己身上的目光不对，连忙矜持了下神情，同虞浩霆打招呼，"虞总长。"

"陈小姐。"虞浩霆微一点头，知道自己在这儿不大方便，和婉凝低声说了两句，便带着卫朔走开了，郭茂兰亦请了骆颖珊去跳舞。他们一走，陈安琪又活泼起来：

"那天看《茶花女》的时候，我就看到你了，可是没能跟你打招呼！"说着，吐了下舌头，"我也不敢把电话打到总长官邸去问，怕惹出什么麻烦。你怎么也不来找我？之前欧阳写信给我，说你在锦西受了伤，吓死我了！你真的是中了枪吗？"

安琪讲话常常语速极快，一串一串说下来，叫人不知道答哪一句才好，顾婉凝只好听她说完，点了点头——先从最后一个答起："喏，就这里。"说着，撩开一点衣领。

陈安琪看着那个新愈的伤痕，皱眉道："很疼吧？"

婉凝却笑着摇了摇头："都不记得了。"从经过的侍者手里拿过两杯香槟，递给安琪一杯，"我不是不想去找你，我是怕你家里……"

陈安琪轻轻和她碰了下杯："我还不知道你回来，我父亲就听说了，还来问我你是不是要和虞四少订婚。多势利！我说他，他还不承认。"

婉凝笑容婉转地呷了口酒："你家里也是为你好。"

"嗨！等我结了婚，他们就管不了我了！"安琪顽皮地笑了笑，又刻意上下打量了顾婉凝一遍，"不过，你一定比我早。"

婉凝垂着眼睛微笑道:"我等你。"

安琪瞪圆了眼睛,连忙摆手:"千万别!我可不敢得罪你那位总长大人。"话一出口,两个人脸上的笑容都是一敛,默然了片刻,顾婉凝才开口:"下个月我们一起去看看宝笙吧!"

"嗯。"安琪点了点头,一眼瞥见转到近旁正在跳舞的一对男女,倒想起一件事来,"哎,那个穿蓝裙子的女孩子你看见没有?"

顾婉凝看了一眼,却是韩小七:"她叫韩佳宜,是小霍的表妹。她哥哥叫韩珆,在教我学昆腔。"

陈安琪一怔:"你认识她?"

婉凝微微一笑:"我和她在燕平是同学。怎么了?"

"你和她……要好吗?"

"她那个小姐脾气,我可不大吃得消。"

陈安琪见她说起韩佳宜,态度很是漫不经心,皱眉想了想,道:"那……她和虞四少的事,你知不知道?"

婉凝闻言,唇边的笑意滞了滞:"什么事?"

陈安琪一时也不知道该怎么说,换了杯酒,连着喝了两口,才说:"本来虞四少好像是和她六姐走得很近,不知道后来怎么回事,倒常常跟她在一起,我听思慧说她还在爱丽舍碰见过他们一次……"她说到这里,见顾婉凝神色如常,依旧笑微微地抿着杯里的酒,也放了心,"这个七小姐很风流的,听说她十六岁的时候,就有个男人为她割脉自杀……不过,虞四少这样的人,你还是盯紧一点好。"说着,促狭一笑,"你要不是我的好朋友,说不定我也要打他的主意的!"

两人又聊了一阵,有人来请她们跳舞,顾婉凝只推说累了,避开人群从大厅侧门走了出去。怪不得韩佳宜在旧京的时候那样莫名其妙，怪不得那天在三雅阁虞浩霆突然说走就走……她也不知道自己心里究竟是生气还是好笑，这样的事她原本就应该明白，可是——

怎么能是韩佳宜？

她一个人踱着步子，刚绕过走廊的转角，身后一声轻唤："婉凝！"她听在耳中，轻轻一笑，转过身去："韩小姐。"走廊里的水汀不如大厅里暖，轻微的凉意反而能振作人的情绪。

韩佳宜笑得更是轻甜："婉凝，你知道我有时候任性了点，我们在旧京或许有些误会，其实我一直都把你当作朋友的。"她说到这儿，觑了觑顾婉凝的神色，横了横心，正色道，"有件事，大概也只有我会跟你说了——"

却见顾婉凝唇边的笑容尽是讥诮："你想说什么？说你和虞浩霆的事吗？你喜欢他？"

韩佳宜听罢一怔，她要说的并不是这件事，可是既然说到这个，那她也没什么好隐瞒的，她走近了两步，盈盈笑道："是四少跟你说的？"

顾婉凝淡然看了她一眼："他没提过你。"

韩佳宜面色一变，忽又娇娇笑道："四少也没跟我提过你——你这样的身份，就算真的嫁进虞家，也不过是个姨太太。哦，大约你也不介意，你看中的无非是他家世显赫，虞四少年纪轻轻，就位高权重。别说是姨太太，就是……"

不等她再往下说，顾婉凝已冷然截断了她："我是喜欢他年轻好看，位高权重，那你呢？你不是吗？"

韩佳宜被她说得一愣，顾婉凝却不给她思索的时间，笑容清冷地瞥了她一眼，

"难道你喜欢他枪法好？那你怎么不喜欢卫朔？"说着，径自绕

过了她,走出两步,却又转回头来,仿佛恍然想起了什么,"对了,算起来我还比你多喜欢他一样。"

韩佳宜下意识地问道:"什么?"

顾婉凝笑得一派天真,一字一句道:"我喜欢他喜欢我,不喜欢你。"

说完转身就走,再不回头看她。

韩佳宜印象里她一向都是沉静寡言的性子,不想今日却这样刁钻,抿紧了唇,恨恨地看着她的背影转过走廊,之前想好的一套说辞竟没有说出来。

婉凝刚一转过走廊的拐角,冷不防被人拉进怀里:"我还怕你被人欺负,原来你这么厉害。"

刚才郭茂兰离了舞池,一看见韩佳宜跟着顾婉凝出去,直觉不好,立刻就去找虞浩霆。他们过来的时候,正听见顾婉凝反问韩佳宜那一句"我是喜欢他年轻好看,位高权重,那你呢?"虞浩霆微一蹙眉,却是笑了出来,便不急着过去,想要听听她们说些什么,待听她说到卫朔,连郭茂兰也觉得好笑,只卫朔脸上一红,面孔绷得越发紧了。

虞浩霆揽住她,眼中尽是笑意,然而顾婉凝却挣脱了他,疏离讥诮的神情叫他愕然:"你怎么能……"

她想说,你怎么能喜欢她?怎么能是韩佳宜?可又觉得说什么都太多余。

她只是失望,她说不清这失望是对他的,还是对自己的。是失望他和韩佳宜?还是失望她在意他和韩佳宜?

她只觉得失望,这世界真让人失望。

虞浩霆以为是韩佳宜跟她编了什么故事,忙道:"你不要信她,我跟她什么都没有。"

婉凝却别过脸不肯看他，漠然道："我不想跟你说话。我要回去了。"

叶铮眯着眼睛喝了一口红酒，嗯，还是在江宁比较惬意啊！

天花板上一簇簇的水晶吊灯粲然生辉，纤尘不染的雪白台布上玩具似的漂亮西点，更不用说宝气珠光、长裙摇曳的摩登女郎……想想自己昨天还在陇北，这一个月满眼都是绝域苍苍，平沙莽莽，真是不啻天壤。

哎，跟郭茂兰跳舞的美人儿他怎么看着眼熟呢？他这里还没看清楚，那两个人一转身，只闪过一个背影给他。啧啧，身材不错啊！

人家都说"男要俏，一身皂"，可这女人一袭曳地黑裙，褶皱如流水般的黑丝绸掩映着牛奶的肌肤，也叫人移不开眼。等郭茂兰带着那女子转过他身边，近处灯光下一照面，那女子面上的妆简单鲜妍，眉目分明，红唇灼艳，叶铮一番打量，更觉得眼熟。直到曲终人散，那女子停了舞步，挽着郭茂兰往场边一走，行动间不同常人的干练抖擞，让叶铮恍然认了出来——原来是骆颖珊。

哈！这丫头也到江宁来了？啧啧，以前总是戎装严整一丝不苟，也没觉得跟其他人有什么分别，他居然就没留意！

失误，真是失误！

叶铮的动作比脑子快，搁下手里的酒，便笑容可掬地迎了上去："骆秘书，好久不见，跳支舞？"

"好啊。"骆颖珊落落大方地点头一笑，打趣道，"听说你在陇北都快要以泪洗面了。"

"是啊，陇北缺水嘛！"叶铮揽着骆颖珊进了舞池，两人闲闲地聊着，他忽然觉得骆颖珊的眼神似乎总落在别处。

循着她的目光看了看，舞池里人来人往，场边也是觥筹交错，却不知道她在看谁。眼眸中还带着一点让他说不出的惘然情绪，愈发显得艳色迷离，叫他不知道说什么好。想了一想，他们俩自从虞浩霆离了锦西之后，就没见过面，能说的也只有总长大人，遂促狭地笑道："哎，你瞧着，总长跟顾小姐，好事近了吧？"

骆颖珊闻言收回了目光，微微一笑："总长或许想，可顾小姐不想。"

"啊？为什么？"

"顾小姐觉得结婚这种事没什么意思。"

叶铮愣了愣，用力点了下头，赞叹道："四少运气真好！要是女人都这么想，那就好了……"

骆颖珊莞尔一笑："我倒觉得，是顾小姐运气好。"说着，眉睫和声音都低了一低，语气里透着自嘲，"换了是我，能和喜欢的人在一起，别说结婚，就是跟他去讨饭，我也乐意。"

叶铮眉毛一挑，又赞道："要是女人都像你这么想，也挺好。"

两人舞到曲终，却发觉虞浩霆和顾婉凝皆不在大厅里，连随行的侍从也都不见了，问了门口的卫兵才知道，说是总长刚才已经走了。大约因为明天是新年假期，又没什么事情，郭茂兰见他们在跳舞，就没过来打招呼。

两个人站在礼堂门口，一时都没了话。这个终点时间还早，按叶铮的习惯，少不了要去找点乐子，但就这么招呼一声就走，好像有点儿……不够绅士："你是住在参谋部的宿舍吗？我送你回去？"

骆颖珊意兴阑珊地笑了笑："不用了，我去别处消遣消遣。你自己走吧。"

叶铮微微一愣，这话可不像女孩子的口气，不由笑道："你要去哪儿？我送你，反正我也没什么事。"

骆颖珊耸了耸肩："成，我去梦巴黎。"

叶铮的眉毛忍不住又挑了挑，这倒是个好地方！

虞浩霆翻了翻顾婉凝放在桌上的功课，又转到卧室拎起床上的鹅绒靠垫——柔柔的烟粉色是她选的，他的房间里从前并没有这样娇艳的颜色，搁在夜蓝的枕被间仿佛是一点温存的呢喃。Syne跟在他身后走来走去，很小心翼翼的样子。

方才他们一路回来，当着一班侍从也不好说什么，等两个人上了楼，他还没来得及开口，婉凝便垂着眼睛，幽幽一句："我想一个人待一会儿。"她说得很轻，不嗔不恼，反而叫他觉得无从辩解，亦无从劝慰，正迟疑间，她已推了对面的房门，连原本撒着欢过来的Syne也被关在了外头。

是韩佳宜跟她说了什么？他一直都觉得她顶大方的，何思思的事她都没怎么在意，还和梁曼琳那么好……况且他和韩小七又没有什么。

"我喜欢他喜欢我，不喜欢你。"他想起她的话，还是忍不住想笑，女人争风吃醋的事情他见得也不少，指桑骂槐冷嘲热讽都是寻常，却少有她这样直白的。人最虚荣的就是不承认自己虚荣，可她连"我是喜欢他年轻好看，位高权重"这样的话都说得理直气壮。

他也是莫名其妙，怎么就招惹了韩小七这个麻烦。他那时候怎么就会觉得她有意思？他一念至此，就盼咐下去，从今以后，官邸里不管有什么事情，都不许招待韩家七小姐。

虞浩霆看了看表，他们回来也有半个钟头了，她说"想一个人待一会儿"，这"一会儿"也差不多了吧？他若无其事地踱到对面，轻轻敲了敲门，却没有人应，想要开口唤她，瞥了一眼远处低头侍立的丫头，忽然觉得有点别扭；想要叫人去拿钥匙，转念一想，也不知道她会不会在里头把门锁上了,可他总不好就这么站在门口。

百无聊赖地转回来,明知道这小东西一点儿用都没有,还是在Syne脑袋上敲了一下:"叫门去。"而Syne只是直了直身子,困惑地看着他。

这时候,壁炉里的炭火"噼啪"一响,虞浩霆立刻从沙发上弹了起来,那房间她一直没住过,里头冷着呢。她"想一个人待一会儿",他就让她待着?他昏头了吧?女人从来都是言不由衷口是心非的,他一不留神又被她绕进去了。

这房间一直没有人住过,虽然一应也有日常的洒扫陈设,但满室华艳之中空冷的气息充斥不散,连几枝晚香玉的浓烈味道也像是冻过的,迫人的香,迫人的凉。

她想起那晚,浓红如酒,春深似海,他说:"我祖母家里的旧俗,若有人家生了女儿,就在庭院里种一棵香樟……到了归嫁之期,家人会把树砍了,做两口箱子,里头搁上丝绸做嫁妆——取个'两厢厮守'的意思。"

他说得那样寻常,可她却觉得那样艰难。

人生世间,要有多么笃定的心意,才会做这样的事?而她能笃定的,不过是他的心意——一个男人此时此地的心意。

她无所依恃,也没有盼望,唯有眼前。

一生欢爱。愿毕此期。纵然只是浮生一梦,亦是一页传奇。她不能去想,他待别人也有一样的心意,更何况是那样一个人?

她只觉得失望。然后,惶恐于这样的失望。

是从什么时候开始,她这样在意他的心意?过时自会飘零去,耻向东君更乞怜。可是如果她舍不得,那她要怎么办呢?若别人是懵懵懂懂地堕入网中,她却是眼睁睁地看着自己一步一步踏进来的。一滴眼泪将落未落，露台上的灯突然亮了起来，几声细碎响动，两扇百叶门已被人推开了。

许多年后，她总会想起那一晚，正是一滴眼泪将落未落的时候，他突然"破"门而入，仿佛习惯了暗夜的人骤然看见一束光："我七岁之后，就没在自己家里翻过墙了。"分明是自嘲，但那自嘲里也带着骄傲，他随手丢了什么在床边的矮柜上，"丁零"一响，原来是截铁丝。

他是从隔壁露台翻墙撬锁进来的，可他走进来的风度却像是华堂张绮筵，直教红粉回。她以为他会问，会否认，会分辩，可他没有，他抬手就把她抱了起来："你要是不想跟我说话，就不说。"

她良久无言，他也只是静默，用毯子裹紧了她搁在膝上，一点一点拆开她的发辫，手指缓缓在发丝间梳过。他终于开口，声音很慢也很轻，像给入眠的孩子说故事："韩珆在教你《折柳阳关》了，是不是？"

她仍是不声不响，他却在黑暗中微微一笑："那里头有一段李益的念白：皎日之誓。死生以之。与卿偕老。犹恐未惬素志。岂敢辄有二三。固请不疑……是什么意思，他和你说了没有？"

皎日之誓。死生以之。与卿偕老。固请不疑。

不用别人告诉她，她也明白，只是他该记得这样的"皎日之誓"最后也还是辜负了。《紫钗记》里的霍小玉已然是个聪明的，不求死生以之，不求与卿偕老，只求八年相守，携手一段锦瑟华年，之后，任由他"妙选高门，以结秦晋"。那样骄傲的女子，恳求得却这样低，可即便是这样一点希冀，也辜负了。

"我只记得霍小玉的念白：一生欢爱，愿毕此期。"她一字一顿，冰泉泠泠，轻愁薄怨，却让他有一种悲凉的满足。

"不许这么想。"他捧起她的脸，语气里有宠溺，神情却是肃然,"婉凝,说你喜欢我,说——"他要听她好好说一次,不是曲意敷衍,不是讥诮赌气,他要听她好好说一次。

他眸光迫人,是威压,亦是恳求;能禁锢她,亦能沉溺她。

她恍然错觉,他几乎同她一样可怜:"我喜欢——你喜欢我。"她面上有微薄的笑意,像湖水挽留夕阳的最后一点碎金,有一种让人伤心的暖。

她不期望他懂,他最好永远都不要懂。她希冀他和她记忆尘封中的那人不同。她等着他皱眉,迫着她说他想听的话;然而,他怔了一下,却笑了。她从没见过一个男子能笑得像他那样好,如春风吹过,花开次第。他就噙着这样婉转温存的笑意,俯在她耳边,气息缠绵:"我也是。"

她愕然的神情在他意料之中,他知道她不会懂,她也不必懂。

梦巴黎永远都是越夜越喧嚣,叶铮却想不出骆颖珊一个二十几岁的女孩子,能到这儿来消遣什么,一边减速一边问:"这地方你很熟吗?"

骆颖珊从手包里拿出口红在唇上补了补:"我没来过。"

叶铮又是一愣:"那你来干吗?"

"我听说这里有桌球打。"说话间已有门童上前开了车门,骆颖珊拎起裙子利落地跳下车,夜色般的裙裾中纤长小腿惊鸿一现,附近的暗影里就响起一声赞叹的口哨。骆颖珊漫不经心地跟叶铮摆了摆手:"谢谢你了。"

叶铮看着她在霓虹灯下,唇色妖娆,总觉得有些异样,干脆也下了车:"正好我也闲着,陪你玩一会儿。"

梦巴黎这种地方鱼龙混杂,骆颖珊虽然干练,但终究是个女孩子,这会儿又是艳妆便服,怎么看怎么让人不放心。况且,他还从来

_129

没见过女孩子会打桌球。

叶铮虽然不是常客,但梦巴黎有点头脸的管事都认得他,见他带着一个女子过来说要玩桌球,连忙又开了一间球室,专引着他们进去。骆颖珊也不客套,把大衣丢给侍应,一边选球杆一边笑谓叶铮:"你面子倒不小。"

叶铮在球杆上擦着壳粉笑道:"我哪有什么面子?一半是我爹的面子,一半是总长的面子。"

骆颖珊想起早前听闻叶铮是青帮出身,不由好奇:"我听他们说,你爹是什么'大'字辈的师父,很有江湖地位的,那你干吗要从军呢?"

青帮内部规条繁冗,解释起来颇为麻烦,亦不足为外人道,至于他为什么要从军嘛……嗨,其实他自己也说不太清楚,叶铮自失地一笑:"好玩呗!"一时见侍应开了球,便笑道,"你是女孩子,我让你三杆。"

骆颖珊也不推辞,俯身一杆,一颗红球落袋,才斜斜瞟了他一眼:"就为了好玩?茂兰说你毕业的时候,他跟四少一起去观礼,你还是第一名呢!不过,我可看不出来,你还有这个本事。"

叶铮懒洋洋地倚墙笑道:"我这叫真人不露相。你们女人懂什么?"思绪却远远飘进那年暮春,燕平城里繁花明迷——

他们躲在胡同深处的一壁花架下,两个人心照不宣地沉默,居然都还笑得出。他那时候不过一点三脚猫的功夫,也学人打抱不平,却反而被旁人拔刀相助了一回。

那个和他年岁相仿的白衣少年,臂上带了伤,挽起的衣袖上沾了尘,却依然叫人觉得清华凛冽,那不骄恣的傲然态度叫阳光一触到他的轮廓,也敛了光焰。

和他见过的人,都不同。

等到追他们的人经过许久，两个人才开始交谈。

他说："我叫叶铮，你呢？"

他说："我姓虞。"见他仍然目光执着，才补了一句，"我在家行四，家里人都叫我小四。"

叶铮热络地凑过去："那我也叫你小四吧！"他似乎是怔了一下，没有应，也没有反对。

他们又聊了些什么，他已经不记得了，其实都只是他自己在说吧？

最后，他忽然灵机一动，撞了撞他的手臂："哎，不瞒你说，我家里堂口不小，你要是愿意，就跟着我混，我保你出人头地，在燕平城里有一号。怎么样？"

那叫"小四"的少年看着他，眼里隐约存了一点笑意，学了他的话，口气却清淡："哎，不瞒你说，其实我家里堂口也不小，不如你跟着我混吧！"一面说着，一面折了近旁的荼蘼枝在地上轻轻划过。

叶铮听了，眼中一亮："那也成！敢问贵帮头贵字派？贵前人尊姓上下？"

"小四"却没理会他的盘道条口："你要想找我，过两年，到定新军校去。"说着，起身便走。叶铮犹追问道："你要去投军？"却没听见他答话。

直到他走远了，叶铮这才想起，他都忘了问他究竟是姓"于"还是姓"俞"。悻悻然坐下，捡起他方才丢下的荼蘼枝在手里转了两下，发觉他划下的是一行字：长安少年无远图。

长安少年无远图？是说他吗？他怎么就知道他"无远图"了？不就是去投军吗？去就去！两年之后他真的考到定新，从老师到学生，姓于姓俞姓余姓喻的他都找过了，却根本没有他。

这算什么？他要他？他没考上？他想卷了行李就走，转念一想，

_131

他要是明年来呢？无论如何，他得让他知道，他来过。他科科都取第一，只等着毕业典礼的时候参谋总长亲来授剑。他的名字也写在新闻里，他总能看得到了吧？

那天，他戎装笔挺地坐在前排，来观礼授剑的却是刚回国不久正在整编第七军的虞家四少。

虞家四少？"我姓虞。""我在家行四，家里人都叫我小四。"他心头一跳，令官洪亮的声音已响彻礼堂："全体起立！敬礼！"

那颀长挺拔骄阳雪峰般的身影从他面前经过，果然。

"哎，不瞒你说，其实我家里堂口也不小，不如你跟着我混吧？"

"你要想找我，过两年，到定新军校去。"

一别沧海，那——他还记不记得他了呢？

他从他手里接剑，敬礼。

他更沉着更锋锐，唯有眉目清华依稀还是旧时的锦绣少年。

那一声"小四"无论如何也叫不出来，他看得见他眼中的风烟千里，日月江川。

他一个人坐在学校后头的河边，那年暮春的繁花明迷犹在眼前。他说他：长安少年无远图。怪不得。

忽然有人递过来一个银色的小酒壶，他回头看时，本能地站了起来，却不知该不该去接那酒壶，呆呆站着，竟忘了整装行礼。

虞浩霆若无其事地在他身边坐下，拧开酒壶喝了一口，又递过来给他。

叶铮也只好接了酒坐下，有意做出一副豪气干云的样子来，一大口倒进嘴里，眼泪立刻就窜了出来，他以为是酒，谁知道居然是醋！

龇牙咧嘴跳起来看着虞浩霆，指了指他，却是一句话也说不出来。捉弄他的人反而不动声色，义正词严："你人在军中，又不是假期，怎么能随便喝酒？"

叶铮抹了抹呛出来的眼泪，忽然笑了。他只觉得，这四年的辛苦没有一天是白费。

虞浩霆也笑了，起身解了自己的佩枪递给他："以后再管闲事，这个比较好用。"

长安少年无远图。

叶铮移过球杆，瞄住一只蓝球，轻轻一击，那球应声落袋。

那时候，他还不知道这是句唐诗。他就是长安少年无远图，可他愿意为他把后面那句续下去：长安少年无远图，一生惟羡执金吾……此时顾恩宁顾身，为君一行摧万人。

总算没有太丢脸！

叶铮知道自己今天实在是有失水准，没办法，谁跟一个像骆颖珊这样穿着低胸礼服，而且身材还很不错的女人打球，都得失准吧？

她俯身击球的时候，他都不敢站在她对面！然后，他发现站在她身后也很不妥，侧面也不太妥。他今天来跟她打球就很不妥，可他要不来，叫她跟别人玩儿，那简直就是非常非常非常不妥。

骆颖珊刚才一杆打出三十分，连赢了两局，倒很是神采奕奕："今天就到这儿了，我请你喝酒！"

叶铮搁下球杆笑道："哪有赢家请输家的？我请你。这儿的鸡尾酒调得不错。"

两人走到酒吧门口，骆颖珊却皱了眉："太吵了，我们换个地方。"

引路的侍应闻言连忙对叶铮笑道："叶参谋，对面德宝饭店的酒廊一般都是住店客人，比我们这儿安静得多。"

骆颖珊听了点头道:"那我们去看看?"

叶铮还在犹豫,骆颖珊已经下楼了,那侍应取了骆颖珊的大衣过来,转头便给叶铮递了个极暧昧的眼色,叶铮只懒得理他。

淡紫的灯光和着低柔的爵士果然十分安静,流线曲折的酒廊里连上他们只有三桌客人,都隔得很远。

叶铮原想着点杯香槟给骆颖珊,她却自己点了龙舌兰,慢慢啜着酒一言不发,方才玩桌球时的兴奋劲都没了。

叶铮也看出她有心事,心道女人那点儿小心思还不都是为了男人?看她这样子,十有八九是情路坎坷。也不知道这丫头是看上什么人了?又打量了她一遍,觉得骆颖珊还不错,勉强也算是个美人儿了。转念一想,这丫头不会是暗恋总长大人吧?

他七想八想的,骆颖珊一杯酒喝完,又要了一杯,叶铮皱了皱眉:"差不多了吧?"

骆颖珊横了他一眼:"你身上钱不够?"

"那倒不是。我是说这酒容易高。"

骆颖珊垂了眼睛,低低一笑:"你放心,我酒量很好的,你要是高了我送你。"

她确实酒量不错,等到服务生过来请他们结账说要打烊的时候,她还端得起酒杯呢!

"你是我认识的酒量最好的女人。"叶铮从皮夹里抽出钱,夹在账单里,由衷地赞道。

骆颖珊婉转一笑,眼睛弯成了月牙:"我哥酒量都没我好。"起身的时候微微一晃,叶铮连忙扶住了她,幽深的玫瑰香缭绕上来,她这么豪爽的女孩子,用的香水却这样媚。

叶铮自己走得也不太稳,虽然自觉清醒,却也知道是开不了车了,一边揽着骆颖珊下楼,一边想叫谁过来接他们。谁知刚下了两级台阶，骆颖珊低呼了一声，身子矮了下去，叶铮低头去看，却是她的鞋跟断了一只。她配晚装的鞋子又细又高，此时断了一只，便是两只都不能穿了。骆颖珊皱着眉坐在台阶上，眼神迷离地握着鞋子发呆。叶铮看了看她，又看了看那鞋子，忽然俯身将手臂探到她膝下，抬手把她抱了起来。骆颖珊手指一松，鞋子便顺着台阶滚落下去。

溢着玫瑰香的温热柔躯横在怀里，叶铮的呼吸蓦然一滞，一步也迈不出去。骆颖珊还是蹙着眉，半闭了眼睛喃喃道："我很重吗？"大约是担心他抱得吃力，一双手臂配合地攀在了他颈间。叶铮觉得头有些昏，唯恐自己一个不小心失手摔了她，好容易一步一停小心翼翼地下了楼，一时竟辨不清方向。

门童见了这个情形，暗笑着上前招呼："叶参谋，您是要叫车，还是……"

叶铮想问骆颖珊，一低头却看见她唇上已经模糊支离的娇红，反比完美无缺的时候更妖娆动人。她这个样子，送回参谋部宿舍去，恐怕不太好吧？也不知道她跟谁住在一处。

"给这位小姐开个房间。"他一开口，门童立刻朝服务台打了个手势，一个戴领结的服务生便过来引路。

叶铮的身子本来就有些软，抱着她上楼下楼走了这么久，额头上已经渗了薄汗。房门一开，不等服务生退出去，叶铮就把骆颖珊往床上撂了下去，不想她晚装的裙摆太长，反而绊得他身子一倾，抱着她就摔在了床上。

她还真软——倒下去的瞬间，叶铮脑海里只蹦出了这一个念头。真的很软，以至于他停了几秒才想到，他应该必须立刻马上起来。

于是，他就起来了。

坐在床边看着骆颖珊，她脸颊很红，睫毛很长，最要命的是她礼服的领子开得要命的低。他想起来之前他们打球时的情景，喉头就是一紧。要是别人也就算了，偏偏是她，兔子还不吃窝边草呢！还不如刚才他多喝点，人事不省，让她想办法料理他。他得走，必须立刻马上走。然而，等他摇摇晃晃走出去两步，回头看了一眼，发觉他刚才没把她放好，她长长的一双腿都垂在床下。她会不舒服吧？他得回去把她放好。

嗯，枕头放好，被子放好，衣裳——那他就管不了了，她只能穿着睡了。要说这丫头还真放心，改天他可得好好教育她一下，以为人人都像他叶铮这么君子呢？今天要是没他，说不定她被人吃光抹净了都还不知道呢！那他今天陪着她消遣了这么久，也不能太吃亏吧？

他的动作比脑子快，闪念间，他的唇已触到了她的。

好软，好热，好润。

他本想轻轻触一下见好就收的，然后，他却停不下来了。

因为——她居然吮他……

后来叶铮有了个习惯，要么不喝酒，喝就一定要喝到睡。

将醉未醉，最易犯罪。

明天恐怕会下雪吧？风里带着丝丝缕缕的湿寒，愈显得这暖阁里兰堂光软，金炉香暖。沈玉茗端了一盅佛手当归炖的鸡汤进来，盈盈一笑："今天这么晚，我没想着你还会过来。"

"我吃了饭的，你不用麻烦了。"汪石卿的眉目和语气温润依旧。

那温润原本是她恋慕至极的，然而，日复一日，却让她渐渐气馁。她再也无法分享他更多的情绪，却又无计可施，她只能继续笑语盈盈："不过是热一热，也不费什么工夫。"

然后，她便无话可说。

她知道对他而言，什么事是有用的，什么事是没用的。

那些没有用的事，即便她说了，他仿佛也在听，但到最后不过是淡然一笑："是吗？"

她知道，他根本不曾留心。

而今晚，他格外地心不在焉，甚至还有些烦躁。她从没见过他这样，所以她只能沉默。女人最大的优点之一，就是知道什么时候应该安静，并且在应该安静的时候能够保持安静。

汪石卿并不觉得她刻意沉默，他的心越乱，脸上的神情就越要镇定。

他不知道虞浩霆是怎么跟霍家交代的，但今晚霍家大小姐回国后第一次在社交场里正式露面，他却同顾婉凝跳了一支舞就匆匆而去，别人不明白，他却明白。

之前在参谋部，虞浩霆居然带着那女孩子来上班，就在他办公桌边上做功课。凡是进得了总长办公室的人，都要找借口去看一看千载难逢的奇景。

许卓清出来只是笑："四少如今可真是——一身孤注掷温柔。不能雄武不风流。"

这女孩子必须离开四少。

必须离开。

他沉吟良久，不知不觉已过了午夜。沈玉茗在灯下专心打着缨络，岁月如流，总要找些消遣才敌得过光阴蹉跎，忽然听见他唤她："玉茗。"

她抬头，脸上是恰到好处的笑。

"我们结婚吧。"

他声音极轻，她一惊，先就疑心自己听错了，竟说不清是忧是喜，下意识地追问："你说什么？"

_137

他站起身来，望着窗外深重的夜色，遗给她一个清隽的背影，声音里却听不出一丝温度："玉茗，我们结婚吧。"

叶铮蒙蒙眬眬中觉得自己胸口似乎压了什么东西，抬手去碰，划过之处却是一片温润。手感很好，喉咙里刚要逸出一声赞叹，忽然一个激灵清醒了过来！慢慢睁开一只眼睛往下瞄了瞄，一只戴了金色手钏的手臂横在自己胸前，棕黑的长发底下露出半边白皙的脸孔——是骆颖珊！

叶铮如履薄冰地往边上挪了挪身体，骆颖珊忽然动了一下，他立时就僵住了。想把她的手从自己身上拿开，又怕把她弄醒，盯着天花板把昨晚的事前前后后捋了一遍，却越捋越乱。

他昨晚不能算太醉，至少他还能找到她礼服裙子的拉链，还能记得她唇上嫣红迷离的艳色，还能……可要是不太醉，他怎么会没走呢？

现在想这些已经没用了，叶铮迅速找出了问题的重点，问题的重点在于等一会儿这丫头醒过来会是个什么态度。

哭？闹？让他娶她？

不至于吧！昨晚的事虽然不算什么两情相悦，不过，她也没有反对嘛。三更半夜跟个男人在外头喝酒，这种事……唉！

可万一她要真不讲道理了呢？

昨晚打球的时候她说是总长调她来陪顾小姐的。这两个女孩子在锦西的时候就挺要好，万一她要是不讲道理，拉了顾婉凝帮腔，那他可就完了！四少一准儿得让他滚回陇北去。

要真是那样，那他就只好勉为其难娶了她吧！关键是丢人啊！被郭茂兰他们知道，还不笑死他？叶铮心里忍不住一苦，又低头看了看身边的人：这丫头跟顾小姐是比不了了，好在身材还不错，性子也爽朗，他吃亏点儿就将就了……

想他叶铮十四岁的时候就敢带着人在韩潭巷首屈一指的院子里喝花酒，头牌的姑娘见了他也要三笑留情，想不到居然就这么糊里糊涂地一失足成千古恨了。

"啊！"一声短促的惊呼打断了叶铮悲伤的思绪，骆颖珊扯着被单从床上弹了起来，惊诧莫名地看着他——看得叶铮脸上一烫："呃……骆秘书，不是，骆……"他想说点什么，可是一时竟连如何称呼她都想不出来，只好先放弃这个问题，硬着头皮解释道，"昨天太晚了，我觉得送你回参谋部不太好……我不是有意的……对不起啊，我本来，本来是要走的……"

骆颖珊拧着眉头打量着床上、地上散落的衣物，仿佛是在回想昨晚的事，听他说到这里，忽然嫌恶地看了他一眼："行了，你可以走了。"

"啊？"叶铮一愣，随即长出了口气，脸上分明写着"如获大赦"四个字，脱口而出就是一句，"那多谢了。"转念一想，又有些不放心，轻咳了两下，犹疑着道，"那个……昨天的事，你能不能别……别……"

"我不会告诉别人的，你赶紧走！"

骆颖珊说完，裹着被单头也不回地进了浴室，落锁的声音异常清晰。

叶铮又怔了怔，忽然如梦方醒一般，飞快地穿好衣服，刚拧开门要走，又觉得有点不大对头。这丫头的反应也太不同寻常了吧？这种事说起来吃亏的总归是女孩子。还是说她吓着了，又或者是伤心害羞不知道该怎么办，才让他走的？那他要是就这么走了，未免太不厚道，他叶铮不是那种没肩膀的人。

毕竟人家是个女孩子，他得等她缓一缓，想好了，再问问她的意思，要是她真不在意，那他以后也心安理得不是？这么寻思着，一眼看见落在床边的高跟鞋，捡起来便按铃叫了侍应："去帮我买双鞋子。照这个尺码，拣最好的买。"一边拿钱给那侍应，一边叮嘱，"鞋跟不要这么高的，低一点，快去！"

酒店的侍应最是晓得人情世故，一刻钟的工夫就转了回来，手里捧着个深棕色的鞋盒，上头还用金咖色的缎带打了个蝴蝶结。叶铮一看就皱了眉，抬手把那蝴蝶结扯开，拿了鞋子出来看了看，女人的东西他不懂，大概还行吧！顺手搁在了玄关。他在沙发上左右挪了几次才摆好了姿势，浴室里隐隐仍有水声，这都快半个钟头了，女人就是麻烦，她在军中整天也是这个速度？

正有一搭没一搭地想着，忽然浴室的门一开，骆颖珊身上系了一件白色浴袍，擦着头发走了出来，眼光一触到叶铮，浓顺的眉毛立刻就蹙到了一处："你怎么还没走？"

叶铮慌忙从沙发上跳了起来，不等他开口解释，骆颖珊"啪"的一声把手里的毛巾丢在地上，冷然看着他："你还在这儿干什么？等着收钱吗？"

叶铮吃力地理解了一下她的话，像见了怪物一样扫了她一眼，抓起帽子掉头就走，仿佛身后有人追杀。

韩佳宜在江宁的社交场里原是最掐尖要强的，平日来往的女眷倒有一多半私心里都不喜欢她，栖霞官邸不"招待"韩小姐的闲话不胫而走，立刻便成了笑谈。

有原先被她抢过男友别过苗头的，更是幸灾乐祸添油加醋，亦免不了说到这位顾小姐真是厉害，人尚未嫁进虞家，名分还不知道是妻是妾，就先端出女主人的架子来了；往日里虞家四少也是多有风流韵事，连韩家六小姐韩燕宜也和虞浩霆有过绯闻，可也并没有见顾婉凝和谁过不去，想必是韩佳宜有了什么极不足为外人道的事情，才惹恼了她，特意要拿七小姐杀鸡儆猴。

韩家虽然懊恼小七失了面子，却也没有办法，这种事本来就是闲话，难道谁还能到栖霞当面去问一问？只想着过一阵子，事情也就淡了，没想到却又出了意外。

韩家长辈之前对韩佳宜平素行事轻佻就曾有训诫，此事一出，更觉得不可由着她的性子恣意妄为，便想着尽早安排她的婚事。

韩佳宜也没料到事情会闹成这样，自己竟也有遭人背后讥笑的一日，加上父母几番严斥，姊妹之间私下里也说起外头的传闻如何不堪，终究是心下羞惧，纵然是百般不愿，也只得由了家人安排。

韩家毕竟是名门，七小姐又是出了名的美人才女，裙下之臣从来不乏，只是如今事急从权，可选的人却不多，拣选再三，勉强挑中一人，是行政院政务处的高级秘书，家世虽然差了一些，但亦是留洋归国的青年才俊，做了韩家的女婿，那家世也就算是有了。

不想，眼看两人就要订婚，行政院突然一纸调令把这人远调到了龙黔行署。

韩家上下大为诧异，即便是小七得罪了虞浩霆，可这人在行政院任职，以韩家和霍家的关系，万不至于没有转圜的余地；然而一番探问才知道，调令乃是出自霍万林的秘书长徐益之手。

韩珆的母亲只好亲自来见霍夫人，霍万林一问之下，却是霍仲祺跟徐益讨的人情。徐益并不知道这人和韩家的关系，想着也不是什么要紧的人，只不知道怎么得罪了霍公子，调出去就调出去吧，年轻人下去历练历练也不是坏事。

霍万林听罢，淡然点了点头，吩咐徐益把那人调回来，也不要对旁人说起此事是仲祺的主意。

今日是腊月二十三，霍家官邸晚饭方毕，霍万林便起身离席，一家人都屏息起身，只听他语调微沉："仲祺，到我书房里来。"

霍夫人探寻地看了儿子一眼，面上略现忧色，不知道这孩子久未闯祸，这次却又惹了什么麻烦；霍仲祺倒是若无其事，端然答了声"是，父亲"，便跟了过去。

"把周月亭调到龙黔去，是浩霆的意思，还是你自己的意思？"

霍仲祺料到这件事必然会让父亲知晓，无所谓地笑了笑："四哥哪知道他是谁？是我听韩珝说他要跟韩小七订婚，就跟徐益打了个招呼。"

霍万林闭目吁了口气，缓缓道："我就知道，这样刁钻的心思只能是你的主意。"

霍仲祺仍是一副漫不经心的神色："舅父舅母管不了小七，总得有人让她长点儿教训。"

"什么时候用得着你去替人家父母教训儿女了？"霍万林遽然怒道，"你算什么东西？"

小霍也不着慌，低着头一笑："我自然不算什么东西，不过凑巧是院长大人您的不肖子。"

霍万林上下打量了儿子一遍，沉声道："你以为我看不出来？你是鬼迷了心窍变着法子要替那个姓顾的丫头出气。"

霍仲祺脸色一变，还没来得及说什么，霍万林已虚点了他两下，"你不用在这儿跟我分辩，等你这点儿心思被浩霆看出来，你们的兄弟情分也就到头了。"

霍仲祺默然了片刻，决然抬头，直视着父亲："我不会做对不起四哥的事。婉凝——我只把她当嫂子。"

"你心里怎么想，我管不了。"霍万林摇头一叹，"但你对那丫头的心思，从现在起就给我收好了。否则，你自己的荣辱是小，我霍家的家声你赔不起！"

"我霍家的家声你赔不起！"

父亲一句话便说得他失了言语。书房里燃了清幽的檀香，书案上的汉玉笔洗柔光温润，数架书柜上随手抽起一册都是寻常人难得一见的珍本善本，连时光到了此处都仿佛格外深邃，是他自幼便仰望的所在。小时候他总想进来，可是父亲不许，怕他没有分寸失手毁了东西；可父亲越是不许，他就越是要想方设法溜进来，还要偷拿父亲的珍玩。

父亲看他的眼神越失望，他心里反而越放松，这世界太幽深高远，他承担不起。

那么，不如从一开始就远离。

只是心底终究存了一点不甘，偶尔闪念，他也想知道，千里家国，他一肩能担得起多少？

他不过是怕失望了别人，失望了自己，不如——

黄金白璧买歌笑，一醉累月轻王侯。

至少在这件事上，他从来不让人失望。

霍万林见他面上露了失悔之色，多少放了些心："你姐姐和浩霆的事，可能要从长计议。所以你记住，你和浩霆绝不能有嫌隙。"

霍仲祺一愣，旋即明白了什么："怪不得四哥问我年后的打算，说想让我到运输处去。父亲，这是您的意思？"

运输和军需装备历来是军中最叫人眼红的位子，尤其是运输处，军管之下，公路铁路水运航空都在掌控之中，钱多权广，且如今江宁政府的铁道部总长裴敏忠亦是霍万林一手提拔的亲信。见父亲不置可否，霍仲祺又追问道，"您跟四哥还谈了什么？"

霍万林淡然道："浩霆让你去，自然是因为你帮得了他，你不是一心想跟着你四哥的吗？好了，你出去吧。"

霍仲祺却没有动，反而犹疑地看了父亲片刻："父亲，您这么在意我和四哥的事，究竟是为了我们霍家的家声，还是为了……"霍万林面无表情地扫了他一眼，拿起镇纸下压的一册《黄州寒食帖》："出去。"

伍

上签

她就是他的一枕幽梦

乐岩寺在栌峰的半山,隆冬时节红叶尽落,唯此时绵绵雪意掩去寒枝嶙峋,才有了一番清旷韵味。

因为昨日谢致轩陪母亲到寺中敬香回来,说起栌峰雪景上佳,虞浩霆想着闲来无事,有心和婉凝过来赏雪。谢家小妹致娆见状,便怂恿霍仲祺一起,前些日子小霍待她总不大热心,这次却一口就应了。

乐岩寺因着声名地利,时常招待江宁的达官显贵,今日虞浩霆要来,寺中诸事自然早有打点。只是他没有礼佛的习惯,不过是赏雪品茗,此刻人一到,就被知客僧人请到了寺中别苑。

佛寺的庭院不像寻常园景讲究匠心巧运,不见奇岩珍石,但求冲静空寂,且山寺临崖,览的是层峦叠嶂之景,因此苑中应季的不过两树蜡梅,枝枯瓣弱,又被了积雪,花无可观,唯清香之气满庭四溢。

"可惜矔山不积雪,要不然,红梅映雪一定很好看。"顾婉凝看着栌峰覆雪之后的清寂开阔,雪落无声,想起矔山园中的梅树,不由感叹。

"矔山不是不积雪。"虞浩霆递过一盏热茶给她,含笑解释道,"是有些地方引了温泉,地气太暖。要是真的都不积雪,怎么叫酌雪小筑呢？下回有雪的时候，我们就过去。"

  四人谈笑了片刻，致娆便拉着霍仲祺去求签，说是乐岩寺的佛签极灵验的。小霍虽然素来不信这些，但身临此境，也只好入乡随俗；婉凝没有见过人求签，也想看看是怎么回事，一班人便去了前殿。

  "你心里默念着想问的事情，然后就这样——"谢致娆捧了签筒给顾婉凝演示，才抖了两下便跌出一支签来，致娆捡起来一看，是支"上吉"，说了句："我是在教你的，这支不算！"便插回了签筒，递给顾婉凝，"你来试试。"

  婉凝微颦了下眉，笑道："可我没什么好问的。"说着，学着致娆的样子抖了几下签筒，有一支跳出了大半，她还要再晃，虞浩霆已将那签抽了出来："这样就行了。"致娆凑过去看时，见是一支"上上"，便笑道："你运气倒好。"说着，促狭地看了一眼虞浩霆，"四哥哥，你要不要也抽一支？"

  虞浩霆接过签筒摇了两下，抽出一支来，捏在手里看了看，竟也是一支"上上"："不会今日这签筒里只放了上签吧？"

  "那我也试试？"小霍笑着将签筒拿在手里，微一沉吟，晃出一支"中平"，"这里的和尚还算老实。"

  致娆见他们都抽过了，又郑重地捧了签筒，闭目轻摇，跳出来的那支签却是支"中吉"，她嘟了嘟嘴："刚才我没想好，这支也不算！"

  霍仲祺笑道："怎么能不算呢？总比我这支好。"

  谢致娆却不依，仍是把那签丢了回去："我不管，我就不信掷不出一支好的。"说着，小心翼翼地晃了许久，才掉出一支，霍仲祺捡在手里看过，莞尔一笑："还真被你撞上一支好的。"

  致娆抢过来一看，果然是支"上上"，笑意甜润地看了他一眼，说了句"我去解签"，转身便走。

_147

他们三人跟过来的时候，解签的僧人刚写好一句签文，虞浩霆一看便道："小霍，致娆这一签问的是你。"

谢致娆顿时两颊飞红，却并不羞怯，反而挽了霍仲祺的手臂，娇嗔道："四哥哥，你再欺负我们，我就告诉姑姑去。"

虞浩霆上下打量了霍仲祺一眼，闲闲道："这么快就'你们'了？"

谢致娆一时语塞，霍仲祺便轻轻脱开了她，上前去看那签文——"凤只鸾孤久未成，而今琴瑟正和平。殷勤待仗高人力，管取鸾吟合凤鸣"，显是问的姻缘。

致娆拿起看时却没了方才的欣喜，喃喃了一句："这也算上签？"

"不知檀越这一签要问什么？"解签僧人这一问却问住了顾婉凝，求签所问自有定规，不外家宅、谋望、走失、行人几样，她却并不知道，想了一想，认真地答道："我想问问我的学年论文能有多少分？"那僧人一愣，谢致娆掩唇笑道："没有问这个的，嗯，你这个嘛——"转头看了看小霍，"算是前程？"

虞浩霆揽了她微微一笑："既然是上签，当然是问姻缘。"

解签的僧人唯恐顾婉凝又问出什么稀奇古怪的，慌忙提笔蘸墨，行云流水地写了签文。

顾婉凝一面看那签文，一面对虞浩霆道："那要是下签，问什么？"

"要是下签，自然是要重新掷一支了。"

顾婉凝这支签更是直白——"姻缘至日不须寻，何必区区枉费心。有意栽花花不发，等闲插柳却成林。"虞浩霆一见，揽在她腰间的手臂紧了紧："这一签倒是准的。"

婉凝颊边热了一热，笑道："那你这一签，也问姻缘吗？"

虞浩霆却摇了摇头:"这件事你问过了,我就不必问了。"说着,对解签僧道:"您随便写一解吧,我随缘。"

那僧人点了点头,道:"檀越恐怕只有'谋望'二字还可以问一问。"说着,笔走龙蛇亦将四句签文写了出来:"傲吏身闲笑五侯,公私出入遇源头。江山一夜春风起,吹散进人面上愁。"众人看时,霍仲祺先笑道:"这头一句就不是解给四哥的。"

四人的签里,只有小霍是支"中平",那僧人一问,他想也不想,便道:"我也问姻缘。"

谢致娆听了,皱眉抢道:"他不问姻缘!"

霍仲祺却不以为然:"我也就只有这件事可问了。若是不好,我不信就是了。"

那僧人只好提笔写了:"望梅榴花灼灼红,近看颜色也朦胧。虽然成就鸳鸯偶,不是愁中即梦中。"小霍低眉一笑:"既然还能'成就鸳鸯偶',总不算是太坏。"

上元夜难得一场大雪尽覆江宁城,虞浩霆想起那一日在乐岩寺,婉凝说起红梅映雪的事,便约了邵朗逸一班人第二天到曜山赏雪。酌雪小筑外头数十株被雪红梅,乌梅、朱砂、铁骨……远看皆是胭脂琉璃,红愈艳,白愈洁。

霍仲祺一路过来,幽幽梅香之中绕着几许笛音,依稀是《好姐姐》接了《皂罗袍》,婉凝还没学《惊梦》,那就是韩珆在度曲了。他随手折下一枝梅花,拂着上头的落雪往花厅走。刚到廊下,听见笛音一落,便几步赶到门口,人还没进去,先笑念了一句道白:"莺逢日暖歌声滑。"顾不得脱大衣,手里的梅花便充了柳枝。

"人遇风情……"后面一句还没念完人便是一怔,一架紫檀织绣围屏前玉立亭亭掩唇而笑的,不是韩珆,却是谢家小妹致娆,身上一件明黄底子绣着折枝杏花的长旗袍,花容明丽,面上更罩了薄薄一层娇红。

"这可巧了,杜丽娘刚叹过'没乱里春情难遣',柳梦梅就到了。"邵朗逸一笑,手里的笛子朝小霍虚点了一下,"怎么?忘词了?"

"我在外头听见你们'游园惊梦',还以为是韩珝……"霍仲祺说着,搁了手里的梅花,"我不捣乱,你们接着来。"

韩珝悠然笑道:"你的《山桃红》最拿手,正好跟致娆搭戏。"

小霍脱了大衣交到丫头手里:"我这样子,哪儿像柳梦梅?"原来他今日过来,身上穿的连大衣都是戎装。谢致轩打量着他,亦是好笑:"你如今怎么跟浩霆似的?"

"习惯了。"

"你是嫌我不如韩珝唱得好吗?"致娆一句娇嗔落下来,众人都默然含笑,小霍见她目光殷殷只是望着自己,洒然一笑,捡了那枝梅花在手:"一径落花随水入,今朝阮肇到天台。小生顺路儿跟着杜小姐回来,怎生不见?"致娆连忙掩了笑意,做出隐几而眠的睡姿来。

霍仲祺刚念到"小姐,咱爱煞你哩!"一眼瞥见虞浩霆陪着顾婉凝进来,她手里捧着个青瓷胆瓶,里头错落了几枝绿萼白梅。小霍不自觉地声腔一滞,韩珝手中的檀板重又轻轻扣过,他才连忙开口,难免有些气息仓促:"则为你如花美眷,似水流年……"

这些日子,顾婉凝也看出小霍和致娆颇有些妾意郎情的意思,此时见他们合扮《惊梦》,梦酣春透,倒是可堪玩味,悄声对虞浩霆道:"他们两个是在恋爱吗?"

"我没问过小霍,十有八九吧。说起来,这两个人也算是青梅竹马。"

婉凝看着他二人"转过芍药栏前""紧靠湖山石边"——珠联璧

合宛如金童玉女一般，不由赞道："果然是佳偶天成。"

虞浩霆在她手上轻轻一握："我们才是佳偶天成。"

婉凝蹙眉一笑："你现在怎么这么小气？"

虞浩霆俯在她耳边悄道："谁叫你总是对我特别小气？那我只好对别人小气一点。要不然，我太不划算。"

一时杜丽娘惊了梦，致娆便问小霍："我的《惊梦》是跟季惠秋学的，韩珆是和楚横波学的，你瞧着有什么不一样吗？"霍仲祺想了想，笑道："你扮春香一定比韩珆好。"致娆秋波一挑，嘟了嘟嘴："你就直说他的杜丽娘比我好就是了。"

"小霍是说你俏，演花旦最好。韩珆的闺门旦压过文庙街的大小角儿，可要演红娘、春香，就不像了。"邵朗逸和他们说笑了几句，忽然回头招呼顾婉凝，"你和韩珆学戏也有些日子了，我还从来没见识过，拣你拿手的来一段儿？"

"我没什么拿手的，只《思凡》学得最久，我唱那支《风吹荷叶煞》吧。"婉凝说着，看了看韩珆，"反正我师傅在这儿，就算唱得不好，你们也不好意思说。"

《思凡》尤重身段，色空手里一把拂尘必不可少。她平日度曲的时候拿折扇替过，眼前却没有趁手之物，一迟疑间，邵朗逸从那尊青瓷胆瓶里抽出一枝绿萼递了过来。

"今日师父师兄，多不在庵。不免逃下山去，倘有机缘，亦未可知……"婉凝极少在人前献唱，初初两句念白面庞便微泛轻红，好在《思凡》原本就有娇羞含情之态，却是未成曲调先有情，待两句水磨腔出来，方才渐入佳境。"学不得罗刹女去降魔，学不得南海水月观音座。"她唱功尚涩，但音色极美，神情离合间亦喜亦嗔，如怨如慕，手中的白梅衬着柔绿的净色旗袍，映在花蝶委婉的织绣围屏上，宛如一抹春光风流。

霍仲祺手指轻轻扣着拍子，恍然想起旧年她在燕平初学戏时的情形。那时候，她在暮春花影里笑念"光阴易过催人老，辜负青春美少年"，艳得他心里一声呻吟。哪怕他也只是远远看着，哪怕心底一丝窃喜总是笼了忧色，但终究会有那么一点希冀。那天在西山，她应了等他回来，给他唱《佳期》的。

等他回来……可那佳期再不是他的。要是当日他没有走，眼前种种，会不会就不一样？他不敢想，也不能想。他心里连一个"悔"字都写不出。

则为你如花美眷，似水流年。那晚她枕在他胸口，他为她唱《惊梦》，她说"我听见你的心跳了。像火车"。他把她裹在衣裳里为她遮雨，湿冷纷乱的雨水扑在他脸上，怀里微微震颤的轻软却点燃了他的心。那些事他不敢去想，隐匿在心底深处的悸动一闪出来，他会觉得对不起四哥。

还有些事，他不能想。

她抓着他的衣襟，散乱的刘海被涔涔冷汗粘在额上，淡青色的旗袍上洇开一朵血花："你要是有办法，就带我走。"她紧紧攥住他的手臂，眼里一层水雾，雪白的面孔几乎是扭曲的："……仲祺……孩子。"

他从来不知道，一个人的心能这样疼。不相爱的两个人，怎么也会有这样刻骨铭心的喜忧？可是，她和他，仿佛什么也没有。

仿佛只是他自己的一枕幽梦。

惊梦，惊梦。无论多惊心的梦，到头来都只能一去无痕。

虽然成就鸳鸯偶，不是愁中即梦中。

他想起那一日的签文，心里一涩，唇角划出的却是一抹笑意温存。

她就是他的一枕幽梦，那他能不能永远都不要醒？

"恨只恨，说谎的僧和俗——

哪里有　天下园林树木佛？

哪里有　枝枝叶叶光明佛？

哪里有　江湖两岸流沙佛？

哪里有　八千四万弥陀佛？"

旗袍总是不便，婉凝的身段便省了许多，眼前又都是相熟的人，做不来严丝合缝的活泼俏皮，一笑一颦间犹是平素的姿仪清美："从今去把钟鼓楼佛殿远离却，下山去寻一个年少哥哥——"唱到此处，她颊边忽然一红，声腔低回，"凭他打我，骂我，说我，笑我；一心不愿成佛，不念弥陀般若波罗。"

婉凝自知功架疏浅，这些人又都是自幼听惯了名角的，才一唱完，便忍不住吐了下舌头，众人都笑，邵朗逸用笛子轻轻击了下掌心："你这样子倒还有点儿小尼姑下山的意思。韩珆，你说呢？"

他此言一出，婉凝面色更红，虞浩霆执了她的手笑道："让他们说去！以后你就只唱给我一个人听。"话虽是玩笑，他的心思却半真半假，她原本就这样美，着意含情弄态更叫人觉得心弦撩动，美不胜收。她刚才说他小气，他自己也觉得这念头莫名其妙，可是她的事，他宁愿小气一点。也许人都是这样，太在乎的东西，别人碰一下就会觉得是抢。

午后微雪，一行人沿着山路闲看梅花，致娆拖着霍仲祺落在后面，她见虞浩霆握了婉凝的手放在衣袋里，抿嘴一笑，暗自咬了咬唇，轻轻脱了手套，亦把手探进了小霍的衣袋。霍仲祺察觉她的动作不由蹙了下眉，见她垂着头，颊边绯红，唇角噙笑，心底轻叹却也无可奈何，只默然伴着她往前走，尽力把心绪都放进眼前的银装素裹红

_153

梅点点之中。致娆走了一阵,手指在他衣袋里蜷了几下,忍不住抱怨:"你衣裳里这么凉!"霍仲祺若无其事地笑道:"好好的你干吗把手套摘了?"致娆拧了拧眉头,嘟着嘴不作声,走在他们前头的韩珇回过头来却是对霍仲祺莞尔一笑,停了脚步:"连女孩子的话都听不懂了,这可不像你。"致娆听了,终是羞涩,面上再撑不住,抽开自己的手,快步赶到了前头。

婉凝同虞浩霆慢步而行,一面看四周的景致,一面听他同邵朗逸闲话。虞浩霆见致娆甩下小霍独个儿过来,奇道:"你怎么不赖着小霍了?"致娆闻言,笑吟吟地挽在他臂上:"四哥哥,我赖着你不成吗?"

虞浩霆打量了她一眼,道:"你是有事要跟我说吧?"

致娆笑道:"我是有事要求你呢!我难得跟你开口,你可不能驳我。"

虞浩霆还未答话,邵朗逸忽然插话道:"我知道了,你是想跟浩霆求一张调令,把小霍调到檀园去给你站岗是不是?"

致娆面色娇红,狠狠剜了他一眼,却听虞浩霆正色道:"嗯……也不是不行,只是把他连降三级也还高了些——到檀园去站岗,少尉也就够了。"

致娆扯了扯他的手臂:"什么呀?四哥哥,你也取笑我。"

虞浩霆面上微露了一丝讶异:"不是小霍的事吗?那是什么?"

致娆知道他们惯了取笑自己,也不着意计较,只道:"你就让他老老实实待在江宁好不好?"虞浩霆正色道:"一个陆军少校该待在哪儿,还用不着我来安排。你得问问他自己的意思。"

致娆正要反驳,邵朗逸笑道:"致娆,这就是你不晓事了。小霍如今正是万里觅封侯的心气,你偏来跟他捣乱,不是故意叫他不痛快吗?"

"你们这些人，整天就盘算着打打杀杀；我哥呢，就是钱进钱出，有什么意思？"致娆说着，扁了扁嘴，"仲祺和你们才不一样呢，他是为着好玩儿罢了。"

一直没说话的谢致轩这时方才开口："小霍好不容易有点志气，你要是为他好，就该成全他。"致娆却不以为然："这样的志气，不如没有。"

虞浩霆道："你哥哥说得对，丈夫处世以功业自许，是人之常情。"

致娆一时未及分辩，忽听顾婉凝轻声笑道："你们说以功业自许，无非是修齐治平。就怕所谓'修身齐家'，不过是拿圣人的话当个幌子，都以'治国平天下'自许，那才坏了。你们看不起没志气的人，可要是人人都没有这份志气，反而天下太平呢。"

虞浩霆一怔，谢致轩却促狭笑道："浩霆，这是闺怨，悔教夫婿觅封侯，你听出来没有？"

婉凝颊上微红，神色却愈发端正了："我是就事论事，乾卦'用九，见群龙无首，吉'，不就是这个意思吗？"

虞浩霆见她说得正经，不由好笑，握了握她的手，道："你这可是望文生义了，用九是六爻始卒若环，无首无尾，'乾元用九，天下治也'。你这么读易，用不着请先生，我勉强也能教你几天。"

婉凝不过闲时翻书初初看到这一节，随口讲了出来，此时被他勘误，便知道是自己冒失谬引经书，赧然一笑，面露愧色。负手而行的邵朗逸却笑道："占验之辞原本就模棱两可，易学亦有象数和义理之分，古往今来，做解的人太多，你也不能说她一定就错，谁知道当年周公是怎么想的？"说着，笑谓婉凝，"我瞧着你解得倒好，改天我卜一卦，请顾小姐指点迷津。"

_ 155

锦西既定，江宁与沣南戴氏便成了对峙的局面，南北局势却反而隐了剑拔弩张之态。

十余年前，虞军和陶盛泉在沔水一战，错失宝沙堰后，节节失利，丢了大半个邺南，江宁震动。直到唐骥在嘉祥奇袭得手，重挫陶氏精锐，才保住了陵江门户。此后几年间，两军一直胶着在沔水、禹岭一线，几番和战之下，始终互有胜负，难分优劣，于是近十年来，双方都不肯再轻启战端。

邵朗逸端详着地图上用红笔粗描出的痕迹，对虞浩霆笑道："你这久别胜新婚的时候，也不肯消停一阵子吗？"

"连你都觉得我该消停一阵子，戴季晟肯定也这么想。"虞浩霆头也不抬地答道，"他不是要看我练兵吗？我就给他看。这次第七军在邺南演习，正好也让其他人观摩一下……"他正说着，郭茂兰忽然在门口敲了两下："总长。"

虞浩霆抬头看着他，只等后话，却见郭茂兰踌躇地看了邵朗逸一眼："邵司令。"虞浩霆见他这个神色，不免有点奇怪，于公于私他跟邵朗逸都没什么可避讳的：

"什么事？"

郭茂兰还是不说话，反而快步走到他身边，低声说了两句，虞浩霆脸色微微一变，跟邵朗逸招呼了一句，就往外走："我有点事情，演习的事回头再说。"从勤务兵手里接过大衣，一边穿一边问等在走廊里的周鸣珂，"你听清了吗？"

周鸣珂小心翼翼地答道："我当时离得远，只听见顾小姐说'怎么办'和'孩子'，还有……'大夫怎么说'。下午小姐说要去见同学，没有叫官邸的车子，郭参谋不放心，让齐振跟着，刚才他打电话回来，说小姐去了慈济医院。"他一边说一边觑看虞浩霆的脸色，只见他目光犀冷，薄唇紧抿。紧跟在他们身后的卫朔同郭茂兰对视了一眼,两人眼里都是一样的如临大敌。

不合时宜的孩子总叫人纠结万端,不知所措;可是满怀期望迎来的孩子,就一定会幸福吗?

顾婉凝有一搭没一搭地想着,突然听见外头一阵喧哗——"怎么回事啊?你们怎么回事?这是产科,哎,你们不能在这儿!你们……"

医院里怎么乱成这样?不等她蹙眉,房门被人猛地从外头推开,"砰"的一声撞在墙上,瞬间冲进来几个军装男子,坐在门边的护士吓了一跳,刚要起身阻拦,立刻就被人按住了。

虞浩霆一把握住婉凝的肩膀,目光像要把她钉进眼里:"你……"嘴唇翕动了两下,却什么也说不出来。

一个三十多岁的女医生闻声从诊疗室里走了出来,一见这个情形,惊怒道:"你们是什么人?出去!这是产科诊室。"

虞浩霆把婉凝箍在怀里,逼视着那医生,声音异常冷迫:"我的孩子怎么样了?"

女医生一愣,眉头拧成了"川"字:"家属也不能待在这儿,你们马上出去!"

郭茂兰连忙上前赔着笑脸温言劝道:"大夫,能不能麻烦您先出来一下,我们长官……呃……和这位小姐有话要说。"

那医生听了,又气愤又诧异:"荒谬!你们在这儿影响……"

虞浩霆眼神一冷,将她后面的话堵了回去:"你要是敢动我的孩子,我让你后悔一辈子。"

"虞浩霆!"婉凝急忙拉了一下他的手臂,低低道,"不是我……"

"嗯?"虞浩霆怔了怔,捧起她的脸,犹疑着问道,"你说什么?"

"不是你想的那样,你先出去,我回头再跟你说。"

虞浩霆断然道:"不行,我就得在这儿。"

顾婉凝眉心一蹙,刚要开口,诊疗室里忽然又走出一个人来:"总长!"

虞浩霆一见骆颖珊,眉宇间隐约浮了沉冷的怒意:"你胆子倒是不小。"说罢,转头吩咐郭茂兰,"带回去关她禁闭。"

郭茂兰答了声"是",心道还好骆颖珊是个女孩子,这事要换了别人,恐怕总长杀人的心都有了,心底一叹:"小骆,跟我走吧。"

顾婉凝见状急道:"郭茂兰,你出去!"说着,就从虞浩霆臂弯里往外挣,虞浩霆手上却丝毫不肯松动,冷然道:"你们都出去,把她也带走。"

"你们想干什么?她是孕妇!"女医生一声怒斥,一票人的目光瞬间都挤在了她身上。照拂病患几乎是医者的本能,女医生趁着他们愣神的工夫,抢到了骆颖珊身前,怒视着郭茂兰:"关孕妇的禁闭——你们还有没有人性?"说着,又努起全身的勇气狠狠剜了虞浩霆一眼,"有你这样的……哼!怪不得人家不想要这孩子!"

房间里一片冷寂。

只卫朔放下心来,自觉地退到了门外,其他人都诧异地看着骆颖珊,见她脸色凉白,垂着眼睛不言不动,四周的空气突然变得诡异又尴尬,虞浩霆犹自带着疑虑看了看婉凝:"那你……"

顾婉凝气恼地吁了口气:"我什么事都没有。你,还有你的人,马上走!"

虞浩霆面上虽然不动声色,也有点尴尬,点了点头,松开她要走,却还是不放心,对那医生道:"大夫,不好意思,惊扰您了。那我的女朋友……"

那医生这会儿也明白他们大约是弄错人了，心道这人怎么变脸变得这样快？刚才还唬得人牙根儿发冷呢！唉，可惜了！这么英挺俊朗、玉树临风的一个男人，怎么缺心眼儿呢？想到这个，忍不住又多看了他两眼，原还想着讥讽两句，不过看在他好看得人间少有的份儿上，算了吧！于是板了脸，肃然道："这位小姐没有做检查，她的情况我不清楚。"

"那……"虞浩霆犹豫了一下，神态更是客气，"您能不能帮忙也检查一下？"

"这位先生，如果你没有什么不舒服的话，就请你不要再妨碍我的工作；当然，就算你真的有病，我们这里是妇婴医院，我也帮不了你。"

郭茂兰想笑又不敢，给其他人使了个眼色，一班人都悄悄走了出去。

虞浩霆从来没被人这么揶揄过，他自知今天这件事做得莽撞，脸上也有些讪讪，低声对顾婉凝道："那我在楼下等你。"面无表情地看了看骆颖珊，这种事情他没必要也不方便过问，"你——要请假的话告诉茂兰。"临出门，又回头望了一眼，"婉凝……"

顾婉凝走到他身边，悄声道："我真的没有。我也不会……你快走吧。"

齐振几个人见虞浩霆出来，都有些提心吊胆，他们"情报"失准，闹了这么个笑话，脸都丢到医院里来了。虞浩霆看见他们，却是神色如常，周鸣珂红着脸嗫嚅了一声："总长。"

虞浩霆指了指他："态度是对的。"

一班人在楼下的接诊大厅站了一会儿就觉得不对，来来往往的医生护士连病人从附近经过，都要打量他们几眼，虽然大部分都戴着口罩，郭茂兰也看出来有几个小护士已经眉眼弯弯地来回走了好几遍

_159

了。几个人干站着着实尴尬,可这种场合,什么话题似乎都不合适,终于还是总长大人开了口:"骆颖珊有男朋友了吗?"

"应该没有吧……"郭茂兰摇了摇头,"我也不清楚。"

虞浩霆微一皱眉:"你怎么会不清楚?"

"呃……"郭茂兰一时语塞,他这不能算失职吧?这种事他必然不能清楚啊。

回到栖霞官邸,顾婉凝还是没什么好脸色。关了房门,虞浩霆刚一揽她,她就躲开了,偏着脸只是瞪他:"怎么办?颖珊的事别人都知道了。"

虞浩霆半笑半叹:"你放心,茂兰他们不会乱说的。不过,她到底是怎么回事?"

"我不知道。"婉凝说着,抽了本书坐在沙发上专心致志地看了起来。

虞浩霆挨着她坐下,拿开了她的书:"宝贝,还记不记得在锦西的时候,我跟你说过什么?越是别人不让你告诉我的事情,你就一定要告诉我。"

婉凝抿了抿唇:"……这件事没什么关系,你别问了。"

虞浩霆也不再问,揉了揉她的头发,站起身来:"我问她比问你方便。"

婉凝赶忙拉他:"你别去,你不许逼她!"

"那你告诉我?乖,你身边的人不能有纰漏。你不告诉我,我只能让茂兰去问了。"

叶铮被虞浩霆看得心里有些发毛,大晚上把他叫到官邸,一句话不说上下打量了他半分钟,眼里依稀有一星笑意,神情却又有些意味不明的沉冷。

"总长……"

"闭嘴。去把门关上。"

门是关了，可叶铮却有点儿不敢转身回去，这什么情况啊？他脚步尽量放慢，仔细寻思着自己这些日子有什么行差踏错，可想来想去，一无所获。

虞浩霆看着他这副样子，心里暗笑，脸上愈发凝重起来："骆颖珊怀孕了。"轻飘飘的一句话出来，叶铮的脸立刻就白了，面上"呆若木鸡"四个字一览无余。

"你打算怎么办？"

"我……她……"叶铮还是没太反应过来，舔了舔嘴唇，"不会吧？"

"你是说跟你没关系？"

"不是……我……"叶铮一回过味儿，脸越来越苦，"我是说不会……不会这么巧吧？我跟她就……"

虞浩霆冷笑着打断了他："跟女下属去夜总会，灌醉之后带到酒店开房，孩子都有了。你真有出息。"

"我？！"叶铮的脸直扭成了一藤苦瓜，一肚子的委屈汹涌而出，"我真不是故意……我要是存心的，您把我军法处置！"

"不是故意的？你不小心就弄出孩子来了？"

"我就是跟她喝了点儿酒，她又……男人女人嘛，您明白——"

"我不明白。"虞浩霆也懒得再逗他，起身振了振臂，"你打算怎么办？"

"我不知道。"

现在想起来那天的事，叶铮还是有点憋气，什么叫"等着收钱"啊？这女人幺蛾子也太多了，弄出一孩子不告诉他，到总长这儿来告状。他怎么就这么倒霉呢？孩子？这也太吓人了吧？

"这件事你马上处理好。"虞浩霆公事公办的口吻让叶铮心里凉了半截，幽怨地嘟哝了一句："那怎么才算'处理好'啊？"

虞浩霆拉开门冷然抛下一句："让她满意。"

让她满意？怎么就没人问问他满不满意呢？叶铮处理这件事的第一次尝试，效果非常不好。他敲开骆颖珊宿舍的门，只来得及问了一句话："不会这么巧吧？"

骆颖珊更简单，就跟他说了一个字："滚。"

她这个态度显然是很不满意，那他怎么交差呢？这丫头脾气真差啊，他不过是想问问她是个什么打算，人家都说一日夫妻百日恩，她犯得着把他当仇人吗？这不是解决问题的态度嘛！不过，听说孕妇会情绪异常，他不跟她计较。

叶铮在楼下踱了两个来回，总算咂摸出个主意来，他叶铮是什么人？还收拾不了她一个丫头片子了？爬上楼继续敲门，不等里面的人问，他就先开腔了："骆颖珊你开门，我是叶铮。"里头意料之中的没有回应，他也不着急，"你不开门是吧？那咱们就隔着门说。"提高声音咳嗽了两声，"那天的事我不是有心的，现在这件事吧，也是意外。但我叶铮不是个怕事的人，你划出道儿来，我都接着，咱们……"

他正说得慷慨，门"哗啦"一下开了，骆颖珊挑眉看着他："你想干什么？"

"不干什么。"叶铮漫不经心地把手往门框上一撑，"就跟你谈谈——"目光往下一扫，落在骆颖珊的小腹上。

骆颖珊面庞微红，神色却更冷："我跟你没什么好谈的。"说着就要关门，却被叶铮一把挡住了："我是不介意站在这儿说，你要是也不介意的话……"

骆颖珊转身丢给他一个背影:"说完你就马上走。"

叶铮随手关了门,也不走近她,就站在原地甩出一句:"我跟你结婚。"

骆颖珊皱了皱眉,唇齿间磨出个词来:"神经病。"

"我这叫有担当好不好?"叶铮心里也有点躁,他都愿意委曲求全了,这女人怎么这么不识好歹呢,"那你说,你想怎么办?"

"我已经交了请调报告,我回广宁去。"

叶铮一愣:"那,那什么……你那个……"他越说声音越小,"孩子"两个字却怎么也说不出口。

骆颖珊端起杯子喝了口水:"我约了大夫后天去医院。"

"你?"叶铮先是惊讶,接着突然莫名地气愤起来,"不行,你不能这么……这么心狠手辣!"

骆颖珊淡然看了他一眼:"我的事情跟你没关系,你可以走了。"

"怎么就跟我没关系了?"叶铮指了指她,怒道,"你……没有我,你哪儿来的孩子?"

骆颖珊低头摩挲着手里的杯子,不紧不慢地说道:"我对你没兴趣,对孩子也没兴趣,对你的孩子就更没兴趣了。所以——后天我处理完了这件事,就跟你没关系了。"

处理?她以为是作废的公文呢?孩子什么的已经很吓人了,她这个说法就更吓人了。虽然他对孩子这种"东西"也没什么兴趣,可她要"处理"了他的孩子,怎么都让他觉得不太舒服,不止是不太舒服,是非常不舒服:"不行!我不同意。"

骆颖珊"扑哧"笑了一声:"你可以走了。"

叶铮一番"哭诉"让虞浩霆也有些意外。按理说，这两个人能弄出个孩子来，至少彼此不算太讨厌，叶铮除了家世见仁见智之外，其他的都没什么不好，现在这个状况，结婚是顺理成章的事。这种事从来都只有女孩子怕吃亏，担心男人不肯负责的，哪有骆颖珊这样的？

他且言且笑，顾婉凝听了却是轻轻一叹："颖珊不喜欢叶铮，当然不想和他结婚，你们不要逼她了。"

"她跟你说的？"

"嗯。"

"叶铮也还不错。"虞浩霆想了想，笑道，"两个人相处久了，总要日久生情的。"

说着，拣了一条满钻花扣的三叠珠链扣在她颈间，从镜子里相了相，璀璨流光落在玉色的素缎旗袍上，衣清饰华，愈显容光嫩艳。

婉凝却摇了摇头："不是叶铮好不好，是颖珊喜欢的——不是他那样的人。"

虞浩霆听她这一句显是话里有话："原来她是心有所属了，那叶铮就麻烦了。你觉着，叶铮跟那人比，怎么样？"

"我说不好，不一样的。"

"这人我认识吗？"

婉凝避开了他的目光，站起身来："我不能说。"

"那就是我认识了。你不用告诉我是谁，你只跟我说说这人跟叶铮有什么不一样，我好叫叶铮死心。"

"嗯——"顾婉凝踌躇了片刻，道，"颖珊说，那人是'矫矫庄王，渊渟岳峙'。"

虞浩霆沉吟了一下，继而摇头轻笑："原来她喜欢的是唐骥。那叶铮真还差得远。"

婉凝讶然道："你怎么知道？"

"骆颖珊毕业以后就去的眉安行辕，她能认识的人，当得起这八个字的，只有唐骧。况且，骆颖珊性子爽朗，要是喜欢别人直接告诉叶铮就是了，她不说，必然是因为这人有她不能说的缘故。"

"其实她跟唐骧连话都没说过。"顾婉凝这几天也颇替骆颖珊犯愁，"我们在锦西的时候，她说起来就挺难过的；现在又出了这样的事，她也不知道怎么办。"

"怎么办？她最好就是嫁给叶铮。"虞浩霆闲闲地说道，要不是因为他的心肝宝贝跟着操心，他们这些男男女女的事，他才懒得理会。虞浩霆想着，忽然眸光一闪，放软了声气对顾婉凝道，"宝贝，那你以前有没有想过——喜欢什么样的人？"

婉凝看也不看他，答得飞快："我没有。"

"我可不信。你们女孩子从小听故事就是王子公主灰姑娘，致娆那丫头——说不定牙还没长齐，就一心想着要嫁给小霍了。你怎么会没想过？乖，你告诉我，我保证不吃醋。"

婉凝被他说得莞尔，却不肯松口："我真的没有。我们该出门了吧？"

"说完再走，来得及。"虞浩霆笑着把她拉到沙发上，"我听听我还差多少？"

"我不要。我说了你要笑我的。"

"怎么会？"他话一出口，神情就一本正经起来，静静地看着她明艳剔透的侧影。

婉凝飞红了两颊，长长的睫毛都垂了下来："我的良人在男子中，如同苹果树在树林中，如羚羊或小鹿在香草山上。"她的声音像晨起的露水悬在早春二月的豆蔻梢头，"良人属我，我也属他。他在百合花中牧放群羊。"笑靥微微，如风中花蕊。

所罗门的歌，是歌中的雅歌。他应该想到的，她小时候最先读熟的多半就是《圣经》。他该早一点想到的。如羚羊或小鹿在香草山上。他在百合花中牧放群羊。她想的是这个，可那时候，他给了她什么？他忽然有一丝难过，如果一切退回到原点，他一定能让她先喜欢上他。

这世间浮生千变，力所不能及的事，错过了，也就错过了；可是能做到的却没机会去做，才真正叫人觉得惋惜。

"这是《圣经》里的。"她见他不答话，柔柔一笑就转了话题，"我在德雅念书的时候，专门有修女督着我们念《圣经》，幸好我小时候看过。有个嬷嬷顶喜欢点我背诗篇：'你出你入，耶和华要保护你，从今时直到永远。'其实我都不信……"

他在她额上轻轻一吻，打断了她的话："雅歌我记得不准，第一首是怎么开头的？"他不愿意让她察觉他难过，她和他，还有眼前，还有以后，他再不会错过什么。他这样一问，顾婉凝更是赧然："我不记得了。"

"我好像记得几句，不知道对不对……"虞浩霆在她耳边悄声说了两句，不等她躲避颈侧温热的气息，就去解她腰下的旗袍纽子。

"哎……你干什么？你不是要去……"

"叫他们等着。"叶铮这小子运气未免太好，看来他还要再努力一点才对，要是九月份之前他不能解决这件事，她可就要回去念书了。

骆颖珊还是低估了叶铮这个人无赖的程度。

早上一开门就见一个小勤务兵拎了五六样早点杵在外头，不请自进摆了半桌，说是叶参谋让他送给骆秘书的。她还没来得及连人带东西给打发走，跟她住在一起的译电员樊楚洁就笑嘻嘻地拈起一个汤包小口咬着，跟那勤务兵打听："哪个叶参谋啊？"

她压着怒气下楼，那无赖居然就等在楼下："你去哪儿？我送你。"

"我去医院。"

他也真就跟着她去了医院，她以为过了今天她就再也不用看见这人了，谁知他一见了医生就是嬉皮笑脸地谎话连篇："大夫，我老婆跟我赌气要'处理'了这孩子，您可是救死扶伤的白衣天使，不能跟着她瞎起哄。"说着，脸色凛然一变，"要是我们家这孩子有什么闪失……"蓦地把一支勃朗宁拍在桌上，"那就真得一尸两命——加上您的了。"

手术是做不成了，回去一开宿舍的门，五颜六色的礼物盒子堆了一桌，上头居然还有一捧粉红色的玫瑰花。叶铮拎拎这个，掂掂那个："其实男人追女人也就是这么回事，咱们就算是加快点儿进度吧！你喜欢的就留着，不喜欢的就给你同屋那个樊……算我送的也行。"

骆颖珊强迫自己做了两个深呼吸，镇定一下情绪："叶铮，那天的事就这么算了，行吗？你又不喜欢我，你这么做有什么意义？"

叶铮低着头笑道："你不是也不喜欢我吗？那咱们俩正好般配。"

"你？！"

"行了，你也别跟我闹了。你不就是惦记着唐骧吗？你叫他一声'叔叔'他都受得起。"叶铮想想就觉得别扭，昨天虞浩霆跟他说，这件事骆颖珊愿意怎么样就怎么样吧，人家早就心有所属了——"这个人你还真比不了。"

他偏不服气，结果虞浩霆一说是唐骧，他也泄气了，他拿什么跟新任的参谋次长比？可他能娶她，唐骧能吗？能也是娶她做小的！她想"处理"了他的孩子给别人当小老婆,她做梦!再说,除了肩膀上差几颗星,他有什么不如唐骧的?他还就不信这个邪了,他非娶了她不可。

"我现在是不如他,可再过二十年,我叶铮未必就不如他。"

骆颖珊眼中轻鄙之色一闪而过,低低道:"你就是不如他,再过二十年你也不如他。"

这句话听得叶铮搓火,欺近她身前轻佻一笑:"你跟他又没试过,怎么知道我不如他?"

骆颖珊脸色煞白,抓起手边的一个盒子奋力朝他丢过去:"滚!你给我滚!"

叶铮见她恼了,也懊恼这个时候不该调戏她,索性堆出个最温柔欢喜的笑脸来,"哎,你别生气,我错了还不行吗?我这人就是嘴不好。"说着,随手拿起件东西塞到她手里,"来来来——你砸我,千万别客气。"

骆颖珊把手里的东西砸在他身上,几乎要流出眼泪来,她怎么会招惹了这么一个混蛋呢?

"走,你马上走!现在就走!"她不管不顾地抓着桌上的东西往他身上砸,叶铮只是笑嘻嘻地一动不动,等桌上的东西扔完了,转身倒了杯水端过来:"累了吧?喝点儿水。一会儿咱们接着来。"

骆颖珊不知所措地看着他,突然间胸口翻涌,"哇"的一声干呕起来,叶铮连忙揽住她坐下,小心翼翼地在她背上拍着,"你这个……是正常反应吧?"见她的反应平静了一点,又把水递给她,"要不,咱们再去医院看看?"

骆颖珊茫然捧着水杯,嘴唇颤抖着想要说些什么,又不知从何说起。

她早就知道,她喜欢的人是等不到了,可她怎么也没想到,自己会碰上这么一件莫名其妙的事。不该是这样的,她想要的,不是这样的。

叶铮把她揽在臂上,耐着性子劝她:"你说女人嫁人图的是什么?不就是要男人有担当有前程有面子,事事疼你顺着你,将来不在外头养小情儿。我保证这些我都有……呃,最后一条没有啊……"他说着说着,就看见从骆颖珊眼里大滴的眼泪一颗接一颗滚了出来。他认识她这么长时间,还是头一回见她哭,叶铮也有点儿慌了,想去抹她的眼泪,又不敢,"你别哭,哎,你别哭啊……来,你砸我……"

叶铮编谎话的本事可谓一流,没两天参谋部上下一大半人都知道,他跟骆颖珊在眉安行辕一见钟情,之后又求着总长大人把人家调到江宁来结婚。他见了骆颖珊一口一个"珊珊",不光叫得骆颖珊犯恶心,连郭茂兰这些人都跟着犯恶心,合着原来骆颖珊的孩子是他的。一班人正商量着怎么让他请客,就见叶铮霜打的茄子一样晃了进来,也不和他们打招呼就趴在了桌上。

郭茂兰心下好奇:"你这是怎么了?"

叶铮满眼的受惊过度:"刚才珊珊她爹来找我了。"

郭茂兰一怔:"到这儿?"

叶铮可怜兮兮地看着郭茂兰,每个字里都透着心虚:"就是医务处的骆孟章。"

汪石卿的车子开到官邸楼前,正碰上卫朔和郭茂兰站在门口,"总长呢?"

郭茂兰笑微微地抬了抬下巴:"总长在教顾小姐开车。"汪石卿顺着他示意的方向望了望,只见草坪那边一辆敞篷车开得极缓:"是Ford的新车吗?颜色倒别致。"

郭茂兰点头笑道:"还是您有眼力。这车是总长亲自定了色卡寄到美国去的，说是比着爱丽舍的macaron调的颜色。昨天刚送来。"

他们说话间，那车已开近了，奶油绿的车身配着叠起的乳白顶篷，确实像块西点；只是虞浩霆一身戎装坐在里头，总让人觉得有些怪。等他从车上下来，蹲在后座的Syne立刻兴高采烈地跳到了前头，跟戴着白色宽边小礼帽的顾婉凝挨在一起，画面就和谐多了。只可惜还没等它适应新座位，就被虞浩霆拎了回去："卫朔，你来。"说着，回头对顾婉凝笑道，"我说了不算，什么时候卫朔说你学好了，你才能开出去。"

"总长，邺南的演习，我恐怕得跟您告个假。"汪石卿的语气里带了轻快的笑意，虞浩霆见状倒也猜出了几分："私事？"

"结婚。"

虞浩霆打量了他一眼，点头道："你早就该成家了。不过，怎么选这个时候？"

"本来我想等年底再说，可玉茗拿了我们的生辰八字请人去算，说今年就这个时候最好。"汪石卿摇头叹了口气，"女人较起真儿来……"

"终身大事，较真儿也是应该的。"虞浩霆拍了他一下，"那你就别过去了。"

汪石卿笑道："对了，玉茗还让我请顾小姐，不知道这次……"

"我怕忙起来顾不上她，就不带她过去了。"虞浩霆想着叶铮和骆颖珊要回燕平结婚，他这一走，婉凝难免寂寞，不如让她陪着沈玉茗料理结婚的事。沈玉茗嫁给汪石卿是英雄救美两情相悦，比骆颖珊被叶铮软磨硬泡地哄到手好多了，说不定能让她也动一动结婚的念头，"女孩子最喜欢凑别人结婚的热闹，你们有什么要帮忙的，就叫她好了。别的我不敢说，选东西她最拿手。"

汪石卿闻言笑道："那还得请顾小姐手下留情。"

虞浩霆亦笑道:"终身大事,不能省的。"

卫朔督着顾婉凝学车,连Syne都百无聊赖地卧倒在了后座上。

眼下这个状况,除非她踩死了油门瞄准百米外的一棵红豆杉冲过去,否则绝不会有任何"险情",可卫朔仍是神情肃然地盯着她的动作,让婉凝也下意识地小心翼翼起来。可对着一个活人一条活狗,总得聊聊天吧?

婉凝闷了半天,忽然想起一件事来:"你家四少的生辰是什么时候,你知道吗?"

"公历是八月六号,农历是七月初三。"他答得这么一丝不苟,顾婉凝忍不住掩唇一笑,卫朔立刻嘱咐道,"小姐,开车要专心。"

婉凝赶忙把手放了回去,边笑边问:"那他过生日的时候,算哪个日子?"

"夫人的习惯是算公历。不过——小姐要是想给四少过生日,就不用了。"

"怎么了?"

"四少不过生日。"

婉凝一怔,停了车子,两肘搁在了方向盘上:"为什么?"

卫朔蹙着眉踌躇了一下,觉得这件事还是有必要让顾婉凝知道:"大少爷是在四少生辰那天出的事,后来官邸就不给四少过生日了。"

带着草木绿意的风缓缓吹过,四周一片宁静,婉凝默然了一阵,轻声问道:"是什么时候的事?"

卫朔依旧答得没有一丝情绪:"是四少七岁的时候。"

她第一次见他的时候,就觉得他那样高,高到让她只能仰望,她想不出这样一个人七岁的时候会是什么样子,下意识地问了一句:

"那他不闹别扭吗？"

卫朔眉头一皱，摇了摇头，这种事有什么好闹别扭的？又看了看若有所思的顾婉凝，终于忍不住腹诽：四少从来就不屑于跟人赌气闹别扭的，只除了跟您啊！

顾婉凝总算赶在虞浩霆去邺南之前，让卫朔首肯了她开车的技术。

虞浩霆特意等着她吃早饭，谁知道小丫头一点儿离愁别绪也没有，匆匆忙忙吃了点东西，牵着Syne就要出门："我约了安琪去云岭骑马，我去接她。"薄绸衫子上嫩黄的飘带从他身边拂过，依稀还带着她身上的芬芳，虞浩霆起身把她拉了回来："我这就走了，你没什么话要跟我说？"

婉凝绞着手里的绳子，讪讪地有些不好意思，想了一想，忽然娇甜一笑："你回来的时候告诉我，我去接你。"雀跃的瞳仁在春阳下格外明亮。他只觉得她整个人仿佛都在闪光，金金亮亮照开了他心上的一川繁花，忍不住低下头去寻她的唇，却被她推开了，见她眼波流转，方才省悟，连忙正了正脸色，摆手让餐厅里的人都退出去。然而等他刚一回头，身前的人儿忽然仰起脸，蜻蜓点水般的一个吻堪堪落在他唇角！

不等他恍过神来，婉凝已经牵着Syne从他怀里逃开了，小麻雀一样"跳"到门口，才回过头来看他，却见虞浩霆正抬手去触自己的唇角。她含着一笑，让他几乎立时就改了主意：不如就把她带到邺南去！

可是看见她开开心心地让Syne跳上车子，他又觉得自己这念头傻气。她兴致这么好，第一次自己开车出门，还约了朋友，他要是这么把她"拐"走了，小家伙得怨念好几天。她去接他？就开着她这辆小车?他要是被她这么接回来,可真就成了江宁一景了。

安琪见顾婉凝自己开着车来接她,也兴奋不已,前前后后看了一遍,赞道:"诗兰的哥哥也有这么一辆车,可就没你这辆漂亮。"

婉凝推开车门让她坐进来:"我这可是第一回自己开出来,要是技术不好,还请陈小姐多包涵。"说着,朝身后瞟了一眼,"喏,时速超过50公里,他们就得截停我。"

陈安琪看着后面一辆黑色雪佛兰,掩唇笑道:"还好还好,说明你也算差强人意。要不然,总长大人非封了路不可。"

两个人到云岭骑了马,又去翡冷翠吃午饭,陈安琪这段日子着迷这里的提拉米苏,顾婉凝也喜欢他们的朗姆酒巧克力,两个人便时常约在这里喝下午茶。

婉凝一边叉着盘子里的龙虾细面,一边问陈安琪:"诗兰的哥哥是不是喜欢你啊?他上次可是殷勤得有点过了。"

安琪把五分熟的羊排切得血肉模糊:"你可千万别提他了,我躲都躲不及这个人。"

婉凝莞尔一笑:"这个也不好,那个也不好,你不会还惦记着……"

安琪闻言立刻搁了餐刀:"没有没有,你可千万别误会!婉凝,其实……"话到嘴边,还是咽了回去。

"怎么了?"

"其实我对他真没什么了。"安琪自嘲地一笑,"也不知道那时候怎么想的,好像有人抢的东西就是好的。"

一时两人吃过午饭叫侍应结账,婉凝打开账单时,目光微微一滞——账单上压了一张便笺,上面手写的两行小字:"雪后燕瑶池,人间第一枝。"

她本能地抬头看那侍者,却见那人的面孔隐在暗金的Larva面具里——这是翡冷翠的噱头,侍应无论男女都戴了威尼斯面具作装饰。

婉凝不动声色结了账,和安琪打了招呼,就往盥洗室走,一转过楼梯拐角,身后果然有人唤道:"小姐留步。"顾婉凝停了步子,一个罩了面具的侍应恭谨地绕到她身前,低声道,"有位南来的客人,在这里等候小姐数日了。"

婉凝跟着他上到二楼,那人有节律地敲开了右手的一个包间,却没有跟着她进去。

"许久不见,小姐可还记得世存?"

顾婉凝看了看等在里面的人,眼中并没有讶然的神色:"俞先生有话就请直说吧。我在这儿耽搁久了,不方便的是您。"

"世存此来江宁,纯是替司令探望一下小姐的近况。司令听说小姐在锦西受了伤,忧心不已……"

"既然如此,那我如今安然无恙您也看到了,失陪。"

俞世存暗自一叹:"小姐稍等,司令还有一句话让我带给小姐。"

顾婉凝冷然望着他:"你们要是想打听虞浩霆的事,就算了吧。"

"小姐误会了。"俞世存态度平和地笑道,"司令听闻小姐和虞四少两情相洽,虽然心有不安,但终归是以小姐的终身幸福为念。司令说,沣南上下对小姐的身世一定守口如瓶,请小姐放心。"

"是吗?"顾婉凝低低一笑,面露嘲色,"那我也有一句话,请您转告戴司令:我和虞浩霆不过逢场作戏罢了。"她容色凛冽,口吻更冷,"有我母亲的前车之鉴,我就是再蠢,也不敢重蹈覆辙。你们的事跟我一点关系都没有,就不要在我身上打主意了。"

"小姐,当年的事,司令确是不得已……"

顾婉凝面上仍是笑意凉薄:"那今后的事,他也会有别的不得已吧?"手袋上的金属扣凉凉地硌在手心,"雪后燕瑶池,人间第一枝",他怎么还敢叫人写出来?

请小姐放心。放心?他以为她会信他?

守口如瓶?她若真的嫁了他,那立时就银瓶乍破了吧?

她想起早晨的时候,她回头望他,他正抬手去触自己的唇角,眼里那一点带着讶然的欢欣,叫她刹那间几乎改了主意,可转念一想,她要是这么冒冒失失地跟了去,既麻烦又惹人笑话。

那么,他要是知道了她的身世,他会怎么想?她瞒了他这么久,他又会怎么想?她和他,太过匪夷所思,连她自己都不能相信。疑心,只要一点,前尘种种都会变了模样。可她真的还要瞒着他吗?

她忽然觉得乏力,她根本就是自欺欺人,她明明知道事情一定会揭穿,她不肯说,不过是要逃开选择的那一刻,她宁愿让他来做这个决定。

那一晚,雪太大,风太冷。她可以离开他一次,却再没有力气离开他第二次。

她把车慢慢停在官邸楼前,一个侍从迎过来替她牵了Syne:"顾小姐,沈小姐来了,在二楼的小客厅等您。"

虞浩霆和邵朗逸都去了邺南,汪石卿留在江宁自然公务繁忙,婚礼宴客的诸般事宜都交给了沈玉茗一个人,婉凝知道汪石卿不比旁人,格外尽心帮她打点。霍仲祺亦和汪石卿交好,之前又给邵朗逸料理过婚事,汪石卿和沈玉茗这一场更是不在话下。

三人一番商议,仪式放在参谋部小礼堂,简单庄重;晚上的婚宴就开在春亦归，此时阳春三月，南园的桃花正好，不必俗彩装饰，天然就有一份清雅端正的喜意。汪石卿一向不爱张扬，虞浩霆又身在邺南赶不及回来，小霍拟的客人名单被他划掉了三分之一，南园的喜宴只开了六桌，还是为着凑个双数。

沈玉茗觉得白纱别扭，礼服定了旗袍，正红的缎面衬得人一脸喜色，通身凤凰牡丹的纹样个个新娘都穿，可裹在自己身上，仍然觉得新。嵌了金线的鸾凤繁花摸起来微有些涩，摩挲上去反而让她觉得真切，纵然这一场花月佳期另有深意，可终归亦是她心心念念了许久的锦绣良辰。

沈玉茗换过衣裳出来，见顾婉凝正坐在外头翻看她们方才取的结婚照片，霍仲祺站在她身边，语笑晏晏的两个人，在她眼里落下一双俪影。沈玉茗听见自己心底幽幽一叹，面上的笑容却蕴足了待嫁女子饱满的恬美。

顾婉凝听见她出来，拿起手里正在看的一张照片："沈姐姐，我们都觉得这张最好。"沈玉茗走过来看时，是她穿了裙褂略低了头坐着，汪石卿立在一旁，手搭在她肩上的那一张，婉凝把照片递给她，笑吟吟地赞了一句，"好温柔。"

到了婚礼前一日，诸事停当，手里的事情骤然一空，愈发叫人觉得春日迟迟。明月夜四周的垂柳柔枝临水，案上绿嫩的明前"雀舌"银白隐翠，蒸好的鲥鱼上摞了纤巧笋芽。

"鲥鱼最娇的，一碰到网就不动不退，束手就擒。"

"为什么？"

霍仲祺呷了口茶，闲闲地笑道："说是这鱼爱美，怕刮掉了身上的鳞片，宁可死，所以苏东坡叫它惜鳞鱼。"

"真的吗？"婉凝搁了筷子，忽然觉得方才吃下去的鱼肉有点可怜。

_176

"传说而已，许是它胆子小或者特别傻呢？既然已经是'网得西施国色真'，你就不要再辜负它了。"

他的笑容太温存，她的眼波太曼妙，周遭的柳影春光让沈玉茗心里掠过片刻的恍惚——

"沈姐姐，我喜欢一个女孩子，可是，我不知道怎么和她在一起。"

"要是她肯和我在一起，我这一生，绝不负她。"

"我这一辈子最佩服的人就是四哥。"

"但愿他是一时心血来潮。"

如果石卿猜得没错，那明天……她忽然觉得许多事都不像是真的，那凤凰牡丹的旗袍，那低头浅笑的照片，连南园的桃红霏霏和流水般过往的光阴都不像是真的——她五岁那年开蒙学戏，师傅说，戏虽假，但情却需真，彼时的她心念分明：台上的李香君是假的，可那"薄命人写了一幅桃花照"的情肠却是真的；然而今时今日，她却再分辨不出什么是真什么是假了。

从明月夜出来，顾婉凝吩咐开车的侍从转去梅园路，沈玉茗正疑惑间，霍仲祺已回头笑道："沈姐姐，四哥备了一份结婚礼物给你和石卿，反正今天没事，不如我们就顺便取了。"

车子直开进一处庭院，花木葳蕤中是一幢红砖清水墙面的英式别墅，坡面屋顶，拱形高窗，房子后身的花园极大，不知道是什么人家。等在楼前的军官服制比寻常戎装深了一色，沈玉茗一看便知是总长官邸的侍从。他们一下车，顾婉凝就从那人手里接过一个文件袋，转手递了过来："沈姐姐，这个就是了。"

沈玉茗打开看时，竟是一份房契，地址正是这幢宅子，她心下一惊，连忙推辞："四少这份礼物太……"

"四哥说，石卿总要有自己的公馆，总不能结了婚还住在参谋部。"霍仲祺一边说一边步履轻快地上了台阶，"我放了些家具在里头，算是跟四哥凑个份子吧！"说着，推开了门，转脸一笑，"你要谢就谢婉凝，房子和东西都是她选的。"

陆

春宵

他这一生的桃花,都在这一刻开尽了

次日晚间，春亦归的风灯皆换了绛红纱罩，堂前亦新贴了"花灿银灯鸾对舞，春归画栋燕双栖"的楹联，连沈玉茗身边那个喜欢穿雪色衫子的小丫头冰儿，也换了一身浅杏红的衫裤，南园的风里月里都透着喜色。

今晚这一宴，席间诸人大多相熟，汪石卿携着沈玉茗敬过一遍酒下来，便有人要逗弄新郎新娘，唯有婉凝在的主宾这一席因有几位女眷，她又是虞浩霆的女朋友，才略安静了些。只听隔着两张桌子不知什么人捏着嗓子来了一句"这当垆红袖，谁最温柔，拉与相如消受"，立时便有人一价声地起哄。

霍仲祺一听便笑道："一会儿准有人闹着沈姐姐唱昆腔，这会儿她来唱'春宵一刻天长久'最是恰如其分。"

顾婉凝亦点了点头："嗯，沈姐姐说她最喜欢《桃花扇》。"

果然，汪石卿和沈玉茗一转回来，便遣冰儿去取了笛子。沈玉茗红衫艳妆在人前站定，美目流盼，一个亮相就压得场中一静，汪石卿笛音袅袅，曲声方起，小霍便轻轻"咦"了一声，沈玉茗要唱的不是《眠香》，却是《佳期》。

_180

"小姐小姐多丰采,君瑞君瑞济川才,一双才貌世无赛……"沈玉茗是自幼苦练的功底,声腔端正,举手投足间一份风流俊俏打磨得恰到好处,"一个娇羞满面,一个春意满怀,好似襄王神女会阳台。"

婉凝听着,忍不住赞道:"沈姐姐唱得真好。"

霍仲祺低低一笑:"你唱得也好。"

婉凝勾了勾唇角,目光仍落在沈玉茗身上:"差得远了。"

"今宵勾却相思债,竟不管红娘在门儿外待……低,低声叫小姐,小姐吓,你莫贪余乐惹飞灾。"

沈玉茗才唱罢,众人便轰然叫好,几个爱热闹的正端了酒要上前嬉闹,忽然见回廊里头一个人快步而来,行色间颇有几分匆忙,正是汪石卿的副官张绍钧。他走到汪石卿身边,低声耳语了几句,汪石卿面色微变,略一沉吟,朗声道:"诸位,实在是抱歉,邺南那边有点事情我得耽搁一阵,石卿自罚三杯,失陪了。"

他此言一出,不但满堂宾客,连沈玉茗的神色都有些愕然;但席间众人都身膺军职,深谙个中利害,且汪石卿又是出了名的谨慎沉稳,此刻他既如此说了,便也无人相劝。沈玉茗依旧是笑容端美地替他斟了酒,汪石卿连饮三盅,将酒杯一扣,转身之际却给霍仲祺递了个眼色。

小霍心领神会,稍留了片刻,也避着人出了南园,汪石卿的车果然还没有走。

"出什么事了?"

"武康那边临检,扣下一辆车,上头有两个车皮的军火。"

"这么多?"

"里面还有两门82毫米的迫击炮。"汪石卿目光阴冷,"这批货没有上家,造了陆军部的假关防,只说是到通源下车。"

霍仲祺听到这里已明白了其中关窍，这两年，陇北的几股悍匪颇有声势，二十二师的宋稷林剿匪屡屡失手，向参谋部陈情称陇北巨匪盘踞多年，骑兵了得，又倚仗地利，且装备之精不输当地驻军，连步兵炮都有。这一批军火来得莫名其妙，连陆军部的关防都造得出，恐怕是江宁这边有人通匪。

"铁道部的人你熟，让他们找个托词，耽搁一阵子，不要让人疑心。"

"好。"霍仲祺点头道，"武康……就说玉昌线的铁路桥出了故障，要检修。"说着，话锋一转，"哎，你要是放心，我去参谋部替你盯着消息，别耽误了你的洞房花烛。"汪石卿却摇了摇头："武康那边一审出线索来，我就得叫罗立群抓人了。"

他们这一走，南园的席面就冷落了许多，今天来的人大半都是汪石卿的僚属，眼下新郎不在，他们也不好造次，戏弄新娘。虽则沈玉茗依旧是笑容满面，招呼得十分殷勤，但任谁都能看出笑里带了牵强，于是一班人草草喝过两杯，相继起身告辞。不过一刻钟的工夫，谈笑声喧的一场喜宴就散了。

顾婉凝等她迎送完了宾客，亦想开口告辞，却见沈玉茗转身之际，眉宇间尽是落寞。月华在上，灯红在下，满园灼灼却只映出她一身孤清。

"沈姐姐……"顾婉凝亦不知如何安慰她，沈玉茗眼里浮出一抹了然的笑意："我这半天给他们闹得也没顾得上吃什么，你要不急着走，就陪我吃点东西吧。"

婉凝闻言笑盈盈地挽了她的手："沈姐姐，你要是不嫌我烦，我正好跟你讨教那折《佳期》呢。"新婚良辰的一场欢宴这样仓促收场，沈玉茗心里难免郁郁，要是她也走了，恐怕沈玉茗更要冷清难过。

沈玉茗吩咐厨房端了几道细点出来，把顾婉凝引进了临水的花厅，两个人品茗谈戏，正说在兴头上，忽听正厅里一阵电话铃响，俄顷就见冰儿丫头笑嘻嘻地闪进来通报："阿姊，先生电话。"

沈玉茗笑意一敛："说我睡了。"

顾婉凝掩唇笑道："你快去听吧，准是有人赔罪来了。说不定还有别人刚才也没顾得上吃什么，央着你做夜宵呢！"

沈玉茗神情一松，起身去接电话，婉凝刚捧了茶送到唇边，就听那边讲电话的人似乎声音不对，还没等她仔细分辨，只听"哐当"一声，沈玉茗竟是摔了电话！

婉凝心下讶然，想着沈玉茗一向温柔妥帖，怎么今天发这样大的脾气？转眼便见那艳红袅娜的影子摇曳而来，拨起花厅的珠帘，赫然一道泪痕洇湿了颊边薄刷的胭脂。

"沈姐姐，出什么事了？"

沈玉茗欲打点出一个端庄的笑脸来竟也是勉强："没什么事，石卿说他那边有事耽搁了，明天再回来。刚才我们说到哪儿了……"

原来如此，顾婉凝听着也暗暗蹙眉，哪有喜酒喝了一半新郎自己跑掉了，还要让新娘独守空房的？难怪连沈玉茗也要发脾气。

"沈姐姐，你别生气，他们一定是有要紧的事情……"

却见沈玉茗手肘撑在窗棂上，茫然看着窗外，似是应她，又像是喃喃自语："我明白的。我怎么会不明白呢？只不过，他要紧的事情太多了……"说到这里，忽然一省，亦觉得自己失态，连忙笑着转了话题，"你学戏是为着好玩儿，我小时候那一班姊妹们都是为了糊口才学的，天不亮就被师傅拖起来练功吊嗓子。这几年我是不唱了，要是搁在从前，一滴酒都不能沾的。"说着，眸光一亮，回头唤道，"冰儿，把那坛'琼花露'拿来。"

帘外的小丫头应声而去,不多时便捧回一个小巧的白瓷坛子来,沈玉茗自去取了两个碧色莹莹的酒盅:"这酒是去年我特意从家里带过来的,你尝尝。"酒一斟出来,果然香气馥烈。

"玉茗,玉茗?"汪石卿搁了电话,面露尴尬地自嘲了一句,"难得她也有使性子的时候。"

霍仲祺坐在他对面,也清清楚楚听见那边摔电话的声音:"沈姐姐是该生气。哪有你这样做新郎的?换了别人,在南园就跟你闹起来了。你好好想想回头怎么赔罪吧。"

"我这也是没办法,谁让事情赶到这时候了呢?"汪石卿在办公室里踱了半圈,忽然低低"唉"了一声,拍了下自己的衣袋。

"怎么了?"

汪石卿摇着头从衣袋里拿出一个深色的小锦盒:"有件东西该是今天送给她的。刚才走得急,给忘了。"

"是什么定情信物,也给我瞧瞧?"

汪石卿苦笑了一下,把盒子递给他,霍仲祺打开一看,里头是薄薄一环样式素朴的金戒指,不由笑道:"石卿,你这也太小气了。"

"这是我母亲从前一直戴在手上的。"汪石卿神色微黯,"那时候穷得要去偷东西,都没舍得动它。"

当年淮阴水灾,汪石卿跟着母亲逃难到了江宁,为了给母亲求医,大着胆子在一家旗袍店门口抢了个贵夫人的手袋。他原想着,这样富贵的人家丢点钱算不得什么,这样有身份的夫人也不会在街上跟他一个小孩子争抢,最是容易得手。

没想到那女子会是虞军统帅虞靖远的如夫人,他抢得虽然容易,可人还没来得及跑,就被等在街边的侍卫给按倒了。一番因缘际会,却被虞靖远慧眼识才,收留下来,几乎是虞家的半个养子。只可惜他母亲几番磨难，早已是油尽灯枯，没多久就亡故了。

陈年旧事，汪石卿甚少提及，霍仲祺也是自幼常在虞家走动，才知道个中原委，此时听了他的话，方觉得这戒指心意贵重，默然间心念一动："要不我替你走一趟吧？沈姐姐见了这个，恐怕气就消了。"

汪石卿沉吟了片刻，点头笑道："也好。这种事该说什么，你比我在行。"

霍仲祺下了车，方才发觉南园的草木清芬里已起了蒙蒙雨意，沾衣无声，只余一点清新的微凉沁了人心。月上桃花，雨歇春寒燕子家。他蓦然想起初见她的那天，他莫名其妙地来了南园，一场桃花微雨如今仍在他心里起着雾。

春亦归的酒筵皆已收了，洒扫过的庭院里月华澹澹，花影横斜，一个纤俏的影子靠在回廊里，揪着手里的花瓣，一片一片抛落在莲池里。

"冰儿，这花——是跟你有仇吗？"

"霍公子！"那纤俏的影子回过头来，讶然中带着欣喜，手里的花枝也跌在了地上。一路而来的澹澹月华和横斜花影迤逦在霍仲祺身上，寻常戎装也成了锦衣翩翩："你阿姊呢？"

"阿姊生气了。"冰儿朝花厅那边努了努嘴。

"那你怎么不陪着她，偷懒是不是？"

"又不是我惹阿姊生气的！"冰儿唇角一翘，"顾小姐在呢！"

霍仲祺一怔："婉凝还没有走吗？"

"你们一走，客人也都走了，你不知道阿姊脸色多难看，后来连先生的电话都摔了。"冰儿说着，心有余悸般吐了下舌头，"还好顾小姐在。"

"你放心。有人托我送件东西给你阿姊,她看了之后一定消气。"霍仲祺微微一笑,捡起跌在地上的那枝桃花,还到她手里,"一会儿说不定雨就大了,别一个人待在外头,小心着凉。"

冰儿低头应了一声,心里急急寻思着该和他说些什么,那人却已转身往花厅去了。

"沈姐姐,我替人赔罪来了。"珠帘一动,闪过霍仲祺春阳般的笑脸,沈玉茗却没有像往常一样起身招呼,只是托着腮望了他一眼,笑意寥落中透着冷倦:"哪有什么人得罪我?"轻飘飘一言,眼波辗转,显是带了醉意。

"敢得罪汪夫人的,当然只有汪处长。"小霍笑容不改,从衣袋里拿出那只锦盒,"石卿千求万求叫我替他送件东西来,就怕汪夫人不肯消气,明天他想补一回洞房花烛,也不能够。"

沈玉茗犹自冷着脸色,可颊边掺了酒意的红妆终究映出了一份娇羞,低了头去开那盒子,里头薄薄一圈的素金指环还不如她身上平日的装饰,更遑论此刻的金玉锦绣,然而她小心翼翼地拈起那戒子套在指上,怔怔看着仿佛痴了。

霍仲祺的目光却落在了婉凝身上,他一进来就望见了她倚窗而坐的背影,只奇怪这丫头怎么理也不理他,走过来才了然,她酡红的一张小脸枕在臂上,双目微闭,竟像是睡着了。霍仲祺打量着这两个人,心道沈玉茗酒量颇佳,婉凝多少也能喝一点,怎么看这情形,倒像是都醉了。碧莹莹的杯子里香气馥烈,他一闻就知道是沈玉茗家乡特产的"琼花露",这酒略有些劲道,也不知道她们喝了多少,没想到女孩子凑在一处喝起闷酒来,也这么凶。

"沈姐姐,你们这是……喝了多少?"

沈玉茗听他如此一问,抬眼看了看婉凝,莞尔道:"这丫头还说自己能喝一点的,可真是不醉无归了。"说着,轻轻拍了她两下,

"婉凝,婉凝?"顾婉凝却是秀眉微蹙,不耐地喃喃了一句什么,也不知是不是在应她,显是醉得深了。

沈玉茗撑起身子朝外头唤了一声:"冰儿,叫官邸的人送顾小姐回去,冰儿?"外面却没有人应声。

霍仲祺忙道:"我去吧。不过,刚才我过来的时候,怎么也没看见官邸的人?"

沈玉茗一愣,手腕轻轻敲了敲额头:"是我忘了。我想着叫顾小姐留下来陪我的,就叫他们先回去了。"一边说,一边要过来扶顾婉凝,刚一起身,便摇摇撑在了椅背上,对霍仲祺道,"叫你看笑话了。"说罢,推开窗子,扬声唤道,"冰儿,冰儿?"

小丫头闻声急忙答应着从对面过来,身上却换了件素白衫子。

"来,你帮我扶一扶顾小姐。"沈玉茗说着,起身过来,不料身形一个趔趄,那一身的浓红便如烛焰跳闪,霍仲祺连忙托住她手臂:"冰儿,你先照顾你阿姊。沈姐姐,你不舒服就早点休息吧,我送婉凝回去。"

沈玉茗撑着冰儿一脸歉然:"这么晚了,就不麻烦你了,我本来也叫人收拾了西边的暖阁给婉凝住的。待会儿婉凝醒一醒,我就带她……"话未说完,忽然眉头一皱,抚着胸口似欲作呕。

"沈姐姐,我看你还是早点休息,反正我也没事,在这儿等一等好了。"沈玉茗闻言仍是踌躇,冰儿亦劝道:"阿姊,你放心,待会儿我过来照看顾小姐。"沈玉茗又想了想,方才点头:"别忘了去煮点醒酒的茶来。"说罢,神色愈发婉转歉然,对霍仲祺道,"那就耽搁你了。"

霍仲祺笑道:"你跟我还客气什么?"

冰儿扶了沈玉茗出去,花厅里一静,霍仲祺忽然觉得有些异样。

这些日子为着汪石卿和沈玉茗结婚的事，他倒是常常和婉凝在一起，只是她出入起居身边总有官邸的侍从，当时他并没觉得什么，到此刻才蓦然发觉，他们已经很久没有像这样单独相对了。以后……恐怕更不会有了吧？

他这样想着，却不敢走近她，唯有目光中多了一份贪恋。

女孩子都知道去喝喜酒既要给主人家添喜气，又不能穿过新娘。她今日来不过一件桃红的素缎旗袍，身上的首饰亦有限，只在颈间佩了一枚白玉牡丹的别针，是她平日里常拿来配旗袍的，要懂行的人才辨得出是汉时水产的羊脂玉，连她自己都不懂。

她也不必懂，这世上原也没有什么东西在她面前算得上矜贵。他唇边含笑，目光眷眷地描摹着她醉红的睡颜，她的人就是这人间三月的春风牡丹，好风好月都只为她一晌贪欢。

那天他陪她去打理梅园路的宅子，她一定要自己开车，他本想劝她一句——连致娆那样骄纵的千金小姐都要说"四哥这个女朋友也太招摇了"，何况其他人？

可是看着她活泼泼满是欢欣的一双眼，他竟开不了口。江宁城里自己开车出门的小姐太太不只她一个，连她这辆车都不算是顶贵的，只是她的车和她的人都比旁人娇罢了。这也算错处吗？

然而他一迟疑间，她已察觉了，仰起脸对他柔柔一笑："我知道你想说什么。"牵了牵绳子让Syne跳到副驾，"我现在技术不好，安琪说坐我的车要晕的，我就不搭霍公子了。"她眼角眉梢尽嫣然明媚，可那一声"霍公子"却叫得他心里一酸。她早就不这样叫他了。

她误会他了，他不是……

他和官邸的侍从各自开了车子在后头跟着，看着她娇娇俏俏的背影，心里一阵委屈。他愿意看她高兴，只要她快活，他什么事都愿意做。他只是想着，日后她和四哥在一起——总长夫人呵，人人都觉得要像姐姐那样才算端庄得体吧？他不想让别人觉得她配不起四哥。要是她和他在一起，他才不在乎别人说什么，他愿意让她想做什么就做什么。

霍公子？她有多久都不这样叫他了？她误会他了。

他看着她一本正经地算着尺寸选家具，公事公办的样子叫他只觉得难过，却又无从解说。到底是被她看了出来，她给他的难过，他竟掩饰不得。

"你怎么了？"她一双眼睛端端正正地看着他，他能说什么？他只好说："你不要叫我霍公子。"

婉凝似乎是怔了怔，一低头却笑了出来："我知道你是为我好，也只有你和安琪会和我说这个。只不过——"她眼波一盼，亮得像星子，"人一辈子很短的，干吗要为了不相干的人，就不做自己喜欢的事？"

不等他答话，她忽然压低了声音，"其实我早就看出来你生气了，可你这样子我有用。待会儿不管我选什么，你都说不好，我打算杀掉两成价钱。"

霍仲祺匪夷所思地看着她一副小狐狸般的神情，她早就看出他生气了，居然就想着用他跟人讲价？好，那她讲吧。

等算好了价钱，婉凝打足了腹稿刚要开口，当班的经理便笑容可掬地用钢笔一划，把价钱改成了七五折："两位还满意吗？"

她当然只能满意，一直到出门的时候才忍不住抱怨了一句："他们价钱标得这么虚。"

霍仲祺好笑地打量了她一遍："你不知道这店是谁家的吗？刚才我给致轩打了个电话，谢老板说你心太软了，再多杀一成也没问题的。"

_189

听了他的话,小狐狸立刻变成了小猫,意兴阑珊地下了台阶:"你们真没意思。"

他立时就后悔这么逗她,他应该跟致轩打个招呼,让她自己来讲价钱玩儿的:"是我错了还不成吗?下回你自己来讲。"

婉凝却摇了摇头:"这家店我之前来过的,我也讲过价钱……一定也是他们说好了的。"说着,回头一笑,"其实还是我蠢了,总长大人来买东西,别人加价还来不及,哪会讲得下来?"

他跟着她走到车边:"我不怕晕车的,麻烦顾小姐带我一程?"
她却还是摇头。

"怎么了?"

她拍拍神气活现蹲在副驾上的Syne:"Syne才不要你抢它的风头。"她面上的笑容带着几分淘气,却蜇得他心里发疼。

女人,懂事的,不懂事的,他都见得多了。可她——她仿佛什么都明白,却又实在不像是明白的样子,他不知道她究竟清不清楚自己的处境。她知道替他着想,怎么就不知道替自己想想呢?

父亲也好,虞伯母也好,连母亲那样宽厚的人,都觉得她配不起四哥。那天他经过葆光阁,听见母亲和姑姑喝茶闲话,说起姐姐最近在给红十字会筹划募捐,姑姑话锋一转就牵到了婉凝身上——"开着那么一辆车招摇过市,还带着只狗,除了玩儿,还会干什么?哦,听说舞跳得很好,最近又在学戏,还嫌不够……"

他听不得别人编排她,江宁的小姐太太们有几个不会跳舞票戏的?偏她做不得吗?她在锦西差点连命都没了,他们又知道什么?

那她呢?她这样聪明剔透的一个女孩子,怎么会不明白呢?参谋总长的夫人,不是只要四哥喜欢就能做得好的。他本想趁着机会和她说的,可是她那句"人一辈子很短的,干吗要为了不相干的人,就不做自己喜欢的事",就把他的话全都堵了回去。

是啊，他干吗要让她去迁就那些根本就不相干的人？她迁就忍耐得还不够吗？

他看着她醉红的睡颜，红菱一样的嘴巴抿得很轻，小巧的下巴搁在自己手上，乖得像只娇养的小猫。她这回从锦西回来，比从前任何时候都快活。小小生金屋，盈盈在紫微。春风丝管醉，明光结伴游。她这样一个女孩子，原本就是要叫人捧在手心里呵护珍重的。有四哥在，有他在，要还是不能叫她无忧无虑，那才是笑话。

他在她身边坐下，试探着轻声唤她："婉凝，婉凝……"

他见过她喝酒，那一回是伤心，哭累了就偎在他怀里，要他唱歌给她听，分明还是个孩子。可这一回，她却不理他，像是酒喝得热了，又或者是旗袍的立领不舒服，颦着眉尖去扯领口的白玉别针，他一笑，抬了抬手想去帮她，又放了下来。那别针"叮咚"一声滑落下来，他连忙捡起来，先收在了衣袋里。

打在窗棂上的雨丝渐渐密了，他能在这儿守着她，可她总不能就睡在这儿。

霍仲祺走到花厅门口，见庭院里一片静谧，唯有沈玉茗房里和西面楼上的暖阁里还亮着灯。他转回来看顾婉凝，通红的一张小脸上眉尖仍是微微扭着，大约是有点不舒服。

"婉凝，你醒一醒，这里不能睡。"揉揉她的头发，把人揽了起来，却见她只是摸了摸他胸口的略章，不知道嘟哝了一句什么，又不作声了。

霍仲祺摇了摇头，抱她起来，小丫头倒是乖得很，纤细的腕子配合地攀在了他肩上，她旗袍的袖子只将将到肘边，柔白的手臂在灯光下粉莹莹的。他一眼掠过，鬼使神差地就在她腕子上亲了一下，只那么轻轻一触，旋即便反应过来自己的失态。他真是荒唐惯了，要不是双手正抱着她,他就该抽自己一耳光。

他在想什么?

他抱着她出了花厅,微凉的夜风送来叫人清醒的雨意,回廊里绛红的纱灯在雨雾中兀自渲染出点点幽艳的喜色,他镇定了一下心意,怕她着凉,又紧了紧臂弯,她就像只小猫一样软。

他陡然想起去年的时候,他陪着她从燕平回来,也是下雨,他把她裹在大衣里送回家,湿冷的雨水扑在他脸上,世上仿佛什么事都不剩了,只剩下他狂乱的心跳和怀中震颤的轻软——他低头去看掩在怀里的娇小面孔,步子不由自主地慢了下来,她清甜的气息夹杂着一点馥烈的酒意,暖暖地缭绕在他颈间,四周都是凉的,这一点轻柔的刺激就格外明显。

他不是第一次这样抱着她,可是之前每一次,都容不得他放慢脚步,容不得他这样静静地看着她。莫名的伤感中渐渐浮出一份满足,就让他这样静静地看着她多好,这雨丝花影里的回廊永远走不完多好。

春亦归内外都修饰一新,西暖阁也不例外,一走进来,便觉幽香馥郁,霍仲祺循香一望,只见窗前条案上一瓶繁密的细瓣黄花却不认得。他把婉凝安顿在内室的床上,可怀里的小人儿却犹自环在他颈间。他刚拉开她的手,就见她迷迷糊糊地揉了揉眼睛,半梦半醒的声音尤其娇柔:"你怎么回来了?"

他无声一笑,替她拉好被子,才在床边坐下:"我不回来你怎么办呢?"

小丫头也不知道听见了没有,细白的小手从被子里探出来去解领口的纽子,摆弄了几下没有解开,半个身子都从被子里探了出来,旗袍领口束得紧,是不舒服,可他却不好去帮她。正踌躇间,外面雕花门一响,却是冰儿端了茶进来:"霍公子,阿姊叫我拿壶醒酒的茶给顾小姐。"

这茶来得倒是时候,霍仲祺闻声走了出来:"这么晚辛苦你了。你阿姊怎么样?没事吧?"

"阿姊说头疼。我伺候阿姊睡了再过来送您。"冰儿放下茶盘,颊边闪出一对深深的酒窝。

霍仲祺忙道:"不用不用,你这一天也忙够了,快去睡吧。"

霍仲祺端了茶进来,不由微微一怔:婉凝身上的被子都推开了,旗袍领口的扣子还扣着,襟边的纽子却解开了两个,这会儿又闭着眼睛在跟盘好的头发较劲。

"婉凝,来,喝点水。"说着,把她揽起来靠在自己肩上,她就着他手里喝了几口,便摇头避开了,转过脸埋在他怀里。霍仲祺一惊,端着茶盏的手僵在半空里,下意识地喝了杯里的残茶,一眼看见她娇小圆致的膝盖从拉皱了的旗袍下摆里露出来,胸口莫名地就有些发燥,连忙要把她放下,却听怀里的人"嘤咛"一声,竟带了哭腔。原来他动作急了,没留意她的发丝缠在了他衣扣上,扯疼了她。

霍仲祺一时苦笑一时心疼,重把她抱回怀里,低声安抚着,小心翼翼地绕开衣扣上的发丝,又拆了她的发辫,用手指慢慢梳好。他的动作似乎让她觉得很舒服,安安静静地贴在他胸口,还真是只被捋顺了毛的小猫。要是她喜欢这样,那就这样吧,等她睡安稳了,他再走。

这边的窗格箱柜上也都贴了龙凤双喜的金红剪纸,床边的矮几上搁着一架红木嵌螺钿的小插屏,和合二仙的图案边上,是两行联语:"画眉喜仿张京兆,点额欣谐宋寿阳。"灯影摇红,静霭生香,叫人恍然生出花月良宵的错觉。只可惜今晚,张京兆画不得眉,宋寿

_193

阳也点不得妆了。石卿也未免太谨慎了些,要是他……天塌下来也随它去!

要是他?

他在想什么?

他禁止自己再想下去,偏这个时候,怀里的小猫也不安分了,原本搁在他腿上的小手环上了他的腰,绯红的小脸紧紧贴在他身上,她分明就……就是在抱他!刚才压下去的那一点燥热瞬间就蹿了上来,他拉开她的手,她又摸到了他胸口,轻轻重重地摩挲着,隔着衣裳都在他身上激出一串火花,他捉了她的手,虚着声音哄劝:"婉凝,你乖,好好睡。"

她从他手里脱出来,又去扯自己的领口,"热……"绯红的小脸火烫,波光潋滟的眸子仿佛是在看着他,却没了焦距,只是这样的眼神就揉得他心底一声呻吟,那呻吟从唇齿间逸出来却成了她的名字:"婉凝……"

深深一吻落在她发间,她的人这样烫,柔软的发丝却细滑清凉,"婉凝……"他反复唤她的名字,似乎这样才能确证此时此刻不是他醉到深处的一枕幽梦。

有些事,他不是没有想过,可这样的情景每出现一次,哪怕是在梦里,都会让他觉得不能原谅。然而,眼前这一刻,却比他梦里的还要美,美得叫他不敢戳破。

他舍不得。

他猛然把她抱进怀里,像缚住自己失而复得的一颗心。

他勒得她太紧,她难耐地扭着身子,小手却在他背上乱动,他已经意识到自己身体的反应。这样不行。他连忙放松了她,捧住她的脸,像挣扎又像恳求:"婉凝,乖,别闹……"

后面的话戛然而止——她嫩软的唇瓣居然吮住了他的指尖!他立

时倒抽了一口冷气,她倒像觉得很好玩的样子,松开了一下,立刻又吮上来。他再说不出一句话,甚至连动一下都不敢,他怕自己稍一放松,凛冽的欲望立时就会汹涌而出。

她总算玩厌了他的手指,在他怀里来回蹭着找一个舒服的姿势,却怎么也不能满意,他戎装上的徽标略章总硌到她,还缠她的头发,她不喜欢!

她目光迷离地分辨出他的衣扣,两只手一起努力才解开了一颗,却又被他捉住了,他怎么总抓她的手呢?她想要他好好抱抱她,好想,是因为很久没有见他了吗?其实,也不是很久,她迷迷糊糊地理不清头绪,可是……可是,他怎么……怎么不想她呢?

他按下她的手,她看他的眼神里居然带着委屈,他正不知所措,她忽然笑了,突如其来的嫣然甜美叫他胸腔里怦然一震,浑身的血液都烧了起来。

他在逗她,他是坏人,他顶喜欢逗她,可她今天不和他计较,她环着他的颈子,在他唇上轻轻一印。娇红的嘴唇轻暖湿润,比他梦里的还要好!他狂乱地吻了回去。

她就知道,他顶喜欢逗她,她还想恼他,可他的回应太激烈,让她什么都不能再想,甚至连呼吸都不能,唯有攀紧了他。

她领口的盘扣都散开了,不知道是她自己努力的还是他帮的忙。雪白的肌肤连锁骨下的淡红印迹都露了出来,他心上牵痛,灼热的唇辗转反复,想要熨开所有的伤,她身上,他心上。

青丝宛转,衣衫委地,玲珑纯美的娇躯泄露了初初长成的风情婉媚,叫人不惜死。那样的脆弱而华艳,让人想要不顾一切地占有,亦愿奉上最虔诚的膜拜。为有云屏无限娇,凤城寒尽怕春宵。已闻佩响知腰细。首按昭阳第一人。

李义山的诗,一句一句,写的都是她。

也只能是她。

"阿姊!"

冰儿像被雨水打透了翅膀的蝶,几乎是撞进房里来的,一抬头正对上沈玉茗冷冽的眸子,面上的惊惶都被冻住了:"阿姊……"

沈玉茗玉白的腕子缓缓研着一方松烟墨,不见一丝醉意:"很晚了,你去睡吧。"

"阿姊!"冰儿急急地叫了一声,脸上犹带着骇异,"霍公子……"

沈玉茗凛然看了她一眼:"我说过没有,送了茶你就回去睡觉,谁叫你又上楼去的?"

"我……"冰儿脸色有些发白,惶然中带着委屈,突然死命地咬了咬唇,"阿姊,霍公子和顾小姐……"

"你刚才送过茶就回去睡了。"沈玉茗低声打断了她,"其他的事,什么也没看见,什么也不知道。"

"可霍公子……"

"冰儿!"沈玉茗神色一寒,拿起一支兼毫湖笔蘸了墨,仍是平日里淡然熨帖的声气,"你今天累了,客人一走就去睡了,其他的什么也不知道。懂吗?"

冰儿攥紧了衣角,一径点着头转过身去,一颗眼泪"啪嗒"一声跌在手背上。

她还记得那日姆妈带她来南园,阿姊看她合眼缘,还多给了姆妈两块大洋,问她叫什么名字,她低了头只是害羞,姆妈替她答:"叫贵宝。"

阿姊还没答话,忽然就听见一个春风含笑的声音:"灵灵秀秀的女孩子,怎么起这么个名字?"

她偷眼去瞧,却是个十七八岁的英秀少年,一身的倜傥明艳叫她只觉得自己诸事不宜,愈发羞惭起来。

"既然霍公子嫌这名字不好,那就劳您的驾给起个有学问的?"

那少年笑道:"沈姐姐,你说起'学问'这两个字,可就是在骂我了。"说着,又打量了她一眼,"太机巧的也没意思。小丫头这么净扮,又穿白衫子,日后陪着你文君当垆……吴梅村有一句'锦江新酿玉壶冰',沈姐姐你占了个'玉'字,这丫头就叫'冰儿'吧!"

阿姊说:"冰儿你记住,小霍这样的男人,不是你能想的。"

她知道,他那样的贵胄公子,她自是不敢奢望,可是——连想都不能吗?

她是没有好出身好家世,可那些到南园赏花的太太小姐们也未必都是天生的凤凰蛋,就今天来喝喜酒的那个军械处刘处长的太太,也不过是文庙街的清唱姑娘,碰巧前两年那处长的原配夫人故世,才把她扶了正;还有在春亦归摆过生日酒的司家四太太,听说还是华亭的长三堂子里出来的。

就是……就是……她死死咬着下唇,也不是什么名门闺秀,不过比旁人生得好些罢了,她又凭什么?

他那样的贵胄公子,她不敢奢望,她只想着送他一送,多跟他说上两句话罢了。

可等了许久都不见他下楼,她心里莫名地惴惴,三步一停地踩在台阶上,离得越近就越觉得惶恐,暖红的灯光透到廊下,隐隐约约送出一声声轻微的吟哦。她的心越悬越高,颤抖着手指碰开一条门缝,那软软的声线清晰起来,像难耐又像是满足,甚至依稀带着一点呜咽,偏叫人觉得有言之不尽的缠绵妩媚。

冰儿的两颊腾地一下烧了起来,本能地想要躲开,却又觉得那声音有逃不开的诱惑。她揪着领口的衣襟顺着一线光亮朝内室张望,珠帘掩映间,莲紫错金的锦帐涟漪荡漾,一件扣着皮带枪套的戎装落在地上,纠缠着一抹叫人惊心的桃红!她咬住自己的手指才没叫出来,也不知道待了多久,跌跌撞撞从楼上下来,梦游一般走到庭院里,叫雨水淋在脸上,才一个激灵醒了过来。

她回头看了看阿姊习字的侧影,又呆呆望了望对面暖阁里的灯光。

"什么也没看见,什么也不知道。"这样的事情,阿姊怎么能这么无所谓?"小霍这样的男人,不是你能想的。"那她就理所当然吗?

原来,和自己喜欢的人在一起,真的会不一样。

她静静贴在他胸口,他满心密密匝匝的温柔却都裹上了霜,他再不敢碰一碰她。奴为出来难,教郎恣意怜。他以为他什么都知道,却从没想过会这样美,又这样伤。她是醉了,那他呢?

他所有的思绪都滞住了,过往的苦乐悲欣在他脑海中如雪片般纷至沓来。则为你如花美眷,似水流年。最初的心动怦然,隐忍的无能为力,还有那些不能回首的撕心裂肺。在她心里,有没有过……哪怕是电光石火的一个瞬间,是……是念着他的?

他一心想着要她无忧无虑、平安顺遂的,可这一次……

他怎么会?他怎么能?他心里连一个"悔"字也写不成!于她,他失悔的事已经太多太多,那这一次……他蓦然惊觉他不是在后悔,而是在怕。

他不敢去想若她醒过来,会用怎样的眼神看他,他不能去想,他宁愿去死!

她和四哥……他就应该去死!

四哥……

他想起那晚，他追着虞浩霆一路疾驰出了淳溪别墅，车灯的强光打在漆黑的空谷中。他颤巍巍地拉开他的车门，幽暗的灯光下，他颊上竟然有两道闪亮的泪痕。

他惊得说不出话来，他从没想过四哥会哭。

他这样的人，四哥这样的人，男欢女爱，从来都是只要开始就知道会怎么结局，什么是消遣，什么是家事，他们这样的人，从来都一清二楚，四哥是要娶姐姐的，他呢？致娆也好，谭昕薇也好，大概就是这些人吧。一样的相敬如宾，时间久了，或许也能生出举案齐眉的幻觉。

他想不到她会这样撞进来。他以为四哥不过是一时消遣，他以为他也不过是一时动心，却没想到这一次，他和他，谁都看不到结局。

她和四哥……他就应该去死！

手指颤抖着抚过她的发丝，他强迫自己一点一点冷静下来，这件事不能让别人知道，他不能叫她陷到那样的境地里。

窗棂上还有雨声，夜色终究是淡了。

他把婉凝轻轻从自己身上移开，她的手指从他胸前沉沉划过，仿佛电流轻激，叫他分辨不出战栗的是身体还是他的心。然而他刚一离开，她忽然喃喃了一句什么，他连忙停了动作："婉凝？"

漆黑的发遮住了她半边脸孔，气息轻匀，并没有醒，停了片刻，才听她娇娇哑哑地嘟哝："你回来……不告诉我，你……我去接你。"

霍仲祺一愣，猛然省起先前她问他的那一句"你怎么回来了？"她问的不是他，她问的是……他如遭雷击一般呆呆看着她依稀含笑的睡颜。

她问的，不是他。

他不知道怎么去叫醒她。如果她的伤心流泪是因为他，一滴就会叫他发疯！

　　他不能在这儿，这件事不能让别人知道，他不能叫她陷到那样的境地里。

　　他只有走。

　　天光微薄，簌簌的雨水渐渐沁透了他的衣裳，着了雨水的花枝从他肩头擦过，溅起细碎的水珠，愈显柔艳，愈见孤清。霍仲祺身形一僵——他这样走了，那她？他转身想要回去，他不能。

　　风起，湿艳的花瓣自他面前飘过，乱红如雨，满目灼灼，叫他仿佛失去了所有的知觉，他这一生的桃花，都在这一刻，开尽了。

　　日光照透了罗帷，一定很晚了，昏沉的痛感从脑海里退去，思绪渐渐清晰起来，这床什么时候有了帐子？婉凝眯着眼睛呆了呆，面上一烧，"嘤咛"一声把脸埋进了枕头，她怎么能在别人家里？

　　她一点一点回想昨晚的事：半途中断的喜宴，沈玉茗摔了电话，浓香馥烈的"琼花露"，后来……她是醉了吗？那他是什么时候来的？不记得了。她好像知道他抱了她出来，她以为他们要回家，难道没有吗？他怎么能在别人家里……

　　她羞愤地咬牙，这人太下流了，她想起那一次被他哄到参谋部陪他"上班"，他……她恨恨地咬他，他还笑，嬉皮笑脸地跟她挤在一张单人床上："宝贝，闺房之内，夫妇之私，没有什么下流的。你不在的时候我经常都住在这儿，跟家里是一样的。"一转脸出了门，立刻就换了端正肃然的神气。这人太下流了。可这是别人家里，他们怎么能？

　　但愿沈姐姐昨晚醉了也还没有醒。她蹭在枕头里摇了摇头，转眼间见自己的衣裳连袜带都叠在床边，忍不住呻吟了一声，脸上又烧了起来。

好容易整理妥当，深呼吸了两下，还是觉得颊边发烫，却是不能再耽搁了，刚一推门出来，就听见一声招呼："你醒了？"正是沈玉茗上得楼来，手里端着一盆清水，里头还浸着轻红艳粉的花瓣。

顾婉凝本来就有心事，乍一见人，越发不好意思，笑意里便带了赧然："沈姐姐，麻烦你了，昨天真是不好意思。"说着，便去接她手里的水盆。

沈玉茗甜笑着一让，端了进去："是我不好意思才对，我也不知道这回的酒后劲儿这么大。"一边拿了东西给婉凝洗漱，一边问，"我看你脸这么红，还难受吗？"

顾婉凝正撩了水拍在脸上，听她这样问，忙道："没有没有，我没事了。"

沈玉茗上下端详了她一遍，不由暗暗诧异。昨晚她一夜未眠，西暖阁的一举一动她都知道，小霍走的时候她隔窗看见了，出了这样的事他们自然不敢叫人撞破，顾婉凝不提在她意料之中，只是这女孩子未免也太镇定了些，约略一点娇羞之外再无其他，难道她跟小霍原本就……一念至此，又觉得不像，这些日子她事事留心，觉得这两人相处得确实要好，小霍待她格外地殷勤体贴，婉凝对霍仲祺似乎也比对旁人更熟络亲切些，但男女之间的情思暧昧却说不上来。正思量间，便见顾婉凝梳洗已毕，抿了抿头发，转过头来，对她赧然一笑："沈姐姐，四少呢？"

沈玉茗一怔，电光石火间几个念头凑到一处，约略明白了什么，犹疑的神情却是不用装的："你说虞总长？"

顾婉凝原想着沈玉茗亲自过来照料她洗漱，必然是虞浩霆走的时候有话给她，此时见她这个神态，也有些疑惑："他是去参谋部了吗？"

_201

却见沈玉茗秀眉微蹙:"呃,这我也不知道了。你稍等一下,我去打个电话问问石卿,好像没听他说四少要回来。"她话一出口,顾婉凝脸色已有些变了:"他……没有回来吗?"

"你等等,我去问问石卿,昨天晚上他们那边确实事情不小,或许四少要赶回来也说不准。"沈玉茗说罢,转身要走,不防顾婉凝蓦地拉住了她:"沈姐姐!"仓促间声音亦微微有些发颤,"昨天……昨天我醉了,是你带我过来的吗?"

她骤然一问,沈玉茗一时之间也不知道是不是该说出霍仲祺来,只好含糊其辞:"我昨晚喝得也有点多了,大概是我和冰儿送你过来的。"

不是的,她记得不是这样的,可她也不知道,她究竟记得什么,她记得的是真的吗?婉凝忽然觉得浑身发凉,他身边从来都有侍从官,卫朔更是寸步不离……这么多人到南园来,沈玉茗不会不知道,那么她记得的是什么?不会的,一定是她弄错了。可她就算是醉了,也不是什么都不懂的小孩子,那极致的欢愉是不会错的,甚至他走的时候她仿佛也有知觉,他一向起得都早,她没有在意也没有力气在意。

不会的,不会是她弄错了,不可能。

沈玉茗见婉凝变了脸色,关切道:"你怎么了?还觉得不舒服?我特意用风姜熬了粥,温胃解酒的,你先吃一点。"说着,就过来拉她,不防顾婉凝径自脱开了她的手:"不用了。沈姐姐,我要回去了。"口中说着,便神思恍惚地往外走。

沈玉茗心中忐忑,一边跟着她出来,一边笑道:"官邸的人倒是一早就过来了。"

周鸣珂和另外一个侍从已经在楼下等了一个早上,听沈玉茗说她和顾婉凝昨晚把酒薄醉,此时见她慢慢走下楼来,神情不舒,面色黯淡,连忙上前招呼:"顾小姐。您……是有什么不舒服吗?"

顾婉凝一看见他,眸中掠过一抹惊乱,垂了眼睛只是摇头:"我要回去了。"

周鸣珂直觉她是有什么不妥,却也只能点头:"是。"等车子开出南园又走了一阵,他从后视镜里看了看顾婉凝,觉得她脸色愈发难看了,思量了片刻,回头问道:"我看小姐脸色不太好——前面就是中央医院,要不要顺便让大夫看一下?"

顾婉凝却连看都不看他,仍是摇头:"我要回去了。"

沈玉茗送走婉凝,又返身上楼。西暖阁里人去楼空,窗上几上贴着的嫣红剪纸仿佛一夜之间便旧了,唯有一室芳烈的花香兀自不散。沈玉茗看了一眼条案上那瓶繁盛的细瓣黄花,抬手便抽了出来,碎叶水滴淋漓溅了她半身,沈玉茗面上却只是漠然,抓在手里丢了出去。

一夜细雨,满径落红,此刻雨后的晴光格外耀眼,落在涟漪不断的莲池里,刺得人目痛。沈玉茗揉了揉太阳穴,忽听身后有人低声问话:"事情怎么样?"

沈玉茗微微苦笑,她方才心思飘忽之际竟没有听见来人的脚步,"如你所愿。不过——"转过身来便看见一双测不出喜怒的眸子。

"怎么了?"汪石卿面上的神色仍是波澜不惊。

沈玉茗轻轻一叹:"我看顾小姐恐怕不知道……是小霍。"

汪石卿一怔,蹙眉道:"怎么会?"

"你打过电话我就拿了酒,小霍来的时候,她已经……醉了。"沈玉茗斟酌着说,"早上她问我,虞四少没有回来吗?"

汪石卿沉吟了片刻,声音格外冷淡:"你看她是真不知道,还是装的?"

"我看不像。"沈玉茗心里有些发寒,犹犹豫豫地说,"小霍怕

_203

也不愿意惊动人,很早就走了。"

汪石卿在房间里默然踱了几步,眼中透出一点嘲色:"以仲祺的性子,再加上这份痴心,迟早要……她就是想瞒也瞒不住。"说罢,对沈玉茗温言道,"这几天的事辛苦你了。"

"石卿。"沈玉茗摇了摇头,终于还是忍不住道,"撇开顾小姐不说,出了这样的事,你让小霍以后……"

"有些事你不懂。"汪石卿很快打断了她,"这世上有两样东西,越是压制禁锢就反噬得越厉害,一是欲望,一是感情。仲祺既然有了这个心思,将来难免要跟四少有嫌隙,可现在出了这样的事——他越是扪心有愧,就越是对四少死心塌地。霍万林只有这一个儿子,他亏欠四少,就是霍家亏欠四少。"

汪石卿声调平缓,不夹杂一丝感情。沈玉茗望着他,越来越觉得陌生,她知道汪石卿对顾婉凝十分厌弃,但跟霍仲祺却一直都亲厚有加,小霍又是最没心机的一个人……

汪石卿打量沈玉茗的神色,亦知她是心有不忍,遂道:"事已至此,你就不要多想了。这件事对四少也好,对小霍也好,都不是坏事——总比将来为了这么个女人,兄弟阋墙的好。"

沈玉茗沉默了一阵,忽然道:"就算这样,四少也未必就会跟霍小姐在一起。"

汪石卿淡淡一笑:"四少和霍小姐是天作之合。"说着,牵起沈玉茗的手,抚了抚那枚素金指环,"我先回参谋部去了,回头再过来陪你吃晚饭。"

他刚转身要走,忽听沈玉茗幽幽飘出一句:"你这么用心良苦,就是为了让虞四少去娶你的心上人吗?"

汪石卿身形一顿,霍然回头,目光犀冷地盯住沈玉茗:"你说什么?"

沈玉茗却恍如不觉一般倦然含笑:"你瞒得了别人,却瞒不了我。我看见你看她的眼神就明白了。前些日子,霍小姐陪霍夫人到南园来赏花,你突然就回来了,你跟霍小姐说不知道她要来,可我明明告诉过你。"她笑容凄怆,从妆台的抽屉里取出一卷字纸展在桌上,手指一捻:"我以前总以为这是你写来纪念你母亲的,可是却想不通为什么你总是只写一半,写过之后又总要撕掉。"她的指尖沿着一条条缝隙从纸上滑过,这一叠字纸竟都是撕碎之后重又被人拼贴起来的,反反复复不过一句——今朝风日好,堂前萱草花。

她浑浑噩噩地上楼,浑浑噩噩地栽在床上,旋即又跳起来,反锁了房门。

浴缸里的水渐渐冷了,婉凝颤巍巍的手指抚在褪浅了颜色的伤处,已经忘记的锐痛又发作起来,几痕深红的印记让她只能明白昨天的事不是一场虚幻的迷梦。

她怎么会那么蠢?

红妆娇艳的沈玉茗,碧色莹莹的琼花露,然后呢?他没有来,那是谁?她拼命去想那人的领徽标记,却什么都想不起来,她没有看到,她根本就没有看到!她除了触到过他胸前的略章之外,她什么也不记得了——她怎么会那么蠢?略章这种东西,那天到春亦归赴宴的人,个个军装上都有,她怎么会那么蠢?可那天到春亦归的人,多是汪石卿的僚属,亦是虞家的亲信,她明明记得别人都已经走了,怎么会?她想不出这件事是意外,还是有人存心……她根本不能再想下去,噙在唇边的食指已经咬出了血痕,她怎么会那么蠢?

她整个人都浸在水里,什么也听不到,什么也看不见,眼泪一渗出来,就立刻溶开了。

柒

荼蘼

春深似海尽成灰

仲春的傍晚，斜阳依依，风很轻，花香很软，他的心却直坠渊涂，无处攀缘。

霍仲祺推开车门，迟疑了一下，踏进栖霞宏阔的暗影。厅前的丫头上前行礼，他点点头，声音很轻："顾小姐在吗？"仿佛怕惊动了旁人，抑或是怕惊动了自己。

那丫头低眉回话："在。"停了停，又道，"顾小姐病了。"

霍仲祺一愣："病了？"

"是，大夫刚走。"

霍仲祺心里一片茫然，自言自语一般说道："怎么会病了呢？"

"我也不清楚，好像是说昨天喝多了酒，又着了凉。"那丫头说罢，见他未置可否，只是蹙眉沉思，便试探着问道，"您要是找小姐有事，我去叫芳蕙下来。"

顾婉凝从南园回来，只说昨晚酒喝过了要休息，没有吩咐不要人打扰。一直到了开晚饭的时候，身边的丫头过来叫了几次也没有人应，心里觉得不妥，去跟总管拿了钥匙开门，才发觉人已经烧得烫手，慌忙叫了大夫过来。连魏南芸都惊动了，又叫了今天接顾婉凝回来的侍从官,一班人都吃不准要不要立刻告诉虞浩霆,后来还是魏南芸拿了主意,等晚上虞浩霆打电话回来再说。

霍仲祺到的时候,这边才刚安置妥当。芳蕙一五一十跟霍仲祺回了话,末了补了一句:"小姐吃了药,刚睡下了。"

"那我明天再来。"

霍仲祺低声应了,还想叮嘱些什么,却欲言又止。她病了。病了?是因为昨天的事吗?他慢慢走下台阶,余晖微薄,他心上骤然剧痛,旋即死一样的空,他用手按住胸口,那跳动都不像是真的。

下一刻——是不是下一刻就能有人把他叫醒?让他知道前尘种种只是一枕幽梦,他才能重新呼吸,如劫后余生。

但没有。

断送一生憔悴,只消几个黄昏。

四周的空气沉滞如铅,被禁锢的心不见了天日,是他自己亲手扣死的锁。

婉凝蒙眬中忽然觉得身畔有人,她悚然一惊,霍然起身,手已经握住了枕下的枪柄。就在这时,却有人按开了床头的台灯:"宝贝,怎么了?哪儿不舒服?"

她呆呆地看着面前的人,眉峰轩傲,眸光温存,近在咫尺,又恍如一梦。

虞浩霆晚上打电话过来,听丫头说顾婉凝病了,便没有再惊动她。放下电话却总觉得心里有些忐忑,索性赶了回来。此时看她神色惊惶,撑在身边的手臂不住发抖,只以为她是生病的缘故,伸手在她额头上试了试,仍然觉得热,怕她再受凉,连忙把落下的被子拉到她身上:"还有点烧。难受吗?"却见顾婉凝不言不语,仍旧定定地看着他,遂温言笑道,"怎么?病傻了,不认得我了?"说着,去拉她掩在枕下的手，不想之处却有一角冷硬。

虞浩霆微一皱眉，翻开那鹅绒枕头，下面赫然放着一把小巧的勃朗宁，枪身刻了流线花纹，握把护板将胶木换成了象牙——去年他们在龙黔的时候，他教了她用枪，特意定了这么一支给她，他们回到江宁才送过来，她一共也没玩过几次。

他拿过那枪搁进了床边的抽屉："这种东西怎么能放在这儿呢？"

顾婉凝似乎有些不知所措，嘴唇翕动了几下，喃喃道："我没有开保险。"

一句话说得虞浩霆好气又好笑："你这是跟谁学的？枕着枪睡——我都没这个习惯。你要是真的开我一枪，那洋相就出大了。"一言至此，念及她方才的神色举动，疑窦顿起，"宝贝，是不是出什么事了？"

他这样一问，她却不知道该从何说起。她要和他说什么？她能和他说什么？她什么都说不出来。她不能摇头也不能点头，一个闪念仿佛深夜的一痕烟火："你什么时候回来的？怎么……没告诉我？"她眼眸中一抹殷切，在苍白的脸孔和散落的黑发间尤为楚楚。

"有一会儿了。"虞浩霆按下心头疑惑，把她揽了过来，他察觉出她的紧张却不明所以，想着她病中神思涣散，愈发放软了声音抚慰，在她肩上轻轻拍着，笑道，"我听他们说你昨天在南园喝多了酒，怎么别人结婚，你一个去做客的反倒醉了？"话音未落，便发觉怀里的人在发抖，"你是冷吗？我叫大夫过来。"

沉夜的最后一道花火陨落无声，她拉住他的手臂："不用了，我没事，睡一会儿就好了。"

"真的没事？"他忽然觉得他们之间像是隔了一层什么，他已经很久没有过这样的感觉了，即便是当初她被他迫着留在栖霞的时候也没有,她伤心也好,快活也好,他总能感同身受。然而这一刻,却有什么他触不到的东西。不,或许是她心里一直都有他触不到的角落,只是这一刻重又暴露在了他眼前。

"没事,比上午好多了。"她努力让自己的声音平静温柔,"我想……我想回学校去了。"她突然说起这个,让虞浩霆更是诧异:"怎么这会儿又想起学校来了?你不是要重修的吗?"

"我在这儿总没心思做功课。"她话里依稀带着娇柔的笑意,倒让他放心了一点:"那也等你好了再说。乖,不许想了,快睡。"

几番涌动的眼泪终究没有落下,她娇嗔的语气掩去了细不可闻的哽咽:"我明天就好了。"

明天,就好了。

到了第二天,顾婉凝的病不仅没见好,反而又重了些。大夫看过,只说换季之时,乍寒乍暖,着凉发热亦属常见,耐心将养没有大碍,况且药剂生效也要时间。

虞浩霆直觉她这一回病得蹊跷,仔细问了一班丫头和侍从,却也想不出有什么不妥。好在邺南的演习已近尾声,原本要他出席的总结会议也推给了唐骧,倒是空出了许多时间照料顾婉凝。

一直过了半个多月,顾婉凝才总算病愈,只是仍旧精神恹恹,整个人都瘦了一圈,连Syne也跟着没精打采。虞浩霆特意从广宁接了个厨师到官邸做菜,变着法子哄她吃东西,总算健旺了些。虞浩霆想着要让她散心,便带婉凝回了曘山。

暮春时节,暮色温柔,城中飞花散尽,曘山却花事方盛,婉凝隔着车窗望见前面梨花如雪,轻声吩咐道:"停车。"

虞浩霆拉着她慢慢踱到花树之下,清香微婉,静艳如雪,婉凝闭了眼睛,深深吸了口气:"我第一次到这儿来,也是这个时候。"

_211

虞浩霆想起当初的旧事,低头一笑,把她揽在怀里:"那是你第一次对我笑。"

婉凝心中酸楚,面上却格外的娇甜明媚,从他臂间脱出身来:"我才不是对你笑的。"一转身,踏过山路上细碎的花瓣。

她亦记得,那年那夜,花开盛大,骤然间的满目明迷恍若换了人间,片刻的忘怀是此生难忘的欢悦。那时候,她就只想着寻了机会从他身边逃开,多简单。彼时的忧心困顿,现在想起来,多简单。她总以为自己已经有了最坏的打算,可现在才知道,是她想得太简单。

她的荒诞身世,她的窘迫难堪,她不知道她还能不能继续若无其事看他的眼。她从来都会言不由衷,可是,她不想再瞒他什么了。她要对他说什么呢?

虞浩霆跟在她身后,繁花依旧,倩影如昨,云影漫过山峦,让人唯觉光阴佳好。

那时候,他还没想过她和他会有怎样的后来,他只是想要她快活,想要她——留在他身边。她跟他谈他们的事情,总是察言观色讨价还价,像做生意,嗯,她说过,他和她就是一场交易。他忍不住笑,那他倒是很划算,而且,他还打算再"赚"一个,不,一个不够。可惜她对他还是太小气,她不是对他笑的吗?那——

"那你现在对我笑一笑好不好?"

她停下脚步,微微侧了脸,却没有回头。

"你第一次跟我说这么多话。"

"你喜欢什么,我都送到你面前来。只要你高兴。"

"你第一次对我笑,就是在那儿。"

他说的话,她总是告诉自己不要记得。不记得,就没有执念。能够忘记,该是一件多么幸运的事。可她忍不住自私,她想要他记得,记得她,记得此生此地,花开盛大。

她盈盈转身，凝眸一笑。

不似那一日的粲然明媚，却有他无法言喻的缱绻温柔，竟让他不忍上前，怕他自己会惊破这一刻的静美。

然而，她笑容未尽，两行泪水夺眶而出，划过梨涡嫣然，如落花被溪流冲散。

他一惊，上前拥住了她："怎么了？出什么事了？"

"没有。"

"那好端端的怎么哭了？"

眼泪洇进了他的衣裳，他坚稳的心跳让她安定下来："你不知道人开心的时候，也会哭吗？"

他捧起她的脸，在她带着潮意的眼睫上轻轻一吻："果然是'女人心，海底针'。女孩子的秘密我不问，不过，要是有什么为难的事，你一定要告诉我。不管是什么事，我总有法子的，嗯？"说着，握了她的手贴到自己唇边，"你信不信我？"

叶底风起，轻白细碎的花瓣飘摇而落，她笑着点头。

一生欢爱，愿毕此期。她以为她会有许多时间，可是，没有了。她原本就知道她不该和他纠缠在一起的，是她太贪心。

可她还想再贪心一点，她只想要他记得，此时此地，此生此心。

或许，她什么都不必说了。既然他们原就注定没有以后，那又何必再多一分困顿呢？再过些日子她回燕平去，以后……不，没有以后了，他和她原本就没有以后。等她回燕平去，她就不用再见他了，她总有法子让他找不到她。

他……会恨她吗？她宁愿他恨她。

她没有依恃，也没有盼望，唯有眼前。

砌下梨花一堆雪，明年谁此凭栏杆？

虞浩霆此番在罨山一耽月余，除了公务，旁的应酬都让侍从室推掉了，逢有人探问，只说是陪顾小姐养病。

"我问过大夫，说早就好了，还这样拿乔绊着四少。"魏南芸深知顾婉凝那些招摇出挑的事情别人或有侧目，但虞夫人并不怎么在意，但她如此牵绊虞浩霆恐怕虞夫人就不得不留意了。

岂料虞夫人闻言不过清淡一笑："随她去。"见魏南芸面露疑色，才轻轻一叹，"我原还想着这女孩子是个有主意的，现在看看也不过如此。物极必反，情深不寿……"话到此处，眼中依稀浮出一丝怅惘，"人心最是无定，你抓得越紧，反而离你越远。"

一直等到过了小满，虞浩霆才回官邸，却是因为名伶楚横波带着春台社到江宁献艺，婉凝提起在燕平听过她的戏，赞不绝口，只可惜她此来在三雅园挂牌的戏码却是《武家坡》。虞浩霆见她有兴致，便叫人请了春台社的堂会，只是他昔日在燕平和楚横波有过"来往"，却不愿和顾婉凝提起。为免多事，干脆借口有公务去了参谋部，盘算着等栖霞的戏唱完了再回来。

虞浩霆虽然不在，但栖霞的堂会仍旧有一番热闹。

平素爱看戏的女眷不必说，谢致轩和韩珆这班人自然也不会少。众人都谈笑看戏，一派闲适，唯有霍仲祺心事沉重，面上又刻意要做出一副若无其事的神色来，不知不觉间便沉默了许多。

这些日子，他不敢醉，也不敢醒。他只听别人说，她病了，她好了，她去了罨山，她回了官邸，只言片语他都不敢放过，他想要知道她究竟怎样，却又不敢去见她。

他今日来栖霞，远远看见她的那一刻，整个人都不能自控地震颤起来，竟一步也不敢再走，直到韩珆在他肩上轻轻一拍，他才如梦方醒。

韩珩看着他眉宇间尽是憔悴，心底沉沉一叹。这些天，旁人都以为霍公子又新得佳人不知在何处金屋藏娇，只有他知道，他日日把自己关在悦庐的琴房里，一分一秒尽是煎熬。无论他怎么问，他都仿佛没有听见一般，只是沉默，死一样的沉默。

一直到第三天他再去看他，他才终于开口："婉凝病了，你帮我问一问，她怎么样了？"

原来是她。

他心中刺痛，原来，还是她。

他忽然有一种极其阴郁的预感："仲祺，出什么事了？"

他不答他的话，只是乞求一般看着他："你帮我问一问。韩珩，我求你了。"

"则为俺生小婵娟，

拣名门一例、一例里神仙眷。

甚良缘，把青春抛得远！

俺的睡情谁见？

……

迁延，这衷怀那处言！

淹煎，泼残生，除问天！"

台上的杜丽娘伤情已极，眼看着就要幽怨入梦，看戏的人却大多言笑晏晏，不见那泼残生的淹煎难耐。谢致轩哄着堂哥家的两个孩子玩小戏法，拣了颗白果在手里比画着，一时变来一时变去，唬得两个孩子乍惊乍喜。

他今日亦觉得霍仲祺仿佛有些郁郁寡欢，此时见他默然看戏，却又分明是心不在焉，便有心闹他一闹。夹了那白果在小霍领后一晃，霍仲祺茫然回头，只见谢致轩接着把手往两个孩子面前一摊："没

_215

了！"接着便嬉笑道，"你们找找，谁找到了，我就教谁。"

两个孩子一听，立刻来了劲头，一个拽着霍仲祺的手央他："小霍叔叔，你拿出来给我吧！"另一个二话不说就往他身上摸。

霍仲祺无可奈何地看了谢致轩一眼，虽然也说"他骗你们呢！不在我这儿"，却也不好推脱两个小人儿纠缠，想着由他们闹一会儿，找不到自然就算了。说话间，一只小手就去翻他左胸的衣袋，霍仲祺忽然神色一凛，一把按住了："我这儿真的没有，你们到别处找去。"

谢家的孩子平素和他都是玩闹惯的，他此时正色一拦，两个孩子越发认定他是和谢致轩串通了跟他们逗着玩儿，反而一齐攀在椅子上去掰他的手。小孩子闹着玩儿，周围的人也不以为意，只谢致轩的堂嫂回头叮嘱一句"不许闹霍叔叔"，也就转脸看戏了。婉凝隔着人看见他和两个小孩子嬉闹，亦是淡淡一笑。

一大两小纠缠起来，一个孩子在他身上攀缘不稳，身子一倾，霍仲祺连忙伸手去抱，不防另一双小手已探到他衣袋里，抢出件东西来，却不是谢致轩变走的白果。霍仲祺还不及把手里的孩子放在地上，脸色倏然一变，脱口便道："拿来！"

那孩子在谢家也是娇生惯养，见霍仲祺声气急促，竟是凶他的样子，心里委屈，扁着嘴把东西往地上一摔："我才不要呢！"

这边声音一高，便引了人注目。方才那孩子一探出东西来，谢致轩就看见是枚牡丹纹样的白玉别针，显是女孩子的东西，霍仲祺这样随身收着，也不知道是哪个美人儿的风流表记，幸亏今日致娆那丫头不在。只是小霍在这些事上一向洒脱，这回竟急了，大概还是个要紧的人。小孩子不懂事，这事儿却是他闹坏了。

谢致轩微微一笑，把那别针捡在手里，还没来得及细看，霍仲祺一把就从他手里拿了过来，搁回了衣袋里。

谢致轩一愣，旋即笑道："什么稀罕玩意儿你这么着紧？我是看看摔坏了没有，要是坏了，我赔一个给你。"

霍仲祺却沉着脸色摇了摇头："不必了。"

他说完，心跳却蓦然一乱，回头看时，只见顾婉凝也站了起来，一双妙目里却尽是难以置信的惊恐，一对上他的目光，立刻便躲开了，又迟疑地看了他一眼，神色茫然地和身边的人说了句什么，缓缓转过身从侧门走了出去。

霍仲祺来不及分辨自己心里的是惊是痛，极力撑出镇定的神色，避开人跟了出去。

初夏时节，栖霞的花园里已然佳木成荫，又有西式的花墙廊架，他一直走到深处，才看见她。

她蜷在一壁花架下，身后一片缀满蜜白花朵的浓绿，像伤后在密林深处躲避猎人的小兽。她没有哭，也看不出伤心抑或恼怒，平日里的明眸曼泽，此刻只有茫然。

他走到她身前，慢慢跪下一只膝盖，用最轻缓的声音唤她：

"婉凝。"

她抬头看他，眼中的茫然渐渐沉出恸色："不是你……"

"不是你。"

她静静地说，每一个字都念得坚持，仿佛这样就能说服自己去相信话里的意味。

不是他。不会是他。不能是他。

他听见有什么东西从身体里一点一点碎裂开来，摧枯拉朽，覆水难收——

"我只见了你两次，每次你都帮我的忙。"

_217

"我听见你的心跳了。像火车。"

"我替你许了一个。说出来就不灵了,我不会告诉你的。"

"你不要为了我冒险,万一有什么变故,你自己走。"

参差的锋刃在他心上刻出千百痕鲜血淋漓,他知道,他和她,前尘种种,都在这一刻,化作了齑粉。他恨不得就此死去,可他不能。

"对不起。"

所有的言语都像撒进沙海的水滴,毫无意义。他从来没有像现在这样恨过一个人,那人就是他自己。

她身子蜷得更紧,脸颊挨在膝上,眼睛只盯着地面,唇瓣上已压出了齿痕:"你……那天你也醉了,是不是?"

"……"

他不知道该怎么答她。她醉了,可是他没有,他不知道自己为什么会那么失控,是他太想要她吗?他知道在她眼里,他是一贯的荒唐轻佻,可这一次不是,他对她不是那样不堪,不是的。

霍仲祺摇了摇头,缓缓开口,一字一伤:"婉凝,我喜欢你。"

婉凝,我喜欢你。

百转千回,他想过多少次,这句话要怎么跟她说?却从不知道会是这样一番境况。

"那天在陆军部,我第一次见你,就喜欢你。我本来想着……"他声音里带了压制不住的哽咽,"可我不知道你会去拦四哥的车!我要是知道,我……在燕平的时候,我想过跟你说,可又怕吓着你。我想,等我从锦西回来就告诉你的……"

顾婉凝抬起头,惊惶而空洞地看着他,仿佛他在说的不是深藏的情谊,而是一场被揭穿的阴谋。

她这样看着他,这样的眼神就能逼疯了他:"是我错,都是我的错!是我对不起你,我对不起四哥。婉凝,你想怎么样都好,你恨我……婉凝，你恨我！"

她怔怔看了他许久，空茫的眼睛里终于蓄了泪，一淌下来就再也止不住了。他见过她哭，那么伤心那么委屈，却不曾有这样的绝望，纵横恣肆的眼泪如洪水决堤，她颤抖的身子如被狂风席卷的花蕾，仿佛下一秒就会凋零死去。

他抱住她，急切地想要打断这无止无息的泪水，"婉凝！婉凝，你不要哭，都是我的错，你不要哭……"

她只是摇头："怎么办呢……我要怎么办呢？我不能再瞒他什么了，我做不到……我不能再骗他了，真的不能……你明白吗？我不能再骗他了，你明白吗？"

"我知道，婉凝，我知道。你不要哭！都是我的错。"如果无论怎样都不能弥补，那么，他唯一可以做的，就是不要让她去面对这件事。这样的不堪，他不能让她去受："你什么都不要想，我去跟四哥说。是生是死，不过四哥一句话，是我对不起他！"

虞浩霆回到栖霞，音乐厅里的戏还没散，他扫了一眼不见顾婉凝，走进去跟谢夫人打了招呼，便问旁边的丫头："顾小姐呢？"

"顾小姐刚才还在的，说出去走走。"

一旁的魏南芸忽然转头笑道："我瞧着婉凝往花园那边去了，倒像不大高兴的样子，兴许是不喜欢楚老板的戏。"

虞浩霆闻言，心下思量该不是什么人在她面前说了他和楚横波的事？对魏南芸微一颔首，亦转身而去。魏南芸看着他的背影，面上不动声色，心里却躁着几分忐忑的期待。

她对顾婉凝的事情一向都格外留心，那孩子手里的别针一摔在地上，她就觉得眼熟，蓦地想起顾婉凝就有这么一件东西常用来配旗袍的。她心念一动，偷眼去看她，果然见顾婉凝神色惊惶，看了霍仲祺

_219

一眼便转身离席，那边小霍也变了脸色，避着人跟了出去。

魏南芸不禁讶然，难道这两个人竟真背着虞浩霆有了什么？那这女孩子也太大胆了！如今人人都猜她多半要做总长夫人，且不说虞霍两家的门楣体面，就是小霍和虞浩霆自幼的兄弟情分，也容不下这样的事。

她想到此处，转念间又觉得窃喜，倘若顾婉凝嫁进虞家，以虞浩霆眼下待她的百般珍重，别人一时之间恐怕分不得半点宠爱。可若是她和小霍……那虞浩霆无论如何也娶不得她了。

她看着虞浩霆的背影掩进了花园的葱茏草木，忍不住轻叹了一声，身边一个相熟的女眷闻声问道："看着戏，怎么还叹起气来了？"

魏南芸呷了口茶，轻笑道："这戏文里头，第一好的地方就是后花园。公子落难、小姐赠金、云雨之欢、私订终身可不都要往园子里去吗？"

那女子一听，压低了声音笑道："你是为着这个把你家四少支到园子里去的？"

魏南芸笑而不语，心道：你们要是没什么，那自然就没什么；可要是真有什么，那也怪不得我。小霍也是个没深浅的，这样的风流表记怎么好带在身上？是个朝思暮想睹物思人的意思吗？太年轻了，也就是年轻才有这样的心意吧？

她抓起一把松瓤闲闲嗑了，忍不住想起那些恍如隔世的流年。她这半生都是锦绣丛里裹着风刀霜剑，在姊妹伙里谨小慎微，嫁进虞家做小伏低，谋身份谋宠爱，察言观色面面玲珑，她倒没有这样年轻过呢！

所以，她从不犯错。

她想起那一年，虞靖远带她去云衡，碰巧赶上她的生辰。云衡是虞家梓里，亦有一城故旧，可他对她说："这里没有客人，你喜欢怎么样就怎么样。"

她心里一酸，原来他也懂得。之前每年生辰，说是给她做生日，其实她却是最辛苦的那一个。菜码、戏码都要过她的手，掂量着各人的喜好一件一件安排，身上的首饰一件不能错，不能出挑不能清寒，人前人后唯恐有半点不周……还要在旁人艳羡的时候报以恰到好处的谦和温婉，江宁城里的小星九成九连出面请客的份儿都没有，更何况是在官邸。

那么，她喜欢怎么样，要紧吗？

到了中午，只她和虞靖远两个人吃饭，他看了一眼桌上的菜色，摇头一笑："这是我喜欢的，不是你喜欢的。"他夹了一箸便搁了筷子，"竹心有竹心的好处，你不必学她。你也学不会。"

她脸上是早已准备好的窘迫，他的世界是她不能窥探的，但日子久了，无论藏得多深的隐秘总会泄露出一星半点的信息。他在找的那个人，不是她，也不是她。许竹心的性情，她的样貌。他终于都有了，却依然是空的。他希望她们像她，又厌恶她们像她。她就在这希望和厌恶之间小心翼翼地度量他的心意，她要讨他欢心，却也不能太讨他欢心。

他的世界太大，宠而无爱，她就是把自己架在火上烤。

她从不犯错。

她眼尾的余光扫过满堂锦绣，笑意微凉。夫人说，物极必反，情深不寿。

那么，也只有她们这样无情的人，才留得住这天上人间的繁华无尽吧？

虞浩霆在花园里转了转，却没看见婉凝，正转身欲走，忽听花廊另一边像是有人在哭。

他心里一紧,旋即摇头,不会。婉凝这些日子似乎是有些不一样,可他左右留心也看不出究竟哪里不妥;一定要说有什么,反而是她对他格外地温存依赖,甚至床笫之间都乖得不像话。他想笑,又暗骂了自己一句。

是哪个丫头受了气?虞家不苛待下人,这种事也犯不着他来管。不过既然碰上了,倒也可以问一问。

他循声转过花廊,却是无声一笑,只见草木掩映中,一架荼蘼花繁叶绿,半跪在地上的戎装背影不是别人,正是霍仲祺,遮在他怀里的女孩子看不见身形样貌,唯见一角荼白的旗袍轻轻颤抖,显是哭得十分伤心。不知道小霍这是又惹了哪里的风流债,抑或是他如今和致娆在一起,免不了要跟从前的花花草草做个了断?

他没有兴趣听别人的私隐,也不想撞破了惹人尴尬,便放轻了脚步想要退开,刚走出两步,便听见身后霍仲祺声音焦灼:

"婉凝!婉凝,你不要哭……"

一句话就把他钉在了地上。

是她?

他还不及找出一个合理的解释,甚至还有些犹疑自己是不是听错了,已听见那女孩子抽泣的声音:"怎么办呢……我不能再瞒他什么了,我做不到……"

她的声音,他不会错。

是她。

她哭得这样伤,她说得这样恸,他该拥着她,吻掉她所有的眼泪,可是他却一动也动不了。

是怎么了?到底出了什么事,是她能告诉他,却不能告诉他的?

"……我不能再骗他了,真的不能……你明白吗?"

她说的是他吗?她骗他吗?她骗他什么?他怎么想不出?她能骗他什么?他怎么想不出?

他想不出!

"我不能再骗他了,你明白吗?"

他不明白,可是,他明白——

他说:"我知道,婉凝,我知道。"

他说:"你不要哭!都是我的错,你什么都不要想,我去跟四哥说。"

他说:"是生是死,不过四哥一句话。"

他说:"是我对不起他。"

他不能再听下去,他必须走,他甚至忘了要放轻脚步免得惊动旁人,可是他们根本留意不到他。

她哭得那么伤,她说得那么恸,他却连安慰她一句都不可以。

这世界当真好笑!他愿意倾尽全力换她一生无忧,却原来他才是让她难过的缘由。

她骗他了吗?是什么时候?今天?昨天?还是……她骗他什么?

"你不知道人开心的时候,也会哭吗?"

"你回来的时候告诉我,我去接你!"

"我喜欢——你喜欢我。"

还有,她在他掌心的一笔一画:如此良人何。

她是骗他的吗?

他不信!她若是骗他,他一定看得出。

不,她若想骗他,他从来都看不出。

因为她骗他的,就是他最想要的,他愿意被她骗。

可她不必这样,她还不明白吗?她不想,他不会为难她。她真的不必这样。

_223

怪不得她不肯嫁他,怪不得她说要走,他早该想到的。

良人属我,我也属他。今夕何夕,见此良人。哪会有女孩子不愿意和自己心爱的人在一起呢?原来,他终究不是她的良人。

只是——怎么会是小霍?

电光石火的一瞬间,仿佛有一根线突然抽起了他脑海中雪片般的记忆:

"她要是不想和你在一起,就算你勉强了她,又有什么意思呢?"

"我猜是他中意了什么人,霍家不肯。"

"得一心人,白首不离。"

"四哥,我去换婉凝……"

他突然明白了许多事,这么多就摆在他眼前的事,他居然从不察觉。

当然是小霍。他初见她的那天,她走投无路,带她进陆军部的人是小霍;她失了孩子,在她身边照顾她的人是小霍;她外婆故世,帮她回家的人是小霍;她在锦西遇劫,到广宁犯险救她的人还是小霍……

那他又做了什么?

"如果顾小姐肯留在这里陪我一晚,我便放了你弟弟。"

"我是仗着我手中的权柄,那你呢?你不过是仗着我还没有腻了你。"

"就算是我腻了你厌了你,我也不会放你走,我关你一辈子。"

"你今天晚上陪得我开心,我就放了他。这种事你又不是没做过。"

他最希冀眷恋的东西在他初见她的那一天,就被他自己毁了,他却还懵然不知。

他怎么还敢奢望？他有生以来最冷的一个冬天，他在她最脆弱的时候，离她而去，他说："小霍，我把她交给你了。"

一语成谶。

原来，她便是他的"得一心人，白首不离"。

他想起那天在锦西，她受了伤，昏沉中眉心紧蹙，喃喃呓语几近呻吟，只有"仲祺"两个字是清楚的。那样的生死之间，她念的是他。他怎么会没有想到呢？

他惨笑，若不是他一念之差，她和他，也该是"佳偶天成"吧？

她和小霍在一起，倒比和他在一起容易得多。

她不会被人算计，不会失了孩子，不会受伤，不会……

那他做了什么？

"昨天你带进陆军部的那个女孩子，查一查她家里还有什么人。"

他说，他对不起他。他没有什么对不起他的。是他对不起他。

可是，"是生是死，不过四哥一句话。"

他们，就这样想他？

他忽然觉得寂寞，那是他一直都极力排斥的感受。

彼时年少，爱上层楼。他和朗逸攀上前朝的旧城垛，坐看雪夜高旷，陵江奔流。城砖上不知谁兴之所至，刻了两行行楷，他们借着月光辨认，却是刘禹锡的句子：

山围故国周遭在，潮打空城寂寞回。

邵朗逸摸着那字迹，淡然笑道："江山不废，代有才人。秦皇汉武都以为是自己占了这日月江川，其实——不过是用己生须臾去侍奉江山无尽罢了,反倒是江山占了才人。丛嘉赵佶若不为江山所累,诗酒风流,不好吗?"

虞浩霆看着眼前江流涌动撞壁而返,只觉心弦万端,突然有一根应声而断。

断的那一弦,叫寂寞。

江山无尽,己生须臾?他可以孤独,却从不寂寞。他本能地排斥这感受,微一扬眉,摸出随身的匕首,在那两行字上随手划过一痕,转而在边上又刻了两句:千古兴亡多少事?悠悠,不尽长江滚滚流。

他利刃还鞘,邵朗逸沉吟一笑:"你早了点吧?"

他也笑了:"你说'年少万兜鍪'?"

朗逸摇头:"我说——'生子当如孙仲谋'。"

月光下的笑容明亮飞扬,那一弦寂寞亦逝水东流。

然而这一刻,他却觉得寂寞,仿佛千辛万苦九死一生之后,矗立在他面前的,只有一座空城。潮打空城寂寞回。

"是生是死,不过四哥一句话。"

他们,就这样想他?

婉凝的眼泪渐渐止了,她猛然挣开小霍向后一躲,擦着身后的花架站了起来,身体依然有轻微的战栗,声音里犹带着哽咽,面容却是异样的沉静:"我的事情,我去跟他说。你走吧。我……不想再见你了。"

她不能再骗他了,她不想再瞒他什么。

她只要告诉他,她是戴季晟的女儿,那么其他的事,她就什么都不必说了吧?一直以来她苦心死守的隐秘,如今却成了遮掩疮疤的借口。她竭力镇定自己的心绪,转过花廊,夕阳犹在,底楼一扇扇阔大的拱形玻璃窗格里已灯火辉煌。她细心捡掉旗袍上沾的花瓣草叶,试着在唇角扬起一抹微笑。她绕开前厅上楼,他快要回来了吧?她得去洗个脸,她不想让他看见她这个样子——如果这一次,是她见他的最后一面。

英国人喜欢在房间各处挂先辈肖像,中国人没有这个习惯,不会把家里弄成祠堂。栖霞的走廊里挂的都是名家手笔的静物风景,有专人从欧洲采购,编了号码随季节更换。那幅新换的《湖畔野餐》是个法国人画的,她还没有细看——或者,等过了今晚,她再告诉他?

她的指尖从凹凸密集的笔触上划过,她笑,她真是贪心。

她不能再这么贪心了。

婉凝一推开卧室的门,便是一愣:"你回来了?"

"嗯。"

房间里没有开灯,虞浩霆背对着她立在窗前,晚风轻送,他一身戎装在暮色里愈显凝重冷峭。

她忽然慌乱起来,她要告诉他吗?就这样说出来?她觉得她做不到……不,她必须告诉他。再迟疑片刻,她这一点点勇气也会化为乌有,她强自压抑住纷乱的情绪,慢慢走近他,却没留意到他此刻的反常:"我……我有事要跟你说,我……"她选不出恰当的词句,话一出口,就再不能回头,"其实,我……"

虞浩霆仍旧背对着她,说出的话却让她如坠冰窟:"如果是你跟小霍的事,就不必说了。"

顾婉凝脸色刹那间变得惨白,身形一晃,一只手下意识地撑住了近旁的椅背:"你……你几时知道的?"

他终于转过身,逆光里看不出神色,只听见他淡薄的声音:"重要吗?"

她不知道该怎么答他。重要吗?她刚刚才知道的事情,他怎么会知道呢?可如果他一早就知道,怎么还可以这样若无其事?

他话里的意味和语调都让她觉得窒息，她直觉有什么地方不对，可是她已经不知道自己究竟还有没有直觉了！

仿佛是一场乱了剪辑的电影，她拿错了剧本，又忘记了台词。

她呆呆地看着他，什么也说不出来。

他一言不发地从她身边走过，甚至连目光都没有落在她身上，一直到门口，才轻轻抛下一句："我们分手吧。我不要你了。"

他的话没有喜怒，亦没有温度，如同他公文上的"呈悉""照准"，接在人手里却是雷霆万钧，无从辩驳，也不得异议。

他说，他不要她了。

南园的事，她说不出口，亦怕他为难，小霍不是别人，在他心里和亲弟弟没有两样。既然她注定要辜负他，又何必再多添一道伤口？可是，就为了这样一件事，他就不要她了吗？她不是有心的，她也不知道事情怎么就会这样？！

一阵风过，身后有窸窣响动，她回头，却是床尾插着的一只淡金色折纸风车迎风轻旋。是昨晚她和他闲话，说起小时候折风车，人人都是折四叶的，可偏有个同她一起学舞的女孩子，家里的女仆会折八叶的，她看了稀奇，回家试了几次都折不出，末了还问："你见过吗？"

他一笑摇头，可今天早上她起床，却见床尾正插着一只八叶的纸风车，用的是他书房里的金潜纸，折得十分漂亮规整。

她讶然失笑，拿了电话拨过去："你又说你没见过？"

"这还用见过吗？你那时候太小不明白，你现在去看，要还是不会，晚上回去我教你。"

他既然已经知道了，他怎么还可以这样若无其事？叫她看不出半分端倪。他是在等着她说破吗？那他是怎么知道的？

她以为，她和他已经是最亲近的人了。却原来，她根本就不懂他。

她懂的只有一件事，他说，他不要她了。

虞浩霆不知道自己是怎么走出去的，他连看她一眼都不敢，他怕看她一眼，就会改了主意。

她开口之前，他还想过，只要她不说，他就能装作什么都不知道，他就能继续和她在一起，他会加倍待她好——虽然他已经不知道，他还能给她什么了。

总有一天，总有一天他能让她喜欢他，他一定能。

他什么都不怕，只要她愿意，他宁愿她骗他，只要她高兴。

然而，她一开口，他就知道，完了。

"我……我有事要跟你说……"

是了，她说，她不能再骗他了，她做不到。和他在一起，就让她这般为难吗？他以为有了方才那一刻，他的心就已经不会再觉得疼了。然而，她一开口，他竟不敢再听下去，他怕她说的比他想的更冷。

不必说了，真的不必说了。

他还有一丝希冀盼着她说，不是，不是的！可她却只是问他：你几时知道的？

是他知道得太晚了吗？

他不知道还能怎么留她，她哭得那么伤说得那么恸，他不忍心让她选！

何况，她会来告诉他，她心里就已经有了答案吧？

他想跟她说，有他们这样的前尘种种，霍家绝不会……可这样的话说出来，他自己都会觉得卑鄙，她又有什么不明白的呢？

"是生是死，不过四哥一句话。"

她也这样想他吗？她是该这么想他。也好，她这样想他，就不必为难了。

他站在走廊里，磨砂面的水晶灯盏柔光华然，米金色的地毯上繁复的缠枝花朵看不到尽头，这是他的家，他却觉得无处可去。他定了定飘忽的心意，吩咐侍立在附近的丫头："告诉侍卫长，吃完饭到书房见我。"

卫朔饭刚吃了一半，听见丫头传话，立刻就整装来见虞浩霆："总长。"

"我有点事，去趟参谋部。"虞浩霆说着，站起身来，"晚上就不回来了。"

"是。"

卫朔口中答了，心里却微微有些诧异，今天虞浩霆本来并没有什么要紧的事情，他待在参谋部一大半的原因不过是避开楚横波罢了。若是有突发的军情，怎么又不叫郭茂兰过来？

正思量间，虞浩霆从他身边经过，突然停了脚步，低促唤了一声："卫朔！"

他抬头看时，只见虞浩霆眉心微蹙，落在自己身上的目光惊疑里带了痛色："小霍和婉凝的事，你是不是早就知道？"

卫朔面色一凛，便愣住了，张了张口，几个念头转过，却不知从何说起，皱着眉迟疑道："四少……"

他这样的神色，却是不言自明了。"广宁还是让霍公子去吧。""霍公子会把顾小姐平安带回来。"——原来，旁人都看得这样清楚，只他是盲的，虞浩霆双目一闭，低低道："你怎么不告诉我呢？"

虞浩霆这一问听在卫朔耳中，直如晴天霹雳。他自幼便是虞浩霆的玩伴，又贴身卫护他的安全，两个人在一起的时间比谁都多，虞浩霆对他信到十分，他也从来没有瞒过他一句话——只除了这件事。

小霍恋慕顾婉凝他一早知道，但这种事情，原本就无谓诛心。况且，虞浩霆和小霍的情分，亲兄弟也不过如此。霍仲祺虽然出了名的风流多情，但却不是冯广澜那样荒唐下作的。所以他不能说，不便说，也不必说。然而，此时虞浩霆这一问，直教他百口莫辩："四少，我……"

却见虞浩霆已是面容淡静："算了。不是你的错。"

卫朔深知婉凝和小霍都是虞浩霆心里最要紧不过的人，此时也顾不得去想虞浩霆怎么知道了霍仲祺的心意，只想着有什么能宽慰他一二，脱口便道："四少，顾小姐不会做对不起您的事。"

虞浩霆闻言面上一抹笑意微薄，眼中却是荒芜一片："她没有对不起我，是我对不起她—— 一开始，就是我对不起她。"一言至此，只觉胸中激恸，喉间骤然涌出一股腥甜，他下意识地用手去拭，唇角和手上殷红宛然，竟是血迹。

"四少！"卫朔大惊失色，抢上来扶他。

虞浩霆自己似也一惊，旋即摆了摆手，拿出手帕慢慢擦了："没事。走吧。"

卫朔正要劝他，却见郭茂兰步履匆匆地赶了过来，面上带了几分焦灼尴尬："总长。"

"说——"

"顾小姐……小姐要'出门'，说不用人跟着。"

郭茂兰一路上楼，心里就不住地打鼓。刚才周鸣珂打电话给他，他赶过去一看，顾婉凝显是刚刚哭过，手里还拎着箱子，除了一句"你们不要跟着我"，其他的什么也不说，这哪是"出门"，分明就是"出走"。

她就这样急着走吗？抑或，是他在等她？虞浩霆转身踱到书案前，抽起一本《李卫公问对》，低头翻了两页："随她去。"
　　郭茂兰一怔，不由自主地看向卫朔，卫朔却也没什么信息能递给他。郭茂兰只好答了声"是"，人却站着不动，他静等了片刻，见虞浩霆仍是无话，只好转身退下，临出门，却听虞浩霆又吩咐了一句："你们不要跟着她。"

　　夜风拨动柔白的落地窗纱，空荡荡的房间里这样静，仿佛整个世界都空了。
　　今天一早他把折好的风车插在床尾，还轻轻吻过她的睡颜，那柔软的触感和温暖的气息都那样清晰——或者，刚才的一切不过是一幕错乱荒诞的迷梦。
　　他侧身躺在床上，想让自己就此睡去，或许再醒来的时候，一切就都好了。然而，卧室的门轻轻一荡，他便察觉了，从门缝里小心翼翼挤进来的却是Syne。
　　她没带它走吗？是忘了，还是……
　　Syne一点一点凑到床尾，便不敢再动，脑袋蹭在床栏里茫然看着他，喉咙里有细细的呜咽，像是受了委屈的孩子。
　　虞浩霆在身畔轻拍了一下："过来。"
　　Syne驯顺地绕到他对面，试探着攀在床沿上看了看他，才一纵身子跳了上来，伏在他身边。
　　虞浩霆抚着它轻声道，"她走得急，把你忘了……你放心，过些日子，她肯定会来接你的。"
　　那，他呢？

　　"我不想再见你了。"

她被泪水浸过的声音轻飘无力，却如炙铁般烙印在他心上。霍仲祺长久地站在树影的阴翳里，静默如石，直到花园里的灯光无声亮起，他才恍然惊觉，天色已经完全黑了下来。他慢慢抚过她方才倚过的花枝，幼细的勾刺擦过指尖，这疼太轻了。

她不想再见他，他就不会再让她看见他。

他终于转身，身后幽香沉沉，落花伶仃，开到荼蘼花事了。

今日栖霞的晚宴是中餐，眼看到了开席的时候，却不见虞浩霆和顾婉凝露面，免不了有人打着机锋揶揄玩笑。只魏南芸留意到小霍也没了踪影，面上笑容可掬地张罗着安排客人入席，心中一时难辨忧喜，莫不是这三个人真闹出事来了？却不知道这么一出戏要怎么收场。

这其中的蹊跷，她是装作什么都不知道呢，还是如实告诉虞夫人？倘若虞浩霆和那女孩子真生分了，出了这样的事情，男人倒是最要人温柔体贴的时候，那她就要好好打算一番了。

魏南芸几番盘算，却没留意到今晚入席的客人还少了一个。

前些日子是康瀚民的忌辰，邵朗逸陪着夫人北上行祭扫之礼，康雅婕有意带着女儿探访故旧亲眷，邵朗逸便先行回了江宁，今晚虞浩霆原本也约了他。

邵朗逸靠在座位上闭目养神，忽然听见孙熙平在前面语带讶然地"嗯"了一声，停了片刻，又迟疑地回过头来："三公子？"

邵朗逸仍是双目微闭："什么事？"

"三公子，好像……刚才好像是顾小姐。"

邵朗逸闻言睁开眼睛，微微一笑："练车吗？"却见孙熙平一脸疑惑："不是，您看看，我觉得像是，不过……"

邵朗逸转头望去，果然看见远处一个穿着浅色旗袍的影子在暮色中一闪,已转过弯道看不见了。

"你看清了吗?"

孙熙平咂了咂嘴:"我也就晃了一眼,好像是。不过,栖霞的人不会让顾小姐一个人出来吧?"

邵朗逸微一沉吟,吩咐道:"掉头。"

车子刚转过弯道,邵朗逸的眉心便微微一蹙:独自走在路边的背影正是顾婉凝。出什么事了?

司机乖觉地在前方减速停车,顾婉凝察觉他们靠近,默然看了一眼,却连打招呼的意思都没有。

邵朗逸慢慢踱到她身边,笑微微地问道:"你这是要去哪儿?"

顾婉凝似是一怔,低着头想了一想,边走边答:"我去搭电车。"

"哦。"邵朗逸点点头,复又问道,"你搭电车是要去哪儿?"

顾婉凝闻言不由站住了,茫然看了他片刻,才犹疑着开口:"去火车站,我要去燕平。"

"回学校?"

"嗯。"

邵朗逸见她神色间尽是空茫,心下惊疑,面上仍是若无其事:"什么事这么急?是要考试吗?"

顾婉凝却不再答他的话,低了头自顾自地往前走,邵朗逸默默跟着她走了几步,笑道,"我送你去吧。"

婉凝头也不抬地答道:"不用了。"

"还是我送你吧!这会儿天都黑了。"邵朗逸说着,不等她答话,便朝司机示意,

"你要是赶不上车还得回来。"他话音方落,就见顾婉凝面色

一变,停了脚步,一迟疑间,邵朗逸已拿过了她的行李转手递给孙熙平,"上车。"

顾婉凝一路上静默无言,邵朗逸也不多话,只吩咐了去火车站。

孙熙平从后视镜里瞄了几眼,心道:瞧这架势十有八九是跟总长大人吵架了。女人嘛,免不了撒娇使性子,他嫂子都四十靠边儿的人了,一言不和跟他哥哥闹起来还要扯着孩子回娘家呢!可他们就这么把人送走,总得跟栖霞的人打声招呼吧?回头看了看邵朗逸,刚要开口,邵朗逸已然轻轻摇了摇头。孙熙平只好把话咽了回去,转念一想又有点儿幸灾乐祸,郭茂兰这班人未免也太大意了些,回头找不到人,有他们着急的时候。等车子停稳,邵朗逸便吩咐他:"去给顾小姐买一张到燕平的车票。"口吻轻淡,眼神却别有意味。

孙熙平心领神会,暗自一笑,利落地答了声"是",在售票处附近逛了一会儿,就一脸无可奈何地转了回来:"三公子,到燕平的车票卖完了。"

"什么票都没了?"

孙熙平极笃定地点头:"连三等车厢的票都没了。"

邵朗逸皱了皱眉,对顾婉凝道:"这可不巧了。你明天再走行吗?"

顾婉凝从栖霞出来,心思纷乱,根本来不及想要到哪儿去,方才被邵朗逸追问了两句,才说要去燕平,此时听他这样一说,下意识地点了点头:"……嗯。"

邵朗逸笑道:"那我先送你回栖霞?"

顾婉凝听到"栖霞"两个字,悚然一惊:"不,我不回去。"

"那——你要去哪儿?回家?"

她要去哪儿?

她迷茫地看着邵朗逸,他问她要去哪儿?回家?她很久以前就没有家了，可他说，之子于归，她和他在一起，才算是回家了。可他又说，我不要你了。

她是要走的，可是就为了那样一件事，他就不要她了？之子于归，是要淑慎其身，才能宜其室家呢。她已经没有家了，那她要去哪儿呢？

邵朗逸见她茫然不语，温言笑道："你和浩霆闹什么别扭了？"

却见顾婉凝眼中的迷茫无措渐渐凝成了绝望："我们分手了。"

邵朗逸心事一沉，直觉事情比他先前想的还要坏，故作戏谑地说道："你是气他以前在燕平的时候——喜欢楚横波的戏吗？"

"是吗？"顾婉凝的声音一片沉静，"他喜欢的人太多了，我不知道。"说罢，唇边仓促地勾出一个毫无笑意的"微笑"，"今天的事麻烦邵公子了，多谢。"不等邵朗逸答话，便推开车门径自下了车。

邵朗逸也跟了下来："你要去哪儿？我送你。这么晚了，你一个女孩子……"

"我以前也常常一个人出门的。"顾婉凝说着已绕到车尾，只等着他们开后备厢。

"好。那你跟我说你要去哪儿。"

顾婉凝皱了皱眉："我去酒店。"

"哪个酒店？国际饭店？德宝？"他问得漫不经心，这态度却让顾婉凝忽然有些莫名地恼怒："我的事就不麻烦邵公子费心了。"

邵朗逸仍是一副漫不经心的神态："没关系，我不怕麻烦。"

顾婉凝抿着唇盯了他一眼，转身便走，邵朗逸赶上一步伸臂在她身前一拦，"你不要行李，哪来的钱住酒店？"

婉凝深吸了口气，尽力让自己更平静一点："我和他分手了，我要怎么样都和你没关系，你明白吗？"

邵朗逸微一颔首表示赞同，却并没有其他的反应。

"我的事情你不要管了，行吗？"

邵朗逸仿佛是思索了一下，随即低低一笑："不行。"

"你……我和他分手了，你懂不懂？"婉凝的声音不由自主地一高，整个人都随着声音颤抖起来，"……分手，你懂不懂？我和他分手了！"她猛然一推邵朗逸，眼泪已夺眶而出，"他不要我了……你懂不懂？"

邵朗逸刚要开口，便见她眸光一散，身子晃了晃就软了下去，"婉凝！"邵朗逸顺势揽住她，蹙着眉在她颈间一试，赶紧解散了她领口的纽子，安置在车里，"去医院。"

孙熙平见状忍不住暗自咋舌，虽说女人失了恋是要发疯，可这女孩子气性也太大了吧？分手？她倒是想！要真那么容易，当初三公子还用得着那么处心积虑地把她哄到锦西去？虞总长多半也是被她气昏了头，这会儿一准儿已经叫人在找了。刚才他们就不该听她的话来什么车站，直接送回栖霞去就完了，三公子就总爱管她的闲事。这么想着，又从后视镜里看了看邵朗逸，见他把顾婉凝的头扶在一侧，神色是一贯的淡泊平静，唯有铺在她身上的目光——忧悒抑或温柔？那目光里夹杂的情绪太淡，他说不清。

邵朗逸此时也有些意外，他今日一见顾婉凝，就察觉她神色恍惚情思压抑，几番探问原是有意激她，却不想她眼泪一落，人竟晕了。他不要她了。怎么会？浩霆这次带她回来，连霍家都"打点"好了，他真想不出还有什么事，能让他不要她？

最近的医院在颐清路，是恩礼堂的教会医院，邵朗逸的车子一到，径自从后门开了进去。

"她没什么事吧？"

替顾婉凝检查的大夫闻言摘了口罩，肃然看着邵朗逸："她是你什么人？"

"怎么了？"邵朗逸见他这样一副神情，不由心弦一重，之前他听说虞浩霆在廲山陪顾婉凝养病的事，只道是春宵苦短日高起，从此君王不早朝……难道她真的是病了？

那大夫又打量了他一遍："看来——还是个要紧的人。"说话间，一个护士敲门进来："颜医生，化验单。"

那姓颜的大夫接过来一看便皱了眉，沉沉一叹，在邵朗逸肩上轻轻拍了两下："恐怕……"邵朗逸面上倏然变色，那大夫却是破颜一笑，"恐怕你得想想怎么跟嫂夫人交代了。"

那大夫犹自在笑，邵朗逸的神色却并没有放松下来："光亚，你是说……"

"我看你从前的功课都还给教授了。"

这叫颜光亚的大夫，是邵朗逸昔年在医学院的同窗，邵朗逸一早退学，他却读过博士又在英国实习，直到去年才回国执业，"五周多了，你一点儿都没看出来啊？还是……夫人看得紧，你也难得见人家一面？"

邵朗逸此刻却无心和他玩笑，他总觉得哪里不对，又找不到症结所在。病了？分手？孩子？他隐约觉得有什么东西他一直都忽略了，此刻极力想要抓在手里，却又一无所得。

"她晕倒是因为贫血，胎儿现在不太稳定，要小心调养些日子。"颜光亚交代了医嘱，又促狭笑道，"上一次你的喜酒我没喝到，这回你得补请我一次吧？"

只听邵朗逸沉声道："光亚，这件事你不要告诉其他人。"

颜光亚闻言，同情地看了一眼闭目未醒的顾婉凝："我是大夫，当然有责任保护病人的隐私。"说着，双手一摊，"这么漂亮的小姐,还有了孩子,你都不打算负责任吗?"

这个情形确实容易叫人误会,邵朗逸也不愿多做解释,只道:"事情不是你想的那样。"

颜光亚耸了耸肩:"Anyway,你说了算。不过,我也有个条件——你知道,我们教会医院收了不少没钱付医药费的病人,经常都需要你这样的善心人士慷慨解囊……"

"光亚,你这哪像个大夫?"

颜光亚敛了笑意,轻声道:"你比我像大夫,可你却不医人。"

邵朗逸自失地一笑:"明天我叫人送张支票过来。"

顾婉凝一有知觉就闻到了医院里特有的消毒药水味道,她睁开眼,意料之中地看见了雪白的窗帘和邵朗逸:"麻烦你了。"

邵朗逸把药盒和杯子递到她面前:"橙汁和补铁剂,大夫说你贫血。"

婉凝依言吃了药,把杯子递还给他,又摘了自己的一对碧玺耳坠、钻石手钏,连颈间的珠链都取下来搁在了床头的矮柜上:"还要麻烦邵公子借我一点钱。"她一醒来又这样平静,邵朗逸心上微微一刺,她从栖霞出来得这样仓促,他就这样由着她走?

"你有孩子了,浩霆知道吗?"

顾婉凝身子一僵,下意识地掩住了自己的嘴唇,邵朗逸见她面露惊诧,下面的话就不必问了,"你自己都不知道,他一定也不知道了。我叫他过来。"说着,便起身去打电话,不料顾婉凝突然拉住了他:"不要!"

邵朗逸慢慢推开她的手:"这件事必须让他知道。"

"不……"婉凝攥紧了他的手臂,语气十分坚决。倘若她不爱他,或许她还可以去向他恳求一点怜悯,可是她爱他,她便不能再去面对一个厌弃她的爱人，然而一个突如其来的孩子却会让一出悲剧变作闹剧……她预料得出他会如何"处置"她，寂寞空庭，金屋锁梦，她成了他食之无味、弃之不能的旧玩偶，抑或是一道叫他困扰难堪的旧伤疤。她宁愿永远都不再见他，也不愿意让他们彼此憎恨：

"不要。"

邵朗逸不愿让她情绪过激，只好坐了下来："婉凝，就算你们分手了，这样的事，你也不能瞒着他。况且……"

"况且我有了孩子，他就不会不要我了，是吗？"她讥诮地笑，"你是他哥哥，自然事事为他打算。你要告诉他，我也没有办法。可是他已经不要我了。他会怎么办，你知道，我也知道。那我只能……"她用力抿了抿唇，"不要这个孩子。"

邵朗逸眉心一紧："你们到底出了什么事？"

他们到底出了什么事？她不知道该怎么说，可是没有这件事，她就能和他在一起吗？她连自欺欺人都不能。为了这样一件事，他就不要她了，连一丝犹豫一分安慰也没有，或许是他这样的人，既然决定了结局，就不会再浪费无谓的情感……她总以为她能得到的会比别人多一点，却没想到，她连像别人那样怨恨他负心的资格都没有。

终究，是她错。

她整个人都沉寂下来，低垂的眉睫，紧闭的双唇……每一分表情都让人觉得悲伤，那近乎绝望的悲伤叫他不能抵御："好，我不告诉他。那你打算怎么办？"

"我弟弟在纽约念书，我还有朋友在那边。"

邵朗逸却摇了摇头："你现在走不了。除非——你不要这个孩子。"

顾婉凝本能地向后一躲，眼中全是戒备："这是我的孩子。"

"我不是那个意思。"邵朗逸苦笑，在她心里，他居然是这样残忍冷漠的人,"你贫血是因为有孩子的缘故,这种事可大可小,得好好调养。而且,大夫说胎儿现在不稳定,你长途跋涉容易出事。你要是想要这个孩子,就先不要走。"

顾婉凝和他对视了一眼,彼此心照不宣:邵朗逸说的是事实,可要想把她留在江宁无声无息地生一个孩子不被虞浩霆知晓,几无可能。

既然不能瞒着他,那么,一早让他知道了又怎么样呢?邵朗逸心中忽然闪过一个念头,缓缓说道:"婉凝,我很认真地问你一件事——你和浩霆,要怎么样才能挽回?"

挽回?她这一生,还有什么是可以挽回的?除非南园的桃花不曾开过,除非她不是戴季晟的女儿,可即便如此,她和他也回不去了。是她辜负了他,却也终于让她知道,他和她,不过如此。当日在罐山,他说,合卺须用匏瓜盛酒,寓意夫妇结缡要同甘共苦,可他要她和他在一起,"只有甜,没有苦"。

原来,她和他,真的是只能有甜,不能有苦的。

开到荼蘼花事了,春深似海尽成灰。

她轻轻一笑,无限苍凉:"我和他,原本就不该在一起。"

"既然这样——"邵朗逸向前微一探身,十指交握撑住下颔,语气是一贯的云淡风轻,"不如你嫁给我吧。"

顾婉凝一怔:"你说什么?"

邵朗逸似乎并不觉得自己的话有什么可惊讶之处:"你不想再回栖霞,孩子就总要有个父亲。眼下在江宁,除了我,你觉得还有别人敢应承这件事吗?"他说得理所当然,顾婉凝唇间只磨出了一个词:"荒谬。"

邵朗逸赞同地点了点头:"是荒谬。"下巴朝她方才搁下的首饰偏了偏,"虞总长的女朋友押首饰跟我借钱,不荒谬吗?你有了孩子

_241

不告诉他，不荒谬吗？你在他眼皮子底下，被李敬尧绑到广宁去，不荒谬吗？我跟你说参谋总长重伤危殆你也肯信，不荒谬吗？"他看着顾婉凝越来越苍白的脸色，话锋一转，"一件原本就荒谬的事，找个荒谬的法子来解决，才相得益彰。"

"可是……"她觉得他说得似乎有道理，可事情又太过叫人惊骇，她本能地去排斥他的话，然而邵朗逸接下来的一句话却击散了那些纷杂的念头："等孩子生下来，我送你走。你想去哪儿都行。"

她迟疑地看了他许久，眼里仍有戒备："你为什么要帮我这个忙？"

邵朗逸的笑容仿佛有些倦："我不是帮你。你忘了，说起来，这孩子该叫我一声伯父的。"

捌

赠佩
他一路走来,千回百转都是徒劳

"三公子，栖霞的人说总长约了人，晚上在枫丹白露吃饭。"昨晚邵朗逸把顾婉凝送到了冷湖，孙熙平就觉得他们该跟栖霞打个招呼。不过，栖霞那边还真是淡定，人都丢了快一天一夜了，他们也不急着找。

"约的什么人？"

"是总长下午在参谋部约的，他们也不知道。"

"待会儿咱们去扰四少一席。"邵朗逸牵了牵唇角。枫丹白露？他兴致倒好。昨晚他留下顾婉凝又刻意隐瞒消息，栖霞居然一点动静都没有，他真就由着她这样走了？那么，他倒有一点兴趣，看看这个时候他会有心情跟什么人切牛排。

真正在枫丹白露的餐厅并没有包间，但西菜搬到中国少不了入乡随俗。紫罗兰的丝绒窗帘结着密滑的金色流苏，烛枝形的水晶吊灯柔光熠熠，高低错落的细颈玻璃花瓶里插了应季的鸢尾，像一群紫蝴蝶盈盈落在桌面……枫丹白露的布置一向都很浪漫，一男一女约在这样的地方吃饭通常也很浪漫，只可惜，他的语调和表情都不怎么浪漫：

"庭萱，我还是想请你帮我一个忙。"

霍庭萱端然微笑："不会是你和顾小姐定了婚期，请我去做女傧相吧？我可没有那么大方。"

"没有。"虞浩霆面无表情地啜了口酒，"我是想请你带一句话给仲祺，这些年，我一直把他当弟弟，以前是，以后也是。如果将来有必要，也麻烦你把我的意思转告给霍伯伯。"

霍庭萱心中疑惑，面上却丝毫不露："怎么？他闯祸了？"

虞浩霆摇了摇头，一条一条切开面前的牛排，手上的动作很慢，语速却有些快："有件事我不知道霍伯伯有没有告诉你：仲祺喜欢了一个女孩子，你们家里不同意。"

霍庭萱闻言，莞尔一笑："你也知道，我们家里的规矩不许纳妾。他那些女朋友……别说我父亲，就是母亲那么疼他，也不会由着他胡闹。"她正说着，忽然听见虞浩霆手里的餐刀不小心在盘底磕出一声脆响。

"庭萱，我知道你们霍家规矩大，不过——"虞浩霆顿了顿，语意愈发沉缓，"前年小霍在沈州的时候，我去看他。他说，他这辈子最想要的，就是得一心人，白首不离。你们霍家的家事，外人不便多说，所以我想，将来……你能帮他劝一劝霍伯伯。"

他这一番话，让霍庭萱更加迷惑起来。如果仲祺真的喜欢了什么人父亲不肯答应，那以他的性子，早就在家里闹起来了，更少不了撒娇耍赖扯上自己当说客，哪还用得着绕这样的弯子让虞浩霆来传话？然而虞浩霆这样郑重其事，必然是话有所指。她一时想不周全，遂笑着试探道："他自己怎么不来跟我说？我这次回来，看他和致娆处得倒好，母亲也有这个意思。你没看出来啊？"

虞浩霆没有接她的话，只是漠然摇了摇头。霍家当然属意致娆，若是没有他们的事，小霍拗着性子闹一闹，或许还能求得霍万林成全，可是如今，什么都毁了，无论如何，霍家也不会让仲祺跟她在一起。他不知道她要怎么办，可是从今以后，她的事已经不由他来决定了，他毁了她幸福的可能，却无从弥补。他能为她做的，大概也只有这些了。

霍庭萱察觉出他的冷漠，面上的笑容却没有丝毫改变："对了，我也想请你帮我个忙。"

"什么事？"

"下个周末在国际饭店有一场慈善义卖，捐助的是之前北地战乱的流民遗孤。所以，我想请虞总长届时能赏光——你要是有空，带顾小姐一起来吧。"

虞浩霆面上的神情有一瞬间的紧绷："你叫人拿份请柬过来，我让唐骧去。应付传媒记者，他在行。"

"你这么忙啊？"霍庭萱话音未落，外面忽然有人敲门："总长，邵司令找。"

"昨天我路上有点事情耽搁了，想着今晚约你的。没想到——"邵朗逸施施然走进来，闲闲笑着打量了一眼，"你佳人有约。"

霍庭萱见邵朗逸找到这里，思忖他多半是有要事，未必方便当着自己的面说，便嫣然一笑："你们聊，我去打个电话。"

虞浩霆也搁了手里的刀叉："有事？"

邵朗逸拎起醒酒器给自己倒了杯酒，在手里轻轻晃着："浩霆……"一言未尽，突然自嘲地笑了笑，"没事，我就是无聊，想找人喝酒。"虞浩霆闻言，端起手边的杯子朝邵朗逸一示意，抬手便喝空了。

邵朗逸慢慢品了口酒，眼波缥缈如晨雾中的江面："你跟庭萱聊什么？"

"她说下个周末国际饭店有个慈善义卖，你要是有空，不妨去买点东西。"

邵朗逸端详着他,仿佛两人久未见面。昨晚顾婉凝苍白的睡颜在他脑海中一闪而过,他只觉得讽刺。太上忘情,他总以为自己最洒脱,却原来,他才是永结无情契的那一个。他想起那天,她到警备司令部来找他,一双剪水明眸里有出乎他意料的决绝和无助:"你要是骗我……"

他现在才知道,他错得这么离谱。他们从小一起长大,他明明一早就知道,他从来都是最懂得取舍得失的那一个,他却亲手把她推到了这样绝望的境地,他一早就该知道的:"浩霆,我现在忽然有点儿佩服你。"

虞浩霆静静一笑,那笑容里没有欢欣,也看不出其他任何一种情绪:"是吗?我现在——也有点儿佩服我自己。"

栖霞官邸一夜之间沉静了许多,顾婉凝消失得太突然,各种版本的故事一个比一个绘声绘色:比如虞四少和春台社的楚老板藕断丝连,被顾婉凝撞见,醋海生波闹翻了;又比如虞夫人看不惯这位顾小姐张扬轻佻,虞四少拗不过母亲,只好暂且金屋藏娇。只是传闻种种,皆是法不传六耳地隐秘流转——有了第一次的前车之鉴,谁也保不准这女孩子还会不会再回来。

消息传到霍家,霍夫人意味深长地看了一眼女儿,霍庭萱却察觉父亲似乎有一瞬间的沉郁。

霍万林看了看一旁的座钟:"打电话去悦庐,叫仲祺回来吃饭。"

不想一会儿下人过来回话,说公子这几天都不在悦庐,留话说去了渭州公干。

霍家母女闻言俱是一怔,渭州是陇北军政长官公署所在,虽属重镇,却远在边陲,怎么会有人派霍仲祺到那儿去公干?这一来一回,少说也要半个多月，他竟也不和家里打声招呼。母女二人都有些不解，霍万林却不置一辞起身往书房去了。

父亲的若无其事更让霍庭萱觉得异样。她想起那一日虞浩霆的语焉不详，心弦隐约触到了什么，却不愿去想，微一迟疑，对霍夫人道："母亲，我有件事想问您。"

康雅婕还没动身回江宁就听说了顾婉凝的事，纵然她不怎么喜欢这女孩子，却也有点儿替她可惜。虞浩霆那样的人，是难相处，想到这个，自己倒有几分庆幸。只是她和邵朗逸似乎也太顺遂了些，总叫人觉得欠了那么一点点——一点点荡气回肠？不必多，只要一点就好。列车慢慢减速，她看了看在保姆怀里睡得香甜的女儿，缱绻一笑，所谓人心不足，大抵就是如此吧。

康雅婕换过衣裳出来，见邵朗逸一个人坐在起居室里喝茶，轻甜一笑："你这些日子一个人在江宁，都干什么了？"

邵朗逸垂眸笑道："一个人无聊，当然是要找点乐子了。"

康雅婕眼波在他身上溜过："是吗？你找了什么乐子，也说给我听听？"

邵朗逸起身放下茶盏，一直走到她身前："我要纳妾。"

康雅婕怔了怔，旋即无所谓地笑道："好啊。是那个到现在还没嫁人的徐家二小姐，还是江宁又出了哪个风情万种的交际花？"

"既然你也同意，那我就叫人派帖子去了。"邵朗逸一边说一边转身往外走，"日子定在二十六号，事情我都交代下去了，就不用你操心了。"

康雅婕脸色一变："你什么意思？"

邵朗逸慢慢退了两步，回过头来："是我有什么没说明白吗？"

康雅婕盯了他一眼："你说真的？"

邵朗逸淡笑着点了点头，康雅婕的容色已经全然冷了下来："不可能！"

"我要纳妾你不同意，是吧？"

康雅婕偏着脸一声冷笑代替了答案，邵朗逸面上倒一丝愠色也无，唇边甚至还浮了浅浅的笑纹："好，那我娶平妻。现在叫人改帖子也来得及。"

他想起之前顾婉凝听他解释中国人复杂的婚姻关系，末了，冒出一句："我觉得你还是纳妾比较好，反正明年我就走了。这样的事我听说过好几次，但是没有听说过谁家的夫人突然不见的。那还要离婚，又麻烦。而且，邵夫人会更生气的。"她和他说话的神态，像是在讨论一笔全然事不关己的生意，理智得让人不安。他忆起初见她的那一天，她一言不合就冷了脸色离席而去，转回头又在他臂弯里那样的温存柔婉。和衣睡倒人怀，娇痴不怕人猜。他忽然觉得担心，那样无忧无虑的娇纵明媚，是不是再也不会有了？

"邵朗逸！"康雅婕想要尽力压抑的怒气一迸而出，"你发什么疯？"

"我们邵家这样的门第，这种事也不算很奇怪吧？"邵朗逸的指尖在身畔一瓶青花凤尾尊的沿口摩挲着转了两圈，无所谓地笑道，"难道康帅昔日——没有内宠吗？"

"你？！"

康雅婕胸口起伏，显是愠怒至极，一时间却想不出用什么话来答他。以邵朗逸的家世身份，纳妾这种事确实没什么大不了。然而眼下国内西化得厉害，许多自恃开风气之先的士绅名流都力主文明结婚，一夫一妻；当然，趁这个风气换掉那些上不得台面的原配也是常事，可她康雅婕不是那些目不识丁的小脚村妇！况且，她和邵朗逸成婚至今，一直都是琴瑟相谐，人人艳羡。邵朗逸今日忽然说要纳妾，此时

_249

此刻于她而言，比伤心更猛烈的感受却是羞辱。

康雅婕沉了沉心绪，口吻更加斩钉截铁："不可能。"

"这样啊……"

邵朗逸沉吟着在沙发上坐下，交握在身前的手指互相绕了绕圈，"你是要跟我离婚吗？那我们叫律师谈吧。你有什么条件都可以提，你以后再嫁我也绝不干涉。不过，你要是再嫁的话，蓁蓁必须送回邵家——我的女儿不能在别人家里受委屈。"康雅婕难以置信地看着他，邵朗逸这样风轻云淡地娓娓而言，和当日他们在隆关驿猎场初见时的神态一般无二，却让她无论如何也不能相信眼前的人就是当日那个温柔倜傥的少年将军。

她脸孔涨红，拼力要把涌上眼底的泪水逼回去。

邵朗逸看了看她，突然以指掩唇轻轻一笑，径自走到她面前，揽住康雅婕的腰，往自己怀里一箍："怎么不说话了？舍不得我？傻瓜，我逗你的。"

康雅婕正待推他，听了这话手上的动作却停了，狐疑地看着他，语气生冷："你逗我什么？你没有要纳妾？"

邵朗逸笑道："不不不，我要纳妾是真的，我说离婚是逗你的。不过，你要真舍得我，那我除了伤心，也没有别的办法。"

"邵朗逸，你……你休想！"康雅婕在他胸前用力一推，却被他箍住了："嘘……叫底下人听见，伤了邵夫人的面子。雅婕，你又聪明又大方，何必学那些醋坛子老婆呢？乖，二十六号我在家里请客，你不愿意露面我绝不勉强。你从小在家里都是自己一个人，怪没意思的。如今多个妹妹，也是好事。你说呢？"

康雅婕气得浑身发抖："好事？你愿意蓁蓁将来也碰上这样的'好事'？"

邵朗逸的语气愈发温柔起来："这你放心，我绝不会拿咱们的女儿去跟人做交易。"他贴在康雅婕耳边说完,缓缓松开了她。这样狠辣的话从他口中说出来,却宛如甜言蜜语。

康雅婕惊愕地摇了摇头,胸中的怒意再也压抑不住,抓起手边的一个茶盏就朝他砸了过去,邵朗逸身子一侧堪堪避过了,她顺手就去拿他方才抚过的那只凤尾尊。

邵朗逸忙道:"慢着!"抬手指了指博古架上的一只珐琅花卉三喜梅瓶,"这房里的东西你随便砸,但这个要给我留下。"

不等他说完,康雅婕已抄过那珐琅梅瓶用力掼在地上,砸了个粉碎。然而就在她转身的工夫,邵朗逸已把那只青花凤尾尊拎在了手里,一边往门外走一边招呼:"我不打扰了,你继续。"

孙熙平揣度着邵朗逸去跟康雅婕商量这么一件事,还不知道要闹到什么时候。

这些天,他凡进参谋部都时时捏着一把汗,总觉得郭茂兰那些人看他的眼神不大对。他不是刚从军校毕业的毛头小子,心里存不住事情,可这件事实在是太过耸人听闻!三公子要娶顾小姐?打死他都不能相信,可顾婉凝就这么活生生地住在了冷湖,三公子连喜帖都备下了。他真不敢想这帖子送到总长大人手里会是怎么个情形,可这要命的事十有八九还得落到他头上。

不过话说回来,三公子这两年也没少替这女孩子操心,说不定早就有那么点儿意思了。要他说,既然喜欢,早先这女孩子在燕平的时候,就该给她弄过来。如今她跟虞四少闹翻了,那三公子收了人也不过分,可是这么大张旗鼓地娶回来而不是金屋藏娇,这样的消息传出去,江宁城还不炸了锅?三公子和总长总归是兄弟,这个好像……好像是不太好。可转念一想,管他呢!有句话怎么说来着?唯大英雄能本色,是真名士自风流。三公子还用得着在意他们?

他正乱七八糟地琢磨着,就见邵朗逸拎着个青花凤尾尊一派从容地从楼上下来。

这么快?孙熙平连忙赶上前去:"三公子,夫人……"

邵朗逸转着手里的凤尾尊,心道这东西是不能在家里放了,只要被康雅婕看见,必然难逃一碎,当下往孙熙平手里一撂:"去泠湖。"

孙熙平小心捧好,吐着舌头笑道:"这是送给顾小姐的吗?"

邵朗逸瞟了他一眼:"之前订的钢琴送过去了吗?"

"今天一早已经送过去了。"

邵朗逸点了点头:"明天我就叫人派喜帖,参谋部和陆军部的人你去送。先送给虞总长。"

孙熙平闻言脚下一绊,差点跌了手里的凤尾尊。

康雅婕死死盯着地上四分五裂的瑰丽瓷片,仿佛一场美梦骤然碎裂开来。她仔细去回想邵朗逸的神态言语,依然不知道,他究竟哪一句是真哪一句是假。

"我绝不会拿咱们的女儿去跟人做交易。"

她不相信,在他眼里,她和他就只是一桩交易。他写给她的卡片,一张一张都还收在她的妆台里。两年多的朝夕相处,他对她从来都是百依百顺,温柔有加。她不相信,会有人这样做交易。

男人,不过是喜新厌旧的通病罢了。也不知道哪儿冒出来的狐媚子就让他这样不管不顾?她这时才猛然想起,她居然没有问他要娶的是什么人,康雅婕咬牙,她不配让她问。

蓼花渚建在湖中,只用一脉长廊沟通湖岸,此时四周的红蓼未开,翠叶丛中唯有深紫粉白的燕子花临水摇曳。邵朗逸一走近,便听见了琴声。他一路过来，示意丫头们噤声，待琴声停了，才走到婉凝身边："你喜欢德彪西？"

"嗯。"顾婉凝翻着谱子点了点头，"你呢？"

"我喜欢巴赫。"

顾婉凝闻言，在琴上按了几个小节："巴赫我弹得不好。我学琴的时候，老师说，巴赫是个哲学家，他写的曲子最有逻辑。能听巴赫的人，听得懂上帝的语言。"

邵朗逸静了片刻，轻声问道："这琴还好吗？"

"很好。谢谢你。"

邵朗逸淡淡一笑："你要是想谢我，可以练一练巴赫，弹给我听。"

婉凝唇角露出了一点笑容，转眼间又隐没了："邵夫人……很不高兴吧？"

"还好。"

"怎么会？"婉凝抬起头看着邵朗逸，"你告诉她吧。要不然，她一定会难过的。"

邵朗逸笑道："总要让邵夫人吃点儿醋，发点儿脾气，戏才做得像。"他声音低了低，"明天我叫人去派喜帖。你要是改了主意，随时告诉我。"

顾婉凝眸光一黯，慢慢合了琴："以后——我再跟邵夫人说抱歉吧。"她对康雅婕虽有歉意，但却抱歉得有限，他们的世界金粉琳琅自有游戏规则，人人都是如此，她和他们分属截然不同的两个世界，她撞进来的时候就知道。

"总长，陇北军政长官公署，刘长官的电话。"郭茂兰这些天事事谨慎，哪怕是公务也都要尽量问清楚了，才斟酌着汇报给虞浩霆，然而刘庆贤却含糊其辞，只说有要事要亲自向虞浩霆交代。

电话接进来，虞浩霆只听了一句，脸色就变了："他在渭州？"

"没有，在二十二师。所以稷林才想跟您请示，还是把霍公子调回江宁吧。"刘庆贤在那边赔着笑说道，"或者就让他在渭州，我们也是为他的安全……"

昨天二十二师的师长宋稷林给他打电话的时候已经是哀求的口吻。冷不丁跑来这么一个公子哥儿，原本还以为是虞浩霆叫他来督促剿匪兼混资历的，宋稷林也没放在心上，只想着伺候好这位少爷了事。

谁知这年轻人也不晓得是少不更事，还是图个新鲜刺激，从宋稷林手里弄了一张"督查剿匪事宜，着所部提供必须之便利"的手信，趁他没留神，不声不响溜到泾原，忽悠着当地驻防的营长剿匪去了。

宋稷林一听这个消息就是一身冷汗，土匪不是正规军，行踪飘忽，手段毒辣，暗地里放冷枪的事是家常便饭，万一霍仲祺有什么闪失，他以后就别想有好日子过了。

刘庆贤一听，也颇为吃惊，霍院长的公子到了陇北，他居然丁点儿消息都没有，一面叮嘱宋稷林马上把人找到，护送到渭州；一面跟参谋部的老友探听消息——难道是总长别有安排？不料，被问到的人都茫然不知，他只好叫来宋稷林，两人直接跟虞浩霆请示。

虞浩霆径直打断了他："宋稷林在吗？叫他接电话。"

"总长。"虽然隔着电话，宋稷林还是习惯性地一边挺身立正，一边答话。

"他现在在你那儿？"

宋稷林微微一怔，这不是您派来的人吗？当下心里一虚，却也不敢瞒他："霍参谋现在可能在泾原。"

"可能？"

宋稷林听他语气不善，更是心虚："霍参谋跟着泾源驻军在追击呼兰山的土匪，现在……"

还没说完，只听电话那头虞浩霆已厉声问道："谁让他去的？他有调令吗？"

宋稷林闻言，握着电话的手一抖："……霍公子说，调令丢了，回头让参谋部补。"

"调令丢了"这种事搁在别人身上自然是匪夷所思，但霍仲祺轻描淡写满不在乎地说出来，人人都觉得倜傥不羁如霍公子，这样的事情是能做得出来的。况且，要不是总长发话，这么金尊玉贵的一个公子哥儿跑到他们这边陲苦地来干吗？

虞浩霆闻言直想把电话摔出去，也懒得再跟他废话，一转念间，声音低了下来："他是一个人吗？"

宋稷林一愣："您还派了别人过来？"

只听那边一时没了声音，静了片刻，才复又问道："他……有没有带家眷？"

宋稷林仔细想了想，道："应该是没有。"

没有？是应该没有。就算在陇北，他也不会把她带到泾源去，更不会丢下她跟着宋稷林的人去剿匪。是霍家不肯吗？那小霍是想干什么？

虞浩霆心头一凛："你让他马上回江宁。"

宋稷林这次答得极其干脆："是。"

虞浩霆放下电话，心绪纷杂，竟是一处也不敢深思，要是她没有和小霍在一起，那她在哪儿？倘若霍家容不下她，难道……不会，他们不至于。那她在哪儿？她一个人能到哪儿去？霍家……不会，他们不敢。他只觉得胸腔里闷得厉害，瞥了一眼蹲在门边的Syne，去解风纪扣的右手竟有些抖："茂兰！"

_ 255

郭茂兰应声进来:"总长。"

"婉凝现在在哪儿你知不知道?"郭茂兰一听,心里就暗叫一声"不好"。当日他犹豫再三,又问了卫朔,卫朔冷着脸一句"算了",他才没叫人跟着顾婉凝。然而这些日子虞浩霆整天都在参谋部跟Syne混在一起,就叫他比较忐忑了。好在这些天下来都平安无事,他刚想着松一口气,虞浩霆这一问顿时让他追悔莫名,碰上顾小姐的事,总长从来就没个准儿啊。

郭茂兰只好神色尴尬地摇了摇头。

"去找!马上。"

"是。"郭茂兰答了话却并没有马上走,他们要找个人不过是手边的事,不过,有些事还是问清楚一点比较好,"总长,找到顾小姐以后……"

找到她以后?他方才脱口而出念着她的名字,就觉得喉头发紧。找到她以后……以后怎么办?

虞浩霆眉心一跳,低声道:"找到了,就来告诉我。"

郭茂兰深刻自省着从虞浩霆的办公室里出来,冷不防有人在他肩上用力一拍:"怎么回事啊?"

郭茂兰回头苦笑道:"你回来得正好。总长说,马上去找顾小姐。"

叶铮听了一乐:"嗨!我就说嘛,哪可能啊?"

郭茂兰寻思着顾婉凝无非就是回家或者去学校,当即就叫人去找,不想到了中午,两边的回话都是不在,连梁曼琳家也没有。这一下,郭茂兰和叶铮都有点意外,她还能去哪儿呢?

叶铮想了想,忽然眼神一亮:"哎,你说顾小姐不会去找她弟弟了吧?"

郭茂兰也不答话,立刻就叫海关的人去查,只是华亭、徐沽、青琅各地港口近期的出埠记录并未汇总，分别去查就得等下午才有消息了。一圈电话打下来，坐在他桌边的叶铮忍不住嘟哝了一句："这到底闹的哪一出啊？"

郭茂兰叹了口气，却没话答他，他几番前思后想也想不出症结所在，去邺南的时候还好好的，听说顾小姐生病，他们还特意提前回来，虽说顾婉凝病中难免情思悒悒，可两个人也没怎么样啊？怎么刚从罐山回来两天，一下子就闹翻了呢？

叶铮鼓了鼓腮帮："四少还说你沉稳明练呢……你怎么也跟我似的？"

郭茂兰正无言以对，便听见有人在门口轻敲了两声："都闲着呢？"

叶铮一眼瞟过去，懒懒应了一句："忙着呢！"

郭茂兰站起身来，正色道："邵司令有事？"

孙熙平笑嘻嘻地晃了进来："你们忙什么呢？"

"找人。"叶铮一边说，一边从桌上下来，"对了，你哥让我跟你说，让你小子赶紧找个媳妇去！"

孙熙平"扑哧"笑了一声："我哥说，叫我千万记住叶铮那小子的教训，可别弄个母老虎回去！"说罢，也不等叶铮变脸，容色一正，"你们找什么人呢？"却见郭茂兰和叶铮都不作声。

通常情况下，这个意思就是你不该问，我也不会说；但孙熙平却像不明白似的，饶有兴味地追问道，"什么人？要紧吗？"

叶铮白了他一眼："当然是要紧的人。"

"是吗？"孙熙平在他二人面上来回扫了几遍，"这人要是公务，那我就不问了。不过要是四少的私事，兴许……"他装模作样地拖长了话音，"我能帮你们点儿忙。"

郭茂兰闻言盯了他一眼："你知道什么？"

孙熙平"嘿嘿"一笑："你们是要找顾小姐吗？"

他这样一说，叶铮顿时来了精神："人呢？快说！"

孙熙平却不着急："等我先办完我的事，再回来跟你们说。"

"你有什么事啊？"叶铮急道，"这就是我们的头等大事！"

"二十六号我们邵公馆请客，我来给总长送份请柬。"孙熙平说着，从公文包里拿出一折曙红底色素金勾边的请柬，封面上一应纹样图案皆无，唯有两个典丽圆匀的篆字十分古雅。

叶铮一见，满脸的不耐烦："这算什么事啊？你跟我说顾小姐在哪儿，我替你去送。"

孙熙平犹豫了一下，把那请柬往他面前一递："那你先帮我送去，我再跟你们说。"

"你这人真烦！"叶铮又白了他一眼，接过来掉头就走，一直没插话的郭茂兰忽然道："叶铮你等等。"

叶铮闻言停了脚步，郭茂兰走上前去，从他手里拿过那请柬。孙熙平眼睁睁看着郭茂兰叫住叶铮，却也来不及再把那封请柬抢回去。郭茂兰翻开来看了一眼，立时就把那请柬拍在了孙熙平身畔："开什么玩笑？"郭茂兰的语气完全没有提问的意思，但即便他真的是在"虚心求教"，孙熙平也爱莫能助。

其实他也很想知道，怎么他们送顾婉凝去了趟医院，这女孩子转头就要嫁给三公子，就算是感激，好像也不用感激到这个……这个以身相许的程度吧？他咂了咂嘴，送给郭茂兰一个你问我我问谁的表情。

叶铮一脸问号地拿起那请柬翻了翻，眼珠子几乎要瞪出来一般盯在他脸上，皱了几次眉头都不知道要说什么，良久也冒出一句："……开什么玩笑？"

"邵司令的请柬是单送给总长的，还是也请别人？"郭茂兰一问,孙熙平立刻从公文包里抽出一沓同样的请柬递到他面前,郭茂兰翻了一遍,脸色更沉,自言自语道,"人还挺全。"

孙熙平稍嫌夸张地吁了口气:"喏,我不是来开玩笑的。"刚才有点不在状态的叶铮忽然默默走到门口,"啪嗒"一声锁了门,掉头回来伸手就搂住了孙熙平的肩膀,神态亲昵,口吻却异常凶恶:"说!怎么回事?"

孙熙平看着叶铮近在咫尺的亲昵又凶恶的脸孔,努力做出一副无辜的表情,犹犹豫豫地舔了舔嘴唇:"顾小姐说,她跟虞总长……跟总长分手了。"

叶铮立刻像被火苗燎着了一样:"她说分就分啊?!"继而对郭茂兰道,"到底怎么回事?"

郭茂兰阴着脸打量孙熙平,知道没有邵朗逸的吩咐,他不会跟他们说什么正经的,当下把那沓请柬往他手里一塞:"我们不耽误你了,你忙你的吧。"

叶铮心领神会地松开了孙熙平,还顺手给他整了整上装,拉开了自己刚才锁住的门,偏了偏下巴:"孙副官,您忙。"

孙熙平可怜兮兮地看着他俩:"茂兰,跟我一块儿过去吧。说不定一会儿总长找你有事。"

郭茂兰摇了摇头:"总长交代我们找人。"

孙熙平"悲壮"地咬了咬牙:"你们不用找了,顾小姐这几天一直在冷湖。"

郭茂兰和叶铮对视了一眼,后者迅速把孙熙平推出门外,又"啪嗒"一声锁了门。

"报告。"孙熙平的声音不太响,敲门之前,他至少琢磨了五分钟——进来的时候到底用什么表情比较好,后来还是决定最好的表情就是没有表情,"总长,邵司令让我来送份请柬给您。"双手捧出那个烫手的山芋,眼巴巴盼着虞浩霆看都不要看,点点头就让他走。

虞浩霆一直在等人回话,渭州的,或者郭茂兰的,听了孙熙平的话,随口问道:"什么事?"

孙熙平心里像被倒进去一篓活鱼:"二十六号我们司令在公馆请客。"话到此处,按惯例似乎应该挤个笑脸出来,可他不敢。

虞浩霆仿佛是察觉了他的纠结,翻开那请柬看了一眼,接着,翻请柬的手便倏然顿住了,径直扫过来的目光让孙熙平觉得脸上发疼:"什么意思?"

什么意思?孙熙平心道,还能有什么意思,真就是字面上的意思啊!可他能这么说么?他只能闭嘴。

虞浩霆慢慢站起身:"她人呢?"

"呃……"孙熙平低着头不敢看他,"顾小姐……在泠湖。"他话音未落,虞浩霆已抓起那请柬经过他身边,叫着卫朔走了出去。孙熙平愣了愣神,冲出来的时候,只看见虞浩霆的背影和听见响动正开门出来的郭茂兰。

他就在郭茂兰和叶铮的视线夹击间给泠湖挂了电话,电话那头,邵朗逸依旧是笑意淡倦:"知道了。"

孙熙平压低了声音问道:"三公子,那……请柬还送吗?"

"送。为什么不送?"

精心切开的芒果入口时绵润清甜,咬下去回味却是酸的,婉凝仿佛是在端详水果签上錾刻的花纹,长长的睫毛垂落下来:"不用了。我和他没有什么要说的。"她总是这样沉静,仿佛大多数情绪于她而言都是多余的,甚至连女子惯常的落寞和幽怨也没有。

_260

邵朗逸想起那年在绥江,月光下江岸边,那顾盼生辉满是笑意的一双眼,"月光光,秀才郎,骑白马,过莲塘……后来我们家里谁再念这个,就都得改成'长的拿来给姑娘'。"

"时过境迁"这样的词,细细想来,不啻一种残忍。他不知道那些曾经的娇恣明媚被她关在了哪里,如果不是亲见,他一定会以为她从来都是这样。"尔未看此花时,它便与尔心同归于寂;尔来看此花时,颜色则一时明白起来。"她是只能被他遇见的那朵花吗?离了他,那一瓣馨香就不肯再沁人心了。

虞浩霆的车一开进泠湖,就见邵朗逸的侍卫长汤剑声在边上敬礼,卫朔摇下车窗,汤剑声便回话道:"总长,三公子在蓼花渚。"

邵朗逸就站在湖畔的长廊里,目光只落在湖面上,一袭淡青长衫在繁密的柳影间亦如清枝标秀。

"她人呢?"虞浩霆慢慢踱到他身边,也望着湖面。

邵朗逸捻着近旁的柳条:"她不见你。"

虞浩霆皱了皱眉,语气里有一点烦躁:"我有话问她。"

邵朗逸仍是不紧不慢:"你问她什么?"

虞浩霆诧异地看了他一眼,他们的事他邵朗逸都知道,他怎么会是这样的态度:"她人呢?"

"她不想见你。"

虞浩霆从衣袋里掏出那张已经折乱了的请柬,捏到他面前:"什么意思?"

邵朗逸忽然笑了:"其实这几天我也一直在想:你娶不了的女人,我都帮你娶了,你要怎么谢我呢?"

虞浩霆薄如剑身的双唇几乎抿成了一道剑痕:"我不跟你开玩笑,我要见她。"

"她真的不想见你。她说,她和你没什么要说的了。"邵朗逸平静地看着他，终究在他眼里看到了一缕痛楚。

她和你没什么要说的了。

他知道。他知道她和他没什么要说的，从她问那句"你几时知道的"开始，她就没什么要和他说的了。可是，他还有话要跟她说。

这世上没有什么事是解决不了的。他总有法子。他欠她的，他会还给她。她可以不喜欢他，不要他……可她应该知道，他总有法子的，不管她想怎么样，他总有法子帮她。他要让她知道，哪怕她是要弃他而去，他也能成全她。

"朗逸，别闹了。"

别闹了。他以为他是做戏吗？他当然这么以为，邵朗逸唇角的笑纹如荡开的涟漪："浩霆，就你来的这会儿，我的请柬参谋部那边应该已经送完了。"

虞浩霆怔了怔："你说什么？"他看到那请柬的时候，便笃定是邵朗逸特意叫孙熙平来激他的，他不明白他们的事，她也不会对他说，他揣度是他负心薄幸罢了。可他这请柬若是另送了出去给别人，那是什么意思？

邵朗逸把手里的柳叶丢在了湖里："说实话，我都不知道你到这儿来干吗。你和她既然分开了，那男婚女嫁，还有什么相干呢？总不至于是因为——你觉得这件事折了你的面子吧？"

虞浩霆一把扯住拂到他身前的柳条，嘴角抽动了两下，盯在邵朗逸脸上的目光倔强得近乎执拗："她喜欢的人不是你！"

邵朗逸抛给他的眼神像是听到了一个不太好笑的笑话，只是为了客气礼节性地笑着点头："可能吧。可我也不大喜欢邵夫人呢。况且——她喜欢什么人，和你有关系吗？"

虞浩霆眸光一黯，脸色瞬间变得冷白，像被鞭子抽——不，更近似于挨了一记耳光，如果有人打过他的话。他一言不发地绕过邵朗逸,转身就往蓼花渚走,邵朗逸淡青的袖影在他身前一拦,"她不见你。"

邵朗逸一抬手,卫朔和汤剑声在湖岸上都本能地抖擞起来,随即又默契地移开了目光,一个去寻觅柳浪里的雀鸟,一个去调戏湖面上的水鸭。

虞浩霆鹰隼一样的目光扫过蓼花渚的每一扇窗子,像是在甄别哪一扇窗子遮住了他要找的人,接着,便推开了邵朗逸的手:"我要见她。"

邵朗逸放下手臂,在他身后缓缓说道:"浩霆,这是我家。"

虞浩霆闻言停下了脚步,标枪一样插在竹帘低垂的门前:"我要见她。"

"今天天不错。"邵朗逸不温不火地拍了拍他的肩,"我听说你在雪地里都能杵一夜,何况我这儿呢?好,我陪你。"

虞浩霆微微偏过脸,报以一个感激的"笑容"。

朋友,从来都是比敌人更危险的存在。只有朋友才知道,哪儿有你不能愈合的伤口;只有他才知道,刀划在哪里最让你觉得疼。

就在这时,眼前的湘妃帘一动,一个纤柔的身影闪了出来,白滟滟的脸庞映在初夏的阳光里,连一湖碧水都让人觉得浊。她颊边泛了淡淡的粉红,颧骨上一层轻轻柔柔的幼毛纤毫毕现,愈发让人心生疼惜。

她出现得太突然,就在他心上触痛的一失神间,她已经绕过了他。

接着,她的声音就在他身后响起,一如从前的温柔清甜:

"朗逸,你现在能走了吗?"

他霍然转身,却只看见一个娉婷的背影,正挽住邵朗逸的手臂。他只觉得眼前所见比他那一日在花园里听到的更荒诞,是她疯了,还是他自己疯了？

"婉凝！"他不知道要跟她说什么，只想快一点撕破这错乱的戏码。

她似乎是犹豫了一下，才回过头来，然而她看他的眼神却更让他绝望。

她看他的眼神，是空的。

只那一眼，一无所有的空。

她恨过他，怕过他，恼过他，气过他，或者也似是而非地……至少让他以为，爱过他，却从来没有给过他这样的眼神——比陌路更陌路。

那一无所有的眼神在咫尺之间筑起一壁屏障，他只能听见自己的回声。

他知道一定有什么错了，但他不明白究竟是哪里出了错。

他不知道她在想什么，是她疯了，还是他疯了？

他就这么看着她走出长廊，踏上湖岸，他就这么看着她走出他可以触到的时空。

她在想什么？

他宁愿她给他一个憎恶的眼神，她恨他。那么，她突然之间消散无踪的情意和眼前这一幕荒诞错位的戏码，可以算作是种报复，报复他毁了她幸福的可能。

可她没有，什么都没有。

抑或，这才是最彻底的报复？

让他知道，他一路走来，千回百转都是徒劳。

他不懂她，不懂朋友，不懂兄弟。

潮打空城寂寞回。

他以为他懂的，其实什么都不懂。

孙熙平的请柬送出去，邵公馆找邵夫人的电话就没停过，即便是傅子煜这样的人，也不敢来问邵朗逸，您请柬是不是写错了？只好让家里的女眷撑着胆子来问康雅婕。康雅婕只接了第一个电话，敷衍两句就撂了听筒；后面的电话不必接，也知道是同一件事。她抱着双臂坐在酒红色的天鹅绒沙发里，反倒没了那天的怒不可遏。

原来他藏在泠湖的人是她，他要娶她？康雅婕冷笑，怎么可能？且不说邵家和虞家的关系，单说顾婉凝，若她肯为人妾侍，为什么不嫁到虞家去？除非这里头另有缘故。时时响起的电话铃声并不让她觉得讨厌，邵朗逸不蠢，他敢把请柬送出去，就料到会有这样的结果。

那他是为了什么？虞浩霆又是为了什么？可不管是为了什么，他都不应该那样跟她说话。康雅婕想起那天邵朗逸的一番做派，仍然忍不住有些冒火。那么，他这场戏打算做到几分？

康雅婕本想等晚饭的时候跟邵朗逸问个明白，但邵朗逸并没有回家。顾婉凝从蓼花渚里出来，仿佛是和他约好了要去什么地方，挽在他臂弯里顺其自然地让他都略有些惊讶。然而，她一上车，立刻就尽可能地远离他，他明白，他并不比虞浩霆更值得她亲近，只不过在她看来，他比较没有威胁。

"你想去哪儿？"回答他的是意料之中的沉默，邵朗逸约略一想，吩咐道，"去云栖寺。"

云栖寺亦在栌峰，只是比乐岩寺更加偏深，华严宗的寺庙亦不如禅宗、净土宗的庙刹亲近凡尘，顶礼的香客既少，愈显静谧幽清。这里的住持是邵朗逸的棋友，他若有闲，隔上几个月就会到此小住几日。

婉凝从车上下来，正巧看见前头的苍石山路上蹲着一只灰扑扑的松鼠，傻愣愣地不知道怕人，倒像是在看热闹。她唇边绽了一点笑意，低声对邵朗逸道："你能不能帮我……"

"什么？"

"我……那天忘了带Syne出来，我想你能不能……"她话还没说完，邵朗逸已回头对那司机吩咐道："回去告诉孙熙平，抽空把顾小姐的狗接到泠湖去。"说罢，又含着笑意对婉凝道，"这时候我家里一定很吵，不如我们就在这儿待两天。"

顾婉凝点了点头，歉然道："邵公子一向是闲事不问的，这一次，给你添麻烦了。"

"没有，其实——这事也挺有意思的。不过，还是那句话，你要是改了主意，就告诉我。"

婉凝跟着他上了台阶，"那怎么行？你请柬都送出去了。"

邵朗逸一笑耸肩："那有什么不行？我就说名字写错了，再或者……"

"找个一样名字又愿意嫁给你的人吗？"

"哪用得着那么麻烦？"邵朗逸笑道，"叫我家里的丫头改个名字就是了。"

婉凝随口应道："那也要人家肯的。"

邵朗逸闻言停了脚步："我这么不讨人喜欢吗？"

婉凝见他面上的神情是少有的肃然，不由一笑："不是，我是说改名字。"

邵朗逸看了看她，拿出一副医生对病人的口吻来："你该多笑一笑，对孩子好。"

婉凝又点了点头，却不笑了，两人默然走了几步，邵朗逸忽然问道："婉凝，你跟浩霆究竟是为了什么事……你能不能告诉我？"却见顾婉凝迅速避开了他的目光，那神情似乎是被冒犯后的自卫：

"我不想说。"

"好，我不问了。"

邵公馆的请柬虽然并没有送到淳溪，但虞夫人还是很快就知道了请柬的内容。一时间她竟没有觉得欣然，虞浩霆在这女孩子身上花了那么多心思，要是真能放了手，倒是好事。可是让她嫁到邵家去，就不是什么风流韵事了，这两个人再胡闹，也不至于闹出这样的笑话。

虞夫人把电话拨到参谋部，虞浩霆一句"我不清楚，您还是问朗逸吧，他一向都比我能体贴您的心意"更叫她惊讶，这样说话的方式不属于她熟悉的儿子："你们赌的什么气？"

"请柬是他派的，您该问他。"

于是，邵朗逸刚在云栖寺待了两天，就被虞夫人的侍从请到了淳溪。落地明窗前的下午茶一丝不苟：黄瓜三明治、起司司空饼、蛋糕、水果塔……看上去就赏心悦目，更不用说飘着葡萄香气的红茶了。

落在邵朗逸身上的目光，有一种亲切的责备，二者的分量都拿捏得恰到好处，他脸上也只好浮出一个带了撒娇意味的尴尬笑容："姨母，这两天连累您这里也不得安静。"

虞夫人微微一笑："这回——也是你们商量好的？"见邵朗逸垂了眼眸不肯开口，虞夫人呷着茶笑道，"你们俩拿个女孩子赌的什么气？"

邵朗逸慢条斯理地尝了茶，又吃了一角小巧的三明治，才笑容可掬地开口："姨母，您肯定不乐意浩霆哪天绕过弯来，又回头去找她吧！我断了他这份念想，让他安心娶庭萱，也是为了让您高兴。"

虞夫人手中的茶匙在杯子里慢慢画着圈："你们两个如今在我这儿是没有一句实话了。"

"姨母，您要听实话啊？"邵朗逸说着，身子向后一靠，懒懒地倚在沙发里，"我娶她自然是因为——我喜欢她。"

虞夫人无可奈何地摇了摇头："从小到大，你都比浩霆稳重懂事……"

"姨母。"邵朗逸突然打断了她，"您这句话，我从小听到大。"他自嘲地一笑，"就为了这句话，我这一辈子都得事事让着他，对吗？"

虞夫人被他问得面色微变，刚要开口，却见他眼中的笑容又明朗起来，"您放心。不管什么事，我都不会和他抢。他不要的，我才拿。"

Syne是被孙熙平"拖"走的。

他这辈子都没干过这么丢脸的事，要不是当着这么多人，他早就踹它了！可这烦人的小玩意儿，连总长大人都得让它三分，他还能怎么样？只能陪着它把已经光可鉴人的走廊又擦了一遍。

如果说在能看见总长办公室的范围内，这狗还只是佯装哀怨的呜咽；等孙熙平把它"拖"过楼梯转角的时候，Syne就开始所谓的"咆哮"了。不管是"Syne，你忘啦？咱们挺熟的啊！我还带你坐飞机呢……"之类的套瓷，还是"帮个忙呗！给你吃罐头，牛肉的……羊肉的也行，要不吃包子？"的引诱，都没能打动它。

把这家伙拽上车的时候，孙熙平觉着，他都能从这张狗脸上看出愤怒了。上车之后，Syne终于消停了，可是贴在后车窗上眼巴巴不知道看什么的表情，又让他觉得可怜。

总长大人倒是爽快，一言不发套上绳子就准他牵走，只是他"拖"着Syne出门的时候，听见叶铮火爆栗子一样的声音："太欺负人了……"

"太欺负人了。"

闷头灌了两口酒,叶铮又念叨了一遍,把杯子往桌上一磕:"你没看见那小子什么嘴脸!还'三公子本来想给顾小姐再找一只的'。他妈的!回头我非弄他不可。"说完,讪讪看了一眼坐在郭茂兰身边的月白,"嗨,小嫂子,对不住啊!我这人一向嘴不好。"

　　月白虽然双眼不能视物,但一双妙目顾盼之间却叫人觉得格外清澈明净。她笑着摇了摇头,跟郭茂兰低声耳语了两句,便扶着桌子站了起来:"我该吃药了,你们聊。"

　　纵然在自己家里都是走惯了的,郭茂兰还是打了帘子看着她进了内室才转回来,一边给叶铮倒酒一边正色道:"你别乱来。"

　　"还是孔圣人有先见之明:唯女子与小人难养也。"杨云枫一脸过来人的高屋建瓴,"近之不逊远则怨。"

　　叶铮贱兮兮地打量着他,笑道:"你可是够远的了,你那个方小姐……人家也没'怨'啊!"

　　杨云枫板着脸骂了一句"滚!"看看叶铮,又看看郭茂兰,不由心里一苦,还真是同人不同命,叹着气自嘲地一笑,"四少都这样,我有什么好说的?不过,我可听说——"他声音低了低,"我听人说,这事是总长成心的。"

　　叶铮一口酒几乎喷在郭茂兰身上:"啊?"

　　郭茂兰皱了皱眉,却没有太惊讶的表情,只是讥诮地一笑:"是说四少为了娶霍小姐吧,用得着吗?"

　　杨云枫却摇了摇头:"不是,是说当初邵司令那个夫人是要嫁给四少的,可四少不是要娶霍小姐吗?邵司令就代劳了,其实邵司令不怎么中意她……眼下康瀚民旧部大半都在邵司令手里,四少总得……"

　　"我呸!那也没这么淘换的啊?四少之前还叫我们找顾小姐呢!"叶铮轻蔑地撇了撇嘴,"这他妈谁琢磨的?脑子被驴踢了吧?

_269

邵司令不中意邵夫人，就中意顾小姐？"

"你听我说完……"杨云枫声音压得更低，"我也觉得不至于。不过，有人跟我说邵司令就是中意顾小姐，先前顾小姐在燕平的时候，学校都是邵司令给找的。"

叶铮和郭茂兰看看杨云枫，又互相对视了一眼，这事他们倒都不知道，叶铮忍不住追问道："你听谁说的？"

杨云枫摇摇头，给了个无可奉告的表情。

"不会。"郭茂兰沉吟道，"顾小姐去锦西还是邵司令给哄去的。"他口中说着，忽然又想起邵朗逸让孙熙平千里迢迢送药送狗的事情来，这么想想，三公子好像是殷勤了些，可这又怎样呢？

三个人都默然了片刻，杨云枫忽然叹了口气，又绕了回去："真不知道这些女人整天都想什么。"

女人想什么不重要，重要的是总长大人想什么。

二十六号，总长去吗？旁敲侧击地、单刀直入地——郭茂兰和叶铮一天能被问上十几遍。他们不是不知道，就是偏不想说，尤其是叶铮，很有点儿瞅谁都觉得不顺眼的劲头。

到了二十六号，邵公馆高朋满座，不管私下里有多少腹诽，面子上都得撑出一番花团锦簇，就连邵夫人康雅婕脸上都看不出阴郁。只是，等虞浩霆的座车一路开过来，眼尖的一望着，大厅里的谈笑风生就渐次成了窃窃私语。在总长面前似乎表现得太过欢畅固然不妥，但一个个严霜罩面又未免叫主人难堪。

这两人都是谁也吃罪不起的主儿，于是，在一片诡异的言不及义和笑不成欢之间，一股微妙的压抑之感油然而生，反倒是虞浩霆走进来，大半人起身行礼的响动才冲淡了这份纠结与尴尬。

虞浩霆脸上是一贯的倨傲冷肃，邵朗逸亦是一贯的云淡风轻：

"我还以为你不来了呢?"

"怎么会?不过我这几天忙,没来得及备礼物,以后再补吧。"

顾婉凝终于出现在楼梯上的时候,大厅里的许多人都有刹那间的盲。

她出人意料地穿了一件绮艳的朱红长裙,胸前的褶皱薄纱延展开来裹住手臂,双肩微露,玉髓冰魄一般的面孔,唇色却是灼艳欲燃的红。在场的人大多都见过她,但此前却从未见她有这样的艳妆。

她缓缓下楼,蓬松柔滑的裙摆轻盈摇荡,如波如漪,朱红的缎面高跟鞋偶尔自裙裾下矜傲地一现惊鸿,金履步步生莲花,一摇腰肢一瓣开,每踏下一阶台阶都仿佛踏在人心上。顾婉凝走到最后两级台阶,握了邵朗逸的手婉转一笑,连心事重重的汪石卿亦惊觉,这一刻,呼吸竟成难事。

邵朗逸牵着她过来,康雅婕面上已有掩抑不住的愠意。

如今,国内最时髦的是西式婚礼,新娘喜着白纱;而"纳妾"却是旧俗,妾侍入门行礼的装束无非是棠红水粉的旗袍袄裙。于是康雅婕今日特意穿了一件闪银缎绣折枝牡丹的双襟旗袍,锦绣烂漫,粲然生辉。不料,顾婉凝虽然避了正红的颜色和"凤凰牡丹"种种,却穿了这样一件冶艳的西式礼服,一现身便夺尽风华。

邵朗逸揽着顾婉凝在大厅里站定,淡泊的神色间多了一点端然:"多谢诸位今日拨冗前来观礼。《诗经》有云,'知子之来之,杂佩以赠之',今日婉凝来归邵家,我也有一佩相赠。"

他一抬手,孙熙平即捧上一个乌木方盒,邵朗逸将盒子打开递到顾婉凝面前,只见紫棠色的丝绒底子上衬着一件莹润如脂的浮雕玉佩。

这玉佩说是"一件",其实却是一套,大小一共十三块。中间一块圆形玉牌琢六环式活心,如花蕊一般;其余十二块钟形玉佩,则作

"花瓣"，一面雕芝兰、天竹等十二样花卉，另一面雕黄钟、大吕等篆文十二音律；雕工精湛，构思奇巧。识家看在眼里，便知此物许是前朝宫中所藏的十二月令佩，只来不及细辨是原物，还是寻了巧匠好料悉心仿制所成。

顾婉凝刚要伸手去接，却听邵朗逸轻声笑道："你可想好了。"婉凝见他笑意清和，心思一定，便接了过来递给身后的丫头。

邵朗逸凝眸望着她，笑意更盛："你收了这个，从今以后，就是我邵家……"

"等等！"

闻听康雅婕这一声"等等"，大厅里本来就如履薄冰的一班人更是一惊，莫非真有戏看？

叶铮凑到郭茂兰耳边悄声道："要出事，怎么办？"郭茂兰并不答话，下颌朝虞浩霆的方向微微一抬：四少都不急，你急什么？

康雅婕走过来挽住邵朗逸的手臂，嫣然笑道："既然今天是我们邵家正式纳妾，那该有的礼仪就都少不得。"

邵朗逸无所谓地摇了摇头："我倒不在意那些虚礼。"

康雅婕面上依旧是笑容可掬："你不在意，婉凝妹妹未必也不在意。你今日应付得这样潦草，岂不是委屈了人家？"她说到这里，也不等邵朗逸答话，回头便唤，"宝纹！"

一个丫头立刻应声捧了茶盘过来，盘中放着两盏十分瑰丽的珐琅五彩四季花盖碗。

汪石卿见状，忍不住偷眼去看虞浩霆，这些天他几番查问，却仍是百思不得其解。他此前苦心安排，无非是为了让这女孩子嫁不得虞浩霆，顺带着加倍"笼络"住小霍的心意。然而眼下这个情形，却大大出乎他的意料，这女人竟然要嫁给邵朗逸。三公子竟也真的堂而皇之地要娶她，虞浩霆竟也真的气定神闲一本正经地来观礼。

这一来，这女孩子固然是嫁不成虞浩霆了，可他和邵朗逸若因此有了嫌隙，那便比她真嫁给四少还要糟糕。这些面上的事情，谁都想得到，然而汪石卿还比旁人另多了一层担心：当初顾婉凝和四少重修旧好，全赖邵朗逸一番做作。他一直就觉得奇怪，邵三公子几时连这样的闲事都放在心上了？此时想来，难道是他和这女孩子另有纠葛？那邵朗逸打的是什么主意？她的身世，他知不知道？如果知道，那他……

顾婉凝听了康雅婕的话，便明白她的意思大约是要行什么仪式。可她从小在国外长大，回国之后，见的也都是西式婚礼，对中式婚仪知之甚少，更不要说是纳妾，也再不会有人无缘无故去跟她说这些；是以她见到丫头端出两个茶盏来，心中也有猜测，只是她猜的和康雅婕想的，完全是两回事。

邵朗逸本想开口，却见顾婉凝的神色既无尴尬也无羞怨，反而依稀是有些好奇地瞧着宝纹手里的茶盏。他随即明白，她大概就不知道康雅婕要她做什么，邵朗逸心下好笑，便不说话，只想看看她会如何反应。

康雅婕见顾婉凝站着不动，便以为她是不肯受这个委屈，心中冷笑，面上却丝毫不露，端然笑道："你就先给司令敬杯茶吧。"

顾婉凝略想了想，极大方地端起一盏茶来，递到邵朗逸面前，静静一笑："朗逸，喝茶。"她手势娴雅，态度从容，仿佛此时她和他并非在众目睽睽之下，而只是寻常夫妻相敬如宾的一声招呼。

邵朗逸含笑望了她一眼，接过茶盏，春水般的笑容便从唇边荡漾开去。

众人的目光都在他二人身上，只有卫朔察觉到虞浩霆的身形微微一震。

她从来没有这样叫过他。

她叫他的时候，总是连名带姓，或者轻嗔薄怒，或者淘气促狭。唯有他和她最亲密的时候，他逗着她哄着她，她才猫咪一样昵在他怀里颤着声音迷迷糊糊地央他："浩霆，浩霆……"等她醒过来，便像忘了一样，拿过枕头就砸他："你总是没完没了地欺负我。"

她从来没有这样恬然静好地对他，从来没有。

他不明白，若是霍家容不下她，她为什么宁愿这样不明不白地跟着朗逸，也不愿意和他在一起？她说过的，她还没满二十岁；她说过的，结婚这种事没什么意思；那这样就有意思吗？难道和他在一起还不如这样不明不白地跟着邵朗逸？至少他爱她，那她为什么就是不肯和他在一起？为什么……偏就不是他？

邵朗逸接过茶盏，还没来得及喝，就见顾婉凝又转身端了剩下的一盏，只是她却并没有把茶端给康雅婕的意思，竟是自己揭了杯盖，探询地看着邵朗逸，轻声问道："这样喝就可以了吧？"

邵朗逸先是一怔，旋即恍然，面上的笑意愈发收拢不住，冲顾婉凝点了点头，便见她真的低头一抿，邵朗逸连忙也呷了一口，笑着将茶盏递回给边上的丫头。婉凝见了，便也依样将茶盏放回茶盘。

周围皆是冷寂，从端茶的宝纹到邵朗逸身边的孙熙平都愣在当场，满堂宾客亦是面面相觑。

叶铮算是反应快的，此时也顾不得看虞浩霆的脸色，低声对郭茂兰道："顾小姐这个……是喝交杯酒的意思吗？"

郭茂兰认识顾婉凝最久，知道她回国之后除了在学校里念书，就是跟着虞浩霆，十有八九不知道这茶是怎么个斟法。康雅婕恐怕是想当众给她难堪，故意不提前打招呼，没想到反而弄巧成拙。

叶铮的话虽是玩笑，却还真的是猜中了。

顾婉凝此番刚回江宁的时候，和虞浩霆在罐山喝了一次"交杯"，虞浩霆对她说那是中式婚仪之必需，她便记住了。今日既见丫头端了两个茶盏出来，康雅婕又走开叫她给邵朗逸敬茶，她就以为大约是一个意思，只是纳妾和娶妻不尽相同罢了。但今日当着这么多人，茶盏又不似酒杯简便，她才有了之前那一问："这样喝就可以了吧？"待邵朗逸点了头，她更确定自己想对了，再想不到那杯茶原本应该端给康雅婕。

康雅婕万料不到顾婉凝居然做了这么莫名其妙郎情妾意的一出，不由胸中火起，径直走过来冷着脸道："这算什么？宝纹，去，重新沏了茶来。"

顾婉凝见她突然发作，又叫人重新去泡茶，便想到大约是自己方才哪里做得不妥，难道这茶也一定要非常不正经地喝吗？

邵朗逸眉峰一扬，眼中是云淡风轻的温存笑影："我最不耐烦这些劳什子。婉凝，我只问你一句话——你愿不愿意嫁我？"

愿不愿意？

她还未下楼的时候，就已经看见他了。然而，他却始终目光闲远，仿佛于眼前的种种全不在意。

她纵然已是心灰意冷，但从心底直蹿上来的一阵绞痛却历历分明：就为了那样一件事，他就不要她了？她不明白，他和她这样千回百转地在一起，他能为了她连自己的性命都不顾惜了，却为了那样一件事，就不要她了？

他说过的，皎日之誓，死生以之。他说过的，我们不要再分开了。

算前言，总轻负。

她知道那样一件事或许真的是死结难解，她也知道他和她或许终究没有将来；只是，就这样他就不要她了？

我为女子，薄命如斯。君是丈夫，负心若此。《紫钗记》里的念白铮铮如弦断，可她连那样亮烈的怨责都不能有。她和他，究竟算什么？还有……孩子，一念至此，她就几乎再也撑不下去了。她垂着眼睛，慌乱地点头，在旁人眼中却是恰到好处的楚楚娇羞。

邵朗逸会心一笑："这就是了！"伸手便将她抱了起来，顾婉凝一声低呼，人已横在了他怀中。

邵朗逸抱了她就往外走，头也不回地抛下一句："孙熙平！替我招呼客人。"

等康雅婕回过神来，他的人已出了大厅，邵朗逸的侍卫长汤剑声连忙跟了上去。大厅里的人都是遮掩不住的尴尬，娄玉璞轻咳了一声，对傅子煜低笑道："三公子当真是洒脱！"

顾婉凝的脸始终埋在邵朗逸怀里，压抑不住的眼泪涌泉般肆溢在暗影中。

她知道，这一次，她和他是真的完了。

完了，这一生，都完了。

玖

毒鸩

她是埋在他心里的一颗种子

"你走吧,我不想再见你了。"

她不想再见他了吗?那么,他就不会让她再见到他。可即便去死,他也该死得理所当然。

渭州是陇北冲要,风物迥异于关内,大漠长河,雪域苍山,直截了当的雄浑坦荡让人胸臆为之一洗。此处是连接东西的锁钥,车马辐辏,商旅云集;且由来征战之地,不少流落溃散的败兵游勇亦不乏落草为寇者,因此边匪猖獗。霍仲祺到这儿来是寻死的,却没想到有人比他更不爱活着。

他从来没见过这样的兵,说他们是"兵"都抬举了他们。他从前在沈州也好,在锦西也罢,虞浩霆麾下的嫡系都是奔着"侵掠如火,不动如山"的军容去的,即便不是嫡系,也能训练有素,军威不堕;然而泾源的兵,却全然不是那么回事。

霍仲祺到泾源的那天,还真有个保长抖抖索索来上报匪情,说到庄子里抓出一个插千的土匪,不想这人是个狠角色,用碎瓦片插死了看守,摸黑走脱了。既有人来探风,那必是有杆子要来"砸窑",那保长便慌忙来给官军报信。

驻防在泾源的官军不到五百,营长彭方城书没念过两年,从大头兵混到现在,也就没再往上指望了。这彭营长尚摸不清霍仲祺的路数,言辞之间就多有保留。虽说两人同是少校衔,但二十出头握着刘长官手信的少校和三十几岁驻防在边地的少校,就不可同日而语了。若是他无心在此盘桓,那自己亦不好表现得太积极;若他年轻气盛,有心借此捞点资历,那自己也不可太畏缩叫他拿住痛脚。

霍仲祺初来乍到,亦不熟悉此地风土"匪"情,谦辞再三,只说自己多在江宁中枢,奉上峰之命到此历练观摩,自然唯彭兄之命是从云云。这彭营长见他态度诚恳并无骄色,推脱了两句,便开口向那保长询问详情。霍仲祺听他问得认真,且送走那保长之后即令副官叫了下头一个姓孟的连长过来,诸般筹谋颇觉稳妥。不料此后直到第三日,那孟连长才点了人马出发,一路行军不紧不慢,不见半分抖擞精神,霍仲祺心下诧异,却也不好直言,只作懵然求教。

这孟连长军阶低过他,又道他是个"钦差",言谈间十分客气。此时看他面嫩,又受他一声"大哥"、一支烟,猜度他多半是刚毕业的军校生,腰上那支叫人眼馋的鲁格枪八成连活物都没指过,便半真半假地念了点儿门道给他。

泾源多年匪患,周围的庄子都自建了民团,长枪土炮多少也都有点家底,因此,敢"砸窑"的土匪想必有些斤两。既然插千的走脱了,庄子里已然有了防备,那土匪若有把握必然"速战速决",若无成算则不会动手。若是后者,官军无非是去安一安人心,因此不用着急;若是前者,就叫民团先扛上一阵,打得差不多了,他们再出手,救人于急难,更叫庄民感念,"劳军"也更加卖力——即便去得晚了,叫杆子砸了窑,他们跟着踪迹追击一番,杀伤几个扫尾的匪众或者抓出个把"照局""拉线"的通匪之人,也算"战果"。

"再大的杆子,也不会明着跟官军叫板。咱们去到庄子里,杆子不来,他们是安生了,可到了年底,营座拿什么跟上峰交代?总得有匪,咱们才有的剿。"

霍仲祺不料这些人竟如此油滑,皱眉道:"不能彻底剿了这些杆子吗?"

孟连长"嘿嘿"一声,复又作势一叹:"剿?怎么剿?按读书人的说法,土匪都是一窝子几个洞的'狡兔'!今天在泾源,明天就在固凉,咱们这点儿人,还能追过去?再说,他跑这么一趟,咱们就点足了人马去剿匪,别的庄子有样学样,咱们哪顾得过来?就算咱们顾得过来,日子长了,他们倚仗着官军,民团就荒废了……得叫他们也带着点儿警醒!"

他前头的话确还算是实情,可后头这些就其心可诛了,霍仲祺听着,不由心里搓火,却压着不肯发作,权作不明世事,只一味和颜悦色地跟他套近乎。两人并辔缓行,这连长愈发散漫下来,马鞭子往身后虚划了一下:"说句不怕挨枪子的话,咱们这些弟兄能有什么奔头?当兵吃粮……"

一语未了,只听"砰"的一声枪响,队首的一匹马应声而嘶,马上的一个排长已栽了下来,肩上一朵血花,还能听见骂声,想必没伤到要害。那孟连长顿时变了脸色,还没来得及勒马,一旁的山杨林里已起了连串的枪声,一把坐收渔利的算盘还没拨好珠子,竟被人打了埋伏。

霍仲祺翻身下马之际冷冷瞥了他一眼,也不开口,避在近旁的灌木丛里一面分辨突如其来的枪声,一面打量这班官军的动作。片刻之间,已觉得好笑,在此打埋伏的土匪人手和装备都有限,不过是老套筒的毛瑟枪和自制的猎枪,加起来能有十支?另有两支驳壳枪似乎是在一个人手里,枪法还算可圈可点。这样的人马就敢来伏击小七八十号官军,倚仗的无非是手段刁钻,要是他没猜错,大概有两三个人是匿在树上放枪,居高临下倒是占了不少便宜。

这队杆子的能耐固然有限,他们带来的官兵就更可笑了,若不是那连长骂骂咧咧地叫人"散开",这帮仁兄一惊之下恨不得自己人绊倒自己人。霍仲祺瞧着不免替这些土匪可惜,这会儿要是扔几个手榴弹出来,就划算得很了。

可自己就有点儿不那么划算了,他虽然是来寻死的,可跟这么一帮人混在一起,他领章上那颗花跟着他本就委屈,这么一来就更委屈了。

他正想着,还真有颗手榴弹撂了出来,眼看就要落在他身边不到两米的地方,还真是想什么有什么。他正要就地滚开,一眼看见边上一个个头不高的小兵竟是一动不动,一念闪过,抢过去把那颗正落地的手榴弹抓在手里,朝林子里响枪的地方掷了回去,转脸对那小兵骂道:"这么想死啊!"

一句话出口,才听到爆炸声,心道这掷弹的土匪也是个生手,手榴弹拉开引信五到六秒才会爆炸,就这个距离,他扔得也太早了。转念一想,土匪哪儿来的掷弹手?等到现在才扔出一个,可见这样的东西他们也不多。

再看那面如土色的小兵,年纪不过十六七岁,也不知道是被手榴弹吓的,还是被他吓的,刚想安慰他一句,忽然想起那年在沈州,他对他说:"带兵的人,厚赏严罚,恩威皆重。你的性子,格外要记住:慈不掌兵。"

他面色微沉,凛然扫了那小兵一眼,再不理会他,那小兵回过神来,反而往他身边挪了挪,周围几个军士亦觉得这年轻人倒有几分胆色。那边一炸,枪声滞了一滞,那孟连长便亲自督着两个班的兵犹犹豫豫往林子里找,刚挪出去五六米,当前三人就相继中了枪,余下的

_281

人越发畏缩起来。

霍仲祺见状心下一叹，这哪是剿匪，分明是送上门儿被匪剿来了。想了想，对身边那小兵低声吩咐道："去把你们排长叫过来，快！"那小兵连"是"都不答，站起身来拔腿就跑，霍仲祺眉头一锁，朝他喊了一声，"弯腰，找隐蔽！"

一个紫黑脸膛的排长来得很快，低声叫了一声"长官"，不等霍仲祺开口便道："孟连长说，这点儿小状况不值得您身先士卒，让我带您到视野开阔的地方观战。"

霍仲祺一听就知道是那连长怕自己有什么闪失，不好向上头交代，不由心中冷笑：兵带成这样，就惦记着这点儿事，自己要真交代在这儿，还非栽给他不可了。他心里这么想，脸上对那排长却是极和善地一笑："大哥怎么称呼？"

那排长一愣，连忙回话："报告长官，我叫贺宝鼎。"

霍仲祺点了点头："贺排长放心，我在沈州和锦西都是上过战场的，就算不会带兵，也能周全得了自己。不过，我瞧着你们连长心地太好了些……我有个能立功的主意，不知道贺排长愿不愿意试试？"

贺宝鼎看他这个不慌不忙的做派确实像是历练过的，然而于他的话却不太相信。他是个粗人，也不擅做作，舔着嘴唇嘀咕道："立功也是我们长官的。"

霍仲祺闻言正色道："你们连长让你过来，为的是我大小是个'钦差'，今天的事要是成了，我保你的功劳不会叫人昧了去，怎么样？"说着下巴朝前一扬，"就这么个打法，杀敌八百，自损一千，我这个初来乍到的都不忍心，您忍心？"

贺宝鼎低着头想了想，猛一点头："长官军令，我是要听的。"

"你先找七八个会掷弹的准备好，等我的信儿，我给你手势，你就让他们拉引线，你数到三，叫他们一块儿扔；剩下的人等前头炸开，再冲过去……"

贺宝鼎听他说着，已经理出了头绪："成，我这就去！"

"等等！"霍仲祺赶忙叫住他，"你手底下有没有枪法好的？叫他过来。"他叫个枪法好的人来，是想解决掉匿在树上放枪的土匪，没承想抱着枪过来的却是刚才那个十六七岁的呆小兵，霍仲祺蹙着眉看了看他："你枪法好？"

小兵畏畏缩缩地点了点头："长官，我天天给我们连长打兔子。"

霍仲祺叹了口气："你跟着我，我让你打哪儿你打哪儿，行吗？"

那小兵这次头点得爽快："行！"

趁着那边吸引火力的工夫，霍仲祺带着他往林子里摸了一段，一停下来就低声吩咐他："十一点钟方向，六十米，上面……"却见那小兵懵然看着他，一脸呆相："……长官，啥方向？"

霍仲祺一怔，脸上忍不住写出"拜服"两个字来，他自己都是没进军校没受过训的半吊子，就这么一班人也算兵？

不过呆归呆，小孩子枪打得确实还行，一枪放出去，树上的人应声摔下，霍仲祺刚想夸他一句，那小兵却白着脸磕磕巴巴地说道："长……长官，死……死了？"

霍仲祺打量了他一眼，约莫明白是怎么回事，拍了拍他笑道："是摔死的，不是你打死的。以前没跟着你们连长打过土匪吗？"

那小兵愣愣地摇了摇头，还是那句："我给我们连长打兔子。"说完了也觉着自己有些不着调，又总结性地补充了一句，"这个……比兔子好打。"

接连弄掉了两个居高临下放冷枪的家伙，接下来的事情就顺利多了，"掷弹手"一板一眼集中火力配合步兵，不单土匪没见过，就

_283

是那连长也没见过，其余的人看在眼里，声势一盛，胆气也壮了许多。在此处打埋伏的土匪原想着泾源的官军素来疲沓，遇此一伏，不溃亦退，待重新点足人马再来，那边早已"砸窑"得手，却没料到这班官军乱过之后竟真排开了个"剿匪"的架势。他们原本人数就少，装备亦逊，眼见拼之不过，彼此一打商量，放着枪要退，却已然来不及了。

前后也就是一刻钟的工夫，林子里拖出二十多具尸体，另有七八个活口。那连长竟是面带喜色，霍仲祺冷眼看着，心道我众敌寡打了这么一阵，他还真是有脸。

"长官！"霍仲祺回头一看，却是方才那姓贺的排长，冲他"嘿嘿"一乐，"长官是见过大世面的吧？您看着这是苍蝇腿，在我们这儿就是炖羊肉了。不瞒您说，我们平日里就是跟在人家后头舀点儿剩汤喝。"说着抬手朝俘虏那边一划拉，"就这些，够我们连长领一年的赏了。"

霍仲祺微微点了点头，面上的神情半明半昧，见那孟连长朝自己过来，勾了勾唇角低声道："贺大哥，你想不想再多领些赏钱？"

贺宝鼎脱口便道"想！"说完才讪讪地找补，"长官军令，属下一定服从。"

霍仲祺道："他们在这儿打咱们的埋伏，就是那边'砸窑'不顺手，要是来得及，兴许能弄个把匪首回来。"

凶器见血，便生戾气，即便是庸弱之兵亦多少有些血气，何况刚刚捞了这样的便宜？因此那姓孟的连长很快就被霍仲祺撺掇起了兴头，一路奔袭，堪堪将正在围攻民团的杆子打了个措手不及。

土匪见官军已至，僵持下去亦未知是否还有援兵，只得退走。霍仲祺自忖不悉地势敌情，也不敢贸然叫人追击。那连长原还担心这年轻人得了甜头不肯放手，此时见他见好就收，欣喜之余对这位莫名其妙的长官不由言听计从起来。

霍仲祺深知今日之事有所侥幸，若这些"砸窑"的土匪死拼，就眼前这些人的士气素质，怕是要"全军覆没"，自己固然不惜一死，但再不济的兵也是人命，他却不能拉着别人去"陪死"。

况且，这一带匪患积年，这些土匪能混进庄子探风，又熟知官军动向，别说土匪的家人亲眷，就是普通人，为保家宅平安也好，贪图财帛也罢，必有"通匪"之人，真说到"清剿"二字，却不是动动枪就了事的。

他这么一想，便不急着回泾源，叫那孟连长带封信回去，挑了几个人陪自己留下，有心访一访"匪情"。是以等到宋稷林发觉他不在渭州，查问之下，才知道他竟是真的剿匪去了。宋稷林一面派人去找他回来，一面向上请示，直请示到参谋本部，才知道这位霍公子不是调令丢了，是压根儿就没有调令。

不管怎样，总长一句"让他马上回江宁"正叫他求之不得，不料，派去找霍仲祺的人却空手而归，说他去察看呼兰山的"匪情"，一时之间没有找到。宋稷林闻言又是一身冷汗，好在参谋部那里并没有催，好容易等霍仲祺回到泾源，已是半月之后的事了，宋稷林派了自己的副官和贴身侍卫赶到泾源接他，他却不肯走。

宋稷林在电话里劝了半天，明言是总长亲令他立刻回江宁的，那边默然片刻，忽然甩出一句"将在外军令有所不受"就挂了机。

宋稷林没有办法，战战兢兢又跟参谋部请示，电话转到总长那里，虞浩霆撂出一句："他算什么将在外？"接着"啪"的一声竟像是摔了电话。

宋稷林守着电话咂摸了半日，怎么这二位像是赌气的意思？万般忐忑地把电话拨给了陇北的军政长官刘庆贤，刘庆贤倒是不急不躁，声气沉稳:"总长要是再催,你就把他绑到公署来交给我;总长要是不催,你就由他去。不过,切记一条:叫你的人打起十二分的精神保护霍公子周全。他要是出了什么事,你就把你自己绑过来吧。"

宋稷林听着只觉得背脊发冷,犹犹豫豫地提醒:"您是不是跟霍院长打个招呼,请他老人家劝劝霍公子?"

刘庆贤轻笑了一声,道:"霍院长的意思——就是让霍公子先待在你那儿。"

柳浪间的蝉鸣还未连成一片,粼粼波光拥着碧叶田田,飘摇舒卷,菡萏出水却兀自秀瓣紧合,恰如娉婷少女,红颜羞矜,绿裙如云。蓼花渚后身是个三面透空的茶亭,宝纤端着一盅杨枝甘露进来,唤了一声"夫人",笑吟吟地奉在顾婉凝面前,收回手恭谨地退了一步,低着头觑了一眼那韶秀的侧影,心里却辨不清是什么滋味。

她是邵朗逸亲自点来侍奉这位如夫人的,初初一见,心头只蹦出一句"合该如此",若不是这般的楚楚颜色,又怎么会叫三公子不管不顾一味要娶?可小乔初嫁正当是欢情美满的时候,这位新夫人虽然不难伺候,但平素却难见喜色,每日里只是一味安静,不是读书弹琴,就是一个人在湖边散步,偶尔起了兴致也不过是叫人泛了舟荡到藕花处折片荷叶把玩。三公子隔上五六日才来泠湖一次,不来的时候她也不问,就是见了面,两个人也淡淡的,说不上疏远也说不上亲近。

旁人都说妻不如妾,可她瞧着,这新人还不如旧人呢!这些日子三公子就算来,却也不在泠湖留宿了,这么下去,还不知道将来是个什么光景。她有心劝上两句,可对着那样一双眼,却怎么都开不了口——那样的一双眼,像是冬夜天边的星子,仿佛你要说什么她都知道,仿佛你要说什么,她都不在意。

正在这时，湖岸上一个撑着阳伞的娇小身影转到了蓼花渚的长廊里，顾婉凝见了，淡淡一笑，转脸吩咐道："宝纤，去拿份冰镇的双皮奶来。"

来人一路匆匆，隔着栏杆就朝这边挥手，可一步踏进茶亭人却停住了，连声音也不由自主地低了下来："婉凝。"

顾婉凝拿过她手里的阳伞搁在一边："安琪。"

两人坐下来喝茶，陈安琪脸色发苦地端详了她许久方才开口："你……你吓死我了！你要干吗啊？"

婉凝不答她的话，反而笑问道："你到我这儿来，你家里知道吗？"

"你现在还惦记这些？"安琪摇了摇头，脸上也不知道是走急了热的，还是别的缘故，腾起了浅浅两朵红云，"反正我现在出来，他们不会问的。"

婉凝看了她一眼，刚要开口，正巧宝纤送了双皮奶来。安琪舀了两口，身上一凉，暑意便去了大半，等宝纤退了出去，便又急急问道，"你到底怎么回事？好端端的怎么嫁到他表哥家里来了？"

婉凝搅着炖盅里的芒果西米，柔柔一笑："没什么，我觉得三公子很好。"

"我可不信！"安琪搁了手里的瓷勺，声音忍不住高了，"你和他……"

婉凝径直打断了她："都是以前的事了。现在说这个，有什么意思呢？"一句话说得陈安琪没了声音，她脸色一黯，低下头去，半晌没有说话，忽然一颗眼泪"啪嗒"一声落在鹅黄的洋装上。

顾婉凝一惊，讶然道："安琪，出什么事了？"

安琪泪汪汪地抬头看她，话里犹带着哽咽："没有……我就是觉得，你们……那么多事都……那么难得在一起，怎么会这样呢？"

原来，她的眼泪是为她落的。

原来，在别人眼里，她和他，那么难得。

她心里酸得发疼，想要说些什么，胸口骤然一阵恶心，她背过身去干呕了几下。陈安琪见状，也顾不得哭了："你怎么了？"

婉凝抚着胸口回头一笑，阳光透过拂动的柳叶碎在她莹白的面孔上，带出一缕凄楚的温柔："安琪，我有孩子了。"

江宁的交际场里很久没有叫人这么"心旌摇曳"的话题了，虽是争相探听却又不可太明目张胆，言者听者都觉得加倍刺激，连魏南芸也禁不住各色人等的旁敲侧击，宁愿躲到淳溪来看虞夫人的脸色。

"栖霞的门槛都要叫人踩破了吧？"

魏南芸尴尬地笑了笑："别说那些长舌妇，就是唐次长夫人那样的人，也都打听着呢。"

虞夫人面上是毫不遮掩的冷笑："不打听清楚了，日后见了面，怎么逢迎朗逸这个新欢呢？"

其实魏南芸自己对这件事也好奇到了极点，头几天看着旁人忐忑茫然，她心还有点小小的快意，除了她，谁也没把这件事想到小霍身上去。不想那女孩子冷不丁跟了邵朗逸，她也只能暗自咋舌，从哪头算起都讲不通，听说康雅婕在家里，唐宋元明的瓷器砸了个遍，却不知道这内里的因由，虞夫人是否知晓？这么想着，便小心试探道："说起来，这件事是蹊跷了些。我想着，浩霆和三公子都不是没有分寸的人，总归是有他们的打算，只是我心思浅，见识不出罢了。不过，外头的人捕风捉影……"

虞夫人不动声色地瞥了她一眼："他们说什么？"

魏南芸懦懦的笑容像是十分抱歉的样子："有的说四少为了笼络三公子，连这样的美人儿都舍了；还有的说，怕是四少要娶哪家的名门闺秀……先前康雅婕就是个例子吗?还有的说……"她觑着虞夫人的脸色,稍稍一顿,声音十分无奈地低了下去,"说浩霆和朗逸本来就是表兄弟……"

虞夫人一路听她说着,先前还只闲闲冷笑,听到最后一句,手里的骨瓷杯子在茶碟里不轻不重地磕了一下,眸光骤然一寒,魏南芸只觉身上莫名地麻了麻,立刻便噤了声。

虽然行礼那一日的意外让康雅婕气愤不已,但之后邵朗逸对待顾婉凝的态度,多少让她有了那么一点安慰,或许他真是有什么难言之隐?那么,她这个正室夫人总要拿出应有的风度和气量来,除了几样她平素略嫌浮艳的首饰,一时却想不到还有什么可带去泠湖的:"陈妈,你在公馆待的日子久,你说,我要去泠湖看看二夫人,带点儿什么好呢?"

陈妈是邵公馆的旧仆,原是跟着邵朗逸的母亲陪嫁过来的,如今没什么别的差事,只专门照料乐蓁。她看了看康雅婕丢在沙发上的首饰,谦敬地笑道:"夫人这样的气量,是二夫人的造化,三公子的福气。不拘夫人带什么,都是心意,二夫人只有感激,没有不欢喜的。"

康雅婕微微一笑,面带讥诮:"你是知道的,咱们这位二夫人不比旁人,也是见惯了好东西的。就这些,人家未必看在眼里。"

这话陈妈就不好接了,她思忖了一下,赔着笑说道:"夫人,我想着,咱们公馆里的点心师傅是江宁数一数二的,三公子一直没让二夫人到公馆里来,怕是没试过,夫人不妨叫他们做几样拿手的顺便带过去,一家人,亲切。"她这句"三公子一直没让二夫人到公馆里来"听在康雅婕耳中,颇有几分受用,当下轻轻一笑:"好,你叫他们准备吧。下午你带着蓁蓁和我一块儿过去——也让蓁蓁去认一认新姨娘。"

康雅婕未约而至，泠湖的下人难免有些慌乱，顾婉凝见宝纤忐忑，对她抚慰地笑道："你不用担心成这样，你们夫人出身名门，是有涵养有风度的，就算我不讨她喜欢，她也不会为难你们。"

宝纤看她这样沉着，也镇定下来，只是她这个"你们夫人"听起来莫名地叫人别扭。想想也是，这位新夫人整日的态度举止，不像是嫁为人妇新做一份人家，反倒像是来做客的亲眷，即便如今有了身孕，也没见三公子多疼爱她一点；且她身世单薄，名分上也吃亏，若是再失了三公子的欢心，将来真和夫人有了争执，那是半分倚仗也没有了，念头转到这里，憋了许久的话忍不住就念了出来："夫人，您也该在三公子身上留心一点。"

婉凝先是一愣，省悟过来不由好笑："多谢你了。"

"其实我跟朗逸说过，让你搬到公馆里来，也不知道他是怎么想的。"康雅婕四下打量着蓼花渚，面上的笑容端庄温雅，她自己心里也有微微的诧异：原来有些事是不必学也能无师自通的，原来喜欢一个人是甘愿为他委屈的！想到这个，又不免有些愤愤，话锋一转："你在这儿住得还惯吧？跟栖霞比……怎么样？"

婉凝立在窗边，浅浅一笑，仿佛全然不曾留意她话里的意味："我在这里住得很好，谢谢夫人。"

"我看你这里也不缺什么，就叫他们带了几样我平时爱吃的点心。"康雅婕说着，身边的丫头已将手里的食盒放在了桌边，"他们也就这点儿手艺还过得去。你尝尝看，要是喜欢，回头再叫他们做了送过来。"

"谢谢夫人。"顾婉凝知道她今日这般做作是有意要刺一刺自己，还是忍不住替她难过。很快，事情就会过去了吧？到那个时候，想必康雅婕也能释然。

康雅婕见她这样不动声色，也觉得无趣，转脸看见乐蓁正从陈妈怀里往外挣，便接过女儿，抱到顾婉凝面前："蓁蓁你见过的。只是没想到，她还有跟你叫姨娘的缘分。来，蓁蓁，叫姨娘。"

乐蓁方才要从陈妈怀里挣出来，是看见了Syne，此时一对圆溜溜的眼睛只在Syne身上转，却顾不得叫什么"姨娘"，扭着身子就要下来。康雅婕没办法，只好放她落地。

不知道是不是因为自己有了身孕的缘故，顾婉凝看着乐蓁亦觉得格外有趣，见这小人儿眼神一错不错地只盯着Syne却不敢过去，Syne那个精灵鬼这会儿也格外地矜持，蹲在自己身后仰着头不吭声，便俯身在它脑袋上拍了拍："Syne，这是蓁蓁，你看蓁蓁多漂亮。去，让蓁蓁摸摸你。"

Syne往前迈了两步，嗅了嗅乐蓁，吓得小姑娘一转头把脸埋在康雅婕身上，可是怕归怕，终究是不甘心，还是偷偷去看它。

顾婉凝见状，温言道："蓁蓁不怕，Syne很乖的，你摸它一下。"说着，又抬头对康雅婕道，"夫人，Syne是牧羊犬，最懂事的，不会伤到蓁蓁。"

乐蓁犹犹豫豫地转过头，伸出小指头在Syne鼻子上点了点："狗狗。"另一只手还揪着康雅婕的旗袍，等看见Syne一动不动，胆子也大了一点，又伸手去摸它，不防Syne突然伸出舌头在她手上舔了一下，乐蓁一愣，旋即"咯咯"笑了起来，另一只手也放开了妈妈，就去抱Syne。

顾婉凝摸了摸Syne，Syne也就蹲在原地，由着乐蓁抚弄。

康雅婕见状，心中一动，盈盈笑道："朗逸那个人，百事不上心，就是宝贝这个小人儿。"说着，故意叹了口气，"现在就有些任

_291

性了。"

顾婉凝看着乐蓁和Syne逗来逗去,随口应道:"爸爸都宠女儿的。"

她这一言正触到了康雅婕的心事,想起自己昔日在家中的情形,心里便酸了一酸。婉凝打量她的神色,亦猜到了几分,想说点儿什么转过话题,忽然胸口一闷,连忙疾步到花厅门外。

康雅婕刚跟过去两步,已听见她的轻呕之声,康雅婕微微一怔,已变了脸色,回头唤道:"宝纤!二夫人是病了吗?"

宝纤听她口气不善,不敢马上应答,她一支吾,康雅婕心下更是了然:"怎么?有什么不能说的吗?"

"夫人,我没有生病。"顾婉凝说着,施施然走了进来,这件事,康雅婕迟早要知道,瞒不过,也不能瞒,"我有孩子了。"

她有了孩子?她也有了孩子?她一直跟自己说,他娶她一定是另有内情,他明明也没有多喜欢她啊!可是她居然就有了孩子?她今天带蓁蓁来,就是想叫她明白,不要有什么妄想。可是她居然也有了孩子?

"是吗?这倒是件喜事。"这个意外的认知让她心底刺痛,"喜事"两个字几乎是咬着牙说出来的,勉强撑出一个"微笑","朗逸知道了吗?"

顾婉凝未及答话,只听边上"啪啦"一声,桌案上的食盒摔在地上,里头的佛手酥、百合糕尽数砸在了地上。陈妈站在边上一脸惶然地解释:"夫人,我怕那狗伤着小姐,想过去……没留神……"

康雅婕正一腔怨怼怒火无从发泄,正好有了个出口:"陈妈,你一向稳妥的,怎么今天这么没有分寸?毛手毛脚地慌什么?"她发作自己的下人,顾婉凝也不好插嘴,只好盼咐宝纤过去收拾,却见乐蓁蹒蹒跚跚走过来,捡了块佛手酥在手里。康雅婕忙道:"蓁蓁,不许捡！"她话里犹带着怒意，蓁蓁也有些吓住了。

顾婉凝连忙柔声劝道："蓁蓁，点心掉在地上，不能吃了。"

蓁蓁却捏着那点心不肯放手："蓁蓁不吃，狗狗吃。"

婉凝闻言笑道："Syne不吃这个，Syne喜欢咬骨头。"

蓁蓁想了想，还是坚持："狗狗吃。"

婉凝也只好点头："那你喂喂它，看它吃不吃。"

蓁蓁得了支持，转回头把那点心递到Syne面前，学着顾婉凝叫道："Syne……狗狗吃。"

Syne平时也是很挑嘴的，不过，这会儿察言观色也看得出来顾婉凝有意让它哄着人玩儿，那就勉强赏脸尝尝吧！乐蓁见Syne真的凑在她手里咬那块佛手酥，手心也被它舔得发痒，一边笑一边凑到Syne身上，在Syne头顶亲了一下。

康雅婕见了愈发气恼，叫了一声"蓁蓁"，也顾不得小人儿百般不情愿，一把拉开了她，接着便冷着脸吩咐陈妈："以后警醒点照料小姐，不要让蓁蓁挨着这些不干净的东西！"她声音一高，Syne大约也觉出自己是被嫌弃了，立刻连串地吠了起来，听得顾婉凝叫它，才安静下来，愤愤地目送康雅婕出去。

夫人一回来就没有好脸色，邵公馆上下都打点起了十二万分的精神，直到邵朗逸进了门，众人才稍稍松了口气——夫人发作起来，只有三公子才收拾得了局面。

康雅婕见蓁蓁攀在邵朗逸身上，说什么"狗狗""姐姐"之类的话，不由嗤笑了一声："'姐姐'？蓁蓁你记住了，那是你姨娘。"邵朗逸却并不接她的话，只是哄着蓁蓁，许诺养一只顶乖顶漂亮的"狗狗"给她。

康雅婕深深吸了口气，冷笑道："朗逸，恭喜。"

邵朗逸闻言，抱起女儿笑道："蓁蓁想不想要个小弟弟或者小妹妹一起玩儿啊？"

蓁蓁想了想，搂着他的颈子摇头："蓁蓁要狗狗。"

"要狗狗，也要小弟弟和小妹妹，好不好？"

"嗯。"

看来他是早就知道了，康雅婕突然觉得乏力。她和他总是如此，她一拳打出去不管是正是偏，等着她的就只有空气，他甚至连不耐和恼怒都没有，而她的怒火总是一支无物可燃的火柴，划开的动作再用力，也只能依依燃尽，余下一缕冷烟。那他对她，也是这样吗？她倚在门边，怔怔想着，邵朗逸已经抱着蓁蓁从她身边经过："早知道邵夫人这么贤惠，我就叫她搬过来了。"

康雅婕回过神来，不假思索地脱口便道："你敢！"

邵朗逸点头笑道："有这么贤惠的夫人在，我当然不敢。"

到了晚饭的时候，康雅婕刚要落座，忽见管家邵纪堂走到邵朗逸身边，低声说了两句什么，邵朗逸起身抛下一句"我有事出去一下"，便叫着孙熙平出了门。康雅婕见状不由蹙了眉："邵伯，什么事？"

邵纪堂垂手立在一旁："泠湖那边打电话说，二夫人不舒服。"

康雅婕抿紧的嘴唇有些发抖，几乎立刻就想把手里的杯子掼出去！

不舒服？她下午才刚去看了她，她就不舒服？呵，她倒是小看了她，她早就该想到的，她要是没有一点儿心思手段，怎么能前前后后那样笼络着虞浩霆？

邵纪堂回给康雅婕的话轻描淡写，而此时的蓼花渚已经乱作一团。邵朗逸到的时候，大夫正从内室里出来，交代了一番"胎儿才刚刚稳定下来，不能掉以轻心"之类的医嘱，邵朗逸一一点头听了，叫人送了大夫出去，见宝纤六神无主地站在门边，一脸受了惊吓的样子，皱眉问道："怎么回事？"

"我……我也不知道。"宝纤声音发颤，滚出两颗眼泪，"我和夫人牵着Syne在湖边散步，也不知道怎么回事，那狗突然就发了疯。我一下没牵住，叫它跑出去了，Syne也没跑多远，倒在地上一个劲儿地抽……后来，就不动了，夫人看着就哭了……"

宝纤说到这里忽然住了口，邵朗逸的脸色是她前所未见的阴寒："Syne呢？"

宝纤慌乱地摇头："不知道。夫人肚子痛，我跟附近的侍卫送夫人回来，就没再出去。Syne……应该还在湖边，我听他们说，Syne是……是死了，我还没敢和夫人说。"

"剑声，你去看看。"邵朗逸吩咐了汤剑声，默然沉思了片刻，才走进内室去看婉凝。她靠在床上，眉间一点颦纹，抬头看他的眼神仿佛有一点期待，但他却没有什么好消息给她，甚至，他还可能会有更让她难过的消息告诉她。

她看了他的脸色，像被什么烫到了似的，战栗着闭了眼睛，喃喃道："白天还没事的……怎么会突然就生病呢？或者是之前它就病了，我没有看出来？"

"人有旦夕祸福，狗也一样。你现在一切顾及孩子，先不要想了。"邵朗逸的声音同他的人一样宁静温和，似乎有安定人心的力量，然而他自己的心却安定不下来，但愿是他多心。

婉凝紧紧攥着身前的被单，微微点头，却终究忍不住眼泪。

"我小时候养过一只鸡，从这么小养到这么大——"邵朗逸用手比画着，在她身边坐下，"就养在我们公馆的花园里，家里人都觉得好笑，可也都说我那只鸡漂亮。不过，它早上一打鸣，全家人都睡不着,后来我二哥忍不了,趁我不在家的时候,把它拎到厨房里叫人做了汤。"他一开口,婉凝就知道他是想安慰自己,也猜到这鸡不管是真是假都必然没有好下场,但听到这里还是忍不住问道:"后来呢?"

"他们也不瞒着我,我一回家,我二哥就招呼我喝鸡汤,还说你养了这么久,多喝一碗。"邵朗逸面上飘出一点自嘲的笑意,"谁知道我一哭,全家人都笑我,后来过了好几年,我二哥还拿这件事当笑话讲。想想也奇怪,人人都觉得养猫养狗、黄鹂八哥儿养死了,才值得要难过一下;鸡嘛,养来就是吃的。"他说到这里,抿了抿唇,倒带出些孩子气来,"你说,凭什么?"

婉凝被他这么一打岔,心里的难过缓了一缓,可想要报一个笑容给他,却总不能够。

"三公子。"汤剑声站在门口低低叫了一声,邵朗逸回头瞥了一眼他的神色,就知道事情不好,又和顾婉凝打趣了几句,起身出去一直走到蓼花渚的长廊里才停下。

汤剑声面色沉肃:"公子,我和大夫都看过了,夫人的狗是中毒死的。"

夜幕初降,荷香清散,季夏的潺热叫湖面的微风一丝丝驱开,宝纤额上却仍渗了薄薄一层汗珠。

三公子一问Syne今天都吃过什么东西,她心里就"咯噔"了一下。果然,问完了她,邵朗逸就叫人把Syne吃过的东西都拿去验,连丢了的点心都要找回来。想到那狗出事时的样子,宝纤就觉得有些反胃,又把手细细洗了一遍——Syne吃的东西她也碰过不少,难道是有人故意做了手脚?可干吗要跟一条狗过不去呢?

不过,Syne出了事,夫人虽然免不了伤心,可也不见得就没有好处，三公子温言软语地陪在这里，又让副官绕了半个城去买夫人近来爱吃的鱼蓉粥，倒还有几分新宠承欢的意思。

可惜邵朗逸并没有在泠湖待太久，汤剑声一告诉他是康雅婕今天带来的点心不对，他便立刻回了公馆。康雅婕在楼上看见他的车，半酸半怨地一笑，姗姗下了楼："我还以为你今天不回来了。"

"我回来处理点儿事情，等一下就走。"邵朗逸慢条斯理地向她解释，"你下午带到泠湖的佛手酥里有三氧化二砷，简单说，就是砒霜。以后，你不要到泠湖去了。"

康雅婕一双凤眸陡然睁大，脸色先白后红，愤然道："……我没做过！我是讨厌她看不起她，可也还用不着……我也没有那么蠢！"

"我知道。"邵朗逸不慌不忙地拾阶上楼，"所以我只是说，你以后不要到泠湖去。"

邵朗逸很少用公馆的书房，里头的陈设深沉简素，仍是他父亲当年的习惯。窗外的青桐高大繁茂，阔密的叶片层层叠叠映在壁上，漆漆一片，叫人看不出是树影。

邵朗逸低头呷了口茶，粉青的冰裂纹盖碗遮去了他面上的表情："陈妈，这些年，邵家有什么亏欠你的地方吗？"

陈妈颤巍巍地张了张口，突然跪了下来："不关夫人的事，夫人什么都不知道。"

邵朗逸点点头，一边唇角挑出温和的笑意："我得先谢谢你——手下留情。"

陈妈摇着头，神色凄然，花白的发髻在灯下愈显苍老："老奴不知道二夫人有了身孕……无论如何，我也不能伤了公子的骨血。"

"我会叫人安置好你家里人。"邵朗逸眼中掠过一丝冷淡的怜悯，起身走了出去，对等在外头的管家邵纪堂吩咐道，"你去处置吧，叫公馆里所有的下人都到后园去看着，传我的话：今晚的事，看在眼里，记在心里，烂在肚子里。邵家容不得这样忘恩背主的人。"

邵朗逸再踏进蓼花渚的时候，婉凝正木然坐在花厅里："宝纤说，你让人去查Syne吃的东西？"

邵朗逸略一犹豫，还是走到她身前："雅婕带来的点心——有人动了手脚。"

她眼眸一合，手背掩在了唇上，其实他不说，她也猜到一二。Syne本来不吃那些东西的，可它太聪明，总是要讨好自己，这两年她漂泊辗转，它也跟着折腾，加倍懂得察言观色。她没想到会是这样，与其这样，还不如就让它留在……她压了压涌上来的眼泪："不会是你夫人，要不然，她不会让蓁蓁动那些东西。"

邵朗逸低头看着她，如今她常常把头发盘起来，很少有这样放下来的时候，微有波纹的长发铺落在玉色的薄乔旗袍上，如一笔墨痕融进了宋瓷笔洗……他忽然觉得对自己失了把握，倘若今天的事到了更坏的地步，他不知道自己会做出什么事来。他心底冷笑，那么，他们最怕的东西就是他手上最有用的筹码："这件事是我姨母的安排。我已经料理过了，以后没人有这个胆子。"

顾婉凝沉默地坐在灯影里，蓦地把手按在自己腹上，低促地叫了一声"朗逸"，仰起的脸庞上满是泪痕，"我怕……我保不住这个孩子。"

却见邵朗逸微微一笑，眸光温静："怎么会？你放心，孩子一定没事的，我保证。"

婉凝茫然摇头："没人能保证。"

"别人不能，我能。"他唇边的笑意更浓，"你忘了，我是学医的。"

婉凝亦噙着泪苦笑了一下："你都没有毕业……"

"那我也是学医的。"邵朗逸轻快地笑道,"明天我们去趟淳溪。说起来,最能保你平安的人——恐怕还是我这位姨母。"

孙熙平目送邵朗逸的座车开出冷湖,只觉得越来越想不通三公子的心意,且不说他带顾婉凝去淳溪是触虞夫人的逆鳞,还吩咐他待会儿打电话到参谋部去,说淳溪的侍从请走了二夫人,问问虞总长知不知道?总长大人是好随便糊弄的吗?再这么下去,他这条小命迟早要交代掉。

艳阳明丽,夏花繁盛,邵朗逸揽着顾婉凝姗姗而来,虞夫人一见,笑微微地搁了手里的棋子:"你这才想着把人带来给我见一见吗?"

邵朗逸牵了婉凝坐下:"新婚燕尔,姨母总要许我怠懒几日。"

虞夫人一面吩咐丫头沏茶,一面走过来打量着他二人:"这么标致的一个孩子,你偏疼一些也是应该的。不过,也要留意,别叫雅婕心里别扭。"

"姨母的教导我都谨记的。"邵朗逸说着,剥了果盘里的荔枝递给婉凝,"我是在姨母身边长大的,恐怕比浩霆在姨母身边的日子还多。"

婉凝接过那荔枝,低眉一笑。虞夫人从来没对她这样亲切过,她这样想让她死掉,却也要这样笑容可掬地和她对坐闲谈,这世界何其荒诞!虞夫人看她在自己面前这样若无其事,也略感诧异,只听邵朗逸忽然叫住了来上茶的丫头:"玢菊,你带婉凝去见一见我大嫂,我陪姨母走几步棋。"

虞夫人微一点头,玢菊便引了顾婉凝出去。邵朗逸果真踱到棋桌旁认真端详起来,虞夫人看着他,轻轻一叹:"你带着这丫头过来,不是为了陪我下棋吧?"

邵朗逸拈起一枚白子沉吟道："姨母，婉凝一直养的那只边牧您见过没有？"见虞夫人不置可否地一笑，又接着道，"就是先前致轩拿给她玩儿的那只，叫Syne，顶机灵的——可惜昨天晚上，那狗吃了原本要送给婉凝的点心，死了。"

虞夫人讶然道："有这样的事？"

邵朗逸落了手里的棋子，极恳切地笑道："姨母，我有件事要求您。您知道我事情忙，下头的人也未必时时刻刻都警醒，所以烦劳您帮我留心着婉凝，别让她有什么闪失。"

虞夫人笑道："人在你身边，我怎么留心？"

"人在我身边，您都能把砒霜送进去，还有什么不能留心呢？"

虞夫人面色一沉："朗逸。"

邵朗逸漫不经心地转到棋桌的另一边："姨母，您要婉凝死，无非是怕我跟浩霆生分了，有碍江宁的大局。那我不妨坦白告诉您，她要是真出了什么事，您最不愿意我做什么，恐怕我还就非做不可了。"

虞夫人诧异地扫了他一眼，唇角一丝冷笑："就为了这丫头？"

邵朗逸轻轻一笑，仿佛是撒娇的口吻："我一向最听您的话，您不是一直都不想我在意这半壁江山吗？我还真就不怎么在意。别说是为了个美人儿，就是为了一条狗，我也不觉得有什么好笑。"

虞夫人默然了片刻，语气已平稳如常："好，我答应你。不过，你也要给我一句实话——你到底为什么要娶这丫头？"

邵朗逸丢了手里的黑子，抬头笑道："我跟您说过的，我娶她自然是因为我喜欢她。"

虞夫人微一耸肩，摇头道："算了，我也不问你了。"

"姨母，婉凝已经有了我的孩子，您大可以放心安排浩霆和霍家的婚事了。"他骗人的时候从来没有失过手，可为什么他说真话的时候,却偏没人信呢?"

虞夫人眼中闪过一线模糊的惊疑,刚要开口,忽然听见外头有卫兵行礼的声音,一阵急促的脚步声由远及近,转眼就到了堂前。邵朗逸闻声又是一笑:"说曹操,曹操到。我出来之后才叫人给参谋部打的电话,说您接婉凝过来玩儿,他来得还真快。"

"母亲。"虞浩霆面无表情地走进来,一眼看见棋桌旁的邵朗逸,眉心一跳,"你这是什么意思?"

邵朗逸若无其事地走到他身边:"昨天晚上,Syne吃了康雅婕送到冷湖的点心,里头有人掺了砒霜。康雅婕没有那么大的胆子,也没有那么狠的心……浩霆,你说什么人能在我家里安排这样的事?"

虞浩霆不动声色地望了一眼母亲,继而低声对邵朗逸道:"Syne呢?"

"死了。"

他目光一凛,脱口而出一个"她"字,后面的话又生生咽了回去:"我知道了。"

邵朗逸也不再多说什么,转脸对虞夫人笑道:"姨母,你们先聊,我去看看我夫人。"他一转出游廊,虞夫人的脸色便冷了下来:"你们这样……还成什么话?你坐下。"

虞浩霆却没有动,依旧是身姿笔挺地立在堂前:"母亲,到此为止。"

"朗逸叫人跟你说了什么,就把你哄到这儿来给你母亲脸色看?"虞夫人带着愠意冷笑,"就算我真的要把她怎么样,会把她带到淳溪来?你知不知道带兵理政最忌讳的是什么?这么容易叫人料中你的心思,你父亲要是知道……"他当然明白孙熙平传的话有多么经不起推敲,他也猜到这件事是邵朗逸有意为之,可是——她是他的万中无一,他不能赌任何一个"万一":"母亲,如果没什么事,我先回去了。"他转身要走，虞夫人却站了起来："你站住。"

她的声音已经全然平静："她已经有了朗逸的孩子。你也该死心了。"

虞浩霆的身形若有若无地一滞，仍是头也不回地走了出去，唯有卫朔紧锁着眉头望了虞夫人一眼——何必呢？夫人真的就不怕四少难过吗？

阳光太烈，亮白的反光从每一个无法预料的角度直刺过来，避无可避，周围的一草一木都显得虚幻飘忽，车门一合，倏然抽走了大半光线，才让人觉得真实。

虞浩霆迟迟不发话，卫朔只好低声请示："总长，是回参谋部，还是……"

虞浩霆仿佛置若罔闻，良久，忽然低低地说道："我们也有过一个孩子，大概……"他喉头动了动，声音竟有些发怔，"已经没人记得了。"卫朔僵在那里，既不敢回头看他，亦不知如何回应，只听他声音压得更低，"我宁愿她也忘了。"

那口吻让他再忍不住，回过头叫道："四少——"虞浩霆抬眼看他，卫朔恳求地望着他，艰难地开口，"算了吧。"

四少，算了吧。你也该死心了。你和她既然分开了，还有什么相干呢？

不相干了吗？该死心了吗？

算了吧，是该算了，虞浩霆怔怔地点了点头："回参谋部吧。"

卫朔缓缓松了口气，示意司机开车，然而车子刚一发动，虞浩霆突然声气急促地叫了他一声："卫朔！"语气里分明透着慌乱。

他骇然回头，只见虞浩霆像是被什么东西惊吓到了，直直落在他脸上的目光竟是从未有过的惶然无措，仿佛是在确认一场不能置信的灾难,而他喃喃自语的话更叫他觉得惊骇,"我好不了了。"

他声音略高了一高,那茫然无助的神情让他也不知所措,"卫朔,我好不了了。"

我好不了了。

像最初的谶言,亦像最后的判词。

卫朔心底一酸,忽然省悟他那句"算了"才是最叫他心疼的事。

她不是楔在他心上的一颗钉子,即便拔出来的时候会疼、会流血,可天长日久,那伤口总能慢慢愈合,不过留下一痕瘢疤。

她是埋在他心里的一颗种子——旁人只见得春去冬来,花谢花开,而那蓬勃根系却在无人得见的心田深处汲血裂土,日日疯长。你可以砍了那树,却不能去动那根,不等你拨开那些密如织网的根须,这一腔心血早已豁裂开来,碎作齑粉。

陇北的物候迟,消息也来得迟。

霍仲祺刚在宋稷林办公室门口打了报告,宋稷林便笑呵呵地招呼他:"进来,进来!泾源有什么意思?还是到渭州来吧!"

霍仲祺笑道:"师座,我是来跟您讨东西的。我们那一营人,连个步兵炮都没有,比呼兰山的杆子还寒碜呢,有损师座军威啊。"

"你想玩儿炮,到我的主力团去。"宋稷林说着,就吩咐勤务兵泡茶。

小霍故意皱了眉:"师座,您这点儿面子都不给我,让我回去怎么交代呢?我可是跟人夸了口,说师座是我的世兄,又最体恤下属的。"他这句"世兄"却是高抬他了,宋稷林一笑:"你都开口了,我还能不给?我不过是想让你到渭州来。"

霍仲祺闻言立刻挺身行礼:"多谢师座体恤!"

宋稷林摆手道:"坐下喝茶。"

霍仲祺端正地坐下，却见宋稷林的神色忽然有些诡秘起来："仲祺，我有件事要跟你打听打听。"

霍仲祺喝着茶笑道："属下知无不言。"

"邵司令前些日子新娶了一位如夫人。"宋稷林语意一顿，霍仲祺却捧着茶杯摇了摇头："是吗？这事我还真不知道。不过，邵夫人这么大方，我倒没想到。"

宋稷林自己也呷了口茶："这种事儿本来寻常，只不过，我听说邵司令这位新夫人有些不寻常。"

霍仲祺眸光一飘，心道怎么朗逸娶个小妾，他打听得这么起劲儿："怎么说？"

宋稷林干咳了一声，清了清喉咙："听说这位新夫人……是虞总长先前的女朋友。"

霍仲祺一愣，失笑道："不会吧？谁传这样的话。"脑子里飞快地过了一遍虞浩霆的女朋友，他怎么也想不出是谁突然对了邵朗逸的胃口。梁曼琳早就结了婚，楚横波那几分清矜许能入了他的眼？可也不至于吧？

宋稷林听他如此说，也看不出他是真不知道还是装糊涂，遂道："就是之前总长身边那位顾小姐，你在江宁也见过吧？"

他话音未落，只听"砰"的一声，霍仲祺手里的茶杯跌在了茶几上，他身上亦溅了茶水："不可能！"

宋稷林见状不由诧异，他知道霍仲祺在江宁和虞浩霆一向交好，如今小霍这个态度显是一无所知，他都惊成这样，可见此事确有蹊跷。

霍仲祺也知道自己失态，却已无心掩饰。不可能。怎么可能？四哥那样珍重她，就算是……反正他迟早是要死在这里的，他不会回去叫她伤心难堪。可就算万一她真的和四哥分开了，她再怎么样，也不可能去给朗逸做小："不可能，一定是弄错了。"他这样斩钉截铁，倒让宋稷林有些尴尬："我也是听刘长官说起，觉得……这个，这个事出突然，所以才……"

霍仲祺却根本听不见他在说什么了，皱着眉站起身来："师座，我跟您告个假，我得回家一趟。"

宋稷林愣了愣，虽然不明白他这会儿哪根筋突然拗顺了，但心里却是由衷地巴不得他赶紧走，忙道："好好好，你去吧！不急着回来，替我问总长好，问霍院长好。"

他看着霍仲祺有些失魂落魄地出去，心下咂摸，看来这位顾小姐，啊不！是邵夫人，还真是有些不寻常。只是，小霍慌成这个样子，难道是因为邵司令和总长真要有什么……

暴雨如注，鞭子一样抽打着地上的青砖，水花飞溅开来，仿佛抽开的是一条条动脉。小霍撞进月洞门的时候，浑身上下都已经浇透了，韩府的下人犹自气喘吁吁地追在后头想给他撑伞，韩珝见状一惊，顾不得从丫头手里接伞就抢了过去："你这是……"

霍仲祺抹了一把脸上的雨水，死死盯住他："是真的吗？"

韩珝幽幽低叹，点了点头。

小霍如被急雨冲刷的一竿篁竹，整个人都在微微发抖，话亦说得吃力："你怎么不告诉我呢？"

"我打了电话去渭州，又转到泾源，都说找不到你，后来……"韩珝眉睫一低，声音也低了下去，"事情已经这样了，你知道还不如不知道。仲祺，算了吧。"

霍仲祺退开一步，死命抿着唇，摇了摇头："我去找四哥！他要是气我，就杀了我……我去找他，他一定是气我！我去找四哥……"

"你不能去！"韩珝连忙去拉他的手臂，却被小霍甩开了，韩珝

_305

急道,"你要去也不能这个样子去,你再闹出什么风言风语来,你叫别人怎么说她?"

小霍蓦地站住了,回头看他的眼神竟有些狰狞:"谁说她?说什么?"

韩玿撑开了手中已然鸡肋的雨伞,遮在他身上:"你总要先换身衣裳吧。"

窗台上仍有水滴在噼啪作响,房间里到处都弥漫着潮意,雨下了一夜,总长办公室的灯也亮了一夜。庭院里,被雨水冲过的片片浓绿直洇到人眼里来,夏天有这么一场雨,原是件爽快的事,可如今连叶铮这个话唠都成了锯嘴的葫芦。一连串的莫名其妙谁也理不出头绪,他们不是无所事事把嚼舌当事业的三姑六婆,想不通就无话可说,更何况……郭茂兰喟然摇头,事到如今,再说什么都是多余。

"茂兰!"外头敲门的却是个许久未见的熟人,郭茂兰连忙起身笑道:"有日子没见霍公子了,你忙什么呢?"

"我刚从渭州回来。"霍仲祺立在门边跟他略点了点头,"总长这会儿忙吗?我有点事……"

郭茂兰一边琢磨着他怎么会去了渭州,一边说:"总长没什么要紧的事,你去吧。"

霍仲祺却站着没动:"茂兰,你帮我问一下吧,看总长现在有没有空。"

郭茂兰闻言不由挑了下眉,按道理霍仲祺这么说也没什么不妥,只是以他和虞浩霆的关系,就是没事儿去跟总长聊天也成,用不着他们"通报",且平素他也没有这个习惯。不过,小霍既然这样说了,他去问一问也是分内的事:"好,那你稍等。"

郭茂兰回来的时候，面上的神情却有些尴尬，霍仲祺一见，脸色便暗了下来："四哥他……没空吗？"

"总长说，如果是别的事，就请您进去；如果——"郭茂兰微微一顿，飞快地舔了下嘴唇，"如果是顾小姐的事，您该去泠湖。"

只见霍仲祺呆立了片刻，若有若无地点了点头，便一言不发地从他身边擦了过去。

他知道四哥不想见他，他原本也没脸来见他。

他不知道他能跟他说什么，他只知道，事情不该是这样的。

如果是顾小姐的事，您该去泠湖。

可她不要见他，他该跟她说什么？问她为什么要嫁到邵家去？他凭什么去问？

她再也不要见他了，她恨他！

他手上骤然锐痛，低头看时才发觉，握在手里的一只薄瓷白果杯竟碎开了，殷红的血迹混着茶水淌在手上，尖锐的疼痛带来一种异样的快感。他下意识地收紧手指，把那参差的瓷片攥在了掌心。

"小霍！"韩玿搁下手里的冲罐，扯住他的腕子去掰他的手指，霍仲祺这才醒悟过来，连忙张开手丢了那些碎瓷："我没事。"

韩玿见他掌心血迹纵横，也不知有几处伤口，急急吩咐丫头去取了纱布白药来，一边替他清理伤口，一边蹙着眉劝道："你这又是何苦？你若是伤心你自己倒还罢了，你要是伤心婉凝，大可不必。你好好想一想，就算浩霆喜欢她，可虞伯母是好相与的吗？她那样的家境，不要说和庭萱比，就是小六小七，都比她入虞伯母的眼。浩霆真要是娶她做总长夫人，虞伯母恐怕什么手段都使得出来，你忘了当年……"

霍仲祺的手微微一抖，韩玿把后面的话咽了回去："你就更不

_307

用想了——姑夫姑母也绝不会让她进门，你跟她的事……要是让你父亲知道，你以为姑夫会放过她？虞四少还能保她一二，你拿什么保她？她嫁到邵家去反而平安，最多不过是看看康雅婕的脸色。可康雅婕算什么？邵朗逸为什么娶的她，你不知道吗？将来在邵家，还不知道谁看谁的脸色呢。再说，朗逸的人才家世，不能和你比吗？"

韩珝絮絮说着，只为要分散他的心意，怕他钻了牛角尖。小霍心思芜杂，听得有一句没一句，总觉得他说得似乎条条有理，却又极不合理，可他问的这些话，确是每一句都让他无从辩驳："她……不喜欢朗逸。"

韩珝听了他这一句，一时心痛一时又有些好笑，小霍也是个聪明的，这会儿是真被他绕进去了，轻轻嗤笑了一声，道："喜欢？这世上的夫妻，有多少人是互相喜欢的？小七喜欢虞四少，不也嫁了周月亭？致娆还喜欢你呢，你娶她吗？"他说到这里，也突然有了一丝伤感，用纱布细细裹了小霍手上的伤口，低声道，"不过是因为你喜欢她，便觉得她的心意，比旁人矜贵些罢了。"

霍仲祺此时十分心意，九分都是伤心自责，却没想到韩珝这一番东拉西扯看似条分缕析，实有个极大的漏洞不能自圆其说，只喃喃道："不该是这样的。"

"公子，霍小姐来了。"门外一声通报，打断了二人的思绪，只见丫头撑着伞送进一个窈窕端雅的身影来——韩珝见霍仲祺面色青白地回来，唯恐他再有什么不妥，又不敢惊动别人，只好告诉了霍庭萱。

霍庭萱一进来先对韩珝歉然一笑："麻烦你了。"

"这是哪儿的话？"韩珝起身笑道，"你先坐，我去喂喂我那只八哥儿。"

霍庭萱在弟弟身边坐下，看了看他手上裹好的伤口："你这是怎么回事？"

小霍却垂着眼不敢看她："我不小心摔了个杯子。"

霍庭萱见他容色憔悴，心中亦五味杂陈，弟弟自幼便是绮罗丛中娇生惯养，既没有磋磨，也少人管束，人人都道他这一辈子都是千金换酒，银篦击节的秋月春风了，不料偏扯出这么一场剪不断理还乱的情劫："你去见过浩霆了？"

霍仲祺默然点了下头，旋即又摇了摇，霍庭萱一时不解："怎么了？"

小霍把脸闷在手心："姐，你别问了。"

霍庭萱沉默了片刻，轻声道："你这次回来和之前去渭州，都是为了顾小姐吧？"

霍仲祺一听，猛然坐直了身子："你怎么知道？"

"母亲说你以前喜欢过她，父亲为这件事关了你，你才偷偷跑去沈州的。"霍庭萱尽量说得轻描淡写，语调格外温柔，"顾小姐我见过，很美的一个女孩子，我听说她琴弹得很好，还会跳芭蕾……你喜欢她，也不奇怪。"

从锦西回来，这件事他从来都藏在心里不敢再对人透露分毫，他扪心自问亦觉得难以启齿，而此刻霍庭萱娓娓道来，才叫他觉得如永夜里窥见星光。

喜欢一个人，原该是一件多么美好的事，哪怕她不爱他。江之永矣，不可方思。之子于归，言秣其马——他原以为他也可以，他真的以为他可以。

"那……"霍庭萱也觉得接下来的话有些不好开口，"她和浩霆分开，是因为你吗？"她见弟弟双手抵在额上默不作声，想了一想，又问道，"顾小姐，她也喜欢你吗？"

霍仲祺剧烈地摇了摇头，颤声说道："她有四哥，怎么会喜欢我？姐，你别问了。总之，是我对不起她……我对不起四哥。"

霍霆萱轻轻拍抚着他肩膀："好，你不想说，姐姐不逼你。不过，前些日子浩霆让我带句话给你。"

霍仲祺疑惑地抬头，霍庭萱正目光温润地望着他："浩霆说，这些年，他一直把你当弟弟，以前是，以后也是。"她说着，轻轻蹙了下眉尖，"当时我也觉得奇怪，现在想想，大约他也是怕你心思太重。"言毕，却见小霍双眸微闭偏过脸去，眼角堪堪滑出一道泪痕。

这些年，他一直把你当弟弟，以前是，以后也是。

他怎么会这么傻？他早该想到的，这样的事，换作别人，早就死了一千次了，可偏偏是他。他只一味想着，要是他气他，就杀了他！可是虞霍两家的渊源，他们这样的情分，四哥……四哥能拿他怎么办？

所以，他才跟她分开的吗？

这些年，他一直把你当弟弟，以前是，以后也是。

那他做了什么？

如果不是他私心作祟，当初她和四哥的孩子或许就不会有那样的意外；如果那天在南园，他还有一点良心，她……

这些年，他一直把你当弟弟，以前是，以后也是。

可他都做了什么？

霍仲祺再回到泾源，已有了刘庆贤的调令。此前看他来去匆匆，众人都料定他是来个心血来潮的"钦差"，谁知他不仅又调了回来，看样子还不打算再走了。

"听说他是个'公子'哩。"

"公子？屁个公子！'公子'能混到这儿来？我看他那个小白脸

的样子,八成是招惹了长官的小老婆,给人发配了。"

"你见过带着保镖'发配'的?跟他来的那几个人……营长说是刘长官的侍卫,瞧见那枪没有?"

"照你这么说,那他是刘长官的亲戚?"

"他又不姓刘!"

"外甥不行吗?还有表侄呢!"

"嘿嘿,说不定是小舅子。"

……

拾

新欢
你们和别人并没有什么不同

"这是我的书房。"邵朗逸引着顾婉凝沿游廊走到一处翠竹掩映的所在,灰檐素壁,只门窗透出一点略泛了旧意的赭红。

"书房?"婉凝抬头看时,见门楣横匾上写着"懒云窝"三个字,却是不得要领,"这名字有趣,是有典故的?"

"典故没有,有一首元人的小令。"

邵朗逸拾阶而入,径自进了内堂,自水注中取水研墨,随手写了出来。婉凝环顾四周,他这间书房里却没有几本书,架上只散摞着各式碑帖卷轴,也不甚齐整。待邵朗逸写毕搁笔,她才走近去看他的字:

懒云窝,醒时诗酒醉时歌。瑶琴不理抛书卧,无梦南柯。……客至待如何?懒云窝里和衣卧,尽自婆娑。

婉凝读来莞尔:"你这哪里是书房?睡房还差不多。"又细看了一遍,道,"你这样的人,也学瘦金书吗?"

"赵佶的字,李煜的词,亡国之君的东西尽有好的。既然是好的,就没什么不能学,'因人废艺'才是心虚。"邵朗逸闲闲一笑,"我听说你在学校里也常常练字的,你写几个字我瞧瞧?"

婉凝连忙摇头:"我不会,我都是自己练着玩儿的……你怎么知道我在学校里常常练字?"

邵朗逸笑微微地移开镇纸,重又展了一页素宣:"我知道的事情多着呢。我还知道你有个女同学在和昌怀基地的小空军谈恋爱,还介绍了个男朋友给你,是不是?"一边说,一边择了支兼毫湖笔递过来。

他如此一说,婉凝便猜度这种事情多半是出自韩佳宜之口,也不再追问。只是搦管在手,一时却想不出要写什么,转眼间见他书案边挂了一幅瘦金书的立轴,上头一首近人的七绝叫她微微一怔:"这个……我随口说起的,你也喜欢吗?"

邵朗逸旋着手里的墨锭,笑意委婉:"你看看落款。"

顾婉凝依言去看那条幅上的款识,开头便是"庚申孟春",她不甚熟悉干支纪年,就着今年向前算过才恍然省悟,她"随口说起"的时候,这幅字已写成五年了。并非因为她"随口说起",人家才写了挂在这里的。她一算明白,不免有些讪讪,便低头运笔掩了面上的赧然,邵朗逸也不多话,只去看她的字—— 一行颜楷只将将能算端正,庄重沉着都谈不上,更不要说气度森严,浑穆中得险劲之趣了。"颜楷雄强浑厚,风棱射人,最讲笔力的。"邵朗逸说着,虚笼了她执笔的右手接着往下写,"欧阳修说颜真卿忠义出于天性,故其字画刚劲独立……"他言到此处,忽然觉得手里一空,顾婉凝突然搁了笔:"我写不来。"

邵朗逸又看了一眼纸上那半首绝句,已然明白她的字为什么学的是颜楷,若无其事地点了点头,一派就事论事的语气:"嗯,你一个女孩子,又是初学,临颜楷倒不如先学虞世南。"

他正要提笔续完剩下两句,忽然有丫鬟隔着湘妃帘在外头通报:"公子,夫人来了,叫人在闹红一舸备了晚饭,问您和二夫人……"她话还未完,康雅婕的贴身丫头宝纹已经抱着乐蓁到了堂前,不及行礼,怀里的一双小手便拨着帘子娇娇唤道:"爸爸。"

邵朗逸一笑搁笔,把女儿抱了进来,对婉凝道:"二夫人,你要不要去?"

顾婉凝微笑摇头:"那边晚上风大,我回蓼花渚去了。"

闹红一舸是筑于泠湖北岸的不系舟,"舟"畔有大片碧荷,自入夏起便青盖亭亭,此时更是水佩风裳,冷香嫣然,正是消夏的佳妙所在。邵朗逸叫人折了一朵荷花给蓁蓁拿在手里,一路把玩着过来。康雅婕凭窗而望,只觉湖岸柳影之间,他的人愈显风雅清俊,肩上的小人儿衬着大过碗口的一朵白莲,粉妆玉琢一般,顾婉凝却并没有跟来。嗯,她还算识趣。

邵朗逸上了"船"才放下女儿,叫人带着蓁蓁去船尾看鱼。康雅婕才款款走到他身边,慼然问道:"不是说她跟你在一起的吗?怎么不过来?我这个做姐姐的,这么没有面子。"

邵朗逸并不接她的话,只拣了桌上的一碟菱角,手起刀落,剥得十分利落专注:"我有没有说过,你不要到泠湖来?"

康雅婕听他口吻淡静,也拿不准他是不是生气,心中不免发虚:"我又不会把她怎么样,我不过是想,一家人总该多亲近些。"

邵朗逸却只低头剥着手里的菱角,既不说话,也不看她。康雅婕安静了一会儿,见他仍是不理不睬,忍不住有些窝火:"我对她这么客气,你还不满意吗?你知不知道别人都是怎么说的?她不必出去见人,倒是无所谓,反倒要我听着……"

邵朗逸剥出手里最后一个果仁,抬起头来温存一笑:"雅婕,你这么贤惠得体，辛苦了。"康雅婕原是等着他着恼的，不想他却突然不伦不类地赞了自己一句，下面的话便不知从何说起了。

邵朗逸擦了擦手，接着道："其实，我一直有件事想跟你商量，又怕你不高兴。如今看你和婉凝处得这么好，我也就放心了。我打算再纳一位如夫人，你觉得怎么样？"他说罢，便把孙熙平叫了进来，指了指桌上剥好的菱角，"把这个送到蓼花渚去，跟二夫人说，尝个鲜就算了，这东西吃多了伤脾胃的。"

康雅婕犹自震惊于他刚才的话，却是无暇理会他这番做作，孙熙平一退出去，她便立刻冲到邵朗逸面前，逼视着他："你到底想怎么样？"

邵朗逸却是不慌不忙："说起来，她跟我也有好几年了。先前是碍着我没有成家，夫人没来，总不好叫妾侍先进门；后来咱们结了婚，我只想着你，眼里再看不见别人的。现在想想，总要给人家个名分，你也不想我是个薄情寡义的人吧？"

康雅婕眉心紧蹙，眼里几乎要冒出火星来："她跟你好几年了……我怎么不知道？"

"这种事我平白跟你说，不是惹你不痛快吗？你要是不信，去问孙熙平他们：我在梅园路的那处房子，住的是什么人。"

"那你干吗不娶她，要娶……"

邵朗逸脸上罕见地露出了一丝尴尬："男人嘛！多少有点儿贪新忘旧。我也是这几天才觉着——衣不如新，人不如故。"

衣不如新，人不如故？她跟了他好几年？那她这个邵夫人算是新人，还是旧人呢？康雅婕一念至此，恼怒忽然变成了气苦，一颗接一颗的眼泪接连滚了下来。

邵朗逸一见，要伸手去拭她的眼泪，康雅婕一把就甩开了他，退到窗边，只望着窗外的一湖田。邵朗逸不紧不慢地跟过去，从背后环住了她的腰，她挣了两下没有挣开，便去掐他的手背。他在她耳边抽着冷气，却不肯松手："我知道那天我娶婉凝的时候，她不懂事，惹你生气了。这回都照你的意思来，还不成吗？"

不过时隔三月，邵家又开喜宴，着实叫人大跌眼镜，且这回纳进邵公馆的新人也是个有来历的。这位三夫人芳名蔼茵，父亲是前朝一个姓卢的道台，原也算是书香门第的千金闺秀，只是卢道台上任没两年便遭逢千年未有之变局，无所适从之际偏还拗着些读书人的迂腐，连督抚都弃衙而去，这位卢大人还是抱定了忠臣死节的念头守在官署，果然在乱兵之中"取义成仁"。可惜江山色变，日月一新，皇上都成了丧家之犬，卢道台这个"忠臣"连个旌表都没捞到。

及至卢小姐长大成人，卢家已破败得不可收拾，接下来的事就落了俗套，谪仙蒙尘，堕入欢场，却是一个慧艳思巧的人物，在华亭的交际场里很出了一阵风头。不料人红是非多，两个倾慕佳人的公子哥儿醋海生波，拔枪相向，情场里闹出人命，还打起了官司。正当满城风雨争相看戏的时候，女主角却突然销声匿迹。佳人杳然，空余艳迹，让许多人一番嗟叹，却不知什么时候被收罗到了邵朗逸手里。

如此一来，难免有知情者旧事重提，好事者费心打听，这么有趣的事情不多啁摸几次，着实浪费。

魏南芸啼笑皆非，邵朗逸的寡嫂却在为邵朗逸担心："听说那女人八字重煞克父克夫，才出了那样的事故，也不知道三弟的八字压不压得住？"

唯独虞夫人对这件事毫无兴趣——她原以为他娶顾婉凝是另有筹谋，现在看来，他说那句"我娶她当然是因为我喜欢她"倒像是实话了。

可要真是如此，那她应承他的事，也就不能作数了。

和顾婉凝有关的最后一条花边新闻，是邵三公子一周之内把一部舞剧《吉赛尔》陪着三位夫人各看了一遍。观者不免感慨：这样的齐人之福，也不是人人都能享得来的了。不过，温柔乡多了一重，邵朗逸待在陆军部的时间反而越来越多。据说是邵夫人打翻了醋坛子整日和小夫人针尖麦芒，英雄难过美人关，三公子也有摆不平的事情，只好躲在办公室里避风头。

　　"哎，你这宝宝什么时候生出来啊？"陈安琪兴奋地摸在婉凝隆起的小腹上，"我给她当干妈吧。"

　　"还早呢，要等到明年春天了。"

　　"那你想要男孩还是女孩？"

　　顾婉凝想了想，笑道："我也不知道。有时候觉得女孩子好，有时候又觉得男孩子好。"

　　安琪又换了另一只手摸上去："到底什么感觉啊？像吃多了一样吗？"

　　顾婉凝有些哭笑不得，抬手按在她胃上："吃多了是这里好不好？"

　　"对了，你给宝宝起名字了没有？"

　　"没有，还不知道是男孩女孩呢！"

　　"都起啊！我帮你想！如果是男孩，邵家……"

　　"安琪！"顾婉凝托着腮，软软地打断了她，"你对小孩子这么有兴趣，你自己生一个吧。"

　　陈安琪立时撇了撇嘴角："我可不要！人家说女人一怀孕就开始变丑了，我怎么也要等到过了三十岁再生，反正也老了，难看就难看吧！"又端详了一下顾婉凝，"不过，我看你还好。"一边说，一边捏了捏她的脸，"嗯，不错。"

婉凝笑着打开了她的手，正色道："你总来看我，伯父伯母不介意的吗？"

陈安琪闻言，狡黠地一笑："他们不知道。他们以为我去了别处。"

婉凝轻轻握了握她的手："那你还是不要来了，回头被拆穿了就不好了。"

陈安琪却满不在乎地笑道："你放心，我这个'挡箭牌'拆不穿的。"她说罢，见顾婉凝面有疑色，忽然也不好意思起来，"其实，我之前就想跟你说的，不过那时候我也没想好……"她这样的神色和言辞，顾婉凝已经猜到了几分，嫣然笑道："你家里这么放心你跟他出来，一定是对这人很满意了；他愿意给你当这样的幌子，一定是对陈小姐百依百顺了；既然这样，那你是不是好事近了？"她说一句，安琪脸上就红一层，可听到最后一句，却摇了摇头："没有没有，我还没想好呢！其实，我也想问问你，这人你也熟的。"

顾婉凝听了，脸色微微一变，陈家看重的人，家世必是上选，和她相熟且又讨得安琪欢心的人，只有小霍。这些日子，她从来不去想他，所有和他相关的一点一滴全都被她封禁在了最不愿触到的角落。她只想忘了他，彻底忘了。一分一毫都不要再想起。此时那人的影子突然撞进来，心口就是一刺，勉强对陈安琪笑了笑："你不是说早就不想这个人了吗？"

陈安琪一愣，连忙摆手："哎呀，不是他了，是……今天我来的时候，他还问我，要不要再给你找只小狗？"

"是他？"顾婉凝先是讶然，既而又觉得是情理之中，"你们什么时候在一起的？"

"我也不知道。"安琪拨弄着靠垫上的流苏，"就像开party，客人陆陆续续都走了，最后就剩下我们俩，还正好顺路。"她俏皮地一笑,"多动心好像也没有,不过,我觉得跟他在一起,蛮自在的。"

"那就很好啊。"

安琪眼睛一亮:"你也觉得好啊?那要是我跟他在一起,你这个宝宝就要叫我婶婶了。"

顾婉凝闻言莞尔:"你连这个都算好了,还说没想好?"

安琪临走的时候,吞吞吐吐地同她嘀咕了两句:"我听我母亲说,虞家好像……好像虞总长会娶那位霍小姐。她现在是女界联合会的执行委员,还在报纸上开了专栏,说要以美育陶冶国民,很热闹的。"

她只笑微微地应道:"霍小姐的文章我也看到了,确实很好。"

其实她自己也觉得意外,安琪的话竟然没让她觉得有太多惊讶,是因为其实她心底也觉得事情本来就应该是这样吗?"然后妙选高门,以结秦晋。"那样的人生是一匹最最耀人眼目的绸缎,金彩斑斓,锦上花开。

她触摸着藏在身体里的那个小生命,居然还能笑出两点梨涡,她见识过最深刻的情意和最惨烈的结局,却还会撞进这样一张网。大概只有亲自试过了,才能真的相信;否则,不管有多少前车之鉴,心底却仍像囚着一只鸟儿,时时扇动翅膀怂恿你:或许,会不一样呢?这一次,只这一次,或许真的会不一样呢?

湛湛的秋日晴空,流云如薄棉,雁字一行,转眼便了无痕迹。她甚至觉得庆幸——扑过火的飞蛾,能全身而退的又有几个?感情这种事,人在其中,总觉得点点滴滴都独一无二;但经过之后就会明白,你们和别人并没有什么不同。

照片拍得很好,以至于编辑到现在还不能决定该用哪一张做封面，霍庭萱随手翻了一遍，跟电话那边建议："我想是不是素朴一点的更好一些？前天欧阳总长刚在陵江大学讲过'勤以修身，俭以养德'，我父亲也很赞同；我这个做女儿的抛头露面，总要顾及家父家母的想法。不过，这未必适合杂志的品位，还是您来决定吧，我一向都相信专业的眼光。"

电话那边自然是诺诺，霍庭萱从记事簿上勾掉了这一行，正翻看着后面几天的日程，霍夫人忽然一个人走了进来："你再忙，也要想想自己的事。"

霍庭萱笑着坐到了母亲身边："这就是我自己的事啊。"

"你父亲的意思，之前的事，过去就过去了。"霍夫人拉着女儿的手，轻轻叹了口气，"你虞伯母一直就喜欢你，前些日子她也跟我提过，我只说要问你自己。母亲知道浩霆先前那些事一定是惹你伤心了，你要是不想，你父亲那里我去跟他说。不过，你要是还……如今他身边没有别人……"

"母亲——"霍庭萱柔声打断了霍夫人的话，"你和父亲的意思我都明白，我的事情你们就别烦心了。"母亲的意思她当然明白，"如今他身边没有别人"，言外之意就是，万一日后再有了别人呢？

但她想要的，不仅仅是一场"天作之合"的联姻，亦不仅仅是他身边的那个位置。

她会让他明白，她能给他的多过其他所有人，没有人比她更懂得，也没有人比她更值得。如果日后还会再有别人，那这件事于她而言，还有什么意义呢？

不过，并不是每个人都像霍小姐那样有耐心。

孙熙平接过卫兵递还的证件，把车缓缓开进了栖霞官邸，三公子和总长照面的次数越来越少，他跑腿的次数就越来越多。秋日的阳光不像盛夏那样刺激，亮烈的边缘裹着柔和的轮廓，洒出一片暖金，连落在地上的影子都透着一脉温柔。他刚走到二楼的楼梯转角，忽然迎面冲下来一个人，而且还是个女人。

说"冲"下来有点过了。这女孩子身形太纤巧，动作也太柔曼，即便是她自己仓促之间已经慌不择路，但在别人看来充其量也不过是只受惊的兔子，还是特别小小软软的那一种，一条玉色的长旗袍笼在身上都叫人觉得有些撑不住似的。孙熙平侧身退开让着她过去，那女孩子脚步慢了慢，一双蕴足了眼泪的清水眼透过刘海惊恐地看了他一眼，立刻埋着头匆匆逃下了楼。

孙熙平回头看了一眼那仓皇而去的背影，却是眼生得很，看衣着打扮也像个大家闺秀，可这个惊慌失措的样子在官邸里实在是诡异，他一路上了楼，可也没见有人追她。怪事年年有，今年特别多，他耸耸肩，往虞浩霆的书房去了。

等他交了差事又下到一楼，隐约听见近旁有低低的啜泣之声，他循声回头，光可鉴人的大理石地面上果然印着半个微微颤抖的女子侧影。孙熙平转过楼梯，正泪水涟涟努力用手帕去堵自己呜咽的，正是方才和他擦肩而过的女子。虽然眼泪花了薄妆，但不得不说，这还真是个很漂亮的女孩子，只是这会儿她眼圈眼皮连鼻尖都哭得泛了红，愈发像只兔子了。

孙熙平不禁有些好笑："你是谁家的小姐？怎么在这儿？"他问得和颜悦色，那女孩子的眼泪却流得更凶了。

她怎么在这儿，是个让程静瑶没办法回答的问题。

程家和虞家的关系说近不近，说远也不算太远，她是魏南芸哥哥的妻妹，也算是魏南芸的"妹妹"，只是这个比她大了快二十岁的"姐姐"实在让她无法招架。

两个星期前，魏南芸把她接到栖霞跟自己做伴。"做伴"当然只

_323

是个说法，实则是想寻着机会撮合她跟虞浩霆罢了。这十几天，魏南芸跟她说得最多的，就是虞家四少的性情好恶，又日日调教她的言谈举止，恨不得一颦一笑都划出规矩来。连她身上这件衣裳都是魏南芸亲自选的，其实她自己并不喜欢，但哥哥嫂嫂连父亲母亲都交代她，要听魏姐姐的话。何况，她原本就是家里最听话的孩子。

可是，有些事仅仅靠"听话"是不够的。

比如今天下午，魏南芸吩咐她去那个装饰得极漂亮的房间："你什么都不用做，就待在那儿，要是四少问起——记住我跟你说的话。"

事情一如魏南芸所想，虞浩霆一眼瞥见那房间里有个纤巧的背影，立刻就停了脚步。只是接下来的事却让程静瑶发现，原来"听话"也是件很难完成的"任务"。

那位她远远望见过的虞四少一走进来，就问了她两句话："你是什么人？谁让你进来的？"

她想把魏南芸事先教过的话说出来，嘴却怎么也张不开，那人眼神太冷，他一走进来，她周身的空气都像被冻住了。她原本只是紧张，可现在却忽然觉得害怕。他离她还很远，但她本能地就想往后退，却又僵着身子一动也不敢动，这样的感觉让她只想哭。

他的话，每一个字都没有温度；他落在她身上的目光仿佛她根本不是个活物，她原以为人怕到极处的反应就是逃，现在才知道，当你真正害怕的时候，是连逃的勇气也不会有的。幸好他似乎也没兴趣从她这里得到什么答案，漠然看过她一眼，便不耐烦地蹙了下眉："出去。"

她呆了呆，一反应过来立刻就"听话"地照办了，等她慌不择路地"逃"到楼下，才意识到，自己把事情搞砸了。

她是来讨好他的，不是来惹他讨厌的。他们说，她最好的归宿就是嫁到虞家来，可是他……她以前只是隔着人远远看过他，却没想到他这么叫人害怕。她知道她把事情弄糟了，但又隐隐觉得如果她完成了"任务"反而更是一场灾难，要是让她日日对着他，她宁愿……她不知道她还有什么别的选择，她不知道怎么去跟魏姐姐交代，也不知道怎么去跟哥哥嫂嫂父亲母亲交代，所以，她只有哭。

孙熙平见她的手绢已经揉得不成样子，便掏了自己的手帕递给她："小姐，您——贵姓？"

她不敢从他手里去接东西，但却觉得这人虽然也一身戎装佩着枪，却不怎么吓人，而且他问的这个问题，是不需要人教也不会答错的："我……我姓程。"

对程静瑶，魏南芸只有失望，这种事一次不成，这颗棋子就算废了。她倒不可惜程静瑶，只是可惜自己花在她身上的一番心思。她就不明白，怎么一提起虞家四少这样万里挑一的人物，她嫂子的这个小妹就跟见了鬼似的一脸煞白。当初，那个姓顾的丫头还敢跟虞浩霆动手呢！

算了，这件事也只能放一放了，她得先打起精神把虞夫人交代的事给办好。

檀园的桂花香气浓甜，行走其间，人的呼吸也跟着芬芳起来。魏南芸今日似乎对蓁蓁格外感兴趣，凑在康雅婕身边逗着孩子问长问短。康雅婕看着她倒有几分怜悯，一个没孩子的妾侍，下半辈子还有什么指望？两个人聊着孩子，话题便绕到了顾婉凝身上。

"婉凝的孩子也有四个月了吧？过了头三个月，也就不那么叫人操心了。"

康雅婕略带嘲色地笑道："是啊，朗逸本来就不怎么管家里的事情，如今就更不上心了，也就是我还留神问问。"

这样的腔调魏南芸早就习惯了,听在耳中连暗笑的心思都没有,只是点头附和:"嗯,男人嘛,头一个孩子还稀奇新鲜,再多几个,说不定还嫌烦呢!"

康雅婕含笑看着叫丫头折花玩儿的女儿,没有搭腔,却听魏南芸接着道,"我知道你是大家千金,有心胸有度量,不和她们计较什么。不过,就算为了蓁蓁,有些事你也该小心些。"

康雅婕一听,便知她话里有话,转过脸来做了个"愿闻其详"的表情。魏南芸的腹稿是一早就打好的,压低了声音说道:"她这个孩子,要是个女儿还没什么;要是个儿子,那可就是朗逸的长子——"她最后两个字咬得格外清楚,康雅婕的脸色果然微微一重,魏南芸见状,话锋一转,"你知道的,我们老四上头原是有个哥哥的,虽说不是夫人亲生的,可说句大胆的话,要是大少爷还在,总长的班未必就是四少来接。"

其实她不用说得这么明白,康雅婕也想过这件事,她不是没有纠结过,但事情已然如此,她又能怎么样呢?

"那也是没办法的事,我还能怎么办?"

魏南芸笑道:"你就是个实心眼儿的!她那样的人,能教出什么好孩子来?就算她运气好,真得了个儿子,为邵家着想,也是你教得好。孩子是谁生的有什么打紧?是谁养出来的才跟谁亲近呢!你看朗逸和夫人就知道了。"

康雅婕听了,忍不住皱眉,她去教她的孩子?她本能地排斥这念头:"将来的事,将来再说吧!想要儿子,也要她能生得出。"

康雅婕的话,魏南芸一字不漏地回给了虞夫人,虞夫人淡然点了点头。这种事是要慢慢来的,种子种下去,到了春天自然会发芽。

陇北入秋不久,天气就冷了下来,白天还好,夜里已经有些冬天的意思了。刘庆贤一直担心霍仲祺年轻气盛，之前尝到了甜头这次回来更要变本加厉，于是，干脆从自己的警卫里挑了几个拔尖儿的去给这位院长公子当"保镖"。

不料小霍这次回来反而消停了，只是原先驻防在泾源的那个营长因为剿匪有功升了职，他便磨着宋稷林要自己接了这营兵。他既挂着少校衔，这件事倒也顺理成章。但他不再带人出去"剿匪"，刘庆贤派来的"保镖"便没了用武之地，摇身一变全成了"教官"，霍仲祺每天就看着他们练兵玩儿。

可泾源的兵教起来也不太容易，排长以下几乎就没几个认字的，学点儿用枪的巧招，练练马术拼刺这些人还有点儿兴趣，说到坐下来认字？"爷们儿又不是来考秀才的！"

霍仲祺眯着眼睛端详了一阵满屋子昏昏欲睡连自己的名字都未必能写好的家伙，转身回去把电话接回了江宁："韩珆，你帮我寄套书过来……"

韩珆听罢却皱了眉："你要这个干吗？"

"我有用的，你帮我寄一套吧，尽快。"

韩珆没把书寄来，而是专门叫人送来的。霍仲祺一看那书函就叹了口气，打开一看，果然是云锦如意套，牙签玉版宣，蝴蝶镶的插画页更是名家手笔——这么一套书给他拿来用，真是可惜了。

没过几天，不少人都听说营长不晓得从哪儿搞了套极下流的书，不仅有字，还有画儿，而且画儿也极下流。一班人缠着据说见识过的人打听，那人只是摇头"讲不得，讲不得"，可越说"讲不得"，其他人越是起劲儿。

尤其是霍仲祺新近"提拔"的一个传令兵，一口断定营长的书是从窑子里弄出来的，因为那么淫秽的书别的地方一定不能有，里头写的不是别人，就是那个每每被说书人"说死"都满堂叫好的潘金莲……只可惜自己一页纸里认不得几个字:"营长说要是我能认两百个字就把书借给我……"

一个月之后,还真有人从霍仲祺手里借了一本出来,看过之后的心得是"还他妈的是这些读书人花花肠子多"……

自此之后,霍仲祺这套书就再也没凑齐过了。

事情传到渭州,刘庆贤只能苦笑,本想叫人去打个招呼暗示他稍稍收敛一些,毕竟长官带着属下在军营里看这种东西,传出去太让人挂不住面子。转念一想,泾源的兵要是真能看《金瓶梅》,还哪会待在泾源?多半是霍仲祺散漫惯了,自己看着玩儿也不避人。他派去的人都是士官学校毕业的,方正严谨,见了这种事情自然觉得匪夷所思。说起来,他倒是宁愿他天天待在泾源城里看《金瓶梅》。

"姐姐,你这么早就回来了啊?"邵家的小夫人卢蔼茵踩着三寸高跟的舞鞋,蝴蝶穿花般走进来,一边脱了大衣递给丫头,一边笑靥如花地同康雅婕打招呼,"我还以为你看完戏要和冯夫人去吃夜宵的。头一场雪,就这么冷了。"

康雅婕翻着手里的书,也不抬头看她:"你怎么一个人回来?朗逸呢?"

卢蔼茵挑着声音叹了口气:"刚才从庞家出来,我原想着去锦园消夜的,谁知道陆军部那边忽然有事情……我一个人也没什么意思,就回来咯。"

康雅婕这才合上书,微笑道:"现下江宁太平得紧,这个时候,陆军部能有什么事情?"

卢蔼茵的笑容带着一点程式化的妩媚:"这些事哪是我该问的?姐姐要想知道,去问三公子好了。"

康雅婕抬起头上下打量着她,声音又脆又冷:"他是去泠湖了吧？"

卢蔼茵眼波一转，掩着唇"哧哧"笑道："不会吧？他去看婉凝姐姐还要哄着我？是怕我吃醋吗？姐姐，您看我像那么不懂事的人吗？"

康雅婕却根本没兴趣看她，虞若槿的话又从耳边飘过——"我的傻妹妹，你连这个都看不出？"

今晚在春熙楼，虞若槿拍了拍她的手："他要是真心疼这个什么小夫人，何必要摆到你眼前来？"

彼时，台上的《四郎探母》正唱到紧要处："夫妻们打坐在皇宫院，猜一猜驸马爷心内机关。莫不是吾母后把你怠慢？莫不是夫妻们冷落少欢？莫不是思游玩秦楼楚馆？莫不是抱琵琶你就另想别弹？"

虞若槿语带哂笑："在外头搁了这几年，要娶早就娶了，还偏等到现在……倒是那一个，你多少留着点儿心，那丫头，呵——"她面色肃了肃，低了声音，"早先广勋的小弟就是叫她挑唆的，惹恼了我们老四。不瞒你说，我就疑心广澜后来出事，恐怕她也脱不了干系。"

康雅婕对她的话报以一个适度惊讶的表情，心里却唯有冷笑，他们当她是傻子吗？她不是没有疑心过，可她怎么也不能相信，他对她是真的有所牵念。

她不能那样想，那样的念头一旦生成，她就会不能自控地去挖掘曾经的每一点蛛丝马迹，那些怀疑，终会摧垮她心上的每一座堡垒。如果他那样用心良苦只是为她，那么，她算什么？他当她是傻子吗？

可如果是真的呢？他真的荒唐到不可救药，觊觎自己兄弟的女人，他是真的喜欢她？会吗？他喜欢她。他是真的喜欢她。会吗？

他喜欢她。

所以虞浩霆不要她，他就忙不迭地娶了她。所以她这么快就有了

_329

孩子。所以她死了一只狗,他就要杀人。所以他叫她不要去泠湖。所以他要找一个人替她遮了那些流言蜚语,以及,对她的"关心"。

他喜欢她。她的指甲掐进自己的手心,她蓦然惊觉,这念头并不是此时此刻才从她脑海里迸出来的,这念头是一条冬眠的蛇,早已蛰伏在冰原深处,她说不清是直觉,还是预感?或者,只是她不愿相信。

他喜欢她。如果这是真的,那么,是从什么时候开始的呢?

她拉开妆台的抽屉,淡蓝色的缎带扎着一叠素白压花的卡片,她一张一张翻开,却一个字也看不进眼里。什么时候?会是从什么时候开始的呢?

她想起初见他的那天,他撕开她的裙摆包在她的伤口上,他抬起头看她,眼里有云淡风轻的笑意:"我叫邵朗逸。"

那时候,他心里究竟在想什么呢?

泠湖的水面还没有冰,但近水处风凉,刚入冬时,邵朗逸就叫人把顾婉凝挪到了南向的赊月阁。此时星光隐隐,月色反而清亮得像是刚从冰泉里洗过。邵朗逸走得很慢,还不时停下来看看覆着初雪的竹枝,仿佛他不是来看她,而只是来玩赏这一片月光雪色的。三分钟的路,他走了至少一刻钟,孙熙平跟在他身后一边看表一边腹诽:他们本来就过来得晚,三公子还这么磨磨蹭蹭的,都这个点儿了,二夫人多半已经睡了,您说您是掉头走呢,还是叫人家起来呢?

果然,宝纤一见他们过来,半惊半喜又有那么一丝懊恼:"三公子,夫人睡了……"

邵朗逸点了点头:"她这几天睡得好吗?"

"还好,就是有时候孩子一动,夫人就醒了。"

"嗯,我去看看她。"邵朗逸说着,小心地拂起珠帘,轻手轻脚地踱进了内室。房里锦帐低垂,一丝风声不闻,静到极处,连他自己的呼吸也似是屏住了。

青莲色的帐子上开满了银线织就的宝相花,映着帘外的夜灯暗暖,闪出星星点点的明昧流光。邵朗逸在床边略站了一会儿,才伸手去揭那帐幔。然而,他的指尖刚触上去,却又缓缓放了下来,正转身要走,却听见帐子里传出一个懒懒的声音:"宝纤,是你吗?"

邵朗逸在帐外轻轻笑道:"是我。夫人有什么吩咐吗?"

里头一时却没了声音,只伸出一只蔻丹首饰皆无的柔荑掀起了床帐:"你怎么来了?"

"今天头一场雪,我忽然想过来逛逛,就顺便来看看你。吵醒你了?"

邵朗逸一边说一边把床头的半边帐子勾了起来,只见顾婉凝侧倚在条枕上,原先尖俏的下颌总算圆润了些,两颊亦暖红生晕,微闭着眼睛摇了摇头:"没有,是我自己醒了,觉得外面好像有人。"

"不舒服吗?"

她笑微微地摇头:"小家伙这几天总是喜欢这个时候折腾,大概是他待得不舒服。"

"现在是到折腾的时候了。"邵朗逸笑道,"他不是不舒服,是撒娇要你哄他呢!小孩子都是要妈妈哄着才肯睡的。"

婉凝听罢,便在自己腹上轻轻拍了拍:"你好老实一点了,现在我是拿你没办法,等以后你出来了,妈妈可是会揍你的。"

邵朗逸闻言,不由失笑:"哪有你这么哄孩子的?"

婉凝垂着眼睛笑道:"我是实话实说。如今人人都尽拣着好听的哄他,我要是再不说几句真话,有他将来吃亏的时候。"

邵朗逸听着,一脸肃然地点头附和,眼中却尽是笑意:"有你这样的妈妈,这孩子将来是不会吃亏了。"停了停,又道,"过些日子我要去趟龙黔,旧历年之前就回来。剑声留下,回头有什么事,你就吩咐他。"

寻常夫妻话到此处,就该是诉一点缠绵愁绪,嘱一句别后加餐,嗔一语慎勿多情;可是于他们而言,却似是诸般不宜,顾婉凝忽然淡淡一笑,打破了片刻的静默:"你这会儿要是不急着走,能不能帮我写几个字?"

"好啊,写什么?"

"我也不知道。我看书上说冬至开始'数九',写上九个九画的空心双钩字,每天描一笔,等描完了,就到春天了。过几天就是冬至了。"

邵朗逸含笑听了,点头道:"你睡吧,我写好了就搁在外头。"

对面青檐上的薄雪颗粒晶莹,在月光下泛着清幽的蓝光。寻常一句"九九消寒图",他勾得极慢,灯光下,嫣红朱砂描在暖白泛金的纸面上,妩媚静好。

她有这样的闲情,他终于觉得放心,一笔一笔勾完,又端详了一遍,搁了笔走出来,他却下意识地站住了,一泊月光铺在堂前,明澈如水,叫人不忍心踩上去,隔着珠帘锦帐,他仿佛仍能看见她清艳的睡颜,银汉清浅,相去几许?

她离他这样近,这样近……

翌日晨起,外头的书案上端然放着一页"写九"用的洒金笺,九宫格里勾出一句:"亭前垂柳,珍重待春风。"

江宁南北的近卫部队都是虞家的嫡系,邵氏的精锐则在龙黔,龙黔虽是边地,但山水温润,物阜民丰,且自古以来各族杂处,风情旖旎。邵朗逸此次突然要赶去龙黔,却是因为当地驻军发回密电,称在洪沙的扶桑人频频结交龙黔仡、羌部族首领,显是有所图谋。这些部族世代栖身于龙黔的高山深峡,归附中原时,堪为华夏屏障,而一旦离心背盟,内陆之地不免有门户洞开之险。当年邵朗逸初归国时,在龙黔曾用奎宁医治过一个部族头人的独生子,这次的消息便是那头人着人送出来的。

邵朗逸一走,邵公馆里便安静了许多,康雅婕和卢蔼茵各有自己的交际圈子,两人几乎不打照面。冬至当日,也只有康雅婕带了蓁蓁到淳溪陪虞夫人过节。小孩子都爱甜食,蓁蓁让人喂着一连吃了三粒挂粉汤圆,虞夫人怕她积食,便吩咐人带小丫头出去玩儿。

虞夫人见康雅婕心意懒懒地不大有兴致说话,便自己开口问道:"婉凝的孩子快七个月了吧?"

这原是康雅婕最不愿提及的一件事,但长辈过问,她又是正室夫人,也只好耐着性子答话:"是,说是明年开春就到产期了,泠湖的下人照顾得小心着呢!"

"下人的小心是下人的。"虞夫人含笑望着她,"朗逸不在,你也要多留心照料她一些,不闻不问,可不像个当家的夫人。"

康雅婕似叹似笑:"人家的事,未必想让我过问。"说着,忽然抬眼凝视虞夫人,"姨母,您一向都厌弃她的,之前陈妈的事也是您的意思吧?怎么这时候又在意起她来了?"

虞夫人宁和的笑容波澜不兴:"她那么一个丫头,我也没什么喜欢不喜欢,只是她惹出的那些流言蜚语,伤了虞邵两家的门楣体面。可是——"她肃然的语气软了下来,"面子再要紧,也要紧不过里子。她既有了朗逸的孩子,我就是再不喜欢她,也只能迁就了。等你到了我这个年纪就知道,什么都不如自家的孩子要紧。要是这回她能给朗逸凑个'好'字,你父亲不知道得有多高兴。"

康雅婕怔了怔,才明白虞夫人说的是一直退养在余扬的邵城,她想做个无所谓的笑容,却觉得两颊有点僵住了,只牵了下唇角。

虞夫人见状，体谅地笑道："好孩子，我知道这些日子你受委屈了。可凭她们再怎么争奇斗艳，说到底，只有你才是邵家的女主人，任谁有了孩子都是你的孩子，你千万别为了她们怄着自己。"

她说得这样明白，康雅婕不得不点头答道："姨母放心，我不是不明事理的人，这些我都知道，我好好照料她就是了。"

虞夫人闻言满脸欣慰之色："你这么说我就放心了。你自己是过来人，自然明白，女人生孩子是一脚踩在棺材里的，稍有闪失就是大事，一点儿也大意不得。"

一时康雅婕告了辞，虞夫人面上的温柔慈爱转瞬即逝，抬手将杯中的残茶泼在茶船里，自去茶罐中取茶。方才去送康雅婕的汾菊一转回来，连忙几步上前："夫人，我来吧。"虞夫人放下手里的茶则，闭目靠在沙发上，汾菊冲着茶轻声道，"夫人，刚才邵夫人出去的时候，脸色难看得很……"

虞夫人无声一笑："以后还有更难看的时候。"她是应承了他，不会去动她，可若是他自家后院起了火，那就怨不得她了。这么一个小丫头片子，从头到尾，叫她费了多少心？也该有个一劳永逸的结果了。

她这样想着，忽然有一丝楚楚的涩意点上心头。

那时候，她们都还年轻，那样好的年岁，那样好的容颜，便是春日繁花也不能过。她面带红晕地悄声问她："姐姐，你说那人好吗？"她握着她的手说："好啊，怎么不好？"

转眼一个十年，又一个十年，好和不好都不重要了。沉疴中，她攥着她的手，容颜凋敝，青丝染霜："姐姐，这两个孩子……你多看顾着吧……"

眼底些微的潮意禁止她再想下去，她低低嗫嚅了一句"我是为了他们好，你明白的"，却不知是说给自己，还是说给别人。

"夫人，要不我们还是别去了。"车子开出了冷湖，宝纤还是忍不住念叨了一句。

康雅婕这几个月连一个电话都没打来过，偏昨天亲自到冷湖来看二夫人，说今天是小姐的农历生辰，又逢西洋的平安夜，虽然三公子不在，但一家人总该团聚一下，再三要顾婉凝到公馆吃晚饭。夫人一向对三公子纳妾的事诸多不满，平素又是极矜傲的一个人，也不知道会不会借着机会给二夫人难堪。

顾婉凝笼了笼身上的斗篷："没事的，我们给蓁蓁送了礼物，待一会儿就回来。"如今她总是邵朗逸的如夫人，面子上的事该做的还是要做一点。况且，康雅婕如今的委屈，多半都是因自己而起。她的心思她多少猜得出，事已至此，与其继续拈酸吃醋给人当笑话，倒不如摆个宽厚大方的样子出来，才有邵夫人的得体风度。

宝纤还要再说，婉凝微微笑道："你不要七想八想的，就算夫人对我有什么不满意，也不会今天发作。没有哪个妈妈会故意让自己孩子的生辰过得不完满。"

坐在前头副驾的汤剑声闻言，亦转脸道："二夫人放心，夫人虽然有时候脾气不好，总也要顾着三公子的。"

邵公馆果然是一派过节的气氛，门廊上金银两色的闪光拉花并各色彩旗，浓绿的槲寄生花环上带着一簇簇鲜红的果实，大厅里还置了一棵三米高的圣诞树，饰物琳琅，熠熠生辉。一身褶边红裙的乐蓁戴着小小的冠冕发饰，身边蹲着一只蝴蝶犬，活脱脱是欧洲童话里的小公主。康雅婕见她进来，一边笑吟吟地同她打招呼，一边吩咐人引她到起居室的壁炉边坐下休息，仔细不要着凉。

顾婉凝给蓁蓁带的礼物是个英国产的陶瓷玩偶，衣饰仿了维多利亚时期的样式，做工十分精致，不过蓁蓁的玩具极多，摆弄了一会儿也就放下了。小夫人卢蔼茵见了顾婉凝亦十分热络，一番嘘寒问暖颇让顾婉凝有些意外。算起来她二人见面连上今天也才三次，也说不上有什么投契，却不知道她如何这样殷勤，好在她孕中本就乏力，少些精神，旁人也不会觉得她是刻意冷淡。

平安夜的晚饭自然是西菜，婉凝待康雅婕祝过两次酒，又吃了一点蜂蜜柠檬烤鱼，便扶了宝纤道乏起身。康雅婕也不留她，一边亲自送她出去，一边随口说些自己当年生育蓁蓁的琐事。公馆里的下人看在眼里都暗自咋舌，心道夫人对小夫人总是刻薄至极，不想对二夫人却如此亲厚。

宝纤替婉凝系好斗篷，车子也开到了门口，婉凝同康雅婕道了别，正要下台阶，忽然斜刺里擦过一团黑影，却是蓁蓁的蝴蝶犬——小姑娘在饭桌上早坐不住了，母亲一走，她便也逗着狗跑了出来，公馆里平日只有她一个孩子，跑来跑去也都是旁人避着她。此时顾婉凝见她跟着狗跑出来，也想侧身避她，却没有踩稳，身子一倾，连忙抓住宝纤的手。康雅婕见状也赶上来扶她，见她虽然趔趄着踩空了一级台阶，总算没有摔着，也不由自主地松了口气。

顾婉凝撑着宝纤站定，虽是虚惊，亦觉得心头突突直跳，听见康雅婕呵斥下人没照看好小姐，强自镇定了下心绪，对康雅婕道："夫人，不要紧，蓁蓁没碰到我。"她说着，忽然觉得小腹隐隐有些抽搐般的疼痛。

康雅婕看她脸色有变，忙道："你是不是有什么不舒服？先进来休息一会儿再走吧。"顾婉凝犹疑间，只觉得那痛感仿佛一波更强过一波，竟有些不敢迈步，只好点了点头。

康雅婕陪婉凝走回大厅，打量了她片刻，忽然眉心一蹙，转念又觉得不会，算起来她总还有三个月才到产期吧？正想着，却见倚靠在沙发上的顾婉凝突然神色惊惶地叫了一声"宝纤"，迟疑着道："我好像……我是不是要……要生了？"

她此言一出，大厅里的一班人，连刚走到门口的汤剑声都是一愣。宝纤也不过十八九岁年纪，对这样的事全无经验，反倒是康雅婕最为镇定，走到她身边，朝她身上的斗篷看了一眼，只见她鹅黄色的长裙正渗出一点血迹来。

果然。

康雅婕急忙站起身来，正想吩咐人送她去医院，然而话到嘴边，却猛然顿住了。"你自己是过来人，自然明白，女人生孩子是一脚踩在棺材里的。"原本极体贴的一句话却如蛊咒般从她心底缠了出来，她不知道自己的念头怎么会转得这样快：

她的孩子这个时候生出来，本来就不足月，风险自然比旁人大得多。这么多人眼睁睁瞧着，即便出了什么事，也是她自己身子不好，谁也怪不得她。

她鬼使神差地摇了摇头，拿出最温柔体贴的语气对顾婉凝道："不是的，要真是到了临盆的时候，你哪还说得出话？许是刚才在门口你没站稳，惊动了孩子，你先到里头休息一会儿，我这就叫大夫过来看看。"

顾婉凝也知道自己产期未到，且此时腹中的痛楚似乎也弱了下去，便点了点头。

"我看，还是送婉凝姐姐去医院吧！"卢蔼茵忽然插了一句。

康雅婕冷然扫了她一眼："你连孩子都没怀过，你懂什么？到了这个时候，有胎动再寻常不过，本来好好的没事，要是这么一折腾，路上有什么闪失，你担待？"说罢，也不理她是否回话，径自对身边的丫头吩咐道，"宝纹，打电话叫杜医生马上过来。"卢蔼茵见她吩咐人叫了大夫，也就不再多言。

大夫来得很快，进去看过顾婉凝之后，亦说是受惊动了胎气，休息一阵就好，没有大碍，众人这才散了，卢蔼茵也摇摇上了楼。只是，过了两个多钟头，顾婉凝还是没从起居室里出来，公馆的人尚不觉得什么，一直等在大厅里的汤剑声却有些坐不住了。然而，他还没走到起居室门口，就被康雅婕身边的丫头拦了下来："夫人在里头照顾二夫人，侍卫长恐怕不方便进去。"

汤剑声皱了皱眉："你去问一下，如果二夫人没事，就回泠湖吧。"

等那丫头过来回话，却说二夫人身子乏睡着了，今晚就留在公馆，叫他不必等了。

汤剑声闻言盯了她一眼，那丫头却不敢看他，低了头急急转身而去。汤剑声越发起疑，抢在她前面走到起居室门口，叩门问道："宝纤，二夫人睡了吗？"

里头静了片刻，房门骤然开合，却是康雅婕不慌不忙地走了出来："婉凝睡了，你先回去吧。"

汤剑声不好驳她的话，只道："夫人，二夫人就是今晚留在公馆，也总不能安置在这儿。"

康雅婕薄薄一笑："待会儿她醒了，我就叫人送她到客房去。怎么？我想的会不如你周全吗？"

汤剑声庄重道："属下不是这个意思，只是三公子有交代……"

"交代什么？交代不许二夫人待在公馆吗？"

汤剑声不愿在这种口舌之争上浪费时间，遂道："那我进去问一问二夫人。"

康雅婕脸上略带了一丝愠意："我说过她睡了，你进去干什么？"

汤剑声避开康雅婕逼视的目光："麻烦夫人让一让。"

康雅婕怒道："你想干什么？"

汤剑声又向前迈了一步，语气恭敬却坚决："麻烦夫人让一让。"

康雅婕不想他居然这样冒犯自己，心内不由更加愤慨，如果不是邵朗逸的交代，一个侍卫长怎么会这么不把自己放在眼里？她面色涨红，厉声对边上吓得不敢作声的丫头道："瑞芸，去叫周弘光带他手下今天当值的人过来。"周弘光是康雅婕随身的侍卫，她身边的卫队皆是当初从康瀚民军中带到江宁来的，邵朗逸为示尊重，也从未调换过。那小丫头低着头答了声"是"，便慌慌张张地飞奔了出去。

汤剑声面色微沉："夫人，这是什么意思？"

康雅婕下颔一扬："那要问一问，你是什么意思？"

说话间，一片脚步声由远及近，七八个荷枪实弹的侍卫见了这个情形，都是万分惊诧。康雅婕知道即便是自己的卫队，对汤剑声也有几分忌惮，目光决厉地一抬手："周弘光，你的枪。"

周弘光不明所以，却也不敢违拗康雅婕的意思，解了自己的佩枪小心翼翼地递过来，虚着声音道："夫人，您……"

康雅婕并不看他，拿过他的枪利落地开了保险，指住汤剑声："想想你自己的本分，滚出去。"

汤剑声却仍然没有退开的意思："只要二夫人一句话，属下马上走。"

康雅婕冷笑道："我的话不如她的话有用吗？"

"夫人，二夫人的孩子有什么闪失，若是三公子回来您不好交代。"汤剑声说到邵朗逸，康雅婕心头一颤，可面上却不肯服软，周弘光见状连忙劝道："夫人，剑声性子犟，有什么不对的地方，您尽管罚他，犯不着动枪……"说着，给边上的侍卫使了个眼色，两人便上前佯装去扭汤剑声的手臂。他原想着先叫人把汤剑声拉走，不料，汤剑声不等来人近身，便突然出手，那两人全无防备，电光石火之间已被撂翻在了地上。

康雅婕脸色骤变:"汤剑声!你给我站住。"

周弘光也没想到这人有台阶都不下,急急地叫了一声:"剑声!"却见汤剑声绷着脸道:"剑声绝没有冒犯夫人的意思,只是职责在身,务必要护卫二夫人母子周全。"他说罢,便朝康雅婕走过来。

周弘光正思量如何妥当地将他拦下,一犹豫间,康雅婕手里的枪突然响了。

汤剑声身子一矮,却是被康雅婕一枪打在腿上,子弹对穿出去楔在壁上,犹自火花飞溅。周围的侍卫也吓了一跳,见他伤处血流如注,却仍从地上撑了起来,咬牙道:"夫人,您一点儿也不顾念三公子……"

康雅婕缓缓收了枪,眉尾一挑,目光冷冽:"这一枪是教训你以下犯上,朗逸也不会这么纵容你。周弘光,带他下去找医官!"

汤剑声腿上带了伤,挣扎不过,被一班侍卫七手八脚地架了出去。大厅里的下人先是听见枪响,接着又瞧见邵朗逸的侍卫长汤剑声鲜血淋漓,一时都慌了神,战战兢兢不知如何是好。管家邵纪堂急急赶过来,却见康雅婕神色十分平静:"大夫说,二夫人怕是要生了。该准备的你叫人准备着吧。"邵纪堂一听此言,也来不及再问汤剑声的事,连忙掉头去安排。

小夫人卢蔼茵也让枪声惊了出来,站在楼梯上朝下一望,正看见汤剑声被架出去。她张望了片刻,对贴身的丫头吩咐道:"去问问邵管家,侍卫长怎么受伤了?"

等那丫头回来,却是邵纪堂也不知内情,再跟旁的下人打听,也说不清楚,只说大约是汤剑声顶撞了康雅婕,被夫人的侍卫打伤了;

而比这件事更要紧的却是二夫人要生了。

卢蔼茵一听，脱口道："那怎么还不送医院？不是一直都在Dr.颜那边做检查的吗？"

"不知道，下面的人说二夫人的孩子不足月，可能……不大好。"

卢蔼茵沉吟着在房间里踱了几步，抿了抿头发，姗姗下楼，见大厅里的下人都神色惶然，只康雅婕闲闲坐着，手里拿着条蓁蓁的小裙子，一针一针刺出朵娇艳的玫瑰图案来。

"姐姐这会儿倒有闲情，婉凝姐姐怎么样，还好吗？"康雅婕手里的针线不停，只微微抬了下眼皮："有什么好不好的？生孩子都是这样，旁人急也没用；第一个孩子总归艰难些，她又没到月份，左右听大夫的吧。"

卢蔼茵笑道："姐姐说的是，这些事我也不大懂——姐姐，要不要给三公子那边去个电话？"

"电话已经打过了，龙黔行署的人说朗逸不在，我叫他们留了话的。"康雅婕说着，斜了她一眼，"你想到的事，我想不到吗？"

卢蔼茵仍是擎着七分笑意："我听说婉凝姐姐一直是在恩礼堂的教会医院做检查的，是不是请那边的大夫也过来……"

康雅婕搁下手里的针线，端起身前的奶茶呷了一口："杜医生又没说处理不了，深更半夜的折腾什么？要真是有什么不好，再叫人也来得及。"

卢蔼茵点头道："姐姐果然想得周到。我在这儿也帮不上什么忙，就先去睡了。"她刚走出几步，忽听康雅婕在她背后说道："叫你的丫头也上去吧。没的在这儿添乱。"

午夜的电话铃声总是异常刺耳，郭茂兰接起来问了声"哪里"，便骤然拧了眉头,电话那边的人实在出乎他的意料,只好公事公办地客气回复,"请稍等。"他默然望着桌上的电话,片刻之后,还是走出去敲开了隔壁总长办公室的门。

"总长,邵公馆有电话找您。"郭茂兰略犹豫了一下,道,"是邵司令的如夫人。"

背对他立在窗边的虞浩霆诧异地转过脸:"什么事?"

"三夫人没有说,只说有急事找您。"

"三夫人?"虞浩霆一怔,迟疑问道,"是那个卢……"

郭茂兰忙道:"是。"

两人对视了一眼,却没有更多的信息可以交换,虞浩霆慢慢踱到办公桌前:"接进来吧。"

电话刚接进去两分钟,郭茂兰便听见有人从隔壁办公室出来,抬头一望,只见虞浩霆正一边系着大衣扣子一边往外走,他赶忙拿了大衣迎过去:"总长,您要出去?"

"去邵公馆。"

郭茂兰答了句"是",随即下意识地问道:"这么晚了……"说着,探寻地望向跟在后面的卫朔,却见卫朔只是面无表情地点了下头。

有时候,心底的波澜越疯狂,摆在人前的表现却越镇定。

康雅婕望着这个发丝散乱,昏昏沉沉,因为阵痛而蜷缩在软榻里的女子,厌憎里又有些许的怜悯。她似乎从来没有这样疯狂过,也从来没有这样清醒过。她也有些惊讶自己那一闪念的决定,可是,一个女人为了自己的爱情,一个母亲为了自己的孩子,无论做什么都是情有可原的吧?况且,她也没有怎么样,她只不过是让她听天由命罢了。

正在这时，外头的走廊里突然嘈杂起来，康雅婕皱眉吩咐门边的丫头："去看看怎么回事。"那丫头还没来得及答话，起居室的门已被人推开了。

"什么人？"康雅婕呵斥的话刚一出口便戛然而止，惊诧地向后退了一步，来人竟是一脸阴沉的虞浩霆。

虞浩霆也没有和她打招呼的意思，径自朝顾婉凝走过去。房间里的下人连那姓杜的医生都噤了声，只有宝纤战战兢兢地挡在软榻边上："你……你是谁？你要干什么？"

虞浩霆看了她一眼："你们夫人平时看哪个大夫？"

宝纤怯怯地答道："是恩礼堂的教会医院。"想了想，又大着胆子补了一句，"那儿的院长是我们三公子的同学。"她见康雅婕都不敢出声，大约也只有说出邵朗逸来能震慑一下这个不速之客了。

只听虞浩霆吩咐道："茂兰，带她去给医院打电话，叫他们马上去安排。"

宝纤一半明白一半糊涂地跟了郭茂兰出去，她一让开，他就看见了她的脸——闭紧的双眸，颤抖的双唇，颦蹙的眉尖，熟悉又陌生，被斗篷覆住的身子仍是他记忆中的娇小，但那突兀的隆起却让他有刹那间的茫然，竟不知道该怎么去触碰她。直到她缩着身子呻吟出声，他才猛然一省，迅速裹好她身上的斗篷，把她抱了起来。

事情发生得太快，康雅婕此时见他抱了人要走，才从震惊中恍过神来："你这是干什么？"

虞浩霆的目光从她身上扫过，一言不发就往外走，康雅婕冷笑着上前一拦："四少什么招呼也不打就闯到这儿来，算什么意思？婉凝已经是我们邵家的人了，您这么……"

"卫朔！"虞浩霆直直打断了她的话，"把她拉开。"

"是！"卫朔应声而入，快步走到康雅婕身边，"邵夫人，您请吧。"

康雅婕脸色一变:"放肆!你算什么东西?这是邵公馆……"

卫朔又向前一步,隔在她和虞浩霆之间:"邵夫人,有什么得罪之处,卫朔自会向邵司令领罪。"

康雅婕不由自主地躲开了他,虞浩霆已经抱着婉凝走到了门口,康雅婕急急对门外的侍卫道:"周弘光,拦住他!"

然而参谋总长并不是汤剑声,一班侍卫纵使听见了康雅婕的吩咐,也不敢妄动,周弘光亦只是犹疑着上前:"总长,您……"

虞浩霆头也不回地吩咐跟着自己过来的人:"下他们的枪。"

车子开得很快,在寂静的夜幕中,如游弋的鱼划开深海。

这样的情况对他而言太过陌生,他不知道她的反应是否正常,他只能从她更加频繁的蜷缩和呻吟中判断出她的痛楚越来越剧烈。他习惯性地把她揽在胸口,他仍然记得她最喜欢的角度,但立刻又怀疑此时此刻这还是不是一个恰当的方式。他试探着唤她的名字:"婉凝,婉凝,你怎么样?"

她倚在他怀里,努力睁了睁眼睛,似乎在辨认什么:"你……"细弱的声音突然被咬在了唇上,她的手也攥住了他的衣襟。他轻轻拍着她,想找出此刻最能安慰她的话语:"医院马上就到了,你别怕。你要是难受,就叫出来,不要忍……"

他的怀抱和声音都这样熟悉,可无论如何,他也不是此时此地应该出现在这里的人,是错觉吧?身体虚弱的时候,意识也会变得脆弱,她真的这样不可救药吗?身体的剧痛和莫名的委屈终于凝成无可抑制的泪水,涌出眼底。

没有征兆的眼泪让他愈发惶恐:"怎么了?婉凝,你怎么了?"他不自觉地收紧了手臂,把手送到她咬紧的唇边,低低安慰,"是疼吗？宝贝，你咬我……"

他的口不择言让卫朔越来越忐忑，他从后视镜里看了一眼，虞浩霆脸上不加掩饰的忧色又让他觉得可怜。他想起那天，他那样地惶然无措："卫朔，我好不了了。"

真的再也好不了了吗？

颜光亚接到宝纤的电话并不意外，产科的大夫每次给顾婉凝做过检查，他都会亲自过问。这女孩子之前意外失掉过孩子，身体也不够好，产科那里早有预料。不过，送她来的人却十分出乎他的意料。抱她下车的戎装军官肩上挂着将星，夜色中未辨相貌也叫人觉得冷肃凌厉。等到光线亮处，颜光亚才认出这人正是邵朗逸的表弟，江宁政府的参谋总长虞浩霆，只是眼前的情形却也容不得他多想了。

虞浩霆把怀里的人放在病床上，眼看着几个一身雪白的人影迅速围上来，把她挡在了他的视线之外。然后，一个捂着口罩只能从声音辨出性别的女人拦在了他面前："先生，你不能进去。"

他们把她关进了那两扇冷白厚重的房门里，却只丢给他一句"不能进去"？他胸中突然迸出一股灼烫的无名之火，咬牙在走廊里快步转了两个来回，遽然站住，神情狰狞得骇人："我要杀了她。卫朔，去邵公馆，现在就去！杀了她。"

卫朔一听就明白他说的是康雅婕，可是既不好应命，也不好反驳，只好为难地望向郭茂兰。郭茂兰略一思索，低声劝道："四少，料理康雅婕是小事，只是眼下顾……二夫人毕竟是在分娩，这时候杀人性命恐怕不太妥当。虽说这种事信则有不信则无，不过……"

虞浩霆点了点头，铁青着面孔缓缓说道："卫朔，要是这里出了什么事，你马上就去，不用再问我了。"